Elizabeth von Arnim, geboren am 31. August 1866 in Sydney, ist am 9. Februar 1941 in Charleston/South Carolina gestorben.

Voller Vorfreude auf ein vergnügliches Wochenende in Shillerton waren die Gäste am Freitagabend, dem Wochenende vor Pfingsten, angereist. Doch die erwarteten und gewohnten kulinarischen Genüsse der reizenden Gastgeberin Daisy Midhurst blieben aus. Statt dessen müssen sie sich mit den Folgen des Verzehrs von gerade halbreifen, entsetzlich sauren Stachelbeeren auseinandersetzen, die ihnen in unzähligen Variationen serviert werden. Und so erlebt die erlauchte Tischgesellschaft – ein Bischof mit seiner Frau, ein Richter, ein deutscher Adliger und ein Kabinettsminister – neben allerlei kleinen Ärgernissen dieser und anderer Art zu guter Letzt noch einen handfesten Skandal.

Ein amüsanter Gesellschaftsroman um Liebe, Ehebruch und Etikette, mit mehr als nur ironischen Untertönen geistreich erzählt.

Elizabeth von Arnim hat mittlerweile auch ihre deutschen Leser verzaubert. Der verfilmte Roman ›Verzauberter April‹ sowie ihre Romane ›Elizabeth und ihr Garten‹, ›Elizabeth auf Rügen‹, ›Alle meine Hunde‹, ›Einsamer Sommer‹, ›Liebe‹, ›Die Reisegesellschaft‹ und ›Vera‹ zählen in den gebundenen wie auch in den Taschenbuchausgaben zu den Bestsellern des Insel Verlags.

insel taschenbuch 1677
Elizabeth von Arnim
Jasminhof

Elizabeth von Arnim
Jasminhof

Roman

Aus dem Englischen von Helga Herborth

Insel Verlag

insel taschenbuch 1677
Erste Auflage 1995
Deutsche Erstausgabe

Hinweise zu dieser Ausgabe am Schluß des Bandes
Vertrieb durch den Suhrkamp Taschenbuch Verlag
Umschlag nach Entwürfen von Willy Fleckhaus
Satz: Fotosatz Otto Gutfreund GmbH, Darmstadt
Druck: Ebner Ulm
Printed in Germany

2 3 4 5 6 – 00 99 98 97 96 95

Jasminhof

Erster Teil

I

An jenem Wochenende, dem Wochenende vor Pfingsten, gab es in Shillerton Stachelbeertorte zum Sonntagslunch – oder sagte man Strudel? Daisy Midhurst, an deren Tisch das Backwerk verzehrt wurde, wußte es nie genau, jedenfalls war es das Gebilde mit dem Teig oben drauf statt unten drunter. Außerdem wurde es heiß serviert, denn Teig schmeckte eben besser warm. Stachelbeeren dagegen nicht. Nach dem Verzehr war auch den Gästen warm, und nicht nur warm, sondern unbehaglich; denn die Stachelbeeren, deren Säuernis keine noch so große Menge darüber geschütteten Zuckers und keine Anzahl geleerter Sahnebecher Abhilfe schaffen konnten, begannen unmittelbar nach ihrem Genuß zu gären.

Und das brachte das Faß zum Überlaufen. Wie die Gäste fanden, war genug vorgefallen, was dies durchaus schon vorher hätte bewirken können, seit sie Freitag angekommen waren, so zuversichtlich und arglos, voller Vorfreude und Überschwang, so glücklich, wieder einmal hier zu sein, denn eine Einladung in das Haus einer Lady Midhurst war genau das gleiche wie der Stempel im Silberbesteck. Er wies einen als echt, immer noch durch und durch echt aus.

Worin die verschiedenen kleinen Ärgernisse nun bestanden, hätte niemand genau sagen können. Zum einen natürlich das Wetter, das Südengland plötzlich und ganz unzeitgemäß unter einer drückenden Hitzewelle begrub, bei der jede Bewegung zur Last und einem selbst das Reden zu viel wurde. Dann diese Mrs. Andrew Leigh, die niemand der geladenen Gäste kannte, außer natürlich ihrem Gatten, und angesichts deren Aufmachung sich alle nur über ihre Anwesenheit in diesem Hause wundern konnten. Aber all dies war keine ausreichende Erklärung für die wachsende Unrast und Verdrossenheit der Gesellschaft. Noch etwas anderes lag in der Luft, etwas Unerklärliches, aber doch deutlich spürbar, beispielsweise in der sonderbaren Nachlässigkeit des Speiseplans, der sich durch ein Höchstmaß an Phantasie- und Abwechslungslosigkeit auszeichnete. Alles andere, nur das nicht, hätte man auf Shillerton erwartet, wo man es gewohnt war, daß dem Wohlbefinden und Vergnügen der Gäste die größte Aufmerksamkeit und Fürsorge galt.

Das Ganze sah Daisy so wenig ähnlich, daß die Gäste schließlich untereinander tuschelten. Ständig diese Stachelbeeren! Was dachte sie sich bloß dabei? Gerade halbreif und entsetzlich sauer waren die bestialischen Dinger seit Freitag zu jeder, aber auch jeder Mahlzeit aufgetaucht, zuerst als Eisspeisen, dann als Soufflés und schließlich als Creme. Am Anfang nahm man sie nicht weiter zur Kenntnis, aber schon am Freitagabend gingen einige Gäste sehr nachdenklich zu Bett. Nach und nach erzwangen die sauren Früchte die Aufmerksamkeit der ganzen Gesellschaft mit Nachdruck, und als zum Sonntagslunch, in der Glut der Mittagshitze, wieder Stachelbeeren aufgetischt wurden, und diesmal nicht einmal kalt, wie wenigstens bisher immer, sondern in Form eines glühend heißen Strudels, sahen die Gäste darin verständlicherweise den Tropfen, der das Faß zum Überlaufen brachte.

Die um den Tisch schwirrenden Gedanken wurden minütlich bitterer, und auch in das Tischgespräch schlich sich die eine oder andere Spitze. Was war nur mit Daisy los, daß sie die gewohnte Sorgfalt bei der Bewirtung ihrer Gäste vermissen ließ? Vielleicht hatte sie die Mahlzeiten gar nicht selbst angeordnet, was ihr aber, betrachtete man das Resultat, zu empfehlen gewesen wäre. Hatte sie diese Aufgabe etwa ihrer Sekretärin anvertraut – unverzeihlich; oder dem Mädchen – wie leichtfertig; oder dem Koch – fatal. Miss Simpson verstand sich zweifellos hervorragend darauf, Gästelisten zu führen, aber ein Blick genügte, und man wußte sofort, daß es ihr, was die Zusammenstellung eines Menüs betraf, völlig an Ideenreichtum mangelte. Und Terence Chilgrove – nun, sie taugte auch nicht dazu, denn sie gehörte zu jenen edelmütigen jungen Frauen, denen die Speisung der Armen mehr am Herzen liegt als die der Reichen. Und der Koch, dem natürlich klar war, daß Stachelbeeren um diese Jahreszeit eine Rarität sind, sie folglich als Delikatesse einstufte, glaubte in seiner für Bedienstete typischen Phantasielosigkeit wohl, von so etwas Gutem könne man gar nicht genug haben.

Aber man konnte. Bis Sonntagmittag hatten alle Gäste es am eigenen Leibe gespürt. Seit wann waren übrigens vernünftige, erwachsene Menschen gewillt, in unreifen Stachelbeeren etwas Gutes, gar eine Delikatesse zu sehen?

»Kein Magen«, äußerte sich der Richter der Gesellschaft, Mr. Justice Lattington – alias, und in seinem Privatleben, Sir Lydford Lattington –, »kein Magen«, brummelte er vor sich hin, die Mundwinkel um die schmalen, richterlichen Lippen herabgezogen, »hält das aus.« Er schob seinen Teller fort und versank ins Grübeln.

Wirklich, er hatte sein Bestes getan, diesen entsetzlichen verfrühten Frühlingsfrüchten trotz der Hartnäckigkeit, mit der sie sich auf dem Tisch breit machten, Gerechtigkeit widerfahren zu lassen. In der Tat, er hatte Milde walten lassen, wie es sich für einen guten Gast und wohlgesonnenen

Freund gehört. Aber so groß seine Hochachtung für Lady Midhurst war, so sehr er sich auch mühte, sich als dankbarer Gast aufzuführen, vor dem glühend heißen Strudel kapitulierte er. Der halbe Inhalt der Zuckerdose war auf seinem Teller und hatte nichts gegen die widerborstige, geradezu boshafte Säuerlichkeit dieser dampfenden grünen Beeren ausgerichtet. Kaum zu glauben, dachte er, aber die Dinger bissen einen regelrecht in den Mund, statt, wie anständiges Essen, drauf zu warten, daß *sie* gebissen wurden. Schon im nächsten Moment war er zu der Einsicht gezwungen, daß sie noch etwas viel Schlimmeres taten. Sie bissen auch noch zu, nachdem man sie hinuntergeschlungen hatte.

Na, das konnte ja noch heiter werden, sagte er mit verzeihlichem Ärger zu sich selbst. So etwas passierte einem, wenn man eine Einladung zu einem, wie man selbstverständlich wähnt, erfreulichen oder doch zumindest angenehmen Wochenende ins Haus einer Freundin annahm. Schon gestern abend beim Dinner, nach dem Verzehr des infernalischen Essens, hatte er sich unwohl gefühlt, aber das war ein harmloses Unwohlsein gewesen im Vergleich zu seinem jetzigen. Lady Midhurst – eine bezaubernde Dame, keine Frage. Aber ihrer Fahrlässigkeit gegenüber ihren Gästen mußten Grenzen gesetzt werden. Einem solche Mahlzeiten vorzusetzen, dazu hatte sie kein Recht. Und morgen im Gericht wartete wichtige Arbeit auf ihn, Arbeit, die seine ganze Aufmerksamkeit und Tatkraft erforderte. Und wie, das hätte er gern gewußt, sollte er aufmerksam sein, wenn er die ganze Zeit von innen gebissen wurde?

Finster blickte er zum Tischende hin, wo seine Gastgeberin mit dem Rücken zum Fenster saß. Er konnte sie nicht sehr deutlich sehen, denn der Tisch war lang und das Fenster abgedunkelt, aber wie es schien, plauderte sie so vergnügt mit den Gästen zu ihrer rechten und linken, als führte sie nichts Böses im Schilde.

Jemand sollte es ihr sagen, dachte er, und rutschte auf seinem Stuhl hin und her. In seinem klar geschnittenen Gesicht, diesem Gesicht, das unter der Richterperücke so vorteilhaft zur Geltung kam, stand ein finsterer Ausdruck. Auch seine Tischnachbarin – oder bildete er es sich nur ein? – rutschte auf ihrem Stuhl hin und her. Nein, er bildete es sich nicht ein, natürlich rutschte sie hin und her. Was hätte sie sonst tun sollen? Noch eine Minute, dann bräche wahrscheinlich rings um den Tisch das große Gezappel aus. Behandelte man so arglose Gäste? Er hatte wirklich eine hohe Meinung von Lady Midhurst wie alle andern auch. Er bewunderte und schätzte sie über die Maßen, aber was die Bewirtungsfrage betraf, verdiente sie eindeutig Tadel oder bedurfte zumindest einer leitenden Hand. Und das mußte ihr einmal gesagt werden.

Aber von wem?

Sir Lydford blickte noch finsterer drein. Wer konnte diesen reichen, in höheren Regionen schwebenden, umschwärmten Frauen, die ihr Leben lang taten, was sie wollten, und es für selbstverständlich nahmen, daß alle Welt von ihrem Tun und Treiben entzückt war, irgend etwas sagen? Höchstens vielleicht der eigene Gatte, aber selbst da hatte Sir Lydford, der in Ausübung seines Richteramtes reichliche, wenn auch einseitige Erfahrung mit Gatten gesammelt hatte, seine Zweifel. Außerdem war im vorliegenden Fall nicht mal einer vorhanden. Der arme Midhurst war im letzten Kriegsjahr gefallen – angesichts seines eigenen augenblicklichen Befindens fand Sir Lydford, daß er deswegen nicht sonderlich zu bedauern sei – und hatte, obwohl seine Witwe zu diesem Zeitpunkt eine außerordentlich attraktive Erscheinung war, es auch lange danach noch blieb und sich sogar gelegentlich weiterhin in bestimmtem Lichte zeigte, solange es nicht zu grell war, nie einen Nachfolger gefunden.

Armer Midhurst. Sir Lydford hatte ihn nie kennengelernt, aber eine Welle von Sympathie und Mitleid mit dem armen Teufel wogte plötzlich in seinem Innern auf. Irgend etwas wogte da ohne Frage. Einen Moment lang war er nicht sicher... Dann wieder, im nächsten, zweifelte er nicht mehr... Diese Stachelbeeren. Diese verdammten Stachelbeeren. Sie gaben einfach keine Ruhe. Armer Midhurst, mit ihm hatte es also gar nichts zu tun.

Sir Lydford zog sich in völliges Schweigen zurück. Der Kabinettsminister der Gesellschaft ihm gegenüber leerte gerade mannhaft seinen Teller. Sir Lydford betrachtete ihn mit finsterer, fassungsloser Miene. Der Mann hatte tatsächlich alles weggeputzt. Er mußte einen Magen wie ein Pferd haben. Na, bei dem gegenwärtigen Kabinett brauchte er den wohl, dachte Sir Lydford. Aber warte nur, noch ein paar Minuten, dann...

Aber Mr. Torrens brauchte gar nicht zu warten. Ihm war schon jetzt so sonderbar. Er hatte die Torte – er gehörte zu jenen, die Torte sagten, und nicht Strudel – nur aus Loyalität mit Daisy gegessen, der er sehr zugetan war, und weil es sich seinen Anstandsbegriffen nach für Gäste gehörte, alles, was die Gastgeberin ihnen vorsetzte, mit beglückter Miene zu essen. Keine Frage, die Bewirtung hier war ein Skandal – sah Daisy gar nicht ähnlich, so etwas –, und selbst Mr. Torrens, beileibe kein Kostverächter, sah heute überhaupt nicht glücklich drein, im Gegenteil, als die Torte auf seinem Teller sich dem Ende zuneigte, stand ihm ein geradezu verstörter Ausdruck im Gesicht. Aber, so sagte er sich, während er sich tapfer dem Rest auf seinem Teller widmete, was machten schon ein paar Stachelbeeren mehr oder weniger, waren sie erst einmal unten.

Er sollte es bald merken. Aus seiner unerschütterlichen Loyalität Daisy gegenüber, die aus irgendeinem unerklärlichen Grund stolz auf die Dinger sein mußte – warum sonst brachte sie sie so hartnäckig auf den Tisch? –, hatte er inzwischen eindeutig mehr als weniger verputzt, und, rechnete man die Eisspeisen, die Soufflés und Cremes der vorangegangenen Mahlzeiten mit, es waren inzwischen beachtliche Mengen durch seine Verdauungsorgane gegangen. Sprach man, überlegte er, bemüht, seine Aufmerksamkeit von den jetzt mit Macht in seinem Innern einsetzenden Geschehnissen abzulenken, bei Stachelbeeren nun von einer Menge, oder mußte es korrekter Anzahl heißen? Denn Menge und Anzahl nicht zu verwechseln, war, soweit er sich erinnern konnte, das einzige, was seine Mutter ihn während der Zeitspanne, als er auf ihrem Schoß saß, gelehrt hatte. Nun, im vorliegenden Falle mußte es wohl . . .

Mit einem hastigen Ruck wandte er den Kopf seiner Tischnachbarin zu und befragte sie nach ihrer Meinung.

Die Dame, die während der letzten Minuten völlig verstummt war, beschied ihn kurz und bündig, derlei interessiere sie nicht.

»Ich bitte Sie«, beharrte Mr. Torrens. Er mußte einfach reden, um sich abzulenken. »Sie würden sich ja gewiß auch nicht dazu versteigen, Mengenbuch zu sagen, wenn Sie das Buch Numeri meinen, nicht wahr?« Denn sie war die Frau des Geistlichen der Gesellschaft, und Mr. Torrens hielt es sich zugute, daß er ihr trotz seines persönlichen Unwohlseins eine so auf sie zugeschnittene Frage stellte.

Sie warf ihm einen recht kühlen Blick zu und wandte dann ihre schwerlidrigen Augen ab. Ihr war gar nicht gut. Natürlich, diese Stachelbeeren! Um diese Jahreszeit konnten sie ja noch nicht reif sein. Dazu noch die fette Sahne. Dann die drückende Hitze im Raum, die drückende Hitze überall, und jetzt auch noch diese beängstigende Hitze in ihrem Innern – warum mutete man ihr solche Qualen zu, warum setzte Lady Midford, die doch in dem Ruf einer bewundernswürdigen Gastgeberin stand, plötzlich das Wohlbefinden, ja sogar die Gesundheit ihrer Gäste aufs Spiel?

»Nicht wahr, das würden Sie doch nicht?« beharrte Mr. Torrens, gleichgültig gegenüber ihrem kühlen Blick, den er bei der im Raum herrschenden Temperatur sogar als Wohltat empfand.

Sie überlegte, ob sie sich wirklich zu einer Antwort herbeilassen sollte. Scherze mit der Bibel zu treiben zeugte immer von schlechtem Geschmack. Dergleichen ausgerechnet der Frau eines Bischofs aufzutischen, war schlichtweg degoutant. Dazu war es nicht einmal die Regierung, der dieser Herr angehörte, die ihrem Manne zu Amt und Würden verholfen hatte. Und zum Premierminister würde es dieser Mr. Torrens, da war sie sich ganz sicher, nie im Leben bringen.

Es gab also keinen triftigen Grund, sich ihm gegenüber um Höflichkeit zu bemühen. Aber was war mit ihren Pflichten ihrer Gastgeberin gegenüber, der sie, trotz allem, sehr zugetan war? Vielfältig waren die Schlingen von Reichtum und Rang, die Lady Midhurst umfingen, und zahlreich genug die fraglos bedauernswerten Züge ihres Charakters, wie etwa die Unart, sich ihr Haar, das dem natürlichen Lauf der Dinge nach längst grau sein sollte, mit Henna zu färben und ihr Gesicht, statt es in aller Ruhe welken zu lassen, mit Salben und Cremes zu traktieren und sich zu allem Überfluß Lippen und Fingernägel rot anzumalen – wie unpassend, sie hatte schließlich schon eine erwachsene Tochter. Aber man mußte Daisy einfach mögen. Sie war so freundlich, so heiter, so offenkundig glücklich und außerdem so großzügig. Nie verweigerte sie die Hilfe, wenn man sie bei den eigenen unzähligen wohltätigen Verpflichtungen darum bat. Stets half sie mit Freuden und immer großzügiger als erhofft. Auch ihre gesellschaftliche Position, von Geburt gehörte sie einer der beiden ältesten Familien Englands an, durch Heirat der zweiten, war unangreifbar, mochte sie sich herrichten wie sie wollte. Aber noch mehr, und das war das wichtigste – trotz ihrer schillernden Erscheinung galten für sie nur die höchsten moralischen Maßstäbe, und hinter ihren getuschten Wimpern war sie von solch edler und reiner Lebens- und Denkungsart, daß man nie fürchten mußte, unter ihrem Dach jemandem zu begegnen, der, ganz gleich wie er oder sie aussah, nicht gut war.

Das alles waren unbestreitbare Vorzüge. Unter jedem Blickwinkel, außer dem Anblick, den sie bot, durfte man sich glücklich schätzen, ihre Zuneigung und Gastfreundschaft zu genießen, und nach einem Aufenthalt in ihrem Hause hatte man unweigerlich das Gefühl, falls derlei Dinge einem etwas bedeuteten, der eigene gesellschaftliche Rang habe sich beträchtlich erhöht.

Deshalb wollte man sie natürlich nicht vor den Kopf stoßen und es solange wie möglich vermeiden, zu einem ihrer Gäste unhöflich zu sein. Aber wie lange ihr das gelingen würde, angesichts der drückenden Hitze, der einverleibten Mahlzeiten und der Tatsache, daß es sich bei dem Gast um Mr. Torrens handelte, wußte die Frau des Bischofs beim besten Willen nicht. Sie mochte Mr. Torrens nicht. Er gehörte nun einmal nicht zu der Sorte Männer, an der ihr lag. Aber sie mochte Lady Midhurst, die wiederum ihn mochte. Wirklich sehr sonderbar, dachte sie, und heftete ihre schweren Augen angestrengt auf die Blumen vor ihr, um sich den Anblick der geröteten Gesichter um sie herum, vor allem des hochroten von Mr. Torrens, zu ersparen, wie wenig es einem doch gelang, die Freunde seiner Freunde zu ertragen, geschweige denn sie zu mögen, wobei die Schnelligkeit, mit der diese Unfähigkeit wuchs, weilte man mit ihnen unter einem Dach, noch verwunderlicher war.

Noch am Freitag, bei ihrer Ankunft, erinnerte sie sich, hatte sie die Gesellschaft sehr erfreulich gefunden (eine große Enttäuschung war nur, daß entgegen der sonstigen Gepflogenheiten des Hauses keine Angehörigen des Hochadels mit von der Partie waren, sich dafür aber diese Mrs. Leigh unter den Gästen befand). Kurz nach ihrem Eintreffen hatte sie eine ganze Weile mit diesem Mr. Torrens geplaudert, ja sogar recht vergnüglich geplaudert. Und jetzt, kaum zwei Tage später, konnte sie sich, was ihn betraf, und übrigens alle andern auch, nur noch über den Geschmack ihrer Freundin bei der Auswahl ihrer Freunde wundern.

In ihren Augen gab es nichts, was für einen der hier Versammelten gesprochen hätte, außer natürlich, daß alle gute Menschen waren. Sie mußten einfach gut sein, sonst wären sie ja nicht hier, obwohl man es so manchem ganz gewiß nicht ansah. Mr. Torrens zum Beispiel. Der Art nach zu urteilen, wie er diese Mrs. Leigh anstarrte, zweifelte sie nicht daran, daß er Absichten hatte, und zwar, könnte er ihnen nachgeben, eindeutige. Dem Himmel sei Dank, konnten unter Lady Midhursts Dache keinerlei Absichten, eindeutig oder nicht, verfolgt werden, aber Zeugin seiner

Blicke zu werden, war schon unerfreulich genug. Und dann, welcher wahre Gentleman trat schon solch einer Regierung bei? Diesem Haufen von Zauderern und Zögerern! Jeder achtbare Mensch würde sich schämen, sich im gegenwärtigen Kabinett auch nur blicken zu lassen. Und erst seine törichten Scherze über die Bibel! Unerhört, ausgerechnet ihr mit Bibelwitzen zu kommen.

Nein, für Mr. Torrens hatte sie keine Verwendung, und als er auf seiner Taktlosigkeit beharrte und sie ein drittes Mal fragte: »Das würden Sie doch nicht, nicht wahr?« wandte sie sich zu ihm um und fuhr ihn an, das Buch Numeri sei kein Gesprächsgegenstand für sie.

»Ach, kommen Sie«, sagte er mit gutmütigem Spott – wie erdreistete er sich zu einem solchen Ton ihr gegenüber! »Ich bitte Sie! Sie, die Frau eines . . .«

Wie immer er fortfahren wollte, er wurde glücklicherweise von Lady Midhursts Schwager, dem gegenwärtigen Marquis übertönt – auch ihm sah man den guten Menschen nicht unbedingt an, aber für einen Marquis hielt das Leben wahrscheinlich besondere Versuchungen bereit, und alle Versuchungen, ob widerstanden oder nachgegeben, hinterließen ihre Spuren –, aus dem es plötzlich laut und unbeherrscht herausbrach: »Können wir nicht noch ein Fenster öffnen, Daisy?«

»Es *ist* doch schon noch eins offen«, versicherte ihm Miss Simpson, Daisys Sekretärin.

»Dann eben die Tür«, keuchte Lord Midhurst, ein Mann von beachtlichem Leibesumfang, der bereits die unter der Tischkante verborgenen Knöpfe seiner Kleidung geöffnet hatte, um sich Erleichterung zu verschaffen, die sich jedoch nicht einstellte.

»Aber sitzen wir dann nicht mitten im Durchzug?« fragte

Sir Lydfords Frau ängstlich, denn sie saß der Tür am nächsten und wollte sich verständlicherweise keine Erkältung holen.

»Luft«, schnaufte Professor Brown, der renommierte Wissenschaftler, und warf ihr einen verächtlichen Blick durch seine Brillengläser zu, »sollte sich *bewegen*. Die Ansicht, Zugluft sei gefährlich, ist ein weit verbreiteter Irrtum.«

Seine Kleider klebten ihm am Körper. Und im Augenblick scherten ihn die Wünsche und Ängste anderer überhaupt nicht. Er litt so sehr, daß sein ansonsten verträgliches und ausgeglichenes Gemüt vorübergehend aus dem Gleichgewicht geraten war. ›Diese selbstsüchtigen, überflüssigen alten Frauen‹, dachte er und blitzte die arme Dame an.

»Ich mag Zugluft – Sie nicht?« bedrängte ein hübsches Mädchen, die Freundin von Daisys einzigem Kind Terence – die beiden Mädchen kannten sich aus ihrer Pariser Pensionatszeit –, ihren Nachbarn, einen jungen Mann, der ohnehin schon mit eingesunkenen Schultern am Tische saß und kaum ein Wort sprach. Terences Freundin mochte ihn und wollte ihm ihrerseits um jeden Preis gefallen. Aber was sollte sie nur *sagen*? Worüber um Himmels willen sollte sie sich mit ihm unterhalten? Sie empfand es als höchst ungerecht, daß ihr Hübschsein – und daß sie hübsch war, wußte sie schon mit drei – bei Geoffrey nicht ausreichte. Welche Marter, sich irgend etwas aus den Fingern zu saugen! Bei den meisten Männern, besonders älteren, hatte sie es nicht nötig, sich den Kopf zu zerbrechen. Die waren es zufrieden, in ihr hübsches Gesicht zu gucken.

»Nur wenn sie ein guter Jahrgang ist«, antwortete Geoffrey, der träge seine schmalgelenkige Hand ausstreckte, um sich von dem Rheinwein nachzuschenken, sie aber wieder zurückzog, als er feststellte, daß das Eis im Krug geschmolzen war.

Da! Was sollte man darauf antworten? Wenn Geoffrey doch bloß nicht immer in solchen Rätseln reden würde. Abends im Park, im Mondlicht, war er viel umgänglicher. Dann sagte er überhaupt nichts, sondern benahm sich völlig normal. Nur tagsüber hatte sie dieses schreckliche Gefühl, sich den Kopf zermartern zu müssen, bis ihr eine kluge Bemerkung einfiel.

»Ja, ja! O, *ein Tropfen guten Weins. Lang verwahrt in tiefer, kühler Erde* – was, Geoffrey?« dröhnte der Bischof, mit allerdings nicht mehr ganz so volltönender Stimme wie vor dem Verzehr der Torte. Auf eigenen ausdrucklichen Wunsch hin saß er am Tischende bei den jungen Leuten.

Ja, die liebe Jugend, sagte er zu sich selbst und strahlte voller Zärtlichkeit in die kleine Runde junger Gesichter um ihn herum. Da war Geoffrey, dem die Hitze zwar inzwischen genauso zugesetzt hatte wie allen andern, und nicht nur die Hitze, fürchtete der Bischof, sondern auch das sonderbare Essen hier, aber was war er doch für ein geradliniger, aufrechter, wunderbarer Bursche, der sich außerdem im Foreign Office so hervorragend machte. Dann Lady Terence, die entzückende Tochter seiner entzückenden Gastgeberin, die er gefirmt hatte und die von Mal zu Mal, wenn er sie sah, von noch edlerer Schönheit war. Dann die Freundin, ein bezauberndes kleines Kätzchen, ganz unberührte Unschuld, ja so sollte ein junges Mädchen sein. Ach, die liebe Jugend! Er verstand sich so famos mit den jungen Leuten, daß er das Gefühl hatte, sie sahen einen Verbündeten in ihm.

Zugegeben, im Augenblick hatte er plötzlich noch ein ganz anderes Gefühl, dem er jedoch seine Aufmerksamkeit verweigerte. Er zog es vor, einfach zu warten, bis es vorüberging, und lenkte sich derweil damit ab, sich des großen Glücks zu erfreuen, das ihm sein enges Band zur Jugend bescherte. Nicht die kleinste Barriere gab es zwischen ihm und den jungen Leuten. Hießen sie ihn nicht stets in ihrer Mitte willkommen, als sei er einer der ihren? Und sprach er nicht genau ihre Sprache? Dergleichen war eine Gabe, ein wahres Göttergeschenk, für das er gar nicht dankbar genug sein konnte. Denn daß er die Freundschaft und das Vertrauen der Jugend genoß, zählte er zu den kostbarsten seiner vielen Segnungen.

An dieser Stelle stockte der wohlige Strom seiner Gedanken. Etwas erzwang hartnäckig seine Aufmerksamkeit – etwas, das ihm entschiedenes Unwohlsein bereitete. Diese Torte. Es mußte diese Torte sein. Es stand ihm nicht zu, das Essen zu kritisieren, das eine Gastgeberin, besonders eine so bezaubernde wie Lady Midhurst, ihm vorsetzte, trotzdem ließ ihn der Verdacht nicht los, daß diese Torte . . .

»Getroffen, Sir«, sagte Geoffrey, der sich trotz aller für sein Empfinden unüberwindlichen Hindernisse um Höflichkeit bemühte.

›Ich wünschte, er würde mich nicht Sir nennen‹, dachte der Bischof, der seinem jungen Freund schon verschiedentlich, aber immer vergeblich, angeboten hatte, ganz einfach Charlie zu sagen.

Und Geoffrey dachte: ›Diese alten Käuze – immer kommen sie einem mit ihren Zitaten. Das macht mich ganz krank‹ –, wobei er den Bischof ungerechterweise für das verantwortlich machte, was in Wirklichkeit Schuld der Stachelbeeren war.

Das hübsche Mädchen – aber war sie wirklich so hübsch? Bei Tageslicht neigte Geoffry kaum zu der Ansicht – wählte genau diesen Moment, sich so weit zu ihm hinüberzulehnen, daß ihr Haar seine Wange streifte.

»Ist es nicht fürchterlich *heiß?*« sagte sie mit einer Miene, als weihe sie ihn in ein süßes kleines Geheimnis ein.

Mit einem Ruck zog er seinen Kopf zurück. Haar. Das sein Gesicht berührte. Ihn kitzelte. Bei dieser Hitze. Warum waren Frauen nur dauernd auf Berührungen aus? Brauchten sie denn nie eine kleine Pause? Hatten sie überhaupt kein Gefühl dafür, was passend war?

»O Gott!« murmelte er verdrossen und vernehmlich, woraufhin der Bischof sich genötigt fühlte, ihn, wenn auch freundlich, zu mahnen. »Aber Geoffrey!«

Der liebe Kerl, dachte der Bischof nachsichtig. Oder sollte er lieber sagen, armer Kerl? Wer weiß, vielleicht erlitt er ja dieselbe Pein wie er. Gleichwie, ein lieber Kerl war er auf jeden Fall und unter allen Umständen, und er sollte nicht das Gefühl haben, er werde getadelt. Als kleiner freundschaftlicher Rippenstoß war das »Aber Geoffrey!« gemeint, wie von einem gleichaltrigen Freund und Vertrauten, der in den meisten Dingen großzügig mit ihm einer Meinung ist, nur zufällig in der Anrufung Gottes außerhalb des gehörigen Zusammenhangs etwas Ungehöriges sieht.

In der Tat, dachte der Bischof, weiterhin finster entschlossen, sich durch nichts aus der Fassung bringen zu lassen, was wurde in dieser Welt schon erreicht, wenn nicht durch Milde und Geduld. Zugegeben, die Luft im Raum war stickig, stickiger als zumutbar. Zugestanden, eine Süßspeise, wie die gerade verzehrte, wer in diesem Hause wollte dafür geradestehen? Aber warum solch kleine Nachlässigkeiten oder, wenn man so wollte, Pflichtverletzungen von seiten der Gastgeberin nicht einfach als Gelegenheit nutzen, sich in Nachsicht und Verständnis zu üben? Dann büßten sie sofort ihre Kraft ein, einen zu irritieren. Ja, er hatte gut daran getan, den Jungen, der verständlicherweise gereizt war, sanft zur Ordnung zu rufen. Der liebe, gute Junge. Aber man mußte ihn im Zaum halten, wenn er sich laut vergaß.

Alle am Tisch schienen sich inzwischen auf diese Weise zu vergessen, und das konnte auch dem Bischof nicht entgehen. Es war, als sei eine Flamme der Empörung von einem Gast auf den nächsten übergesprungen, bis alle lichterloh brannten. Den Gesprächsfetzen nach zu urteilen, die dem Bischof an die Ohren drangen, fiel es offenbar nicht nur dem lieben Geoffrey schwer, Dinge nicht auszusprechen, die besser ungesagt blieben. Gewiß, keiner der anderen Anwesenden verstieg sich so weit, noch einmal den Allmächtigen herbeizuzitieren, aber für den Bischof klang das Tischgemurmel inzwischen beängstigend nach Gezanke, und Gäste, daran war nun einmal nicht zu rütteln, sollten nicht streiten. Alle Menschen sollten natürlich Streit vermeiden, um jeden Preis aber Gäste, und um so dringlicher, solange die Gastgeberin im Raume und womöglich in Hörweite war. Mochten die Umstände noch so mißlich sein, ein Gast übersah sie schlicht. Und gleich, welche Gefühle ihn beschlichen, er ließ sie sich nicht anmerken. Montagmorgen, dachte der Bischof, der sich weiterhin um eine heitere Miene bemühte, war der Zeitpunkt für alle kleinen Ausbrüche, sollten sie wirklich unvermeidlich sein. Auf dem Bahnsteig, oder auch schon vorher (er wollte der menschlichen Natur schließlich nichts Unmögliches abverlangen) im Wagen auf dem Weg zum Bahnhof. Bis dahin jedoch, solange sie noch alle unter dem Dach der Dame weilen, gleich ob man sich von ihren Mahlzeiten nun genährt oder eher verstört fühlte – letzteres fürchtete er, von sich behaupten zu müssen – bis dahin waren sie nach allen Regeln der Kunst und des Anstands verpflichtet, so zu tun, als würden sie einander mögen.

Ein Unglück also, daß er selbst sich genau in diesem Moment vergessen mußte. Er konnte nicht dagegen an. Ehe er wußte, wie ihm geschah, war es ihm entschlüpft – nur ein Wort, aber wie verräterisch kann ein Wort sein!

Der schlichte Einsilber bewies ihm, und wie er fürchtete, auch den jungen Leuten um ihn herum, wie wenig er seinen eigenen Maßstäben gerecht wurde, wie weit entfernt er noch von dem Heiligen war, den er manchmal, in aller Bescheidenheit, für diese lieben Kinder zu verkörpern glaubte.

Schuld war der deutsche Herr zu seiner Linken. Hätte der ihn in Frieden gelassen, wäre nichts geschehen. Schon das ganze Wochenende bestand dieser Herr, der, wie man hörte, in London eine spezielle diplomatische Mission zu erfüllen hatte, eine heikle, davon waren alle überzeugt, denn ansonsten hätte Daisy sich wohl nie mit ihm abgegeben, und auch ihnen wäre es erspart geblieben – während des ganzen Wochenendes also, so schien es dem Bischof, bestand dieser Herr darauf, neben ihm zu sitzen. Wahrscheinlich bloße Einbildung, denn genau besehen war es bestimmt nicht mehr als einmal vorgekommen, aber angesichts seines beträchtlichen Leibesumfangs und seiner polternden Art war einmal von ihm so gut wie fünfzigmal von jemand anderm.

Jetzt jedenfalls saß er neben dem Bischof, auf dem Stuhl zu seiner linken, und nagelte ihn unerbittlich für die Dauer des Mahls auf seine Gesellschaft fest. Als einzige Rettung blieb also nur, so zu tun, als sei er nicht da. Dies war dem Bischof, indem er sich ganz seinen jungen Leuten widmete, bislang auch gelungen. Wie der Rest der Gesellschaft hatte er den deutschen Herrn inzwischen gründlich über, obwohl er, wie die andern, am Anfang überaus freundlich zu ihm gewesen war.

Vielleicht hatten sie ein wenig übertrieben mit ihrer anfänglichen Freundlichkeit, sich anstecken lassen von Lady Midhurst, die, wie der Bischof wußte, stets von ›diesen armen Deutschen‹ sprach und sie gleich nach dem Krieg, Monate, ehe der Rest von England überhaupt Atem geschöpft hatte, einlud und damit noch Monate fortfuhr, nachdem alle andern im Land zu ihrer alten Haltung zurückgekehrt waren, die Deutschen sollten lieber in Schach gehalten werden, wenn man nur wüßte wie.

Jedenfalls hatte sich der Bischof schon am Abend des ersten Tages, der Gesellschaft und des Geredes dieses Mannes überdrüssig, bei dem Gedanken ertappt, daß solche Einladungen zwar von christlicher Nächstenliebe zeugen mochten, aber fraglos eine Strapaze waren, und es hatte ihn selbst frappiert, daß sich in seinem Kopf eine so bedauerliche Gegenüberstellung von Worten zusammenfinden sollte.

Im ersten Elan allgemeinen Wohlwollens jedoch und der für die ersten Stunden von Wochenend-Einladungen typischen Entschlossenheit, sich von der besten Seite zu zeigen, hatten großmütige Impulse vorgeherrscht. Alle hatten sich bemüht, Graf von Vosch zu beweisen, daß solch kleinliche Vorurteile, wie sie vielleicht direkt nach dem Krieg herrschten, längst in Vergessenheit geraten waren. Noch am Freitagabend hatte ihm der Bischof zum Beispiel auf die Schulter geklopft, während er ihm versicherte, Deutsche und Engländer seien gleichermaßen Gottes Kinder, was natürlich stimmte – aber war es wirklich nötig gewesen, darauf herumzureiten, fragte er sich jetzt mürrisch. Auch Mr. Torrens hatte sich am Freitagabend noch ohne die geringste Spur von Herablassung und um äußerste Fairness bemüht auf ein Gespräch über Politik mit dem Grafen eingelassen und ihm dabei die großzügigsten Zugeständnisse gemacht. Desgleichen Sir Lydford, der sich an besagtem Abend von seiner leutseligsten Seite zeigte und dem Grafen ausführlich auseinandersetzte, daß, was Deutsche und Engländer angehe, sie sich wie ein Haar dem andern glichen. (›Haha‹, frohlockte der höflich nickende Graf insgeheim, ›Welten trennen mein Land von dem hiesigen‹.) Auch am Samstagvormittag waren alle noch freundlich und sogar am Nachmittag noch, draußen im Park und im Küchengarten, wo immer der Graf ihnen wie das fünfte Rad am Wagen über den Weg rollte, und hatte man je ein so hartnäckiges fünftes Rad erlebt wie ihn? Bis zum Abend dieses Tages jedoch war der Elan aller der Neigung gewichen, ihm, vorausgesetzt Lady Midhurst sah gerade nicht hin, auszuweichen. Und sowie der Mann sich ihnen am Sonntag näherte, verflüchtigten sie sich offen in alle Richtungen.

Das war, wie der Bischof sehr wohl wußte, weit davon entfernt, wie es sein sollte. Der Kodex, der das Benehmen von Gästen regelte, schloß Sichverflüchtigen eindeutig aus. Tatsache war jedoch, daß der Graf seit Freitag die Nerven aller zunehmend strapazierte mit seinem immer häufiger werdenden langsamen Gerede. Fraglos ein beklagenswertes Los, dachte der Bischof, so langsam zu reden und dann noch so oft. Ein Jammer für einen selbst, denn es rief nur Vorurteile beim Zuhörer hervor, und ein Jammer für den Zuhörer, dem nicht mehr zugemutet werden sollte, als er ertragen konnte. Dazu hatte der Graf noch die Angewohnheit, seine Beobachtungen mit den Worten, »in meiner Heimat« einzuleiten – und auch das stieß inzwischen auf das Mißfallen der anderen Gäste. Als man sich also am Sonntag zum Mittagessen niedersetzte und der Bischof eher fühlte als er es sah – er wollte gar nicht hinsehen –, wie Gottes deutsches Kind sich unter lautem Geklirr von Serviettenringen, Gabeln und Gläsern auf den Stuhl zu seiner Linken pflanzte, ihn ohne jede Fluchtmöglichkeit einkesselte und dazu noch ungeheure, und wie dem Bischof schien, speziell teutonische Hitzewellen verströmte, wußte der Bischof, daß er seinen letzten Rest Fassung nur bewahren konnte, wenn er den Grafen einfach übersah.

Ein Unglück also, daß ihn, nachdem er sich ganz auf seine liebe Jugend konzentriert und sich so unbeschadet durch die ganze Mahlzeit, einschließlich Stachelbeertorte, manövriert hatte, die erhobenen Stimmen weiter unten am Tisch dazu verleiten mußten, den Kopf zu wenden. Mit dieser Bewegung hatte er nichts anderes bezwecken wollen, als seine Tischgefährten mit einem kurzen, freundlichen Blick zu mahnen, sich nicht zu vergessen, was sie augenscheinlich im Begriffe waren zu tun – kein Vorwurf, nicht einmal Kritik, nur ein kurzer, freundlich gemeinter Blick. Aber dieser Blick, der das Gesicht des Grafen direkt neben seinem streifte, wurde von jenem, der nur auf der Lauer gelegen zu haben schien, als Einladung zum Gespräch verstanden und sofort aufgegriffen.

»In meiner Heimat«, begann der Graf.

Aber er kam nicht weit, denn übermannt von der sonderbarsten, unchristlichsten Wut darüber, daß es ihn nach all seiner Mühe und Last am Ende der Mahlzeit doch noch erwischte, lief der Bischof dunkelrot an, schleuderte dem Grafen einen finsteren Blick zu und rief gebieterisch, »Still«.

»Still?« wiederholte der Graf überrascht. »Warum sollte ich still sein?«

»Still, Sir, sage ich!« schrie der Bischof jetzt.

Dann verstummte der ganze Tisch. Sogar die Bedienten schienen zu erstarren; und der Bischof, der plötzlich merkte, was er getan hatte, saß bestürzt und beschämt da.

Könnte er doch nur aufstehen, der Gemeinde den Segen erteilen und sie heimschicken! Wie hatte er nur so gräßlich grob sein können? Wie hatte er sich einem erwachsenen Mann gegenüber, einem Gast an Lady Midhursts Tafel, nur so vergessen können – und das in Gegenwart und Hörweite seiner jungen Leute.

Zutiefst zerknirscht und verwirrt wandte er sich an Lady Terence am Fußende des Tischs. »Liebes Kind«, begann er, und während er sich anschickte, seine Hand beschwichtigend auf ihre zu legen, suchte er nach Worten, die sie zu überzeugen vermochten, wie gern er, trotz gegenteiligen Anscheins, dem deutschen Gast ihrer Mutter lausche und ihm mit Herz und Seele zugetan sei, ganz so, wie es David in seinem Psalm rühme. »Liebes Kind«, begann er also, verzehrt von dem Wunsch, seinen Lapsus wiedergutzumachen.

Aber zu seiner Überraschung und immensen Erleichterung war das gar nicht nötig. Terence Chilgrove hörte gar nicht hin. Als er sich zu ihr umdrehte, erhaschte er gerade noch das Schwanzende eines engelhaften kleinen Lächelns, das sie zum anderen Tischende hin sandte. Offensichtlich hatte sie kein Wort gehört.

Welch ein Segen, dachte der Bischof voll Dankbarkeit aufseufzend; *so* ein Segen! Auch die anderen unterhielten sich wieder, und Miss Simpson, die Sekretärin, die auf der anderen Seite des Grafen saß, sprang, ganz pflichtbewußte Sekretärin, in die Bresche und nahm sich seiner an. Wahrlich, wahrlich, er verdiente es nicht, so leicht davonzukommen. Nie wieder würde er sich dazu verleiten lassen ...

Aber wen hatte Lady Terence nur so zärtlich, so hinreißend angelächelt, als er sie ansprach und sie, wie ihm schien, zusammenzuckte.

Er beugte sich nach vorn und lugte in die Schatten am andern Tischende. Ihre Mutter natürlich. Niemand sonst saß dort, der ein so süßes, liebevolles Lächeln hätte hervorrufen können. Zu Daisys rechter saß der gute Mr. Topham – Topsy, wie alle ihn nannten, ein betagter Herr, der den ganzen Tag Schach spielte – und zu ihrer linken sein wortkarger Partner, ein Herr in den fünfzigern und Gatte dieser überaus hübschen jungen Frau, Mrs. Andrew Leigh. Kaum anzunehmen, daß Lady Terence einem der beiden ein Lächeln schenken würde, höchstens ein höfliches, nie ein so vertrautes und liebevolles wie das vom Bischof erhaschte.

Herrlich und schön war die Zuneigung, das wußte er, zwischen dieser Mutter und Tochter – eine Anhänglichkeit, so wurde geraunt, die die Tochter vom Heiraten abhielt, weil sie es nicht über sich brachte, ihr Zuhause zu verlassen, was die volle Zustimmung des Bischofs fand. Er war sehr dafür, daß seine jungen Leute unverheiratet blieben, das hieß, zumindest solange, bis sie anfingen, alte Leute zu werden. Der göttliche Schmelz unberührter Jungfräulichkeit und Unschuld bezauberte ihn. Seiner Meinung nach gab es nichts Köstlicheres auf der Welt als all dies in seinen frühen Stadien. In späteren, wie im Falle der armen Miss Simpson, schien derlei unweigerlich mit Drögigkeit einherzugehen. Und ehe dieses Stadium erreicht war, sollte fraglos zur Ehe Zuflucht genommen werden. Aber bis dahin, warum die Dinge überstürzen? Er selbst, nun mal einem Berufsstand angehörend, der in diesen Dingen zur Eile neigte, hatte jung geheiratet, und obwohl er es nie bereut hatte, natürlich nicht, seine liebe Frau stand ihm stets mit Rat und Tat zur Seite, so hielt er es doch für das beste, zu warten, wenn man konnte.

Seine ganze Zustimmung fand sie also, diese heutzutage so selten gewordene Anhänglichkeit an Elternhaus und Mutter, die ein Mädchen so erfreulich ungebunden machte, so offen für Freundschaften wie beispielsweise die mit ihm. Und jedesmal, wenn er zufällig Zeuge einer von Lady Terences Zuneigungsbekundungen ihrer Mutter gegenüber wurde, war er aufs neue gerührt. Besonders gerührt war er jetzt, denn sie hatte ihn, gerade im rechten Moment, vor tiefster Beschämung bewahrt, und aus lauter Dankbarkeit legte er seine Hand doch noch auf Lady Terences und murmelte bewegt, » mein liebes Kind – welch eine Liebe«.

Mit einem Ruck, als habe er sie erschreckt, wandte sie ihm den Kopf zu, und, wie der Schatten eines Flügelschlags, huschte eine sanfte Röte über ihr Gesicht. Aber schon im nächsten Moment hatte sie sich wieder gefaßt, und ihre schönen grauen Augen, diese offenen, klugen, köstlichen grauen Augen ruhten gelassen wie immer auf ihm.

Nur ganz kurz drückte er ihre Hand. »Es wärmt Ihrem alten Bischof das Herz«, sagte er, »eine solche Liebe zwischen Mutter und Tochter zu sehen«.

»Wie Sie wissen«, antwortete sie ihm mit ihrem üblichen heiteren, gelassenen Lächeln – er hatte ihr Zusammenzukken und Erröten also nur geträumt – »habe ich ja auch eine wunderbare Mutter.«

»Und was«, fragte der Bischof, sie zärtlich neckend, »soll man da erst von der Tochter sagen?«.

Bald war das Mahl wirklich durchgestanden. Bei Butter und Keksen hatten alle abgewinkt, die Ananas mit Schaudern zurückgewiesen, und jetzt war nur noch der Kaffee zu bewältigen.

Ein Glück nur, daß Daisy den Kaffee nicht im Speisesaal servieren ließ, zwischen den abscheulichen Mahnern an das Essen, und bald – doch bestimmt bald? – würde sie die Tafel aufheben, und alle konnten hinaus zu dem schattigen Winkel auf der Terrasse strömen, über den eine große blaue Markise gespannt war und wo, wenn überhaupt irgendwo zu hoffen, ein kühles Lüftchen ging. Sessel standen dort – richtige, anständige, geräumige, gut gepolsterte Sessel, in denen man die Beine bequem ausstrecken konnte, statt sie unter einen Tisch zu zwängen, und sobald sie diese wuchtigen, Deckung bietenden, dicht gruppierten Sessel erreicht hatten, war es ein Kinderspiel, sich, sofern man wollte, hindurchzuschlängeln und unbemerkt fortzuschleichen.

Im Moment stand der ganzen Gesellschaft einmütig der Sinn nach Fortschleichen. Aber, so sinnierte Mr. Justice Lattington, dessen Kopf trotz der anhaltenden Verstörungen weiter unterhalb immer noch klar war, wenn alle sich wegschlichen, würde Lady Midhurst allein zwischen ihren Tassen sitzen; und da es nicht anging, eine Gastgeberin allein mit ihren eigenen Tassen zu lassen – achtzehn an der Zahl, und achtzehn leere Tassen waren ein grober Affront –, lag es auf der Hand, daß sich jemand würde opfern müssen und bei ihr bleiben.

Aber wer? Er ganz bestimmt nicht. Da war er fest entschlossen. Sollten der Bischof und seine Frau diese Rolle übernehmen. Das müßte doch ganz, oder sollte es zumindest, auf ihrer Linie liegen. Er für seinen Teil hatte genug ertragen, und wenn er nicht bald aus diesem Zimmer kam und sich Erleichterung verschaffen konnte, beispielsweise mit einem kalten Wickel – nein, zwei kalten Wickeln, sein Kopf brauchte auch einen –, konnte er für nichts mehr garantieren. Sein unruhig den Tisch entlang wanderndes Auge fiel auf seine Frau, die direkt neben der Tür saß – endlich hatte sie jemand geöffnet, und ein Hauch frischer Luft streifte seine gequälte Stirn – und über die Zugluft jammerte.

Zugluft! Als könnte man bei diesem zarten Hauch von Zug reden! Sir Lydford sah sie finster an. Alberne Mimose, dachte er mit einer tiefen Bitterkeit, die ihn selbst überraschte. Wann würde seine unverantwortlich saumselige Gastgeberin endlich den Zeitpunkt für gekommen halten, ihn von der Tafel zu entlassen? Nun, bis dahin blieb ihm nichts andres übrig, als wieder in seine düsteren Grübeleien zu versinken, insbesondere über die Ehe und die Torheit junger Männer, die sich zu einem über ihr ganzes zukünftiges Glück entscheidenden Moment lebenslänglich an eine Frau banden, die alt genug war, ihre Mutter zu sein.

Bei der Heirat natürlich noch nicht, aber danach schnell und unausweichlich. Denn Frauen, sinnierte Sir Lydford, während er seine Bessie feindselig musterte, hielten sich nicht. Mochten sie am Anfang noch ohne Makel sein, auf Dauer gesehen – und von wenigen Ausnahmen abgesehen waren Frauen von sehr langer Dauer – was gab es da zu bemäkeln! Entsetzlich war Sir Lydford in diesem Augenblick der Gedanke an die Eintönigkeit des Lebens, die täglich wiederkehrenden Prüfungen. Wer konnte es schon ertragen, jahrein jahraus dasselbe? Welcher Geist, der da nicht abstarb – beim Anblick der ewiggleichen Frau, dem Verzehr der ewiggleichen Mahlzeiten, Jahr um Jahr, Jahrzehnt um Jahrzehnt? Da saß sie, seine magere Bessie, nur ein oder zwei

Meter von ihm entfernt. Während der letzten vierzig Jahre saß sie einen Meter oder zwei von ihm entfernt, manchmal sogar noch beängstigend näher, und so würde sie weitersitzen bis ans Ende seiner Tage und darauf bestehen, daß Türen geschlossen wurden, die er offen haben wollte. Gab es eine trübseligere Aussicht?

Niedergedrückt von seiner Lage sah Sir Lydford nirgends einen Lichtstrahl. Schon vor langer, langer Zeit hatte Bessie sich in eine alte Frau verwandelt, während er, in genau diesem Moment – nun, etwa nicht? – immer noch in der Blüte seines Lebens stand. Es stimmte ihn wirklich melancholisch, an all die ihm bekannten Männer zu denken, die, wie er selbst, den Fehler gemacht hatten, Frauen zu heiraten, die unweigerlich schon bald alt genug waren, ihre Mütter zu sein. Er brauchte sich nur an diesem Tisch hier umzusehen, außer diesem schlauen Andrew Leigh – einem müde wirkenden, schweigsamen, angeblich gescheiten Mann, aber welchen Nutzen hatte Gescheitheit, wenn sie mit Stummheit einherging? – außer Leigh, der so gewitzt gewesen war, sich im reifen Mannesalter ein entzückendes junges Geschöpf zu angeln, bei der Heirat erst siebzehn, wie Sir Lydford gehört hatte, und jetzt kaum über dreißig – außer Leigh also und dem Jüngelchen Geoffrey, der nicht zählte, weil er nicht mal erwachsen war, hatte keiner der versammelten Männer eine Frau, die nicht ergraut war.

Eine graue Frau. Wer wollte schon jeden Tag zu so einer heimkehren? Sein immer noch auf Bessie gerichteter Blick war jetzt mehr als finster, er war giftig. Wieder hatte sie es geschafft! Man hatte die Tür geschlossen. Seit Jahren tat sie ihm, abgesehen davon, daß sie grau geworden war, so etwas an. Kein Wunder, daß er verbittert war. Das Ganze war nicht fair, dachte er – selbst zu Ungerechtigkeit neigend, was aber vielleicht nur auf die während der letzten beiden Tage verzehrten Mahlzeiten zurückzuführen war. Ein Mann brauchte Anreiz und Ermutigung, damit er das Gefühl haben konnte, all sein Mühen, im Leben etwas zu erreichen, lohne sich auch, und der Teufel sollte ihn holen, wenn ihm einer sagen konnte, welch Anreiz und Ermutigung eine Graumaus bot.

Keinen! Und er konnte auch nicht sehen, von welchem irdischen Nutzen es sein sollte, Loorbeeren zu erringen, wenn die einzigen Füße, vor denen man sie rechtmäßig niederlegen konnte, die einer alten Frau waren. *Du machtest dein Lager auf hohem, erhabenem Berg und gingst dort hinauf* – ja solche Füße waren eine andre Sache! Die von alten Damen fand er wirklich abscheulich. Jahr um Jahr tappten sie damit unerbittlich einem Mann hinterher, verpflichteten ihn auch noch, die Rechnungen für die Schuhe zu zahlen, in denen sie hinter ihm her trotteten, nur weil er einst, vor langer Zeit, töricht genug gewesen war, sie zu heiraten.

Die Winkel um Sir Lydfords schmale Lippen fielen noch weiter herab. Ab einem bestimmten Alter, dachte er, sollte es irgendeine respektable Zufluchts- und Rückzugsstätte für Frauen geben. Ein Gehege oder Pferch – was, war ihm gleich, solange das Ganze solide gebaut und wetterfest war. In allen Ehren und mit dem Segen der Gesellschaft würden die betagten Damen dort Einzug halten und qua Eintritt automatisch geschieden werden, ohne jedes bittere Gefühl auf irgendeiner Seite. Sollten es die alten Damen dort ruhig so behaglich wie möglich haben, Hauptsache sie waren dort und ihre Gatten frei, sich frisch zu vermählen, frei, eine neue, passendere Verbindung einzugehen, so wie der gewitzte Leigh – mit einer Jungen.

Nach einem letzten giftigen Blick wandte er seine Augen

von Bessie ab, die er seiner Meinung nach mit vollem Recht satt hatte. Reine Zeitverschwendung, Bessie anzusehen. Er kannte sie bis zum Überdruß, einem ähnlichen, den ihm die Torte bereitete, die wütend in ihm gärte. Und angesichts dieser doppelten Mißlichkeit begann er, sich eitlen Träumen hinzugeben. Denn weder sein Zorn auf Bessie ergab irgendeinen Sinn, noch der auf die Torte. *Faits accomplis*. Und über *faits accomplis* regt ein weiser Mann sich nicht auf, sondern denkt einfach an etwas anderes.

Entschlossen wandte er sich der Tischnachbarin zu seiner rechten zu. Bis er von dieser unerträglichen Tafel entlassen würde, wollte er Trost und Ablenkung in der Betrachtung ihres Profils suchen.

Es gehörte dieser reizenden und der Gesellschaft bislang unbekannten jungen Frau, Mrs. Andrew Leigh, und war ebenso zart wie bezaubernd.

›Wenn sie bloß nicht von mir erwartet, daß ich mit ihr *rede*‹, dachte Sir Lydford, der es sich auf seinem Stuhl bequemer machte, ›soll sie mich einfach still dasitzen und sie angucken lassen, dann geht es mir wahrscheinlich auf der Stelle besser.‹

Denn Sir Lydford war nicht nur Richter, der Diebe und andere Gesetzesbrecher manchmal zu ein paar heilsamen Peitschenhieben verurteilte, er hatte auch eine poetische Ader, und die Betrachtung von Schönheit war ihm eine köstliche Erquickung. In den Erholungspausen von seinem Richteramt schrieb er sogar sehr hübsche kleine Verse über dergestalte Schönheit, wie sie ein Mann, der im Lichte der Öffentlichkeit steht, gefahrlos rühmen darf, beispielsweise über die Schönheit von Sonnenaufgängen und königlichen Geburtstagen, Reime, die er dann an die Presse sandte, die sie stets anstandslos abdruckte, denn einerseits war sein Verseschmieden verdienstvoll, andererseits Sir Lydford eine wichtige Persönlichkeit.

Er wußte also, auf was er aus war, als er, um Trost zu finden, seinen Blick auf Mrs. Leigh heftete, deren Konversation, wie er es längst bemerkt hatte, bedauerlicherweise nicht an den Standard ihres Profils heranreichte. Ich hoffe bloß, sagte er sich also, sie hält den Mund und läßt mich den meinen halten, damit ich mich in Ruhe an diesem hinreißend gewölbten kleinen Nasenflügel erquicken kann, an dieser kleinen weichen Haarlocke, die so mutwillig ihr Ohr umspielt, und dann werde ich das Mahl wohl bis zum Ende durchstehen.

Und während er so all seine Sinne auf jene klaren Linien richtete, begann seine poetische Ader, die aus dem einen oder anderen Grund seit Freitag versiegt war, schon bald wieder zu sprudeln und löschte all seine andern beklagenswerten Empfindungen aus, so daß ihm Worte einfielen wie ›Sie ist die Blume, die Helenas Busen schmückte, als sie über die Stadtfeste schritt und alle Männer sich nach ihr umdrehten – vielmehr, berichtigte er sich mit der seinem Berufsstande eigenen Vorsicht, ›möglicherweise trug‹, denn was die Blume anbelangte, hatte er ja keinen zweifelsfreien Beweis... Und »Ah« seufzte er dann unwillkürlich laut auf. »Helena. Na, *das* war eine Frau, zu der es sich heimzukehren lohnte!«

»Ich bitte um Verzeihung – wie bitte?« sagte Mrs. Leigh, mit schwacher Stimme, denn ihr war nicht gut.

Den größten Teil ihres Wochenendes hatte sie damit verbracht, die Gesellschaft ›Verzeihung – wie bitte?‹ zu fragen, was daran lag, daß die Gespräche in für sie ungewohnten

Bahnen verliefen und sie beim ersten Hören, wie sie ihrer lieben, verständnisvollen Mutter später mit einer kleinen Grimasse erklärte, nicht verstand, worum es ging. Selbst beim zweiten Hören blieb ihr vieles rätselhaft, aber mit Hilfe ihrer Wimpern und lächelnden Lippen gelang es ihr, zumindest Verständnis zu mimen. Und obwohl ihre zeremonielle Bitte die auf das kurze einfache Wie? eingestimmten Ohren leicht aus der Fassung brachte, wurde ihr, dank ihres zauberhaften Äußeren, großzügig Verzeihung gewährt.

Selbst die Frauen, von Natur aus knausriger, was das Vergeben betrifft, verziehen, denn wirklich – war sie nicht wie eine Blume? Diese lieblichen Farben, diese Anmut! Und wer konnte schon hart gegen eine Blume sein, zumal, wenn Daisy Midhurst sich aus irgendeinem Grunde entschlossen hatte, sie zu hegen. Auch wenn also dieser unerwartete Gast an Daisys Tafel nicht ganz ... – nun, genau besehen, beim besten Willen nicht ... – wen scherte es? Auf eine Art mußte sie einfach ..., sonst wäre sie nicht hier.

Und genau deshalb, sinnierte Mr. Torrens, während er sein Monokel zurechtrückte, um sein bezauberndes *vis-à-vis* besser zu sehen, hatte Daisy Anspruch auf ihrer aller Dankbarkeit: Mit ihrer Einladung drückte sie den Leuten ein Gütesiegel auf die Stirn, und selbst wenn eine Person nach außen hin vielleicht so aussah, als wäre sie nicht ganz – nun, Sie wissen schon was, dachte Mr. Torrens, während er Mrs. Leigh anstarrte – konnte man doch sicher sein, daß sie es trotzdem war und man sich ihr gefahrlos und furchtlos nähern konnte.

Gleich zu Beginn dieses Wochenendes hatte er sich Mrs. Leigh also furchtlos genähert, obwohl er leider nicht sehr weit gekommen war. Auch der Bischof hatte keine Zeit vergeudet, sie zu umschmeicheln, ebensowenig wie der alte

Lattington. Während der Bischof sie verstohlen umschmeichelte, wenn seine liebe Jugend gerade nicht in der Nähe war, verzichtete Sir Lydford ganz auf Worte, die in diesem Fall wenig nutzbringend waren, und nahm zu einem weise im Zaum gehaltenen väterlichen Tätscheln Zuflucht. Ganz anders jedoch Mr. Torrens selbst, der, ging es um eine schöne Frau, mit Stolz von sich behaupten konnte, sehr beherzt zu sein, und sich ihr auf eine Weise näherte, die seine Frau vermutlich als äußerst freizügig bezeichnet hätte.

Soll sie, dachte Mr. Torrens trotzig, der, wenn er gut gegessen hatte, nie trotzig war. Wenn man erst anfing, sich darum zu kümmern, was Ehefrauen sagten, ein Faß ohne Boden! Aber sein ganzer Wagemut – Mr. Torrens hatte die kleine Dame gleich zu Beginn allein zu dem entlegenen Küchengarten entführt – hatte ihm nichts eingebracht. Weder bei diesem kleinen Ausflug war etwas herausgekommen, noch bei den verschiedenen Bootsfahrten, die er später, ebenfalls mit ihr allein, auf dem Fluß unternahm. Gewiß, gewiß, es durfte ja auch nichts dabei herauskommen, sonst befände sich die Dame nicht unter Daisys Dach, das wußte er. Aber selbst wenn er auf mehr hätte hoffen dürfen, ihre ständigen Höflichkeitsfloskeln waren ein unüberwindliches Hindernis.

Was soll ein Mann mit einer Frau anfangen, die jedesmal, wenn er etwas sagt, ›Verzeihung – wie bitte?‹ fragt und es ihn wiederholen läßt. Als sie an jenem ersten Abend, wie er sich mit Freuden erinnerte, mit praktisch nichts bekleidet, nur einem Hauch Blaßrosa, in den Salon schwebte, war in den fünf Minuten bis zum Dinner dreizehnmal ihr ›Verzeihung – wie bitte?‹ zu hören gewesen, was zur Folge hatte, daß die ganze Gesellschaft nach und nach verstummte. War sie taub? Entsetzen hatte ihn ergriffen. Wie furchtbar, wäre dieses entzückende Geschöpf taub! Aber sie war es nicht, was Mr. Torrens im Augenblick zutiefst bedauerte, denn wäre es der Fall, dann könnten sie alle ruhig dasitzen und sie stumm anstarren, aber wie die Dinge lagen, mußten sie reihum alles zweimal sagen. Und die bestenfalls platten Worte zur Eröffnung eines Gesprächs klingen, werden sie wiederholt, unglaublich dumm.

Noch unsäglich alberner, wenn wiederholt, klingt das Einleitungsgeplänkel zu einem Techtelmechtel. Er war also mit ihr vom Fluß zurückgekehrt, er war mit ihr vom Küchengarten zurückgekehrt, ohne daß er ihr eine Spur näher gekommen war als vor dem gemeinsamen Aufbruch zu diesen Orten, und Mr. Torrens, der ihr jetzt gegenüber saß und daran dachte, daß das Wochenende fast vorüber war und die Gelegenheiten so gut wie erschöpft, fand das Ganze einen großen Jammer.

Während er sie durch sein Monokel anstarrte, betrauerte er solche Verschwendung. Verschwendung, Verschwendung – die reinste Verschwendung, so auszusehen und dann nicht so zu sein! Hatte man je eine exquisitere, glattere weiße Haut gesehen? Mr. Torrens sehnte sich danach, sie zu berühren, nur ganz sanft und respektvoll mit den Fingerspitzen natürlich, denn schließlich befand er sich in Daisys Haus. Und dann ihr Haar – sie hatte genau die Sorte Haar, die Mr. Torrens anbetete, dunkel, weich und, daran zweifelte er nicht, von betörendem Duft für den Glücklichen, der sein Gesicht darin vergraben durfte. Und ihr Mund, wie eine rosenfarbene Petunie, so verheißungsvoll, wie geschaffen für – nun, nichts für ungut. Und ihre von langen, dunklen Wimpern umrahmten blauen, romantischen, schmachtenden Augen – Mr. Torrens war trotz allem immer noch gewillt, einen Besen zu fressen, wenn das keine schmachtenden Augen waren, obwohl alles Schmachten natürlich nur dem schweigsamen Leigh gelten konnte, sonst hätte sie nie über die Schwelle von Shillerton treten dürfen. Und diese hinreißenden, niedlichen schlanken Beine, die trotz des langen Gewands so bereitwillig und oft zum Vorschein kamen – Mr. Torrens, ein Bewunderer von Beinen, zog so viel Trost wie er nur konnte aus diesem den Gästen oft gewährten, kurzen Anblick. War es da nicht wirklich ein Jammer, daß das einzige, was dieses ansonsten vollkommene Göttergeschenk sagen konnte, offensichtlich ›Verzeihung – wie bitte‹ war?

Ja, es war ein Jammer. Ein unglaublicher Jammer. So was verdarb dem Kühnsten den Stil. Vor dieser Angewohnheit mußte selbst der Eloquenteste früher oder später kapitulieren. Traurig erinnerte er sich daran, welch hochfliegende Hoffnungen die Gesellschaft erfüllt hatten, als sie am Freitagabend zum ersten Mal im Salon erschien, Leigh mit der verdrießlichen, abwesenden Miene, die ihn unmißverständlich als Gatten auswies, im Schlepptau und wie sie alle, da von Daisy mit keinem Wort vorbereitet, vor Entzükken und Staunen den Atem angehalten und sich nach einer Weile ungläubigen Starrens in geschlossener Reihe um die Vision geschart hatten und nicht gewichen waren.

Aber dann hatten die Verzeihung-wie-bittes angefangen. Diese ach so beklagenswerten Verzeihung-wie-bittes, die zum Verstummen brachten, in die Flucht schlugen. Einer nach dem andern hatten sie sich davongemacht und wieder zu den Frauen gesellt, die sie gewohnt waren und die ihre Sprache sprachen – als erster Lord Midhurst, ein, wie man hätte meinen sollen, genügend standfester Mann, alles zu schlucken, solange es mit Schönheit einherging. Als nächster hatte sich der alte Topsy Topham schnell wieder an Daisys Seite geflüchtet, gefolgt von dem blassen, schmächtigen Geoffrey, der sich an einen entfernten Tisch verdrückte, wo er lustlos einige Bücher durchblätterte.

Aber nicht so Mr. Torrens. Er, am schnellsten an ihrer Seite und am entschlossensten, nicht zu weichen, war aus anderem Holz geschnitzt. Er dachte gar nicht daran, sich durch solch eine Lappalie um den Genuß von Schönheit bringen zu lassen.

»Gott segne sie«, lautete also sein abschließender, mit unbeirrbarer Entschlossenheit hervorgestoßener Urteilsspruch, als der Butler die Türen des Speisesaals öffnete.

»Verzeihung, wie bitte«, sagte Mrs. Leigh. Was Mr. Torrens' Rechnung nach, der es sich nicht hatte verkneifen können, fasziniert mitzuzählen, vierzehn machte.

Seit Mrs. Leighs erstem Erscheinen hatte die Gesellschaft emsig ihre kleinen Nachforschungen angestellt, und als Mr. Torrens ihr jetzt beim Sonntagslunch gegenübersaß, wußte er, daß Leigh sie in einem Taumel von Leidenschaft zu Beginn des Krieges geheiratet hatte, als sie ein Kind von siebzehn und er an die vierzig war, daß ihre Mutter Schauspielerin gewesen war, in den untersten Rängen dieses Berufs, und daß nur ihre extreme Jugend und die rechtzeitige Begegnung und Eheschließung mit Leigh die Tochter davor errettet hatte, ebenfalls Schauspielerin zu werden, in wahrscheinlich noch niederen Rängen.

Ja, errettet war das Wort, das Lady Cecilia Jones, die Tochter von fünfzehn Herzögen, und nur ihrer Heirat wegen Jones, bei der Übermittlung dieser Information benutzte. Sie war es auch, von der die Bemerkung über die noch niederen Ränge stammte.

Der Bischof, der sehnige, von sich selbst eingenommene Frauen nicht leiden konnte, hatte sie mit dem Hinweis zurechtgewiesen, heutzutage, wo Kirche und Bühne Hand in Hand gingen – »davon kann keine Rede sein« hatte Lady Cecilia eingeworfen –, sei ein solcher Ausdruck in Verbindung mit einem ehrbaren Beruf nicht mehr angebracht.

»Für *mich* schon«, entgegnete Lady Cecilia schnaubend.

Durch aufmerksames Lauschen bei den seltenen Gelegenheiten, wenn Leigh sich an seine Frau wandte, hatte die Gesellschaft auch bald in Erfahrung gebracht, daß ihr Vorname Rosie war.

Rosie. Genau. Wie sonst, sagte Lady Cecilia und preßte die Nasenflügel platt.

Rosie. Ja. Nun, warum nicht? sagte Mr. Torrens. Schließlich trug ja auch Daisy den Namen einer Blume. Und tat der Name etwa ihrem Ansehen und ihrer Würde auch nur einen Deut oder ein Quentchen Abbruch? – Mr. Torrens verspürte den Impuls, die Frau des Bischofs zu fragen, was ihrer Vorstellung nach ein Quentchen sei, widerstand ihm aber. Das einzige, was ihr Name Daisy antat, war, sie zu datieren, da alle noch lebenden Daisys vor fünfzig oder sechzig Jahren getauft wurden, jener kurzen Zeitspanne, in der die Daisys wie Unkraut aus dem Boden schossen. Aber ansonsten – was hatte ihr Name ihr angetan? Nichts! Und wenn Daisy Daisy sein konnte und keiner etwas dagegen einzuwenden hatte, warum sollte Rosie dann nicht Rosie sein?

»Unsinn«, sagte Lady Cecilia. »Sie wissen ganz genau, daß das etwas völlig anderes ist.«

Eins wußte Mr. Torrens jedenfalls, genau wie die andern auch, und deshalb hielten sie es für besser zu schweigen. Das Vögelchen konnte sonstwas sein – Rosie, Totsie, Chucksie, oder sonst ein Wesen – wenn es sich als Gast in Daisys Haus aufhielt, erst einmal jene heiligen, geweihten Hallen betreten hatte, dann war es so unangreifbar, als hätte es die Himmelspforten durchschritten.

Zweifellos, sinnierte Mr. Torrens am Sonntag beim Lunch, während er die Blume ihm gegenüber betrachtete, die inzwischen, wie er voller Mitgefühl feststellte, den Kopf ein wenig hängen ließ, was schließlich kein Wunder war – zweifellos war es eine große Sache für ein Dämchen von – nun, warum es nicht aussprechen, wo es doch so offenkundig war? – zweifelhafter, wenn auch hinreißender Erscheinung, auf Shillerton eingeladen zu sein. Allein durch den Aufenthalt hier, mochte er noch so kurz sein, konnte sie monatelang, ehe Daisys auf sie abfärbender Strahlenkranz zu verblassen begann, so ziemlich treiben was sie wollte. Wie alle andern hier Versammelten, hatte sie den Bonus, nur eine potentielle Sünderin zu sein. Denn nur potentiellen Sündern – diese mußten natürlich zugelassen werden, sonst bekäme Daisy ja keine einzige Gesellschaft zusammen – wurde erlaubt, über die Schwelle von Shillerton, Grosvenor Square oder Ballymackonochie zu treten. Mr. Torrens wußte natürlich, daß man sich in den Clubs und an anderen Orten, wo mit ähnlich lockerem Mundwerk geredet wurde, einen Spaß daraus machte, Daisys Gäste mit dem Etikett *Noch Respektabel* zu versehen, so berühmt war ihre Abneigung gegen Skandal und die sanfte Gründlichkeit, mit der sie die schwächeren Gewächse in ihrem Freundeskreis ausjätete und sich ihrer entledigte.

Natürlich war ihm ebenso bekannt, daß die weniger Feinsinnigen in diesen Clubs noch weiter gingen, Daisys Gesellschaften frech *Parties der noch nicht Gefallenen* nannten und sich ein billiges Vergnügen daraus machen, dort zu erscheinen, um, wie sie behaupteten, sich mit eigenen Augen zu überzeugen, welche ihrer Bekannten noch auf dem Pfade der Tugend wandelten. Denn unter jene, die von Berufs wegen notgedrungen unfehlbar waren, wie er selbst zum Beispiel – es gab Augenblicke, wie gern hätte Mr. Torrens da gefehlt! – mischten sich bis dahin ebenfalls Unbescholtene, die in zweifelhaftem Lichte zu sehen für eines gewissen Geistes Kinder hochvergnüglich war. Ein noch größeres Vergnügen bereitete es ihnen natürlich, in Daisys Salons auf jemand zu treffen, dessen Fehltritt nicht nur vermutet wurde, sondern als erwiesen galt, und der keineswegs geächtet war, sondern überaus keck und munter bei ihr ein und aus ging.

All jene, die am Rande des Abgrunds wankten, brauchten nur bei Daisy gesehen zu werden, und schon verstummten die bösen Zungen. Und in einem Alter, in dem man leicht ins Wanken gerät, das mußte Mr. Torrens anerkennen, war das ein großer Segen. Er wußte, niemand auf der Welt war so erpicht darauf wie Daisy, so von ganzem Herzen bereit, diesen Wankelmütigen die rettende Hand zu reichen. Alles tat sie für sie, solange Hoffnung auf Rettung bestand. Frauen mit verbotenen Sehnsüchten, junge Männer mit der Tendenz zu entgleisen, alte, die sich darin gefielen, sich auf eine Weise zu benehmen, die ihrer Jahre nicht würdig war, sie alle konnten auf Daisys bereitwillig ausgestreckte Hand rechnen. Die Noch-nicht-Gefallenen vertrauten sich ihr in Scharen an. Wegen ihrer Weisheit, ihres Mitgefühls und ihrer kostbaren Gabe, Stillschweigen zu bewahren, war sie die Beichtmutter von halb London, und lag ein Skandal in der Luft, wurde geflüstert, ›Wie nett Daisy zu dem- oder derjenigen ist!‹ Worauf die ebenfalls geflüsterte Antwort lautete: ›Oh, so weit ist es also schon gekommen!‹ – und auf der Stelle senkte sich ein gespanntes und alarmiertes Schweigen auf die Gesellschaft, denn jedermann wußte, daß Daisys Freundlichkeit in dem Maße zunahm, wie sich ihre Freunde dem Abgrund näherten.

Aber war die Katastrophe erst einmal passiert, der Strauchelnde in den Abgrund gestürzt, war auf Daisy nicht mehr zu zählen. Traurig faltete sie die Flügel zusammen und blickte in die andere Richtung. Eine Art resignierten Ekel und finsteren Groll schien sie den Gefallenen gegenüber zu empfinden, bis sie sie mit der Zeit ganz vergaß. Zu verhindern, war Daisys Interesse, nicht Rettung – ›Aber was‹, fragte sich Mr. Torrens und tauchte noch einmal aus den Grübeleien auf, in die er versunken war, während er darauf wartete, daß seine liebe und fraglos, an diesem Wochenende, recht rätselhafte Freundin das längst überfällige Zeichen zur Aufhebung der Tafel gab, ›was will sie in Rosies Fall verhindern? Und warum in aller Welt hat sie das kleine Geschöpf nach all den Jahren plötzlich aus der Versenkung geholt? Warum kümmert sie sich plötzlich um sie?‹

Das verwirrte ihn. Je weiter das Wochenende fortschritt, desto größer wurde seine Verwirrung. An Leigh waren sie alle gewöhnt. Der ging seit Jahren in Daisys Häusern ein und aus, war ein unverzichtbarer und nützlicher Mann für sie, den ihr, wie ihre Freunde wußten, der arme Midhurst, dessen stellvertretender Kommandeur er während des Krieges gewesen war, zur Abwicklung ihrer Geschäfte empfohlen hatte. Aber Leighs Frau hatte bisher niemand zu Gesicht bekommen, und man war stillschweigend davon ausgegangen, daß sie von der anspruchslosen Sorte war, die keinen Wert auf Einladungen legte. Wahrscheinlich ebenfalls fortgeschrittenen Alters und kränkelte vielleicht! Leigh hatte die fünfzig weit überschritten und war schon damals, als man ihn zum erstenmal bei Daisy sah, verheiratet gewesen, so daß man selbstverständlich annahm, seine Frau sei mehr oder weniger gleichaltrig. Und jetzt, seh sie sich einer an, dachte Mr. Torrens und preßte sich sein Monokel fester ins Auge – seh sich einer an, womit Daisy ihre unvorbereiteten Gäste überraschte.

Sich selbst überraschte! Denn der Art nach zu urteilen, wie sie ihren neuen Gast begrüßt hatte, war offenkundig, daß auch Daisy sie zum erstenmal sah. Und nicht ein einziges erklärendes Wort hatte sie seither abgegeben, keinen einzigen geflüsterten Hinweis, warum sie Mrs. Andrew Leigh, die noch nie an ihrer Tafel saß, plötzlich eingeladen hatte. Gehörte sie etwa zu jenen – nun, sie sah ganz danach aus –, die einen besonders spektakulären Abgrund entlang strauchelten? Und eilte Daisy ihr zu Hilfe, weil sie Leigh so viel verdankte?

Ja, aber Leigh zeigte nicht das geringste Interesse für seine Frau – im Gegenteil, er schien ihre Anwesenheit zu bedauern. Und was den möglicherweise spektakulären Abgrund betraf – Daisy war zwar höflich zu dem kleinen Ding, aber keineswegs herzlich. Das war Mr. Torrens sofort aufgefallen. Sie hatte sie zum Beispiel nicht geküßt, wie sie sonst ausnahmslos alle Frauen küßte, die sie vom Rande des Abgrundes wegzerrte. Aber wenn keine Katastrophe drohte, warum in aller Welt hatte sie sich dann diesen kleinen Kuckuck – bezaubernd und hinreißend, gewiß, gewiß, aber eben trotzdem ein Kuckuck – ins eigene, sonst so eifersüchtig gehütete Nest gesetzt? Und warum hatte sie die drögesten, gesetztesten, langweiligsten ihrer Freunde dazu geladen? Wirklich, dachte Mr. Torrens, wenn man's genau bedachte, außer Daisy und ihm selbst war an diesem Wochenende niemand auf Shillerton, der der Rede wert gewesen wäre.

Das Ganze war also sehr sonderbar, und je länger er so sinnlos in diesem stickigen Raum eingesperrt war, desto sonderbarer fand er es. Außerdem kam er immer mehr zu der Überzeugung, daß auch die anderen etwas Befremdliches spürten und deshalb so mißmutig waren. Er wollte nicht glauben, daß es nur an dem schlechten Essen und der Hitze lag. Beides trug natürlich das seine dazu bei, aber es mußte noch einen anderen Grund für die gereizte Stimmung geben. Etwas lag an diesem Wochenende hier in der Luft, etwas, dem er noch nie unter Daisys verschiedenen Dächern begegnet war.

Aber was?

Vor Anstrengung, es zu benennen, legte er die Stirn in Falten und löste seinen Blick von dem Rosen-Petunienmund, den er schon seit einer Weile nicht mehr recht wahrgenommen hatte, und sah sich um, so als hoffe er, auf einem der Gesichter die Antwort auf seine Frage zu finden.

Er fand sie nicht. Dafür erhaschte er aber zufällig, genau in dem Moment, als es an ihm vorbei zum andern Tischende hinflog, jenes Lächeln Terry Chilgroves, das den Bischof so entzückt hatte und das Mr. Torrens nun in noch tiefere Verwirrung stürzte.

Was hatte dieses Lächeln nun schon wieder zu bedeuten?

Er war alarmiert, drückte sich sein Monokel fester ins Auge, beugte sich vor und lugte um die vorspringenden Formen der Bischofsfrau herum, um zu sehen, wie Daisy auf diese Botschaft reagierte.

Denn es mußte ihre Mutter sein, der Terrys Botschaft galt. Sonst saß beim besten Willen niemand dort unten, der der Adressat eines so vertrauten, zärtlichen Blicks hätte sein können – und nicht nur vertraut und zärtlich war er gewesen, sondern beruhigend und ermutigend, als wollte das Mädchen eilig über den Tisch hinweg signalisieren: ›Es ist alles in Ordnung, Schatz. Mach dir keine Sorgen. Ich bin hier, und ich liebe dich‹ – aber warum um alles auf der Welt, fragte sich Mr. Torrens, sollte ausgerechnet Daisy solchen Zuspruch nötig haben?

Entschlossen, sie im Auge zu behalten, lugte er um die sich hervorwölbende Dame neben ihm herum. Nicht umsonst war er Daisys Freund, seit sie Kinder waren, und wenn sie etwas bekümmerte, so würde er schon in Erfahrung bringen, was, und Abhilfe schaffen. Die schiere Vorstellung, etwas könnte ihr heiteres Gemüt belasten, ließ seine Zuneigung zu ihr von neuem aufwallen, und zwar so leidenschaftlich, daß er in jenem Moment ohne Zögern den Schwur geleistet hätte, solch reine Freundschaft sei die einzige und wahre Form der Liebe. Von welchem Wert waren schon Rosenpetunienmünder auf Dauer und schlanke, seidige, niedliche Beine? Waren sie nicht null und nichtig verglichen mit der verläßlichen, holden Freundschschaft einer lieben, guten Frau?

Aber er konnte die Augen zusammenkneifen wie er wollte, er sah nicht viel. Zum einen, weil sich die Formen der Bischofsfrau so weit hervorwölbten, daß er den Hals verdrehen mußte, um überhaupt etwas zu erkennen, zum andern, weil man an diesem Wochenende offenbar besondere Vorkehrungen getroffen hatte, die Fenster abzudunkeln, wohl wegen der Hitze. Außerdem war Daisys Platz – wie immer saß sie mit dem Rücken zum Fenster, oh, Mr. Torrens verzieh ihr, er wußte, warum – so weit von seinem entfernt, daß er den Umriß der vertrauten, lieblichen Gestalt nur verschwommen erkennen konnte, und auch den exquisiten kleinen Kopf – ach, nicht mehr so schön wie einst, diese Gestalt und dieser Kopf, denn die Zeit fordert ihren Tribut, gleich welche Anstrengungen eine Frau auch unternimmt –, und ihr Gesicht sah Mr. Torrens auf die Distanz nur als kleinen blassen Fleck.

Ausgeschlosssen also, daß Terry vom andern Tischende aus das Gesicht ihrer Mutter erkennen konnte. Er, der näher saß, sah ja nichts. Nun, das Mädchen hatte die verstohlene, ermutigende Botschaft wohl einfach auf gut Glück losgesandt. Aber warum sie überhaupt absenden? Warum, ohne ersichtlichen Grund, dieses sonderbare aufheiternde Lächeln, so als werfe sie im Geiste ihrer Mutter die Arme um den Hals?

Im nächsten Moment wußte Mr. Torrens plötzlich, daß Botschaft und Lächeln nicht Daisy galten. Woher er es wußte, hätte er nicht sagen können. Und genauso plötzlich wußte er, was es war, das sich an diesem Wochenende auf Shillerton herabgesenkt hatte – das Wort kroch ihm wie ein kaltes, schleimiges Wesen ins Herz – Angst war es!

Angst? Ach was, Unsinn! Schierer Unsinn. Er stieß das Wort zurück. Aber es drängte sich ihm wieder in den Kopf. Angst wovor? Vor wem? Er kannte niemanden auf dieser Welt, der so dagegen gefeit war, dem ein solches Gefühl so fremd gewesen wäre wie Daisy. Außer natürlich, dieser Bursche Leigh hatte sich schlecht um ihre Geschäfte gekümmert und sie in finanzielle Schwierigkeiten gebracht, und Daisy, in Geschäftsdingen so unerfahren wie die meisten Frauen, übertrieb die Tragweite.

»Hätten Sie die Güte«, unterbrach die Bischofsfrau an diesem Punkt seine Gedanken, und ihre Stimme klang, als sei sie nun wirklich am Ende ihrer Kraft, »ihr Stuhlbein von meinem Rock zu nehmen?«

»Ich *bitte* um Verzeihung« sagte Mr. Torrens und entsprach hastig ihrer Bitte.

Aber im nächsten Moment war der ganze Tisch in Aufruhr, denn Mrs. Leigh, die Sir Lydford noch vor einigen Minuten mit ersterbender Stimme gebeten hatte, das Gesagte doch bitte zu wiederholen, und danach seinen Ausführungen mit angestrengter, gequälter Miene lauschte, sah sich offenbar zum Schluß außerstande, noch mehr zu ertragen, war einfach von ihrem Stuhl geglitten – ganz und gar nicht wie eine hübsche Frau, sondern eher wie ein knochen- und willenloses Bündel – und in Ohnmacht gefallen.

Sofort kam Leben in den Raum. Ausrufe waren zu hören. Stühle wurden beiseite gerückt, Gläser umgeworfen, und Mr. Torrens vergaß ein paar Minuten lang seine Sorgen.

Hitze. Die Hitze ...

Jemand soll ein Fenster öffnen ...

Es sind doch schon alle offen ...

Armes, kleines Ding ...

Kein Durchhaltevermögen ...

Sie braucht Luft ...

Woher nehmen ...

Miss Simpson ...

Diese Bootsfahrt ist schuld ...

Den ganzen Vormittag lang ...

»Bootsfahrt! Sie meinen wohl die Stachelbeeren. (So Lord Midhurst, sehr laut und ärgerlich.) Wenn du schon deinen unglückseligen Freunden *unbedingt* diese Dinger vorsetzen mußt, Daisy ...«

»Man öffne ihren Kragenknopf ...« (So Professor Brown, dessen Ratschlag sich jedoch eher auf den Allgemeinfall als den besonderen richtete, denn Mrs. Leigh trug keinen zugeknöpften Kragen).

»Halten Sie ihr den Kopf, Lattington ...« (So Mr. Torrens, der herbeieilte, um sich des Rests von ihr anzunehmen.)

Sir Lydford kümmerte sich jedoch weder um ihren Kopf noch sonst etwas. Er als einziger war stumm und reglos auf seinem Stuhl sitzengeblieben, jedoch so weit wie möglich von dem Geschehen neben ihm abgerückt, das er mit mürrischer Miene verfolgte. Bei solchen Gelegenheiten war er nicht in Hochform, das wußte er selbst, und deshalb verdrossen ihn alle Situationen, in denen man ihm die Gesellschaft kranker Leute oder etwa kleiner Kinder aufzwang.

Aber ehe Mr. Torrens um den langen Tisch herum gelangte, war Terence Chilgrove schon zu Rosie geeilt, griff mit ihren jungen kräftigen Armen nach der schlaffen Gestalt, und sie und Leigh – aber ja, es gab ja auch noch den Gatten. Sie hatten ihn ganz vergessen. Aber welch ein Segen ein Gatte doch manchmal war! – hoben sie hoch und trugen sie fort.

»Gott sei Dank«, bemerkte Lord Midhurst, als auch Daisy nach einem winzigen, kaum wahrnehmbaren Zögern der kleinen Prozession aus dem Raum folgte und die Tür sich hinter ihr schloß. Denn manchmal ist es eine Erleichterung, seine Gastgeberin von hinten zu sehen.

In diesem Fall war es eine große Erleichterung, auch wenn sonst niemand dem lieben Gott laut dafür danken wollte. Sogar Lady Cecilia, die normalerweise kein Blatt vor den Mund nahm, schwieg, als sie alle hinaus an die Luft und unter die Markise strömten und so weit voneinander entfernt wie nur möglich erschöpft in die Sessel sanken.

Seltsam, dachte Lady Cecilia, daß erst jemand in Ohnmacht fallen mußte, bis Daisy sie aus dem stickigen Raum entließ! Ein Wunder, daß sie nicht alle ohnmächtig geworden waren. Was war nur mit Daisy los, daß sie plötzlich blind und stumpf gegenüber allem war, worauf sie sonst peinlich genau achtete? Nicht nur als schlechte Gastgeberin erwies sie sich, sondern eindeutig als Gefahr, mit ihrem giftigen Essen und ihrer Nachlässigkeit.

Fassungslos und aufgebracht bahnte sich Lady Cecilia ihren Weg zu dem hintersten Sessel, ein Weg, der sie an den ausgestreckten Beinen von Lord Midhurst vorbeiführte, der, bei ihrem Anblick in dem Glauben, sie steuere auf ihn zu, dem Bichof zuflüsterte, genauer, ihm zuzischte, »Wenn sich diese alte Cilly Jones jetzt neben mich setzt, dann erwürge ich sie.«

»Mein lieber Freund«, sagte der Bischof tadelnd, stand auf und suchte sich ein friedvolleres Plätzchen. Er brauchte einfach einen Moment Ruhe . . . noch eine Irritation, und er . . .

Der Kaffee. Der mußte auch noch getrunken werden. Die Bediensteten brachten ihn in der bauchigen Glaskanne, in der Daisy ihn stets servieren ließ, und stellten sie auf den Tisch, an dem sich, da Daisy abwesend war, Miss Simpson jetzt aufgeregt zu schaffen machte.

Die Gäste sahen zu. Verdrossen saßen sie da und sahen zu, einander verbunden durch die gemeinsame Abneigung, noch irgend etwas zu sich zu nehmen. Aber noch etwas anderes verband sie – dieser, ihm unangenehme, Gedanke ging Lord Midhurst durch den Kopf – nämlich das gemeinsam Verzehrte. Ob es ihnen gefiel oder nicht, das, was sie in sich hatten, knüpfte sie alle unauflöslich aneinander. Sich bloß vorzustellen, dachte er ärgerlich, innen genauso zu sein wie die alte Cilly oder Lady Lattington oder gar dieser deutsche Bursche, dieser Graf Soundso, der so teuflisch höflich war, daß man nicht in seine Richtung gucken konnte, ohne daß er sich verbeugte.

Lord Midhurst schloß die Augen, weil er nichts mehr sehen wollte, wobei er gleichzeitig versuchte, seinen Geist abzuschotten, weil er an nichts mehr denken wollte. Denn wenn er nachdachte, würde er nur anfangen sich zu wundern, was in Daisy gefahren war, sich Leute ins Haus zu laden, die sie dann vergiftete und in einen glühend heißen Raum einsperrte, bis eine der Damen zusammenbrach, nachdem man sie mit, ebenfalls glühend heißen, Stachelbeeren vollgestopft hatte, wo es doch in ganz England keine Frau gab, die es besser verstand, es ihren Gästen behaglich zu machen. Nur nicht darüber nachdenken, sonst müßte er sich Sorgen machen, aber alle Sorgen hatten zu warten, bis er wieder in seinem kühlen Club war und etwas Anständiges gegessen hatte. Denn er mochte Daisy sehr gern und wußte, wenn er erst anfing, sich zu sorgen, fände er kein Ende.

Also verstummte er. Schweigen senkte sich auch über den noch verbliebenen Rest der Gesellschaft – inzwischen fehlten die Bischofsfrau, die geradewegs zu ihrem Schlafzimmer aufgebrochen war, wo sie mit Seufzern der Erleichterung ihr Korsett abnahm, sowie Sir Lydford und Mr. Torrens, die sich ebenfalls, einer nach dem andern, eiligst davongemacht hatten. Kein Laut war zu hören auf der großen schattigen Terrasse, nur das leise Löffelgeklirr, als die Bediensteten die Kaffeetassen herumreichten.

Aber nachdem der Bischof – er war nun einmal ein guter Mensch – ein paar Minuten Zeit gehabt hatte, sich zu erholen, empfand er es als sehr ungehörig, daß elf Leute, zehn davon Gäste, einfach dasaßen und schwiegen. Es rückte ihre abwesende Gastgeberin unweigerlich in ein schlechtes Licht, wenn sie wortlos ihren Kaffee tranken. Und, angesichts seines Amtes und trotz seines persönlichen Widerwillens, fragte er sich prompt, ob es nicht an ihm sei, die zerrüttete und unverkennbar übelgelaunte Gesellschaft zur Ordnung zu rufen. Ja, ob er wollte oder nicht, es war seine Pflicht.

Loyalität gegenüber Lady Midhurst gebot es. Keine leichte Aufgabe, dachte er, während er die Gestalten um ihn herum betrachtete, die sich schlaff in ihren Sesseln rekelten und, so fürchtete er, wenn überhaupt, ein höchst trauriges Ebenbild Gottes abgaben. Der älteste der Gesellschaft, der alte Mr. Topham, wollte sich die Zeit, bis sein Schachpartner herunterkam, um die Partie fortzusetzen, offenbar mit Schlafen vertreiben. Nun, sei ihm der Schlummer gegönnt, aber was die anderen betraf, so mußte er doch gewiß einschreiten?

»Ich habe das Gefühl«, wagte er deshalb nach einer Weile einen ersten, kleinen Vorstoß, wobei er die Worte wählte, die ihm als erste in den Sinn kamen, »ich habe das Gefühl«, sagte er und wandte sich in keineswegs tadelndem, sondern eher freundlich scherzendem Ton an die matte Gesellschaft »als wäre alle Tugend von uns gewichen.«

Und Lady Cecilia dachte, ›Wie ich diese Popen hasse‹.

Und Professor Brown dachte, ›Keine Frage, die Kirche ist ein Anachronismus‹.

»An den Galgen mit der Tugend«, dachte Lord Midhurst und äußerte es auch mit aufbrausender Stimme und finsterer Miene. Er war entschlossen, nicht das geringste mehr hinzunehmen, und wedelte einen Bediensteten, der ihm die Kaffeetasse reichen wollte, mit einem riesigen roten Seidentaschentuch fort.

Und Geoffrey, der plötzlich hellwach war, erklärte laut, »sie war noch nie *in* mir«.

Und eine allen wohl bekannte Stimme, eine Stimme, die so dröhnend und durchdringend wie immer war, polterte los, »Alles, was ich in mir habe, sind Stachelbeeren«.

Der Bischof bedauerte, daß er gesprochen hatte. Er wäre besser beraten gewesen, sie in Ruhe zu lassen, gar nicht erst den Versuch zu unternehmen, sie aus ihrer Stumpfheit aufzurütteln. Denn unter ihrer Mattigkeit waren sie wie ein Pulverfaß, und ihre nur mühsam unterdrückte Gereiztheit konnte jeden Moment explodieren. Geoffrey, der arme Junge, mußte sich natürlich sofort als Maulheld aufspielen, und Lord Midhurst vergaß offenbar, was er seiner Stellung als Schwager, Onkel und Angehöriger des Adelsstands schuldig war, aber am allerschlimmsten benahm sich dieser Deutsche.

Der Bischof hatte den Deutschen ganz vergessen. Und wäre er ihm nicht so völlig aus dem Sinn geraten, hätte er bestimmt den Mund gehalten, statt dem Burschen die Gelegenheit zu geben, einen seiner endlosen Monologe vom Stapel zu lassen. Welche Taktlosigkeit, welch, unter den gegebenen Umständen, um so peinlichere und bedauerlichere Taktlosigkeit, auf das verzehrte Essen anzuspielen. Das war sehr nachtragend, und niemand, dachte der Bischof und schloß die Augen, um der ganzen Szenerie im Geiste den Rücken zu kehren, vor allem der aufdringlichen körperlichen und geistigen Präsenz des Deutschen, sollte nachtragend sein. Nichts als Ärger kam dabei heraus und führte manchmal sogar zu den großen Tragödien des Lebens. Dabei fielen ihm mehrere Gelegenheiten ein, bei denen seine liebe Frau . . .

»Noch nie«, fuhr die Stimme fort, »habe ich so viele Stachelbeeren gegessen«.

Hätte ich doch um Himmelswillen bloß geschwiegen,

alles würde er darum geben, dachte der Bischof und wünschte, er könnte auch die Ohren verschließen. Sollte er noch einmal ›Schweigen Sie‹ sagen? Nein. Nein. Auf keinen Fall. Ein zweites Mal würde er sich nicht zu einer solchen Grobheit hinreißen lassen. Er mußte durchhalten. Wenigstens bis der Kaffee getrunken war, mußte er noch durchhalten; danach, falls Lady Midhurst bis dahin nicht zurückgekehrt war, konnte er sich langsam und mit Anstand entfernen.

Lady Cecilia, wie er bemerkte, als er beim Geräusch eines zurückgeschobenen Stuhls die Augen einen Spalt öffnete, ging bereits. Beim ersten Laut der Stimme stellte sie entschlossen ihre Tasse auf dem Boden ab, stand auf und ging. Eine resolute Frau, dachte der Bischof und schickte ihr hinter vorgehaltener Hand einen neidvollen Blick nach. Eine Frau ohne Skrupel; eine Frau, die keine Rücksicht nahm, die tat und dachte, was sie wollte. Das mochte zwar hartherzig sein, aber waren solche Leute nicht glücklich dran? Ohne Skrupel gingen sie ihren Weg, gleichgültig gegen andre und nur auf sich bedacht, und mochte solche Rücksichtslosigkeit auch unchristlich sein, sie erleichterte das Leben fraglos erheblich.

Er seufzte und schloß hinter vorgehaltener Hand schnell wieder die Augen, denn in diesem Moment kam Miss Simpson auf ihn zugeflattert, und den Anblick des armen Geschöpfs konnte er beim besten Willen nicht ertragen. Es war so verwelkt.

»Ich bin voll mit Stachelbeeren«, fuhr die Stimme laut und unbeirrt fort, »bis oben hin. Bis hier«. Begleitet wurden die Worte offenbar von einer ins Detail gehenden Geste.

»Oh, bitte – wir wollen doch nicht – wir würden wirklich lieber nicht . . .«, murmelte Lady Lattington, griff hastig nach Handtasche, Taschentuch und Lorgnette und kämpfte sich aus ihrem Sessel. Dann verschwand auch sie im Haus.

»Es hat Sie ja niemand gezwungen, sie zu essen«, entgegnete ihm Professor Brown spitz, der nun seinerseits aufstand und Lady Lattington folgte.

»Aber in meiner Heimat gilt es als unhöflich, wenn . . .«

»Ach, zum Teufel mit Ihrer Heimat!« schrie Lord Midhurst, der mit einem Stöhnen aufsprang und Professor Brown nacheilte.

»Aber, aber, mein lieber Freund«, tadelte der Bischof den sich entfernenden Rücken des Lords, der ihm aber nur mit einem so unwilligen Wedeln des enormen roten Seidentaschentuchs antwortete, als wolle er eine lästige Mücke verscheuchen.

»Außerdem haben Sie ja auch noch eine Menge andres Zeug gegessen«, sagte Geoffrey grob, der ebenso Anstalten machte sich zu erheben, Anstalten, die sogleich von dem hübschen Mädchen imitiert wurden, das ihn keinen Moment aus den Augen ließ.

»Ein wenig andres Zeugs«, gab der Graf zu, nachdem er den Einwand sorgfältig abgewägt hatte, »aber vorwiegend«, fuhr er, auf Genauigkeit beharrend, fort, »eben doch Stachelbeeren. Der Magen . . .«

Aber das war selbst Miss Simpson zuviel. Sie ließ ihre Tasse fallen und kroch verstört auf dem Boden herum, um die Scherben aufzusammeln. Wie dumm von mir, sagte sie sich, während sie sich mühte, Scherben und Kieselsteine zu unterscheiden, wie dumm, mich darüber so aufzuregen. Aber die Erwähnung von Mägen – auch noch eines deutschen – wirklich, was interessierten sie deutsche Eingeweide! Es überstieg einfach ihre Kräfte, sich dergleichen anzuhören.

»Ich bitte Sie, Graf«, sagte der Bischof, dem Miss Simpson, das arme Ding, leid tat, und der mit all seiner Kraft dagegen ankämpfte, dem Grafen noch einmal den Mund zu verbieten.

»Einen Magen«, fuhr der Graf unbeirrt fort, er war jetzt in Fahrt und nicht mehr zu halten, »kann man nicht täuschen. Einen Freund – vielleicht«, fügte er nachdenklich hinzu, denn was den Freund betraf, war er sich nicht ganz sicher. »Und eine Ehefrau ganz gewiß!« erklärte er, denn da hatte er keine Zweifel . . .

»Ich bitte Sie, Sir«, unterbrach ihn der Bischof ein zweites Mal, jetzt energischer. Die arme Miss Simpson. Sie tat ihm wirklich leid. Viel zu verwelkt, das arme Ding, sich solch derbes und anzügliches Geschwätz anzuhören.

»Aber einen Magen nicht«, nahm der unerbittliche Graf seinen Faden wieder auf. »Ein Magen«, sagte er und sah sich mit einer Miene um, als hätte er alle Rätsel des Lebens gelöst, »ist verschlagen. Der *weiß* sofort Bescheid«.

Er blickte jedoch ins Leere. Hektisch, wie ein verwundeter Vogel, war Miss Simpson aus der Gefahrenzone geflattert, und auf der riesigen, schattigen Terrasse waren nur noch der Bischof zu sehen, der seine Augen mit den Händen bedeckte, und ganz hinten, in der äußersten Ecke, der alte Topsy Topham, der schon lange tief schlief.

Als Daisy einen Moment später durch die Flügeltür des Salons trat, um nach ihren Gästen zu sehen, fand sie also nur noch den schwadronierenden Grafen vor, den schnarchenden Topsy und den mit bedeckten Augen ausharrenden Bischof.

II

Oben, in dem bezaubernden Schlafzimmer, ihrer Meinung nach das einzig Erfreuliche auf Shillerton, lag Rosie auf dem Sofa, ein in Lavendelwasser getauchtes Taschentuch auf die Stirn gepreßt. Sie war allein und hatte sich schon fast erholt.

Aber nur fast, denn sie fühlte sich immer noch ein bißchen groggy, einen Ausdruck, den sie auf Lady Midhursts Frage hin, ob es ihr besser ginge, zwar nicht hatte benutzen wollen, der aber genau zutraf. Sie war auch nur fast allein, denn Andrew lungerte noch im Zimmer herum, wo Lady Midhurst ihn zurückgelassen hatte, die, als sie mit ihrer Tochter fortging, offenbar selbstverständlich annahm, das sei sein Wunsch. – ›Woran man wieder mal sehen konnte‹, sagte sich Rosie, die zu bruchstückhaftem Denken neigte.

Aber Andrew zählte nicht, nicht nur, weil er sowieso nie zählte, sondern weil sie auch genau wußte, daß er bald unter irgendeinem Vorwand verschwinden würde. Zu seinem Schach oder sonstwas. Das ganze Wochenende war ihm nichts anderes eingefallen, als mit diesem alten Kauz, den alle Topsy nannten, Schach zu spielen. Das sah ihm ähnlich, dachte Rosie, Schach! Statt Bridge oder Poker oder ein anderes Spiel, bei dem es um Geld ging. Bei Schach war nichts zu holen. Genausowenig wie bei Andrew selbst. Nachdem sie dreizehn Jahre mit ihm verheiratet war und schon über die halbe Strecke bis fünfzig zurückgelegt hatte – na, und er erst, er hatte schon über die halbe Strecke bis hundert hinter sich, und wenn einer bis dahin noch nicht sein Vermögen gemacht hatte, wann dann? – konnte er es sich immer noch nicht leisten, seiner Frau zu Weihnachten einen anständigen Pelzmantel zu schenken, ganz zu schweigen von all den anderen Dingen, die ihr von Rechts wegen zustanden.

Tatsache war, wie sie und ihre Mutter oft verwundert feststellten, daß er sich gar nichts aus Geld machte, noch nie Interesse daran hatte und auch durch nichts dazu gebracht werden konnte. Obwohl Geld auf eine Art doch sein Beruf war, denn seinen kargen Sterbensunterhalt – Mumsies Ausdruck, die immer sagte, er sei so ein Skelett, daß er sie an den Tod erinnere – verdiente er sich mit seinen Büchern und Vorlesungen über Ökonomie, mit denen er befaßt war, wenn er sich nicht bei Lady Midhurst aufhielt und sich um deren Angelegenheiten kümmerte – für nichts und wieder nichts – oder mit Lady Terence in die Slums ging und gute Taten vollbrachte.

Gegen diese guten Taten hatte Rosie nichts einzuwenden, denn es war schließlich Lady Terences Geld, das an die Armen ging, und Rosie genoß es, ihren Freundinnen zu erzählen, wie unverzichtbar ihr Gatte für die vornehmen Midhursts war. Mit der Zeit hatte sie auch nichts mehr dagegen einzuwenden gehabt, daß sie nie mit ihm zusammen in die diversen Häuser der Midhurst eingeladen wurde, denn im Grunde ihres Herzens wußte sie, daß sie in solcher Umgebung eher ängstlich als glücklich wäre. Aber seltsam fand sie es doch, daß einer, der so viel über Geld wußte, keins beischaffen konnte. In seinen Büchern schob er schließlich Tausende hin und her, wieso fiel da nicht mal genug für einen Pelzmantel für seine Frau ab?

Aber darüber würde sie sich nicht den Kopf zerbrechen. Keinen Sinn, sich das, was man hatte, durch Sorgen über Dinge, die man nicht hatte, zu verderben. Leben und leben lassen, das war eine von Mumsies Devisen – sie hatte viele – und wenn man jemanden nicht ändern konnte, sagte Mumsie immer, und wer ließ sich schon ändern, warum dann unnütz Zeit vergeuden? Außerdem lag es weder in Rosies noch Mumsies Natur, Zeit zu verplempern. Lieber widmeten sie sich ihren bescheidenen Vergnügungen und nahmen die Ehe und Andrew wie sie kamen.

Nach ein oder zwei stürmischen Jahren arrangierten sie sich also mit Andrew und lernten, ihn zu nehmen wie er kam, oder eher, wie er ging, korrigierte sich Mumsie in Anspielung darauf, wie oft er zu einem der Markgräfinnensitze aufbrach, Mumsies Sammelbegriff für Shillerton, das Haus am Grosvernor Square und den schottischen Besitz Ballymackonochie. Auch wenn, sagte Mumsie, Andrew als Ehemann ein Waschlappen war und für Rosie bei weitem nicht tat, was eine Frau wie sie verdient hätte – nämlich prächtig herausstaffiert, verwöhnt und stolz herumgezeigt zu werden –, wollten sie ihren Frieden damit machen, darüber lachen und es vergessen. Denn viele Leute, sagte Mumsie, waren Waschlappen, wenn man sie erst näher kennenlernte, und am besten lernte man die Leute natürlich kennen, wenn man sie heiratete – auch wenn das, wie Mumsie zugab, eine sehr aufwendige Methode war, Kenntnisse zu erwerben. Trotzdem, was sollte man machen? fragte sie, wobei eine Andeutung von Schuldgefühlen nicht zu überhören war, denn zu der Zeit, als Rosie Andrew zum erstenmal begegnete, war sie Wachs in den Händen ihrer Mutter und hätte ihr in allem gehorcht. Ein Mädchen mußte verheiratet werden, und niemandem war der Schlappschwanz auf den ersten Blick anzusehen. Und Andrew, das mußte sie ihm zugestehen, sah damals sehr vielversprechend aus mit den Ordensbändern an seiner Uniform, und hätte der Krieg etwas länger gedauert, wäre er bestimmt General geworden. Und erst die Glut, mit der er um Rosie geworben hatte!

Andrew und Glut! Können Sie sich das vorstellen? fragte Mumsie einen ihrer Verehrer – sie hatte viele –, der Amerikaner war.

In der Tat, wie eine Rakete war Andrew hochgegangen, als sein Blick zum erstenmal auf den zarten Traum fiel, der Rosie hieß; eilig wie der Blitz hatte er es gehabt, vom Rosenhimmel der Verliebten zu kosten, ehe er womöglich an der Front starb, aber da er überlebte und reichlich Zeit hatte, die Schalheit jenes Himmels auszukosten, war er zu Rosies Überraschung und der sprachlosen Verblüffung ihrer Mutter ausgebrannt, ausgelaugt und dröge wie ein Stockfisch wieder auf die Erde geplumpst.

Daß jemand derart zusammenbrach, so schnell das Endstadium der Liebe erreichte, das hatte Mumsie noch nicht erlebt. Natürlich kühlten Ehemänner mit der Zeit ab, das wußte sie, aber in der Regel nicht mit solcher Geschwindigkeit. Bei diesem hier war die Glut wie unter einem plötzlichen Wasserguß verlöscht, und die beiden wußten kein Mittel, sie wieder zu entfachen.

Mumsie, die so perplex wie noch nie in ihrem Leben war – eingedenk des Jugendschmelzes ihrer Rosie, deren appetitlichem Äußeren –, sprach eine Weile davon, nach einem Arzt zu schicken; aber Andrew hatte etwas so Verschlossenes an sich, umhüllte sich mit so feierlichem Ernst, daß Mumsie zögerte, ihm gegenüber den munteren, vertrauten Ton anzuschlagen, der, in diesem speziellen Fall, nötig gewesen wäre, ihm einen Arztbesuch nahezulegen. Vielleicht litt er ja auch einfach an einer Schützengrabenneurose. Denn, wie Mumsie gehört hatte, nahmen manche Leute es schwerer als andre, wenn ihnen Geschosse um den Kopf flogen. Wie dem auch sei, Mumsie kam zu dem vernünftigen Schluß, daß es außer Andrew noch genügend andere

Dinge im Leben gab und daß es sinnlos war, Pferde zur Tränke zu führen, die entweder nicht trinken wollten oder es nicht konnten.

Nachdem sie eine Weile alles Erdenkliche versucht hatten, ließen sie ihn also in Frieden und kamen inzwischen sehr gut ohne ihn aus, denn, wie Mumsie sagte, war er sowieso nur ein kurzer Strahl am Himmel gewesen, und jetzt, da er verlöscht war, gab es ja immer noch den Himmel, genau den gleichen wie vorher, ehe Andrew die Szene betrat, nur daß sie es jetzt behaglicher dort hatten. Andrew zahlte für Haushaltsführung und die Miete für die Wohnung, in die Mumsie mit eingezogen war. Zu Anfang weilte sie nur dort, während er in Frankreich kämpfte, aber als der Krieg vorüber war und Andrew mehr und mehr von den Midhursts und ihren Affären beansprucht wurde, zog sie für immer ein. So jung und hübsch wie sie war, durfte man Rosie nicht allein lassen. Jemand mußte auf sie aufpassen. Und wenn Andrew dazu nicht in der Lage war, mußte Mumsie es eben tun.

Also blieb sie und führte den Haushalt. Und da Haushaltführen ihrer Vorstellung nach darin bestand, sich nicht darüber den Kopf zu zerbrechen, sondern lieber ins Restaurant zu gehen, und da sie und Rosie darüber hinaus viele Freunde hatten, denen es ein Vergnügen war, zwei so muntere, hübsche Frauen einzuladen – denn mit ihrer reifen Üppigkeit, der aufrechten, herausfordernden Haltung war Mumsie immer noch so ansehnlich, daß die Leute sich nach ihr umdrehten –, kam sie gut mit dem Geld aus, das Andrew ihr gab, erübrigte sogar jede Woche noch etwas für kleine Extras und Genüsse.

Gelegentlich waren die Extras auch sehr groß, aber trotzdem kam sie irgendwie hin. Es war wirklich wundervoll, dachte die bewundernde Rosie, wie geschickt ihre Mumsie war und mit welch unbezähmbarer Fröhlichkeit sie Schwierigkeiten durchsegelte und umschiffte. Die acht Kleider, zum Beispiel, die Rosie mit nach Shillerton genommen hatte – für einen Freitag-bis-Montag-Besuch brauchte man schließlich acht –, hatte ihre Mumsie sich vom Haushaltsgeld abgeknapst. Wie es ihr gelungen war, mit den Ersparnissen acht neue Kleider zu erstehen, konnte Rosie sich beim besten Willen nicht erklären, was sie auch erst gar nicht versuchte. Aber Mumsie, die verkündete, in einem Haus wie Shillerton müsse ihre Tochter etwas hermachen – und wer konnte schon ohne die richtigen Kleider am Leib etwas hermachen –, zauberte sie irgendwie, praktisch über Nacht, herbei. Und dort im Schrank hingen sie, paßten wie kleine Engel und waren die allerschönsten Kleider, die Rosie je gehabt hatte.

Was wäre aus ihr geworden, wie stände sie da, nicht nur bei dem Besuch auf Shillerton, sondern überhaupt, ohne ihren Mumsieschatz, ohne ihre einfallsreiche, warmherzige, großzügige, fröhliche Mumsie, die im Notfall immer an Geld zu kommen verstand, die das Leben leicht nahm und stets zu einem herzlichen Lachen über alles bereit war, eingeschlossen Andrew?

Während sie besagten Gentleman vom Sofa aus betrachtete – untereinander sprachen sie und Mumsie von ihm stets als besagtem Gentleman – während sie ihn also von ihrem Sofa aus betrachtete, wie er, sichtbar niedergedrückt und verlegen, wie immer, wenn er aus dem einen oder anderen Grund gezwungen war, mit seiner Frau zusammen zu sein, aus dem Fenster starrte, dachte Rosie voller Zuneigung und Dankbarkeit an ihre Mutter. Nicht daß sie so boshaft gewesen wäre, jemand so außergewöhnlich Lebhaften mit jemand so außergewöhnlich Leblosen vergleichen zu wollen, das lag ihr fern, denn inzwischen hegte sie keinerlei Groll mehr gegen Andrew. Was konnte er schließlich dafür, daß er Andrew war? Aber da sie ihn nun einmal hatte, welch ein Segen, daß sie auch ihre Mumsie hatte. Sogar die Leute hier auf Shillerton, seine eigenen großartigen Freunde – die er sich von ihr aus an den Hut stecken konnte, fand Rosie, so kühn in ihrem Urteil über diese Freunde wie schüchtern in deren Gegenwart –, sogar sie ahnten offenbar, daß er als Ehemann nicht viel taugte, und hatten ihn in dem Zimmer untergebracht, das er, wie er sagte, immer hier bewohnte, irgendwo im Junggesellenflügel, wo er im Grunde hingehörte, obwohl er seit Urzeiten verheiratet war. So was nannte man Taktgefühl, sagte sich Rosie, als sie zu der mageren Gestalt am Fenster hinsah. Wer immer das arrangiert hatte, mußte geradezu überquellen vor Taktgefühl und außerdem verheiratet sein, denn nur die Verheirateten wußten, was die Ehe bedeutete. Das einzig Erfreuliche für sie hier war also, daß sie dieses wunderhübsche Zimmer voller Blumen nicht mit ihm teilen mußte. Das riesige, mit seidenen Laken bezogene Bett, das Ankleidezimmer nebenan mit dem zweiten, wohl für den Fall hergerichtete Bett, daß sie nicht schlafen konnte und umziehen wollte, das hübsche meergrüne Marmorbad und das aufregende, jedesmal wechselnde Frühstück, das jeden Morgen heraufgebracht wurde, das alles hatte sie ganz für sich allein.

Ohne dieses Zimmer – wie hätte sie da das Wochenende durchstehen sollen? Die einzigen Momente auf Shillerton, die sie einigermaßen genoß, waren die in ihrem Zimmer verbrachten. Jeden Morgen war sie so spät wie irgend möglich aufgestanden und hatte den Moment, in dem sie hinuntergehen und sich all dem Schrecklichen stellen mußte, was dort womöglich auf sie wartete, immer wieder aufgeschoben. Und wann immer sich ihr die kleinste Gelegenheit bot, war sie wieder hinauf geflüchtet. Wenn das ganze Gerede unten ihr immer mehr entglitt und schier unerträglich wurde, konnte sie sich hier davon erholen. Hier brauchte sie wenigstens nichts zu sagen, sondern konnte einfach still dasitzen, sich im Spiegel betrachten und aus dem, was sie sah, Mut und Trost schöpfen. Und vor allem konnte sie hier Briefe schreiben, viele Briefe; allen Leuten, die ihr einfielen, wollte sie auf den hübschen Bögen mit der berühmten Adresse und dem berühmten Wappen im Briefkopf schreiben.

Wie Rosie und Mumsie aus ihrer fleißigen Lektüre der Gesellschaftsspalten wußten, gab es in England nur wenige wirklich berühmte Adressen, und eine davon war Shillerton. Panshanger, Polesden Lacey, Shillerton – seit Jahren kannten sie diese Namen und einige andere, ähnlich berühmte, auswendig; und es entschädigte Rosie für viele der ausgestandenen Qualen, allen möglichen Leuten auf Briefpapier mit der vielleicht berühmtesten Adresse zu schreiben.

Ein so großes Vergnügen bereitete es ihr, daß sie sogar daran dachte, einige Bögen mitzunehmen, von London aus noch ein oder zwei Tage lang Briefe darauf zu schreiben und ihrem Glück zu vertrauen, daß niemand auf den Poststempel sah. Ja, morgen früh, ehe sie aufbrach, wollte sie ein paar Bögen in ihren Koffer stecken. Sie brauchte nur einen Moment abzupassen, in dem ihr das strenge, ältliche Hausmädchen, das für sie packen würde, den Rücken kehrte, und die Bögen schnell zwischen ihre Kleider zu stecken. Denn Tante Violet mußte noch einen Brief bekommen und auch die Kusinen in Surbiton, dann diese Helen Devereux, die sich so viel einbildete, nur weil sie ab und zu nach der Theatervorstellung, in der sie mitspielte, zu einer Abendgesellschaft ins Westend eingeladen wurde. Außerdem noch Jack drüben in Kanada, dem sie sonst zwar nie schrieb, was aber kein Grund war, es nicht jetzt zu tun, und dem armen Poggie Burns, der noch unterwürfiger als sonst sein würde, wenn er erfuhr, in welchen Häusern sie verkehrte. Wirklich, ihr fielen noch Massen von Leuten ein, und wie sollte sie es schaffen, allen in der kurzen Zeit zu schreiben, wenn sie nicht . . .

»Fühlst du dich besser?« An diesem Punkt unterbrach Andrews Stimme ihre Gedanken, Andrews Eton- und Oxford-Stimme, wie Mumsie immer sagte – oja, er war wirklich ein Gentleman, aber das war so ungefähr alles, was er war.

»Ich bin okay«, sagte Rosie und preßte sich das parfümierte Taschentuch fester auf die Stirn.

Andrew fuhr zusammen. Aber das tat er ja immer. Mumsie und sie brauchten nur den Mund aufzumachen, und schon zuckte Andrew zusammen. Aber daran hatten sie sich längst gewöhnt. Außerdem, was gab's auszusetzen an dem okay? Es beschrieb ihren augenblicklichen Zustand bestens, ihre Freude darüber, daß sie in Ohnmacht gefallen und so der ganzen Gesellschaft für den Rest des Nachmittags entronnen war. Daß sie sich noch ein bißchen groggy fühlte, den Preis zahlte Rosie gern dafür, nicht mehr ziellos in einem Boot herumgerudert oder noch öfter von verschiedenen alten Männern zu diesem schrecklichen Küchengarten erst hin- und dann, weil sie, einmal dort, glücklicherweise, nichts mit ihr anzufangen wußten, schnell wieder zurückgeführt zu werden.

Dieser Küchengarten! Den würde sie wohl nie vergessen. Ständig schleppte sie einer dahin, wenn sie nicht gerade ein anderer auf dieses beinahe genauso schreckliche Boot zerrte. Aber der Küchengarten war schlimmer, weil sie da am häufigsten hinmußte. Nur mit dem Mann mit dem Monokel war sie Boot gefahren; die anderen hatten das Stadium von Bootsfahrten längst hinter sich. Die armen alten Kerlchen konnten gerade noch mit Mühe auf festem Boden herumtapsen. Und so schleppten sie sie auf dem Trockenen hin und her, einer nach dem andern, und nur eins konnte man zugunsten der alten Knaben sagen: daß sie wenigstens keine Frauen waren – oder zumindest nicht ganz. Der alte Richter zum Beispiel, der arme vertrocknete, alte Knabe, mit dem komischen, verkniffenen Mund, den er dauernd spitzte, war sogar soweit entfernt davon, eine Frau zu sein, daß er sie betatscht hatte, sich dann aber vor der eigenen Courage erschreckt zu haben schien und mitten drin aufhörte. Und all die andern waren mehr oder weniger von derselben Sorte, legten los und hörten mittendrin plötzlich auf – was wirklich ein Glück war, denn Rosie mochte es kein bißchen, wenn man sie betatschte.

»Wenn es dir wirklich besser geht . . .«, begann Andrew zögernd.

Alles, wobei einem die Kleider verknitterten, fuhr Rosie in Gedanken fort, sie hatte Andrew gar nicht gehört, so wenig bedeutete er ihr, alles, wobei einem die Kleider verkrumpelten oder die Frisur in Unordung geriet, war nicht zu ertragen. Aber sie mußte zugeben, daß es ihr gefiel, dieses Gefühl von Macht, wenn der Moment kam, einem Verehrer Einhalt zu gebieten und ihn dann zu beobachten, wie er bibberte und lechzte. Die alten Knaben hier gaben einem leider keine Gelegenheit dazu. Frauen waren sie zwar nicht gerade, aber ganze Männer eben auch nicht, und Rosie wäre jede Wette eingegangen, daß sie noch nie im Leben vor Lechzen gebibbert hatten. Und wenn, auf Shillerton wäre es ihnen vergangen. Dem tollsten Draufgänger würde in so einem Haus jeder lüsterne Gedanken vergehen. Schon nach einer halben Stunde würde ihm hier alles ausgetrieben, was in diese Richtung ging. Denn Lady M. hatte etwas an sich – so respektlos stutzte Rosie den Namen ihrer Gastgeberin zurecht, wenn deren Gegenwart sie nicht einschüchterte –, bei dem jedem Mann das Mark in den Knochen gefror. Sie erinnerte Rosie an Krankenhäuser: sterile Räume, in denen man schrecklich sauber gehalten wurde und einem zum Trost nicht mal die winzigste, kleinste Mikrobe von dem erlaubt wurde, was sie und Mumsie unter Spaß verstanden. Und die Männer, die nach Shillerton eingeladen wurden, waren, anders als die Herrenwelt sonst, zu keinem Jux aufgelegt, und schon gar nicht zu solchen Plänkeleien, denen Rosie so gern Einhalt gebot; eher wie desinfizierte Patienten waren diese Gestalten hier.

»*Sie* ist keine gute Gastgeberin«, dachte Rosie laut, die, die Hände hinter dem Kopf verschränkt, immer noch auf dem Sofa lag und Andrew inzwischen völlig vergessen hatte.

»Wer?« Andrew schreckte hoch und wandte ihr sein sorgenzerfurchtes Gesicht zu.

»Ach, du bist ja immer noch da«, bemerkte Rosie, löste die Hände vom Nacken und hob den Kopf, als wolle sie sich vergewissern. »Lady M. ist keine gute Gastgeberin«, fuhr sie fort und kuschelte sich wieder in die Kissen. »Sowie ich morgens runter komme, bringt sie mich dazu, mir zu wünschen, es wär schon wieder Zubettgehzeit, und *sowas* ist keine gute Gastgeberin, egal, was alle andern sagen.«

»Wenn es dir wirklich besser geht . . .«, begann Andrew wieder, jetzt lauter. Er konnte es nicht ertragen, ja, es trieb ihn schier zur Verzweiflung, wenn sie Daisy kritisierte und Lady M. nannte.

Wie herrlich, dachte Rosie, die ihn sofort wieder vergaß, noch ein Abend, und dann hatte sie das Ganze hinter sich. Und wäre da nicht ihr Silberkleid, würde sie auf diesen letzten Abend gern verzichten. Morgen in aller Frühe würde sie dann abreisen und brauchte vorher keinen dieser keimfreien Heiligen mehr zu sehen, denn Lady M. hatte ihr ja gesagt, sie solle nicht im Traum daran denken, zum Dinner herunterzukommen, wenn sie sich nicht wohl fühlte.

Sie fühlte sich wirklich noch nicht wohl. Das Dinner würde sowieso so schrecklich wie immer. Und wahrscheinlich bekam sie mittendrin wieder einen Ohnmachtsanfall. Aber was war mit ihrem Silberkleid, dem letzten und hübschesten der drei Abendkleider, die sie mitgebracht hatte? Das rosa, das sie am Freitagabend trug, war hinreißend, keine Frage, und das blaßgelbe am Samstag geradezu göttlich, aber sie waren nichts im Vergleich zu dem silbernen – dem strahlenden, glänzenden, schimmernden silbernen, das unberührt dort im Schranke hing. Eine Chanelkopie. Unglaublich geschickt gemacht. Die reinste Sünde abzureisen, ohne daß jemand gesehen hatte, welch ein Paar sie und das Kleid abgaben. Mit diesem Silberstück als Begleiter, dachte Rosie voller Genugtuung, konnte ihr niemand das Wasser reichen, war sie einfach unschlagbar.

Und deshalb würde sie hinuntergehen. Tot oder lebendig, sie würde hinuntergehen und ihren Auftritt haben, ein bißchen spät kommen, damit alle schon warteten, und sich dann daran ergötzen, wie sie alle starrten und den Atem anhielten – oh, welch ein Spaß, so ein Spaß, wenn die

Leute wegen einem die Augen aufrissen und den Atem anhielten. Um so größer war natürlich das Vergnügen, wenn man wußte, daß keiner einem auf den Leib rücken konnte . . .

»Wenn es dir wirklich besser geht«, begann Andrew wieder, diesmal so laut, daß sie gezwungen war, ihm zuzuhören, »dann gehe ich wohl am besten wieder hinunter und bringe meine Schachpartie mit Topham zu Ende.«

»Gute Idee«, sagte Rosie, gütig.

Das war ihr Standardsatz. Immer, wenn Andrew ärgerlich war – und manchmal erwachte er wirklich aus seiner gewohnten Apathie und wurde, was sie und Mumsie in Mangel eines besseren Ausdrucks ärgerlich nannten, obwohl sein Verstimmtsein sich auf völlig andere Weise äußerte als bei Mumsies verflossenen Ehemännern, die durchweg sehr lärmende Herren gewesen waren – wann immer Andrew also in diesem Gemütszustand war (und im Augenblick war er es, das spürte Rosie deutlich) und einen Vorschlag machte oder einen Wunsch äußerte, beschritt Rosie stets durch sofortiges Einverständnis den kürzesten Weg zur Wiederherstellung seines Seelenfriedens und sagte: ›Gute Idee‹, während Mumsie, die weit begeisterungsfähiger war, ausrief, ›Na, wenn das keine *gute* Idee ist!‹

Er konnte sich also nicht beklagen, fanden sie, er bekäme keine Ermutigung. Kein Mann wurde je so von ganzem Herzen ermutigt, zu tun, wonach ihm der Sinn stand, besonders wenn er ihm danach stand, sich zu verabschieden. »Das stellt sie ruhig«, sagte Mumsie, die Männern gegenüber zwar viele Haltungen hatte, es aber am ratsamsten fand, sie wie eine Kinderschwester zu behandeln, die ihren Schützlingen, sowie sie den Mund öffnen und losplärren wollen, etwas Süßes hineinstopft, ›Sag Ja, und dann geben sie Frieden. Sag Ja und handele Nein – das ist meine Devise‹, sagte Mumsie vergnügt.

Im Augenblick schien Andrew jedoch eine Extraermutigung zu benötigen. Er bewegte sich zwar vom Fenster fort und auf die Tür zu, aber er ging nicht. Statt dessen befingerte er die kleinen Tiegel und Flaschen, die das tüchtige ältliche Hausmädchen so hübsch auf dem Frisiertisch arrangiert hatte, und betrachtete sie stirnrunzelnd. Das gleiche Stirnrunzeln hatte Rosie oft bei ihm gesehen, wenn er über dem Schachbrett brütete und, wie sie annahm, überlegte, wie er die Figuren hin- und herschieben sollte.

›Welche Angst er vor Lady M. hat, wo er doch immer so tut, als wären sie die dicksten Freunde‹, dachte sie und betrachtete ihn mit einem kleinen Lächeln, in dem sogar eine Spur Mitgefühl lag. ›Er kann es nicht abwarten wegzukommen, aber er weiß, seine Lady M. erwartet von ihm, daß er hier oben bei seiner kleinen, kranken Frau bleibt, und obwohl es für ihn die Hölle ist, bringt er nicht den Mut auf, zu tun, was er will.‹

»Vielleicht«, sagte Andrew schließlich vorsichtig, »möchtest du gern schlafen?«

»Gute Idee«, stimmte Rosie ihm zu und schloß unverzüglich die Augen. »Und sag Lady M., daß ich schlafe«, fügte sie ohne die Augen zu öffnen hinzu, »damit sie nicht wieder hoch gestürmt kommt . . .«, denn so sehr die Gegenwart der Dame sie einschüchterte, ermutigte sie deren Abwesenheit zu einem saloppen Ton.

»Ich wünschte . . .«, begann Andrew, verstummte dann aber sofort wieder, ließ von den Tiegelchen und Fläschchen ab und ging auf die Tür zu. Welch irdischen Sinn . . .

Sie öffnete die Lider einen winzigen Spalt, um zu sehen, ob er ging. Armer Teufel, dachte sie mit einem plötzlichen

Anflug von Mitleid. Er sah so grau und ausgelaugt aus, viel grauer und ausgelaugter, als ihr bisher aufgefallen war; jedes einzelne seiner vielen Jahre schien schwer auf ihm zu lasten. Und für Rosie war es eine entsetzliche Vorstellung, das Schlimmste, was einem je passieren konnte, grau und ausgelaugt zu sein. Mumsie, die diesem Stadium natürlich beträchtlich näher war als sie selbst, gab frank und frei zu, das sei das einzige im Leben, was sie wirklich schrecke – daß dieser bittere Kelch an niemandem, auch an ihr nicht, vorüberging. Denn war das nicht das Ende? Das Ende aller Vergnügen? Welchen Spaß machte es da noch auszugehen und sein neuestes Kleid anzuziehen? Wer begehrte einen dann noch, machte Aufhebens um einen? Ja, das war das todsichere Ende von allem, aber noch viel schrecklicher als der Tod, denn wenn man tot war, lag man wenigstens tief unter der Erde.

»Es fängt mit den Haaren an«, sagte Mumsie eines Abends zu Rosie, als eine Erkältung sie zwang, zu Hause zu bleiben, was ihren Gedanken eine ungewohnt düstere Färbung gab.

»Was fängt damit an?« fragte Rosie.

»Das Alter, mein Süßes – das Alter«, sagte Mumsie, Angst in den Augen.

»Wen schert's«, sagte Rosie. »Komm, nimm noch ein Hustenbonbon, Schatz.«

Aber Mumsie, die leicht erhöhte Temperatur hatte, versteifte sich ausnahmsweise auf düsteres Brüten. Wenn man nichts dagegen tat, erklärte sie Rosie, auch nur eine Sekunde nachließ in seinem hartnäckigen Bemühen, dann arbeitete sich das, was mit den Haaren begann und einen die meisten kostete, unerbittlich weiter vor, verwischte und zerstörte Konturen, ließ die einen ausufern, andere flach werden, und immer, immer an den falschen Stellen, bis man zum Schluß, mit den Füßen zuerst, die so aus der Form gegangen waren wie der Rest von einem, auf den Abfallhaufen des Lebens geworfen wurde.

»Lieber Gott, dann laß mich bitte jung sterben«, hatte Rosies Kommentar gelautet; und auch jetzt, als der graue Mahner an die Sterblichkeit namens Andrew schließlich durch die Tür verschwand und sie behutsam hinter sich schloß, betete sie wieder darum, mit den gleichen Worten.

»Lieber Gott«, flüsterte Rosie inbrünstig und faltete jene Hände, die der einzige Makel ihrer Schönheit waren, laß mich jung sterben . . .«

In London, in genau diesem Moment, bemerkte Mumsie, deren Gedanken oft parallel zu denen ihrer Tochter liefen, nach dem Verzehr eines, nicht besonders guten, Lunches in einem der weniger teuren Restaurants, in das ältere Frauen gern ausgeführt werden, ihrem Begleiter gegenüber mit einem Seufzer, daß dies, genau besehen, doch bei weitem das gütigste Schicksal sei, und sie für ihren Teil habe manchmal das Gefühl, es werde sie ereilen.

»Welches Schicksal denn?« erkundigte sich ihr Begleiter.

»Jung zu sterben«, sagte Mumsie und sah ihm eindringlich in die Augen.

»Oh-ho, Mrs. De Lacy! Oh-ho! Oh-ho ho!« war die zwischen Glucksern hervorgestoßene Antwort des Gentleman, dem die genossenen Drinks offenbar einen Lachreiz verursachten.

»Könnten Sie mir freundlicherweise erklären, was dieses oh-ho heißen soll?« sagte Mumsie scharf.

»Das ist der New Yorker Ausdruck für überflüssige Sorgen«, prustete der Gentleman in seine Serviette.

Das Haus schlief jetzt; so schien es zumindest. Schwer lastete der Nachmittag auf ihm, und in seinen Schlafzimmern lagen die Gäste ohne Kleider, oder zumindest von allem Einengenden befreit, reglos auf den Betten. Sie erholten sich von dem Vorangegangenen und sammelten neue Kräfte für das noch Kommende – eben die übliche Prozedur bei Wochenendgesellschaften, brummelte Sir Lydford mißmutig vor sich hin, während er seine feuchten Wickel wechselte. Narren, die sich darauf einließen!

In den unteren Räumen hielt sich niemand mehr auf, außer Mr. Topham und Andrew Leigh, die im dunkelsten Winkel der Bibliothek Schach spielten, und, abgesehen von dem gelegentlichen Ausstoßen des einzigen notwendigen Worts bei diesem Spiel, bis das letzte, endgültige gesprochen wurde, waren auch sie sehr still. Und da die Wände dick waren, wie es sich für ein der Geselligkeit von Freunden gewidmetes Haus gehört, war kein Laut zu hören, abgesehen von jenen angenehmen, beruhigenden Sonntag-nachmittag-auf-dem-Land-Geräuschen, die durch die geöffneten Fenster drangen.

Und so war eine Weile lang nur das Gezwitscher und Geflatter der Vögel zu vernehmen, das Murmeln des unterhalb der niedrigen Gartenmauer entlangfließenden Bachs und die Glocken der Dorfkirche, mit denen die säumigen Schäfchen zum Gebet gerufen wurden.

Aber plötzlich, ungefähr um halb fünf, als die Kirchenglocken gerade verstummten, die Nachmittagshitze am größten war und sogar die Vögel es vorzogen zu schweigen, schlich sich ein neues und völlig anderes Geräusch ins Haus – zuerst nur wie leises Geflüster, ein ferner Hall, aber dann, als das Kanu, von dem es drang, sich den Fluß herunter näherte, wurde es immer deutlicher und entpuppte sich zum

Schluß als das Flötenspiel des Schäfers im dritten Akt von *Tristan und Isolde*.

Ausgerechnet so was mußte in ein Haus dringen, das voller bereits überhitzter und gereizter Gäste war. Etwas Besänftigendes hätten sie alle gebraucht, nichts, was sie noch weiter aus der Fassung brachte, dachte Mr. Torrens, der schon bei den ersten Tönen völlig aufgewühlt war, so wie diese Musik wohl jeden aufrüttelt, der zwar romantisch, aber nicht mehr jung ist.

Für ältere Menschen muß solche Musik einfach verheerend sein. Denn sie werden daran erinnert, wie sie gern geliebt worden wären, aber nie wurden. Solche Töne verleiten zu Unzufriedenheit mit der Gegenwart und berechtigten Zweifeln, ob die Zukunft Besseres bringt. Die Jugend ist dahin. Die Liebe war nie, was sie hätte sein können. Und ereilte einen der alten Freunde der Tod, so war das ein eher unerfreuliches als heldenhaftes Ereignis, das einem bloß die Schalheit des eigenen Lebens vor Augen führte.

Die kurze Zeitspanne, die der einsame junge Mann in dem Kanu brauchte, mit geschlossenen Augen und behaglich ausgestreckt vorbeizugleiten, bahnte sich die melancholische Musik ihren Weg in Daisys Haus, schlich sich durch offene Fenster und Türen, schlängelte sich durch Flure und seufzte kurz in jedem Zimmer auf, ehe sie mit einem Schmachten verklang und der Fluß sie mit sich fort trug – da rieselte sie dahin, alle Schönheit, diese schmerzvolle, flüchtige Erinnerung an die geheimen Qualen und Sehnsüchte des Lebens; und als Mr. Torrens, der ruhig da gelegen und all seine Gedanken auf die morgige Kabinettssitzung gerichtet hatte, um nicht, voller Sorge, darüber nachzudenken, was mit Daisy los war, die Melodie erkannte, die da ziemlich plärrend, aber nichtsdestoweniger verstörend, offenkundig von einem Grammophon zu ihm hereindrang, sprang er vom Bette auf und begann, im Zimmer hin und her zu laufen.

Ruhelos wanderte er herum und dachte über all die Dinge nach, die für immer verloren waren. Ein elender Trick des Lebens, diese Sache mit den für immer verlorenen Dingen; ein gemeiner, hinterhältiger Trick. Wenn sich die Menschen doch nur *öfter* näherkämen, sagte er sich verdrossen, während er einen Schluck von dem geeisten Wasser trank.

Und Geoffrey, im Zimmer nebenan, der auf dem Fenstersims saß und mißvergnügt mit dem Fuß auf und ab wippte, wappnete sich mit Spott gegen die Musik, die vom Fluß zu ihm heraufseufzte und seine Aufmerksamkeit erzwang. Liebe und Tod, dachte er – was war schon dabei? Er hatte keine Liebe, und der Tod hatte ihn nicht, jedenfalls vorläufig nicht. Reine Gefühlsduselei. Diese Deutschen waren Meister darin und verstanden es, das ganze Geschmachte als das Edelste und Ergreifendste auf der Welt darzustellen. Selbst bei Bach gab es hin und wieder Stellen, bei denen man nur so hinschmolz, wenn man es nur zuließ. Er war froh, daß er nicht zu der Generation gehörte, die die Augen zum Himmel verdrehte und sich vor Sehnsüchten nach sonst was verzehrte, daß ihnen die Brust zersprang. Dieser Bursche da im Kanu hatte seinen Spaß, weil er das verdammte Zeug richtig verstand – als etwas Hübsches, an dem man sich um seiner selbst willen freut und das ansonsten keinerlei höhere Bedeutung hat. Warum nur, fragte er sich, während er gereizt den vorbeigleitenden, der strahlenden Sonne entgegengestreckten und auf weiche Kissen gebetteten Kopf betrachtete, der frei war und nicht gezwungen, das

Wochenende mit einem Haufen schwitzender Langweiler und einer äußerst zugeknöpften Terry zu verbringen, wollten die Leute immer allem eine höhere Bedeutung geben, sich selbst eingeschlossen? Warum konnten sie sich das nicht aus dem Kopf schlagen und einfach bewundern, anerkennen und genießen? Denn Geoffrey versuchte an diesem Wochenende, sich seine Kusine Terence aus dem Kopf zu schlagen, die ihn ihrerseits offenkundig so wenig im Sinn hatte, daß das eigentlich sehr leicht hätte sein müssen, es erstaunlicherweise aber nicht war. Weshalb er sich, wütend auf sich selbst und die Welt, damit getröstet hatte, ihre hübsche Freundin nach dem Dinner draußen im Park zu küssen, was wiederum der Grund dafür war, warum er sie am nächsten Tag nicht mehr ausstehen konnte.

›Na, das macht weiter nichts‹, sagte er sich, erleichtert, als das Kanu um die Biegung des Flusses verschwand und die aufwühlende Musik verklang.

Aber er hatte seine Rechnung ohne den Grafen gemacht, der, als er jene Lieder seines ureigensten Jerusalem in diesem fremden Land erklingen hörte, aufgeregt zum Fenster stürmte und dem entschwindenden Kanu nachrief, »*Das nenne ich Musik!*, als nächstes eiligst sein Zimmer verließ, auf das ihn Lady Midhurst vor einer Stunde mit dem Vorschlag, doch bis zum Nachmittagstee zu ruhen, entlassen hatte, hinunter in den Salon rannte, den Pianodeckel hochwarf und, voll Leidenschaft, triumphierend, mitreißend, den Schlußteil besagten Aktes spielte.

Das ganze Haus erzitterte plötzlich vor Leidenschaft. Was zuvor als leises Seufzen erklungen war, dröhnte und hallte jetzt durch die Räume. Andrew Leigh in der dunklen Bibliothek hob den Kopf, lauschte irritiert und verlor einen Bauern. In ihrem gemeinsamen Zimmer musterte die Frau des

Bischofs den Bischof von oben bis unten und verachtete ihn. Und Lady Lattington, in ihrem Gemach, kam zu dem traurigen Resümee, daß ihr lieber Richter, wie sie ihn insgeheim mit standhafter Zuneigung nannte, wohl vor allem, um nicht selbst die Illusionen zu verlieren, ihr nicht einmal am Anfang ihrer Ehe das geboten hatte, worauf sie ein Recht hatte. Lady Cecilia, die unter ihrem knochigen Äußeren vor unerweckten Leidenschaften bebte und regelmäßig, wenn sie *Tristan* in Covent Garden gehört hatte, heimkam und mit Mr. Jones, ihrem Ehemann, einen Streit anfing, ging in sein Ankleidezimmer, riß ihm den Edgar Wallace, den er gerade friedlich las, aus den unschuldigen Händen, warf das Buch durchs Zimmer und marschierte wortlos wieder hinaus; und Miss Simpson, die gerade an Daisys Tür klopfen wollte, hielt inne und zitterte wie Espenlaub.

›So eine hübsche Melodie‹, dachte Rosie erfreut, der alles Überschwengliche gefiel.

Ihr Zimmer lag direkt über dem Salon, und sie bekam das Geschmetter in voller Lautstärke ab. Aus der Fensterreihe unterhalb quoll es durch die Fensterreihe darüber, und sogar der Fußboden, dick wie er war, wurde porös und ließ das Getön hindurch. Sie hatte geschlafen und wachte umhüllt von Herrlichkeit auf. Liebe und Tod – was gab es Größeres? – flogen ihr jubelnd um den Kopf. Der ganze Raum erbebte vor der glorreichen Erfüllung am Schluß, des Triumphes von *Es ist vollbracht*.

›Das hat Schmiß‹, sagte sie zu sich selbst und fügte, als im nächsten Moment sogar die Fenster klapperten, anerkennend hinzu: ›*Endlich* mal was Temperamentvolles hier!‹

Sie wußte, daß es der deutsche Graf sein mußte, der da spielte, denn im Verlauf des Wochenendes hatte er sich schon mehrere Male ans Klavier gesetzt, auf Aufforderung von Lady M. hin, die, wie Rosie annahm, wohl nicht wußte, was sie sonst mit ihm anfangen sollte. Und jetzt lag sie da, bewunderte seine Kraft, wunderte sich über die Stärke des Klaviers und hoffte bloß, beide würden durchhalten, bis ihr der Tee hinaufgeschickt wurde, wovon sie ausging, damit sie sich, begleitet von dem fröhlichen Geklimper, vorstellen konnte, sie wäre in einem Londoner Restaurant. Aber dann verstummte die Musik. So plötzlich, wie sie begonnen hatte, hörte sie auf, hinterließ eine abgrundtiefe Stille, eine klaffende Leere, wie eine Wunde.

»*Wie* schade«, jammerte Rosie, und sie war noch nicht mit Jammern zu Ende, als es leise klopfte und Terence Chilgrove vorsichtig den Kopf durch die Tür steckte.

›O Gott‹, dachte Rosie, die vor Schreck zusammenzuckte, in Gedanken aber so verwegen wie immer war, ›Diese Bohnenstange . . . ‹, und dann verschlug es ihr die Sprache.

Lady Terence konnte ihr gestohlen bleiben. Rosie hätte nichts dagegen, wenn sie ihr nie wieder unter die Augen kam. Viel zu gut für diese schlechte Welt, das war sie, und nur weil ihre Fingernägel blaßrosa waren, mußte sie da Rosie gleich das Gefühl geben, ihre wären viel zu rot? Sollte sie sich doch ihre eigene Mutter angucken! Immer schön zuerst vor der eigenen Türe kehren, dachte Rosie trotzig. Außerdem hatte sie eine Art einen anzusehen, wenn sie glaubte, man bemerke es nicht, nicht bewundernd, was Rosie ja verstanden hätte, sondern nachdenklich, und wer wird schon gern nachdenklich angestarrt? Dann hatte sie ein oder zweimal versucht, Rosie etwas aus der Nase zu ziehen, offenbar über ihre Ansichten, aber da hätte sie sich genausogut abmühen können, einem Esel das Sprechen beizubringen. Rosie hatte keine Ansichten und legte auch keinen Wert darauf, denn sie führten ja offenbar bloß dazu, daß man sich mit fünfundzwanzig noch keinen Mann eingefangen hatte und sogenannte vernünftige Kleider trug. Vernünftige Kleider, das konnte Rosie dieser Terence versichern, hatten noch keinem Mädchen einen Mann eingebracht. Männer mochten zwar behaupten, so etwas gefiele ihnen, aber Spitzen und Rüschen waren es, die es ihnen antaten. Wer wußte das besser als sie? Hatte sie es nicht Rüschen und Spitzen zu verdanken, daß sie mit siebzehn Andrew geangelt und geheiratet hatte? Nicht viel, was ihr da ins Netz gegangen war, wie sich herausgestellt hatte, aber ein gut Teil besser als gar nichts, und diese Terence würde nicht mal einen Andrew abkriegen, wenn sie sich nicht beeilte. Weichheit, Seidigkeit, Verspieltheit und die Männer glauben machen, daß man ewig so bliebe – nämlich das genaue Gegenteil von Tintenfässern oder womit Männer sonst den ganzen Tag verbrachten – zu so etwas wollten sie heimkehren und nicht zu einem Haufen gußeiserner Frauen, die herumsaßen und redeten wie das Parlament.

Oh, diese Terence konnte einiges von ihr lernen, dachte Rosie, während sie sie durch ihre Wimpern betrachtete und ihren fehlenden Mut durch Hohn wettmachte – und sie hätte ihr auch gründlich die Meinung gesagt, wäre die junge Dame nicht so schrecklich hochmütig mit ihren Fingernägeln wie Anklagen und Kleidern wie eine Kirchenpredigt. So, dachte Rosie, kann jede rumlaufen, aber Gott ist vonnöten, eine schöne Frau zu schaffen; und davon abgesehen, daß sie, Rosie, keinen Henkel an ihrem Namen hatte – Andrews Schuld – konnte kein Zweifel bestehen, wer von ihnen, käme es zu einer Wahl zwischen ihr und

Lady Terence, der kostbarere Gegenstand war. Sollte man sie beide in einem Schaufenster ausstellen und warten, wer sich zuerst verkaufte. Schicke man sie beide zu einem Schönheitswettbewerb, und sehe, wer am besten abschnitt. Nach ihr drehten sich die Leute um, nach Terence niemand. Sie umschwärmten die Leute und spazierten mit ihr zum Küchengarten, während Terence allein mit Hund und Stock durch die Gegend wanderte. Genau besehen war sie nicht einmal hübsch, trotz der regelmäßigen Züge. Kein Sexappeal – oder S. A., wie Mumsie es nannte. Hatte völlig ihren Beruf verfehlt, Schullehrerin hätte sie sein sollen, statt die Tochter eines Peers. Armes Mädchen, schloß Rosie ihre Gedanken. Mitleid schien ihr der beste Schutz, sich nicht von der Schlichtheit Terences beeindrucken zu lassen.

»Es tut mir wirklich leid«, begann Terence, noch außer Atem, nachdem sie Treppen hinauf und Flure entlang gelaufen war. »Ich war am andern Ende des Gartens und kam nicht schnell genug ins Haus, ihn zu stoppen. Ich fürchte, er hat Sie aufgeweckt.«

»Verzeihung, wie bitte?« antwortete Rosie, verzweifelt bemüht, ihre Sprache wiederzufinden, aber wieder brachte sie nur jene fatalen Höflichkeitsfloskeln heraus, die Mr. Torrens schier zur Verzweiflung getrieben hatten.

»Das Klavierspiel des Grafen. Ich konnte ihn nicht schnell genug stoppen. Ich fürchte, er hat Sie aufgeweckt.«

»Überhaupt nicht, vielen Dank«, sagte Rosie.

»Fühlen Sie sich besser?« fragte Terry freundlich und trat ins Zimmer, eine Hand aber immer noch an der Tür. »Konnten Sie ein wenig schlafen?«

Rosie unterdrückte das okay, das ihr sofort auf die Lippen kommen wollte, und ersetzte es durch, »Inzwischen fühle ich mich wirklich sehr fit, vielen, besten Dank . . .«, obwohl auch das, wie alles, was sie entweder zu Lady Terence oder ihrer Mutter sagte, kaum war es heraus, so klang, als hätte sie lieber etwas anderes sagen sollen. Aber was? Wenn sie nur wüßte was. Wie ärgerlich, nicht zu wissen, *was*.

Terry trat ans Sofa und schüttelte Rosie die Kissen auf, als wäre sie ein Kind. »Am besten, Sie bleiben hübsch liegen«, sagte sie. »Versuchen Sie, noch eine Weile zu schlafen. Ich verspreche Ihnen auch«, fügte sie hinzu, »daß der Graf nicht wieder zu spielen anfängt. Aber sie war herrlich, nicht wahr, diese wunderschöne Musik.«

»Ja, wirklich sehr hübsch«, sagte Rosie.

Danach wußte Terry offenbar nicht, was sie noch sagen oder tun sollte. Mit ihrem blonden, leicht zerzausten Haar, ihrer aufrechten, schmalen Gestalt in dem weißen Kleid, den hohen Brauen und grauen Augen stand sie unsicher da, lächelte voller Wohlwollen auf Rosie herab und erinnerte diese unangenehm an die Engel in dieser schrecklichen National Gallery, in die Andrew sie vor ihrer Heirat immer geschickt hatte. Ausgerechnet diese Engel hatte sie sich ansehen sollen, dabei waren sie längst nicht so hübsch wie die, die Mumsie früher über ihrem Kinderbettchen aufgehängt hatte mit den schönen, glänzenden Flügeln und lieblichen Gesichtern, sondern von der ernsten, hehren, feierlichen Sorte, die einem erschienen und alles mögliche verkündeten. Aber wer um Himmels willen, dachte Rosie, wollte in *diesem* Haus schon etwas verkündet kriegen, gar eine Geburt?

»Ah, da kommt Ihr Tee«, sagte Terry, die nicht gegen ihre Erleichterung ankonnte, als ein leises Rumoren vor der Tür zu hören war, dann ein respektvolles Klopfen, und kurz darauf Mary, das alte Hausmädchen, mit dem Tablett erschien. »Darf ich Ihnen einschenken? Ich mache es gern.«

»Vielen, besten Dank«, sagte Rosie verzagt. Da wäre es ja fast besser gewesen, den Tee unten zu trinken, wo wenigstens ein Haufen Leute waren. »Möchten Sie selbst«, zwang sie sich zu sagen, da sie meinte, es gehöre sich so, »nicht auch eine Tasse trinken?«

»Das würde ich wirklich gern, aber ich muß hinunter und Mutter helfen«, sagte Terry, schob einen kleinen Tisch neben das Sofa und signalisierte auch sonst mit jeder Geste fürsorgliche Freundlichkeit. Na, ausnahmsweise sei dem lieben Gott für diese Mutter gedankt, dachte Rosie innerlich auflebend.

»Aber ein Weilchen kann ich noch bleiben.«

›O Gott‹, dachte Rosie und sackte wieder in sich zusammen.

»Ich bestreiche noch schnell Ihren Toast«, sagte Terry und schritt geschäftig zur Tat, »und passe auf, daß Sie ihn auch essen.«

Also, als könnte man sich nicht selbst Butter auf den Toast streichen, als ob man jemanden brauchte, der einen beim Essen beaufsichtigte. Natürlich sehr freundlich, oder zumindest so gemeint. Auf ihre Bohnenstangen- und Verkündigungsengel-Art gab sich diese Terence alle Mühe, freundlich zu sein. Aber lag da nicht gerade in dieser Freundlichkeit etwas, das einen irgendwie kleinmachte? Als sie sich für dieses Wochenende von ihrer Mumsie verabschiedete, hatte deren letzter Ratschlag – sie gab ihr viele mit auf den Weg – gelautet: ›Laß dich bloß von denen nicht *klein*kriegen, mein Süßes‹.

Was würde sie erst sagen, wenn Rosie ihr erzählte, daß es gar nicht Lady M. war – an die Mumsie wohl dachte –, sondern ihre Tochter, die das Kleinmachen übernahm, ein unverheiratetes Mädchen mit faden Fingernägeln. Sieh sie sich nur einer an, wie sie den Toast jetzt in kleine Streifen schnitt, als wollte sie ein Baby füttern, und eine Serviette auf Rosies Schoß ausbreitete – hier hießen sie Lätzchen, was einen noch mehr an Babies erinnerte –, dann ein zweites Kissen holte, ja buchstäblich alles für sie tat. Nur war sie – Rosie durchwühlte den lebhaften, aber unordentlichen Inhalt ihres Kopfs nach dem richtigen Ausdruck – ›eben keine richtige Freundin‹. Jetzt hatte sie's. Ja, das traf's genau: nur daß sie keine richtige Freundin war. Dafür war sie zu erhaben: oh, viel zu erhaben. Zu viele Grafen vonundzu als Verwandte und überhaupt die Nase viel zu weit oben. Das ganze freundliche Getue war nichts als ein Panzer, dachte Rosie, genau wie bei der Mutter. Bitte, bleib mir fern. Komm mir nur nicht zu nahe. Vergiß das nie! Solange du unter unserem Dache weilst, lassen wir es uns nicht anmerken, aber es gibt eine tiefe Kluft zwischen uns, wie du schon feststellen wirst, wenn du uns einmal zufällig, sagen wir, in einem Geschäft oder Theater triffst. Nicht, daß sich Rosie Lady Terence als Freundin gewünscht hätte. ›Ganz *bestimmt* nicht, vielen Dank‹, versicherte sie sich selbst und rümpfte die Nase. Recht vielen Dank, sie hatte ihre eigenen Freunde. Wirklich nette Leute, die einem nicht die ganze Zeit das Gefühl gaben, mit einem stimme was nicht. Wer war diese Terence überhaupt – ohne ihre Verwandten und ohne ihr Geld? Nichts als ein Mädchen, das sich schon die achte Saison in den Gesellschaftsspalten herumtrieb und trotzdem keinen Mann fand.

»Wirklich, vielen Dank«, sagte Rosie, die trotz aller aufmüpfigen Gedanken sanftmütig den Teller mit Toast entgegennahm.

»Wenn Sie etwas gegessen haben, geht es Ihnen bestimmt gleich besser«, sagte Terry und blicke auf die hübsche kleine Gestalt auf den rosenfarbenen Kissen hinab.

Wirklich, sie konnte Andrew nur zu gut verstehen. Wie hätte er widerstehen sollen …?

»Mir geht's jetzt schon viel, viel besser. Vielen, besten Dank«, sagte Rosie, der plötzlich einfiel, daß sie den Weg für das Silberkleid bahnen mußte. »Und bis zum Abendessen …«

»Oh, aber wollen Sie denn herunterkommen? Sie wissen doch, daß Sie das nicht brauchen. Glauben Sie bitte nicht, es wird von Ihnen erwartet«, sagte Terry besorgt.

»Es wird schon gehen, vielen Dank«, sagte Rosie.

»Aber Mutter wird es vollkommen verstehen, wenn …«

»Es wird schon gehen, vielen Dank«, wiederholte Rosie mit einem so sonderbar entschlossenen Ausdruck, daß Terry die Waffen streckte – mit dem nachsichtigen Lächeln einer Gastgeberin, die bereit ist, ihren Gästen jede Laune durchgehen zu lassen: »Nun, wenn Sie hinunterkommen, wird das Dinner natürlich für uns alle um so schöner sein.«

»Vielen, herzlichen Dank«, sagte Rosie, die sich an einen anderen Rat erinnerte, den ihre Mumsie ihr zum Abschied gegeben hatte: ›Sag nicht einfach danke. Sag vielen, herzlichen Dank. Das klingt besser.‹

Und Terry, die diese Manier geradezu ansteckend fand und es sich nur mit Mühe verkniff, mit dem entsprechenden »Keine Ursache« zu antworten, sagte statt dessen, sie glaube, jetzt müsse sie wirklich hinunter und beim Tee helfen, legte eine Glocke auf den Tisch neben dem Sofa, bat Rosie zu läuten, wenn sie irgend etwas oder irgend jemanden brauche, beugte sich einen Moment über sie, wie eine Mutter über ihr Baby, rückte die Kissen noch einmal zurecht, und dann ging sie.

»Adieu«, rief Rosie ihr nach, als die Tür ins Schloß gefallen war, neigte den Kopf und winkte mit der Hand. »*Hoch-*

erfreut, daß Sie gehen!« Dann schnitt sie eine Grimasse, ehe sie in den Toast biß und hinzufügte: »Sie behandelt mich, als wär ich ein Elendsviertel.«

Am Ende des Korridors sah Terry ihre Mutter aus ihrem Zimmer kommen, gefolgt von Miss Simpson, die ein Bündel Briefe in der Hand hielt.

Terry lief zu ihrer Mutter und hakte sich bei ihr ein.

»Mutter, ich glaube, es geht dir gar nicht gut«, sagte sie, und während sie ihr in die Augen sah, dachte sie zum tausendstenmal, daß es die liebsten, schönsten Augen auf der Welt waren. So blau. Wie Leberblümchen. Und die langen schwarzen Wimpern waren wirklich gelungen. Man hatte sie ihr in Paris eingesetzt. Terry wußte es, obwohl niemand darüber sprach. Es gefiel ihr, daß ihre Mutter immer noch schön sein wollte. Und jetzt, wo die Natur sie im Stich ließ, warum sollte sie da nicht ein paar Kunstgriffe anwenden, um sich ihr exquisites Aussehen so lange wie möglich zu bewahren? Der einzige Nachteil war, daß man sie nicht so stürmisch umarmen und küssen konnte wie man wollte. Man mußte vorsichtig sein, sonst würde vielleicht irgend etwas abbrechen, fürchtete Terry, und herunterfallen.

»Genau das sage ich Lady Midhurst die ganze Zeit«, seufzte Miss Simpson mit besorgtem Gesicht.

Denn sie war besorgt. Sehr sogar. An diesem Wochenende lief alles schief. Lady Midhurst war so gar nicht sie selbst, und die Gäste benahmen sich sehr merkwürdig. Lord Midhurst, zum Beispiel, wollte schon vor dem Dinner abfahren. Für sechs Uhr hatte er seinen Chauffeur bestellt und zu seinem Kammerdiener gesagt, lieber würde er hängen – genau das waren seine Worte –, als noch eine Mahlzeit in diesem Haus einnehmen. Der Koch war tief verletzt, das ganze Küchenpersonal verstört. So benahm sich beim besten Willen kein Gentleman, dachte Miss Simpson, empört um den Ruf des Hauses besorgt. Gehörte sich ein solches Verhalten etwa für einen Peer der Königin? Keineswegs. Was wohl leider bewies, was Miss Simpson schon gelegentlich befürchtet hatte, seit sie so oft mit diesem Personenkreis in Berührung kam, daß es nämlich durchaus möglich war, ein Peer zu sein und kein Gentleman. Auch Sir Lydford und Mr. Jones wollten früher aufbrechen, beide nannten Gründe, die plausibel klangen, es aber nicht waren. Noch nie hatte jemand Lady Midhursts Gesellschaften vorzeitig verlassen. Was war nur mit allen los? Und dann dieser Graf. So zu spielen, wo er doch wußte, daß jemand krank auf seinem Zimmer lag! Einen damit so durcheinanderzubringen, daß man mit gar nichts mehr im Reinen war, am wenigsten mit sich selbst.

Aber das alles hätte nicht gezählt, weder das Benehmen des Grafen, noch die hastig aufbrechenden Gäste, noch sonst irgend etwas oder irgend jemand, wenn nur ihre liebe Lady Midhurst so wäre wie immer. Aber das war sie nicht. Miss Simpson verstand das nicht. Und das machte ihr Sorgen.

»Mutter . . .«, sagte Terry wieder, wandte den Kopf und suchte Daisys Gesicht.

»Wo warst du, Liebes?« fragte Daisy, während sie ihren Weg zur Treppe fortsetzte.

»Bei Andrews Frau.«

»Geht es ihr besser?«

»Ja. Sie trinkt gerade ihren Tee. Aber Mutter . . .«

»Oh, ich hatte nur Kopfschmerzen. Jetzt sind sie vorüber. Das heißt, ich glaube es wenigstens«, sagte Daisy und preßte den untergehakten Arm fest an sich.

»Mußt du denn wirklich nach unten, Liebes? Simp und ich können uns doch um alles kümmern«, sagte Terry besorgt.

»Aber ich möchte so gern bei euch sein«, widersprach Daisy. »Außerdem haben die Mount-Tattersalls angekündigt, sie würden herüberkommen. Und es geht mir schon so *viel* besser. Fast so gut wie – nun, vor zehn Jahren«, schloß sie und lächelte ihre Tochter an.

»Vor zehn Jahren?« wiederholte Terry.

»Ah, da ist ja George«, rief Daisy, als Mr. Torrens in der Tür seines Zimmers erschien.

»Was war denn vor zehn Jahren?« fragte er, nahm Daisys anderen Arm, und die drei schritten Seite an Seite die breite Treppe hinunter, während Miss Simpson in ihr Büro ging, um die Briefe zu frankieren.

»Na, erstens war Terry damals noch ein kleines Mädchen«, lächelte Daisy – ausweichend, wie Mr. Torrens fand, denn die Antwort ergab wenig Sinn.

»Wollen wir nach dem Tee einen Spaziergang zusammen machen?« fragte er. Er machte sich Sorgen. Er mußte herausfinden, was mit ihr los war. Das häßliche Wort, das sich ihm gegen Ende des Lunches in den Kopf geschlichen hatte, wollte nicht mehr weichen. Wenn Daisy etwas auf der Seele lag . . .

»Ich war das ganze Wochenende keine Minute allein mit dir«, sagte er vorwurfsvoll.

»Ich weiß, es war so heiß«, sagte Daisy, was wiederum nicht viel Sinn ergab. »Wo bleibt denn der Tee?« fragte sie, als in der Halle kein Anzeichen von Vorbereitungen zu erkennen war.

»Simp meinte, in der Bibliothek wäre es heute am kühlsten«, sagte Terry.

»Aber da spielen die beiden doch Schach, oder nicht?« sagte Daisy.

»Wirklich? Davon weiß ich nichts.«

»Ja, ich habe sie gesehen. Ich wunderte mich, wo alle abgeblieben waren, und die beiden entdeckte ich schließlich in der Bibliothek. Spielten, als ging's um ihr Leben. Die Armen – sie werden bestimmt nicht gern gestört.«

Heiter plaudernd – im Moment scheint sie ja ganz die Alte zu sein, dachte Mr. Torrens, der angespannt auf jede Schwankung in Daisys Stimme lauschte – betraten die drei die Bibliothek, in deren hinterster Ecke, wie zu erwarten, Andrew und der alte Mr. Topham saßen, denen es, wie zu erwarten, überhaupt nicht gefiel, daß sie gestört wurden. Andrew nahm es gelassener hin als Mr. Topham, der zu jenen leidenschaftlichen Spielern gehörte, die lieber die ganze Nacht durchspielen, als vom Schachbrett aufzustehen, ehe die Partie beendet ist. Aber auch Andrew legte Wert auf Ruhe um sich herum und ärgerte sich schon eine Weile über das ständige Kommen und Gehen des Personals, zumal er bereits ohne zwingenden Grund, nur weil er es seinen Gedanken erlaubt hatte, zu der Musik abzuschweifen, einen Bauern verloren hatte.

Mr. Topham dagegen war so vertieft, daß er von den Teevorbereitungen zunächst gar nichts mitbekam, aber als er dann merkte, was um ihn herum geschah, wurde er wütend. Der Tee hier? Hin und her rennendes Personal, Tassengeklapper und Geschwätz?

Die Partie, an der sie saßen, war überaus knifflig. Sie dauerte schon den ganzen Tag, und man hatte sie bereits viel zu oft unterbrochen, beschwerte er sich verärgert bei Andrew, durch das dauernde Essen und Ohnmachten. Leigh spielte sehr gut Schach, aber Mr. Topham hielt sich für noch besser und war davon überzeugt, daß er ihn noch vor dem Dinner matt setzen konnte, denn gleich danach mußte er sich nach London aufmachen, um den Mitternachtsexpreß in den Norden zu erwischen, wo er morgen in aller Herrgottsfrühe eine wichtige Sitzung in seinem Wahlbezirk hatte. Bis dahin war jedoch reichlich Zeit, wenn man sie bloß einigermaßen in Frieden ließe. Vor einer Weile hatte Leigh ihn einen Bauern einheimsen lassen, einen sehr wichtigen, und obwohl der Bursche kämpfte und kämpfte, hatte Mr. Topham das immer sicherere Gefühl, daß er Oberhand gewann. Zu seinem größten Verdruß bemerkte er dann, daß immer mehr Leute in die Bilbiothek strömten und offenkundig ausgerechnet hier ihren Tee einnehmen wollten.

Nun, was konnte man dagegen tun?

»Ich weiß wirklich nicht«, sagte er, während er sich umsah und oberhalb seines Stehkragens dunkelrot anlief, »was Daisy sich denkt. Seit ich sie kenne, hat sie den Tee noch nie hier serviert. Das Personal baut an diesem Wochenende nur Mist. Macht einen Fehler nach dem andern . . .«

»Ihr Zug«, sagte Andrew.

Aber Mr. Topham zog nicht. Er saß da, starrte auf das Brett und mühte sich, den verlorenen Faden des Spiels wiederzufinden. Ungeheuerlich, so über einen herzufallen, wo es doch wirklich genug andere Räume gab im Haus. Alberne, lästige Geräusche schwirrten um ihn herum – klappernde Teelöffel, Fetzen sinnloser Begrüßungen wie ›Hallochen, gut geschlafen?‹, Fragen ohne Ende, wie es Leighs Frau ging, Cilly Jones kam zu allem Überfluß auch noch zu ihnen hinüber, um sich bei Leigh persönlich zu erkundigen, störte ihn und lenkte seine Aufmerksamkeit ab. Als ob sie oder sonst einer sich einen Pfifferling scherten! Leigh war ein schöner Narr, daß er so ein ordinäres, kleines Ding geheiratet hatte. Bestimmt kein Zuckerschlecken bei ihm daheim! Wie ihm zu Ohren gekommen war, ließ der Idiot auch noch die Mutter bei sich wohnen. Diese stillen, zurückhaltenden Burschen, wenn es sie erst einmal erwischte, dann meist mit katastrophalem Ausgang. Wie gräßlich, die bloße Vorstellung, daß einen ein so gewöhnliches, kleines Dämchen erwischte! Nur das nicht, dachte Mr. Topham, auch wenn er sich vorstellen konnte, daß es, unter anderen Vorzeichen, durchaus angenehm sein konnte, wenn es einen erwischte.

»Ihr Zug«, sagte Andrew wieder.

»Verdammt«, sagte Mr. Topham, als die Tür aufgestoßen wurde und Besucher eintraten – Eindringlinge aus der Nachbarschaft, die eine Auslese ihrer eigenen abscheulichen Wochenendgesellschaft mitbrachten – »gehen wir woanders hin. Es gibt ja noch das Billard-Zimmer. Versuchen wir da unser Glück«.

Aber Andrew wiederholte nur lakonisch: »Ihr Zug«, und Mr. Topham, der, nachdem er gereizt geantwortet hatte »Ich weiß, ich weiß, als ob ich das nicht selbst wüßte«, sehr nervös wurde, machte einen Zug, der es Andrew ermöglichte, nach einer langen Weile tiefen Nachdenkens, während der Mr. Topham ihn gequält betrachtete und betete, seine Unbedachtheit bliebe unbemerkt, ihm seinen schwarzen Läufer zu nehmen.

Sein schwarzer Läufer. Den war er los.

Dann schottete sich Mr. Topham gegen die ganze Welt ab und konzentrierte sich ganz auf die Lösung des anstehenden Problems. Sein schwarzer Läufer, viel zu früh hatte er ihn verloren! Was ihn dermaßen ernüchterte, daß er sich mit finsterer Verbissenheit wappnete und erst wieder etwas anderes als das Brett vor ihm wahrnahm, als ein Gong ertönte, sich eine Hand auf seine Schulter legte und jemand sagte, bis zum Dinner sei es nur noch eine halbe Stunde.

Dinner? Er blickte verwirrt auf. Terry stand vor ihnen und lächelte auf sie beide hinab, mit diesem typischen Ausdruck von ihr, als wäre sie ein Engel, der eine wichtige Botschaft bringt. Verschwunden waren die Teetische, verschwunden die anderen Gäste und die Eindringlinge von außerhalb und auch das Personal, das doch beim Aufräumen ein und ausgegangen sein mußte. Sogar das Tageslicht war verschwunden, denn die Lampen waren angeknipst, und draußen vor den Fenstern senkte sich, wie ein zarter Vorhang, die bläuliche Abenddämmerung herab.

»Wer hat gewonnen?« fragte Terry.

»Wir sind noch mittendrin im Spiel«, sagte Andrew, stand auf und klopfte seine Pfeife aus.

»Was – immer noch? Dann müssen Sie es eben unentschieden ausgehen lassen.«

»Niemals«, sagte Mr. Topham und heftete seine Augen wieder auf das Brett.

»Aber Ihr Zug geht doch gleich nach dem Abendessen.«

»Dann nehme ich eben den nächsten.«

»Sonntags geht aber keiner.«

»Dann fahre ich morgen früh.«

»Ich dachte, morgen früh um zehn hätten Sie eine Sitzung in Northumberland.«

»Sitzungen?« wiederholte er. »Sie wissen ganz genau, Leigh, wären Sie mir nicht mit Ihrem Turm in die Quere gekommen, dann hätte ich Sie gehabt.«

»Das sehe ich keineswegs so«, sagte Andrew, sah wieder auf den Schachtisch hinab, stopfte neuen Tabak in seine Pfeife und preßte ihn mit dem Daumen hinab.

»Doch. Sehen Sie her . . .«

Und ehe Terry es verhindern konnte, waren die beiden wieder in ihr Spiel vertieft, demonstrierten, bestritten und argumentierten, bis Andrew schließlich, taub gegenüber ihrem Einspruch, wieder in seinen Sessel glitt und weiterspielte.

Was der Grund dafür war, daß sie, obwohl Daisy wartete und wartete, nicht zum Dinner erschienen. Da Lord Midhurst, Mr. Jones und Sir Lydford nach London abgefahren waren, kamen sie natürlich auch nicht – insgesamt fehlten also fünf, mit dem Ergebnis, wie Miss Simpson entsetzt feststellte, nachdem sie alle Platz genommen hatten, daß sich die Gesellschaft jetzt auf dreizehn Personen belief.

Dreizehn an einem Tisch. Was gab es Unseligeres? Miss Simpson hoffte nur, daß es niemandem auffiel und keiner der anderen zu zählen begann. Hätte sie eine Vorahnung von dieser Katastrophe gehabt, wäre sie natürlich nicht heruntergekommen. Oder wäre doch wenigstens diese Mrs. Leigh oben geblieben, wie alle erwarteten, dann bestünde kein Grund zur Sorge. Aber Miss Simpson konnte nichts ahnen und war folglich heruntergekommen, denn da sie für allerlei kleine Aufgaben gut zu gebrauchen war, wie beispielsweise, sich mit den weniger beliebten Gästen zu unterhalten, wünschte Daisy ihre Anwesenheit bei den Mahlzeiten. Im letzten Moment also war Mrs. Leigh hereingerauscht, kostümiert wie für eine Burleske, als Erste Fee oder sonstwas, und jetzt – oh, Miss Simpson hatte keine Zweifel – kam das Unglück über sie.

»Es hat keinen Sinn, auf die beiden zu warten, Liebste«, hatte Terry im Salon zu ihrer Mutter gesagt, als ihr schließlich einfiel, warum diese nicht zum Dinner rief. »Sie haben ihre Partie noch nicht beendet.«

Woraufhin Lady Midhurst, nicht ahnend, was dies bedeutete – und hätte sie es geahnt, sich wahrscheinlich nicht darum gekümmert, denn ihre liebe Lady Midhurst gehörte zu den wenigen Glücklichen, die nie in ihrem Leben Grund hatten, an böse Omen zu glauben –, anders als Miss Simpson es getan hätte, wäre *sie* die schnöde behandelte Gastgeberin, die beiden Säumigen nicht unverzüglich herbeiholen ließ, sondern, freundlich und gutherzig wie immer, lächelte, das Warten sein ließ, ihre Gäste zu Tisch bat, um den sie nun alle saßen, und – o weh! – einer von ihnen an dieser unseligen Tafel war unweigerlich dem Verderben geweiht.

›Na, dazu kann ich nur sagen, ich hoffe, es ist der Graf‹, dachte Miss Simpson und faltete ihre Hände im Schoß, als dränge es sie zum Gebet. Wenn schon jemand ins Verderben stürzen mußte, dann war es nur recht und billig, wenn es ein Deutscher war. Erstens waren die Deutschen inzwischen ans Verderben gewöhnt, das sollte man zumindest meinen, und zweitens war der Graf ein schrecklicher Mann, der Dinge sagte, über die man in anständiger Gesellschaft nicht sprach, und obendrein noch Musik spielte, die einen vergessen ließ, daß man eine Dame war. Sollte er das Opfer sein, dachte Miss Simpson rachsüchtig. Von ihr aus konnten ihm die schlimmsten Dinge zustoßen, solange nur ihre geliebte Arbeitgeberin, und jene, die ihr lieb waren, verschont blieben. Verstohlen und gequält forschte Miss Simpson in den Gesichtern um sie herum nach einem ersten Dämmern, einer leisen Ahnung davon, was an diesem Tische vor sich ging.

Eigenartig, aber außer ihr schien niemand etwas zu bemerken. Sie alle mochten dem Untergang geweiht sein, aber bis dahin waren sie offenbar entschlossen, sich zu amüsieren. Verglichen mit dem Lunch war die Stimmung eindeutig fröhlich. Kein einziges Mal, seit dem ersten Dinner am Freitag, waren Daisys Gäste auch nur annähernd so munter gewesen wie bei dieser letzten. Jene Welle von Erleichterung kam über sie, die allem Ende eigen ist. An nichts würde man sich mehr stören, jetzt, wo das Ende abzusehen war. Im Moment gab es ohnehin nicht viel, woran man sich hätte stören müssen. Die Sonne hatte endlich davon abgelassen, sie zu ersticken, eine angenehme, feuchte Brise wehte vom Fluß herauf, ohne den beleibten Midhurst standen die Stühle nicht mehr so eng, und, das Erfreulichste von allem, Daisy schien wieder ganz die Alte zu sein. Jedenfalls war ihr inzwischen die Tatsache ins Bewußtsein gedrungen, daß die servierten Mahlzeiten miserabel gewesen waren, denn als zum Schluß des Dinners eine große, grüne Eiscreme-Pyramide auf dem Tisch erschien, rief sie aus: »Ich fürchte, das sind schon wieder Stachelbeeren. Wie entsetzlich. André muß verrückt geworden sein . . .«, eine Bemerkung, die mit kaum verhohlener Begeisterung begrüßt wurde, als Zeichen ihrer Rückkehr zur Normalität.

Daß sie wieder in besserer Verfassung war, führte Mr. Torrens auf ihren kleinen gemeinsamen Spaziergang nach dem Tee zurück. Sie waren nicht weit gegangen – nur hinauf zum Gemeindeanger hinter dem Haus, wo sie den Anblick genossen, wie die Sonne über dem Stechginster unterging, aber unter alten Freunden ist nicht viel Zeit vonnöten, einander Trost zu spenden. Nicht, daß sie viel geredet hätten; allein, daß er ihr von neuem seine Zuneigung und Anhänglichkeit versicherte, so wollte er gern glauben, hatte ihr gut getan.

»Lieber George«, hatte sie gemurmelt und einen kurzen Moment seine Hand ergriffen, während sie in das herrliche Glühen am Himmelsgewölbe blickte. Was sie auch bekümmerte, oder bekümmert hatte, sie schrieb alles ihren Kopfschmerzen zu. Jetzt seien sie fast ganz verschwunden, sagte sie, was offenkundig stimmte, denn sie brachte ein Lächeln zustande, als er ihr gestand, er habe schon befürchtet, sie sei in finanziellen Schwierigkeiten, weil Leigh, der sich, wie er ja wisse, um diese Seite ihres Lebens kümmere, so fürchterlich niedergedrückt aussähe.

»Aber so sieht er doch immer aus«, sagte Daisy. »Ich muß ihm sagen, daß er das sein lassen soll, sonst ruiniert er noch meinen Ruf. Armer Andrew. Er ist so bedrückt, weil er zu Hause nicht glücklich ist.«

»Mit seiner reizenden Rosie?«

»Mit der vielleicht nicht ganz so reizenden Mutter seiner reizenden Rosie. Sie lebt mit ihnen zusammen. Armer Andrew. Aber ich bin froh, daß dir seine Rosie gefällt. Ich war auch auf Anhieb von ihr entzückt.«

»Wie? Hast du sie denn vorher nie gesehen?«

»Ich wußte nichts von ihr. Oder vielmehr, ich dachte nicht an sie – jedenfalls bis vor kurzem«, fügte sie dann zögernd hinzu.

»Vielleicht gelingt es dir ja mit der Zeit, sie zum Reden zu bringen.«

»Ob das klug wäre, bezweifle ich«, lächelte Daisy, den Sonnenuntergang in den Augen und ihr sorgsam hergerichtetes Gesicht in dem goldenen Licht beinahe so schön wie vor zwanzig Jahren.

Es war dieser Moment gewesen, in dem Mr. Torrens, der neben ihr stand und sie betrachtete, eine tiefe Rührung empfand. Er gehörte zu den glücklichen Menschen – glücklich, weil es ihnen viele Genüsse bescherte –, die leicht vergaßen, daß sie nicht mehr jung waren. Außerdem war er ein Mensch – wiederum glücklich, weil es für seine Beliebtheit sorgte –, für den die gerade anwesende Frau die einzige auf der Welt ist. Da er sich deshalb ausschließlich auf die, mit der er gerade zu tun hatte, konzentrierte und nicht durch das Verlangen nach einer anderen abgelenkt war, was so viele *têtes-à-têtes* verdirbt, konnte er für die Dauer des Zusammenseins eine jede Frau von ganzem Herzen lieben, vorausgesetzt, sie sah einigermaßen gut aus. Seine Liebe zu Daisy war jedoch so beständig, daß sie, auch wenn er nicht mit ihr zusammen war, nie ins Wanken kam. Aber als er sie jetzt, durch den Sonnenuntergang in jene schöne, strahlende und ewig unerreichbare Daisy von vor zwanzig Jahren verwandelt, vor sich sah, verlor seine Liebe alles Beständige und wurde so hitzig, daß ihn das nahezu unwiderstehliche Verlangen erfaßte, sie in die Arme zu nehmen und zu küssen.

Nahezu unwiderstehlich: nicht ganz. Noch nie war ein durch Daisys geschürtes Verlangen weitergegangen, als nahezu unwiderstehlich zu sein. Denn letzten Endes hatte man bei ihr immer das Gefühl, innerlich halte sie ein Rasen-betreten-verboten-Schild hoch, das einem von jedem weiteren Vorstoß abhielt. Mr. Torrens war sicher, seine liebe Daisy war in ihrem ganzen Leben nur von Midhurst geküßt worden, und angesichts der fünfzehn langen Jahre, die seit seinem Tod verstrichen waren, und der Tatsache, daß der gute Midhurst zehnunddreiviertel seiner elf Ehejahre mit exzessiver Untreue verbrachte, fand Mr. Torrens Daisys Lage höchst bedauerlich.

Aber welches Heilmittel gab es dagegen? Während er neben ihr dem Sonnenuntergang entgegenschritt und dabei nicht nur seine Jahre vergaß, sondern auch ihre, denn in dem Licht sah sie wirklich sehr jung aus, fiel ihm nichts ein, was er dagegen unternehmen konnte, ohne sich einen Korb einzuhandeln. Sie hatte eine tiefe Abneigung gegen diese Seite des Lebens. Midhursts himmelschreiende Fehltritte hatten sie zum anderen Extrem getrieben, einer geradezu beängstigenden Tugendhaftigkeit, wobei ihre einzige Leidenschaft nun schon seit Jahren, wie er fürchtete, Enthaltsamkeit war.

Mr. Torrens bedauerte das, aber alles wies darauf hin, daß er die Dinge richtig sah. Man brauchte nur zu gucken, wie sie Terry erzogen hatte, wie vollkommen das Mädchen mit seiner einfachen Erscheinung und ernsthaften Art, die sich so sehr von der anderer junger Frauen ihrer Schicht und ihres Alters unterschied, Daisys Ideale verkörperte – ihr Ringen um Tugend, Keuschheit, Wohlanständigkeit im Tun wie im Denken. Um all diese freudlosen Dinge bemühte sich Daisy, und er hoffte bloß, daß sie nicht von Natur aus so war, sondern Midhurst die Schuld trug. Denn Mr. Torrens' Meinung nach war es bei weitem nicht so schlimm, aus irgendeinem Grunde tugendhaft zu sein wie von Natur aus. Tugendhaftigkeit blies einen entsetzlich schneidenden, kalten Wind über Gottes warme Landschaft, und Mr. Torrens fand die Vorstellung abscheulich, der Lebenssaft einer seiner Freunde wäre davon im Keim erstickt. Nicht, daß die Leidenschaft unbedingt ans Tageslicht kommen mußte. Das war oft gar nicht nötig. Aber man wollte doch gern wissen, daß sie *da* war, sagte Mr. Torrens wehmütig zu sich selbst und sah Daisy von der Seite an.

Nein, sagte er sich, nachdem er sie eine Weile betrachtet hatte; ziemlich sinnlos, sich der armen guten Frau anders als mit brüderlicher Zuneigung zu nähern. Also nahm er sich selbst an die Kandare, lenkte seine Gedanken entschlossen in eine andere Richtung, guckte starr geradeaus und sagte: »Laß uns über Terry sprechen.«

Ein ungefährliches Terrain, dachte er. Nichts machte eine Mutter ungefährlicher als Töchter. Besonders nach einer Weile.

»Terry?«

Daisy klang überrascht. Einen Augenblick sah es sogar so aus, als wollte sie stehenbleiben.

»Ja«, nickte Mr. Torrens. »Terry. Meine Patentochter. Ich habe sie beobachtet.«

Jetzt blieb Daisy wirklich stehen, als müßte sie erst Atem schöpfen, ehe sie weitergehen konnte.

»Und zu welchen Schlüssen«, fragte sie nach einer Weile und sah ihn mit einem eigenartig gequälten kleinen Lächeln an, »bist du gekommen?«

Sie bedeckte die Augen, offenbar blendete das grelle Abendlicht sie.

»Daß ein Mädchen ein Mädchen ist«, sagte Mr. Torrens.

»Nun, soviel war uns bekannt«, sagte sie vorsichtig, offenbar rätselnd, wohin er sie mit seinen Worten lenken wollte. Dann ging sie weiter. Und er natürlich auch.

»Gewiß«, sagte er. »Das wußten wir. Und da sie ein Mädchen ist, dazu ein sehr gesundes, ist es da nicht an der Zeit, daß sie sich verliebt und ab und zu mal in Liebeshändel verstrickt, statt von morgens bis abends mit ihren Wohltätigkeiten und ihrer Mutter zuzubringen?«

»Aber woher weißt du denn, daß das nicht so ist?« fragte Daisy, nahm die Hand von den Augen und sah ihn mit einem Ausdruck an, den nur jemand haben konnte, der gerade einen Seufzer der Erleichterung ausgestoßen hat.

Aber Mr. Torrens bemerkte diesen Ausdruck nicht. Er starrte weiter geradeaus, damit ihn nicht wieder leidenschaftliche Gefühle überkamen, denen er diesmal vielleicht nicht würde widerstehen können.

»Natürlich weiß ich es«, sagte er. »Das liegt doch auf der Hand. Von allem, was nach Liebeshändeln roch, ist Terry immer meilenweit auf Abstand gegangen. Das sieht doch jeder, es steht ihr ja regelrecht auf der Stirn geschrieben. Eine solche Jungfrau wie sie habe ich noch nie erlebt.«

»Oh? Meinst du wirklich?« sagte Daisy und drehte sich mit einer Erregung zu ihm um, die sie nicht sofort unterdrücken konnte. »Du willst wohl sagen, sie wirkt noch ziemlich unerwachsen.«

»Unerwachsen! Im Gegenteil, nicht nur erwachsen – gesetzt wirkt sie. Und wenn du sie nicht bald heiraten läßt ...«

»Aber ich lasse sie doch. Ich wünschte mir sehr, sie würde heiraten. Teddy Bodiam, zum Beispiel. Er hat schon zweimal um sie angehalten« – Teddy war Lady Cecilias Neffe und der sechzehnte Herzog.

»Na, aber sie tut es ja nicht, oder? Und wenn du nicht aufpaßt, dann vertrocknet sie völlig. Direktorin in einem Mädchenpensionat kann sie dann werden oder Nonne oder sonstwas.«

»Mein *lieber* George«, protestierte Daisy; aber der Klang ihrer Stimme verriet ihm, daß sie sich trotz ihres Protests amüsierte.

»Entweder ist deine Erziehung schuld, oder ihr eigenes Temperament oder ihr Mangel an Temperament«, sagte er, verärgert, daß Daisy sich auch noch amüsierte, »jedenfalls verwandelt sie sich vor meinen Augen von Tag zu Tag mehr in eine alte Jungfer.«

»Mein *lieber* George«, protestierte Daisy wieder, diesmal aus vollem Halse lachend.

»Beim besten Willen kein Grund zum Lachen, finde ich«, sagte er zornig. Wirklich, was gab's angesichts eines so bedauerlichen Stands der Dinge zu lachen? Sollte sie nicht lieber beschämt und traurig sein? Außerdem wollte er gar nicht über Terry reden. Nur weil er an etwas anderes als

Daisy denken wollte, sich mit aller Macht um Anstand und Zurückhaltung bemühte, hatte er von ihr angefangen, dabei aber ganz vergessen, daß Terry und Daisy *einunddasselbe* waren, so widernatürlich klebten Mutter und Tochter aneinander, so übertrieben war ihre Anhänglichkeit. In letzter Zeit schien sich Terry regelrecht zu einer Obsession für Daisy ausgewachsen zu haben. Manchmal hatte er das Gefühl, daß die gute, in jeder Hinsicht vom Schicksal so reich gesegnete Frau der tiefen Überzeugung war, außer ihrer Tochter habe sie nichts auf der Welt.

»Jungfrauen, das laß dir von mir gesagt sein«, fuhr er streng fort, »sind einfach eine Plage. Das ganze Heer geschlechtsloser Frauen ist eine Riesenplage. Wer überhaupt keine normale menschliche Regung hat, sei es von Natur aus nicht oder aus Prinzip, ist eine Riesen ...«

»Ach du lieber Gott!« unterbrach ihn Daisy. Sie war bester Laune und störte sich offenbar kein bißchen an seinen groben Worten, wie es sich eigentlich für sie gehört hätte.

»Was für ein erschreckendes Gemälde. Mein armes, geliebtes kleines Mädchen.«

»Wirklich sehr sonderbar, wenn man bedenkt, daß sie Midhursts Tochter ist«, gab er zurück, fügte jedoch schnell hinzu: »Entschuldige bitte. Das habe ich nicht sagen wollen. Aber es *ist* sehr sonderbar, daran ist nichts zu rütteln.« Und er blieb stehen und sah sie an, weil er glaubte, jetzt wäre sie wirklich verärgert.

Aber sie war es nicht. Zu seiner Überraschung wirkte sie eher belustigt, und als sie ebenfalls stehen blieb, lag ein Ausdruck in ihren Augen, als wünschte sie, er führe fort. Wollte sie wirklich noch mehr hören? Hatte er nicht schon genug gesagt, was jede normale Mutter längst in Rage gebracht hätte? Wollte sie, daß er Terry mit noch mehr Beleidigungen überhäufte? Aber in ihren Augen lag eine regelrechte Gier, wie bei einem Verdurstenden, dem man einen Schluck kaltes Wasser gibt, der aber ein ganzes Glas will – schnell, schnell.

Einen kurzen Moment brachte ihn dieser Blick aus der Fassung – später sollte er genügend Muße haben, sich daran zu erinnern – und dann vergaß er alles, denn wieder durchströmte ihn eine Woge von Leidenschaft. Daisy war wirklich wundervoll. Keinen Tag älter als fünfundzwanzig. Umglüht von Licht, von Düften umhüllt – der Stechginster stand an diesem Nachtmittag in vollster Pracht, und Mr. Torrens war sehr empfänglich für Düfte – schien die Zeit völlig spurlos an ihr vorübergegangen zu sein. Unglaublich, dachte er, während er in ihr strahlendes Gesicht sah, wie gut ihr der Sonnenuntergang stand. Unglaublich, wie er das Blau ihrer Augen unterstrich und den herrlichen Farbton ihres Haars. Natürlich nicht ihr eigener, der Farbton – das wußte er. Aber wen kümmerte es? Nur einen Narren scherte es, wodurch oder warum eine Frau schön war. Und Mr. Torrens fragte sich, ob sich ein Mann unter solchen Umständen weiterhin reserviert und brüderlich verhalten konnte, ja, ob er es überhaupt sollte; und nach einem kurzen inneren Kampf kam er zu dem Schluß, daß dieser spezielle Mann es weder konnte noch wollte, zog Daisy an sich und küßte sie recht leidenschaftlich.

»Ich würde alles für dich tun – alles auf der Welt, Daisy. Das weißt du doch, nicht wahr ...«, sagte er mit der bei solchen Gelegenheiten üblichen erstickten Stimme.

»Lieber George«, antwortete sie, lächelte ihn dankbar an und tätschelte seinen Jackenärmel.

Nun, das hatte er nicht beabsichtigt, daß sie dankbar war, auch von Armgetätschel hielt er nicht viel. Die Sonne versank in einer Wolkenbank, und nachdem er Daisy eine Weile in die Augen gesehen hatte, wäre auch er am liebsten versunken. Wie gewöhnlich war es ihr gelungen, seiner Leidenschaft zu entschlüpfen und sie abzukühlen. Er hatte das Gefühl, sie dachte nicht einmal an ihn. Sie dachte an Terry.

Zum Teufel mit dem Mädchen. Zum Teufel mit dieser ewigen Tochter, war sein kläglicher Kommentar, als er kurz darauf, ernüchtert und gedemütigt, in die Schatten hinabstieg, in denen das Haus sich abkühlte, und dabei zwar immer noch die Hand seiner süßen Freundin hielt, aber nur weil der Pfad so steil war.

III

Trotzdem, so unbefriedigend der Ausgang des Spaziergangs für ihn persönlich auch gewesen war, Mr. Torrens hatte das sichere Gefühl, das kurze Beisammensein habe Daisy gut getan. Er glaubte nicht an ihre Kopfschmerzen, sondern war davon überzeugt, daß ihr etwas auf der Seele gelegen hatte. Nun, was es auch gewesen sein mochte, nach dem Spaziergang wirkte sie wie befreit. Und warum sollte das Wissen um seine Zuneigung und seine nie wankende Verehrung für sie nicht geholfen haben, ihre Sorgen zu verscheuchen?

Der Gedanke gefiel ihm sehr. Und nachdem er sich von seinen Umarmungswünschen erholt hatte, hielt er wieder die Freundschaft hoch. Was ihm Daisy erheblich erleichterte, denn als er sie das nächste Mal erblickte, im Salon vor dem Dinner, sah sie wieder wie fünfzig aus, statt, dank des irreführenden Sonnenuntergangs, wie fünfundzwanzig –

eine bewundernswürdige Fünfzigerin natürlich, die auf exquisiteste Art das beste aus ihren Jahren machte, aber eben doch eine Fünfzigerin. Und zu was, außer Freundschaft, war eine Frau von fünfzig gut? Mr. Torrens, der sie beobachtete, wie sie die Genesung und Wiederkehr Rosies begrüßte, fühlte sich völlig geläutert.

Durchaus kein unangenehmes Gefühl. So, sinnierte er, absichtlich in nüchternen Bildern denkend, mußte sich ein Buch fühlen, aus dem gerade alle anstößigen Stellen getilgt wurden, oder ein Teller nach dem Spülen. Jetzt wunderte es ihn, wie es ihm je in den Sinn kommen konnte, in anderer Absicht die Hand nach seiner allerliebsten, ja geradezu ehrwürdigen Freundin auszustrecken, als sie zu segnen.

Sonderbar, aber in dieser Gemütsverfassung war er Daisy mehr zugetan als je. Ihm ging das Herz auf, und aller Raum darin galt ihr. Und ganz wie ein fürsorglicher Bruder freute er sich darüber, daß sie wieder zu ihrer gewohnten heiteren Gelassenheit zurückgefunden hatte und zu allen charmant und freundlich war – echt war ihre Freundlichkeit jetzt, keine erzwungene Fassade wie zuvor. Mr. Torrens fiel auf, daß sie zu Rosie ganz besonders nett war, den wirklich schockierenden kleinen Fummel der Kleinen bewunderte – weniger Stoff hatte Mr. Torrens außerhalb einer Revue noch nie an einer Frau gesehen – und das winzige glitzernde Ding unter ihre lobenden Fittiche nahm, wodurch sie alle etwaige Kritik im Keime erstickte. Wie fro war Mr. Torrens, wie von ganzem, brüderlichem Herzen froh, zu sehen, daß die Gute wieder in ihrer alten Verfassung war und ihrem eigenen Glücksstern wieder so vertraute, daß sie keinen anderen Wunsch hatte, als auch alle anderen glücklich zu sehen.

Alle merkten die Veränderung. Und alle reagierten sofort darauf. Eine Atmosphäre allgemeinen Wohlwollens trat an

Stelle der gereizten Stimmung, die bis dahin geherrscht hatte.

»*Als Gott sein Volk aus Ägypten führte* – was, Geoffrey?« sagte der Bischof, erfüllt von einer Vision übermütiger Berge, die wie Lämmer herumsprangen, und jubelnder Meere, die willig zurückwichen.

»Genau«, sagte Geoffrey, der sich sanft unter dem kameradschaftlich um seine Schultern gelegten Arm hindurchschlängelte. Aber auch er blickte nicht mehr so finster drein. In letzter Sekunde schien Daisys Gesellschaft doch noch ein Erfolg zu werden.

›Weil sie fast zu Ende ist‹, dachte er.

›Wegen meines Silberkleids‹, dachte Rosie, die am häufigsten von allen lächelte und Mr. Torrens, der sie mit festgeklemmtem Monokel begierig ansah und offenbar ganz Daisys Bewunderung für ihr Kleid teilte, leutselig und alle Vorsicht vergessend zuflüsterte: »Jetzt hab ich's doch noch geschafft! Ich habe das alte Mädchen beeindruckt!«

Mr. Torrens brauchte einen Moment, darüber hinwegzukommen. Und hätte Rosie auch nur einen Deut weniger hübsch ausgesehen, wäre er nie darüber hinweggekommen. Hätte sie sich doch nur weiter hinter ihrem Wall von Verzeihung-wie-bittes verschanzt, dachte er und ließ hastig sein Monokel fallen. Wäre sie doch nur nicht dahinter hervorgekommen, um solch schreckliche Dinge zu sagen. Daisy ein altes Mädchen! Er selbst hatte sie zwar gerade erst insgeheim ehrwürdig genannt, aber das war lediglich eine verständliche Reaktion – außerdem hatten sein Respekt und seine Zuneigung daraus gesprochen. Welche Kluft also, welch riesiger Unterschied zwischen ehrwürdig und altes Mädchen. Und natürlich hatte sich sein ehrwürdig nicht auf Daisys Alter bezogen, sondern ihren Anspruch auf Verehrung.

Das, und nur das, hatte er gemeint. Und jetzt kam diese kleine Wichtigtuerin Rosie daher, diese kleine aus dem Nirgendwo hergewehte Flaumflocke und . . .

Ah, aber wie exquisit sie war. Er drückte sich wieder sein Monokel ins Auge, um sie streng anzusehen. Welch ein kleiner Schatz an Schönheit. Konnte ein Mann, sollte ein Mann einem so vollkommenen Wesen zürnen?

»Nach dem Dinner«, murmelte er in ihr kleines rosa Ohr, zu der Überzeugung gekommen, daß dieser spezielle Mann weder zürnen konnte noch wollte, »meinen Sie nicht, daß es da herrlich wäre, hinaus ins Freie zu gehen?«

»Verzeihung, wie bitte?« sagte Rosie und zog sich hastig wieder hinter ihren Schutzwall zurück, denn sie sah den Küchengarten auf sich zukommen.

»Also, Sie wissen, was ich gesagt habe. Sie haben mich ganz genau verstanden. Warum lassen Sie mich immer alles zweimal sagen?«

»Vielleicht, weil ich manchmal meinen Ohren nicht traue«, antwortete sie schnippisch, als die ganze Gesellschaft in Richtung Speisesaal aufbrach.

Ja, eine veränderte Rosie. Eine, seiner gestrengen Meinung nach, viel zu aufmüpfige Rosie. *Tête montée*, keine Frage. Wie Wein war ihr Daisys liebenswürdiges Lob in den verworrenen kleinen Kopf gestiegen. Daisy hatte recht gehabt, als sie zu Beginn ihres Spaziergangs durch den Ginster Zweifel anmeldete, ob es weise sei, die Kleine zum Reden zu bringen. Aber draußen, im dunklen Garten, war es vielleicht sehr amüsant, mit ihr zu plaudern.

Aber noch etwas anderes hörte Mr. Torrens mit Entsetzen, einige Zeit später, nach dem Dinner, als der Graf sich ans Klavier setzte, um Bach zu spielen, und sie alle hinaus auf die Terrasse strömten, um ihm zuzuhören. Diesmal sagte sie es zu Daisy selbst, die, da sie fürchtete, Mrs. Leigh könne sich, leicht bekleidet wie sie war, in der Nachtluft erkälten, einen Diener hinaufschickte, um Mrs. Leighs Mädchen um etwas Warmes für sie zu bitten.

»Ich habe kein Mädchen«, sagte Rosie – was blieb ihr anderes übrig angesichts der Tatsache, daß der Diener ja schlecht jemanden um etwas bitten konnte, den es gar nicht gab. Leicht benebelt von den zwei Gläsern Champagner sowie den vielen Schmeicheleien und verständlicherweise irritiert durch die ihrer Feststellung folgende plötzliche Stille im Raum – kein Mädchen zu haben, war für die anwesenden Damen anscheinend noch schlimmer, als alles andere, was sie an ihr auszusetzen hatten – sah sie Daisy durch ihre Wimpern an, die, wenn auch nicht ganz so lang wie die aus Paris stammenden ihrer Gastgeberin, immerhin ihr ureigener Wuchs waren, und fügte mit dreister Unverfrorenheit hinzu: »*Ich* muß nicht jeden Tag erst zusammengesetzt werden.«

Noch tiefere Stille trat ein. Mr. Torrens war voller Bedauern und wünschte bei den Göttern, er hätte das Geschöpf sicher im Boot. Aber Daisy griff einfach zu ihrer eigenen Stola, ein weiches, ganz aus weißen Federn bestehendes Gebilde, hing es Rosie um die Schultern, und, wie er sich hätte denken können, unverletzbar von solch kleinen Pfeilen, so völlig unerreichbar für alles, was eine Rosie sagen konnte, lächelte sie auf sie hinab und sagte: »Jetzt sehen Sie wie ein kleiner Engel aus.«

Leigh, der Gatte, der besser in der Nähe hätte sein sollen und auf seine Frau aufpassen, wie Mr. Torrens fand, verschanzte sich immer noch in der Bibliothek und spielte Schach. Mit gebeugten Köpfen und stierem Blick saßen er und der alte Topham über dem Brett und sahen es weder, noch hörten sie es, wenn von Zeit zu Zeit jemand hineinkam, um nachzufragen, ob die Partie nicht bald zu Ende sei und ob sie nicht schon verhungert wären.

Daisy, die sich sorgte, weil sie kein Dinner hatten und das Spiel so ewig dauerte, gab schließlich Miss Simpson den Auftrag, hinzugehen und ihnen Sandwiches anzubieten. Aber auch Miss Simpson bekam keine Antwort.

Dann schickte Daisy Terry los – zweimal schickte sie Terry los, die beide Male ignoriert wurde. Dann bat sie Professor Brown, in die Bibliothek zu gehen, der respektvoll und auf den Zehenspitzen eintrat, denn auch er spielte Schach, wenn auch nicht so besessen, und wußte, was sich diesem großen Spiel gegenüber geziemte. Aber auch von ihm wurde keine Notiz genommen. Offenkundig war es ein Kampf auf Leben und Tod, der Andrew genausoviel Kraft kostete wie Mr. Topham, denn er scherte sich nicht darum, daß seine Pfeife ausgegangen war, und saß, den Kopf auf beide Hände gestützt, mit gekrümmtem Rücken da.

»Glaubst du, sie *wissen* überhaupt, daß sie kein Dinner hatten?« erkundigte sich Daisy bei Terry, als sie von ihrem ersten Gang zurückkam.

»Bestimmt nicht«, lächelte Terry.

»Meinst du, ihnen ist überhaupt *klar*, daß Topsy seinen Zug verpaßt hat?« fragte Daisy eine Stunde später, als Terry von ihrem zweiten Gang zurückkam.

»Bestimmt nicht«, lächelte Terry.

»Ein besser Ding verdiente solche Hingabe«, verkündete die Frau des Bischofs.

»Ich finde, Schach ist ein sehr ungeselliges Spiel«, meinte Lady Lattington, die alle Spiele ungesellig fand, denn sie spielte keines.

»Schach kann leicht zur Passion werden«, sagte Professor Brown.

». . . die wundersamer als Frauenliebe ist«, sagte der Bischof – aus dem einzigen Grund, um wieder seine Bibelfestigkeit unter Beweis zu stellen.

Darauf trat wieder Stille ein. Seine Frau enthielt sich vornehm jeden Kommentars, denn sie wußte, dafür war später noch reichlich Zeit. Schlafzimmer, sinnierte sie, hatten in gewisser Hinsicht eben doch ihr Gutes. Wirklich, dachte Lady Lattington und zog ihren Schal so eng um sich, als müsse sie sich schützen, über derlei Dinge sollte ein Bischof nicht reden, höchstens von der Kanzel herab, wo er ja verpflichtet dazu war. Wirklich, dachte Miss Simpson und schüttelte sich, das war ein Thema, das man tunlichst vermied, zumal im Salon einer Dame, denn die Terrasse, auf der sie saßen, sagte sie sich, lief ja auf dasselbe hinaus. Frauenliebe. Wieder schüttelte sie sich. Und dann auch noch wundersamer als Frauenliebe, was alles noch viel schlimmer machte.

Danach versank die Gesellschaft ganz in Schweigen, wozu ihr die edle Musik verhalf, die durch die Fenster rauschte, die Terrasse überflutete und sich über Garten, Fluß und Wiesen ergoß – wie ein großer, stolzer Strom, der so gewaltig war, daß man meinte, er müsse den Fuß der fernen, im Mondlicht schlummernden Hügel erreichen und sie wachrütteln. Dem hübschen Mädchen, das keine einzige Note kannte, gefiel die Musik, weil sie alle zum Schweigen brachte und sie nichts zu sagen brauchte. Der Bischof, der notgedrungen viel Zeit seines Lebens unter Orgeln verbrachte, entsprechend abgestumpft gegen jegliche Musik war und längst nicht mehr darauf achtete, wenn welche erklang, fand es eine ausgezeichnete Idee, dem Burschen für den Rest des Abends den Maulkorb anzulegen, indem man ihn ans Klavier setzte. Professor Brown, ein leidenschaftlicher Bewunderer von Fugen, starrte hinauf in die Tiefe des Sternenhimmels, der heute besonders nach seinem Geschmack war, und wünschte bei Gott, die Deutschen wären noch, was sie einmal gewesen waren, während Terry, die Hand durch den Arm ihrer Mutter gestreckt, dasaß wie der personifizierte Ruhepol.

Alles lief plötzlich bestens. Ihrer geliebten Mutter ging es besser, das Wochenende, das nichts Gutes verheißen hatte – sie hatte große Zweifel gehabt, ob es klug war, Andrews Frau einzuladen, denn obwohl er keine Einwände machte, war ihr sein Widerwille nicht entgangen – näherte sich glücklich dem Ende, und so schlimm war es gar nicht gewesen. Morgen hatte London sie wieder, und sie hatte ihre Arbeit und das Wissen, daß sie damit wenigstens ein bißchen Elend auf der Welt lindern konnte. Und jetzt, hier auf Shillerton, wurde ihr dieser Moment von Schönheit geschenkt.

Solche Schönheit, dachte Terry, während sie, das Gesicht himmelwärts gerichtet, der Musik lauschte – diese funkelnde Nacht, das war Gottes Schönheit aus erster Hand, und die ergreifende Musik, sie war Gottes Stellvertreterin. Welche Herrlichkeit! Konnte man je genug Dankbarkeit zeigen für all das, was einem gegeben war, für alles, was man selbst geben durfte? Nur wenn man ohne Vorbehalte, Kleinlichkeit und Angst liebte, erwies man seine Dankbarkeit, dachte sie. Nur wenn man sich nie zu feiger Reue verleiten oder von Bischöfen und ihresgleichen dazu bringen ließ, mit Tränen zu ernten, was man mit Freude gesät hatte. Freude muß von Dauer sein, dachte Terry, die sich bei ihrer Mutter eingehakt hatte und sich jetzt zärtlich an sie schmiegte. Triumphierend mußte man seinen Weg gehen, bis zum Ende, sich taub stellen gegenüber allem Geschwätz, das

Leute wie der gute alte Bischof bei jeder sich bietenden Gelegenheit von sich gaben – so nett und lieb er war mit seinem ulkigen alten Glatzkopf, das Stadium, in dem er noch irgend etwas wirklich verstand, hatte er längst hinter sich. Reue – das war sein Lieblingswort. Reue! Wofür? Weil man glücklich war, ist oder es sein wird? Nichts, was einem Zufriedenheit bescherte, nichts, was das Leben aufregend und harmonisch machte, konnte falsch sein, nie und nimmer. Das zu behaupten, war schlicht krankhafter Unsinn, und nie, niemals würde sie sich der Freude schämen, deren erstes Samenkorn sie vor sieben Jahren säte.

Siegesgewiß lächelte Terry zu den Sternen auf. Der Bischof, der sie von seinem Platz im Schatten der Hauswand aus beobachtete, fragte sich, welche süßen Gedanken sein liebes junges Mädchen zu einem so süßen Lächeln bewegten, und wie sie so da saß, von innen heraus strahlend und von außen von dem reinen, klaren Mondlicht beschienen, verglich er sie mit einer silberflügligen Taube. Ja, es fehlte nicht viel, und sie könnte die Pfingsttaube sein. Geoffrey dagegen, der neben ihr saß und dem ebenfalls ihre Gedankenverlorenheit nicht entging, die nur zu offenkundig nichts mit ihm zu tun hatte, der sie liebte, was sie genau wußte, und der so unglücklich wegen ihr war, was sie ebenfalls wußte, fragte sich bitter, warum er sie immer noch so anbetete.

Geradesogut könnte er eisgekühltes Wasser anbeten, sagte er sich. Alle warmen Gefühle, deren Terry fähig war, galten ihrer Mutter, den Sternen und den Slums – alles Dinge, die einen nicht wirklich berührten, einem nicht unter die Haut gingen. Terry gehörte zu diesen sonderbaren, überspannten Mädchen, deren ganze Begeisterungsfähigkeit den verkehrten Dingen galt. Sie hätte Pfarrerstochter sein und ein anderes Gesicht haben sollen. Er hätte wirklich gern gewußt, welches Recht sie auf dieses Gesicht hatte, mit dem herrlichen, sinnlichen Mund einer liebenden Frau. Unfair, mit so einem Mund herumzulaufen, und innerlich so zugeknöpft und schmallippig zu sein – mehr als unfair, eine Schande, dachte er, stand hastig auf und wanderte, Verzweiflung im Herzen, über den feuchten Rasen zu der niedrigen Mauer oberhalb des Bachs.

Dort ließ er sich nieder. Sie wird es nicht einmal merken, daß ich nicht mehr an ihrer Seite bin, sagte er sich, starrte, die Arme gefaltet, auf das still dahingleitende Wasser und verfluchte sich selbst. Welch ein Narr war er doch! Gab es einen größeren Narren als ihn, der immer weiter liebte, ganz für sich allein?

Eine Stunde später spielte der Graf immer noch Bach und Andrew und Mr. Topham immer noch Schach. Inzwischen war es längst nach Mitternacht – Zeit, dachte Daisy, die noch abwarten wollte, bis die Chromatische Fantasie und Fuge ihr glorreiches Ende erreichte, daß ich meine Schäfchen zusammentreibe und zu Bett eskortiere.

Es gab eine kleine Verzögerung, weil Rosie nicht aufzutreiben war, denn sie hatte sich zum Küchengarten begeben. Miss Simpson bekam den, ihr sehr unangenehmen, Auftrag, sie zu suchen, und da sie einen großen Widerwillen dagegen hatte, in die dunkleren Zonen des Gartens vorzustoßen, dauerte es eine Weile, bis sie Rosie fand – und, wie sie leider schon erwartet hatte, Mr. Torrens gleich mit. Zusammen gingen sie zum Haus zurück, Mr. Torrens in der Mitte, der so ruhig über die verschiedenen Konstellationen über ihren Köpfen sprach, als würde er nicht genau wie Mrs. Leigh riechen.

Miss Simpson kannte diesen Geruch inzwischen sehr gut und hatte ihn, vom ersten Augenblick an, nicht gemocht. Nun hatte ihn auch Mr. Torrens an sich. Wie sollte sie da umhin, gewisse Schlüsse zu ziehen? Miss Simpson hatte das Gefühl, wie sie sich auch drehte und wendete, überall starrte ihr Sex entgegen. Trotz Lady Midhursts wachsamem Auge, trotz ihres tiefen, allen wohlbekannten Widerwillens gegen Sex, es sei denn er war legalisiert, wurde er an diesem Wochenende ins Haus geschleppt und ausgerechnet, Miss Simpson wollte es immer noch nicht glauben, von Mr. Torrens. Ein Minister seiner Majestät! Ein älterer, verheirateter Mann. Wie *konnte* er nur, dachte Miss Simpson. Gab es denn überhaupt keine Gentlemen mehr auf der Welt? Keinen einzigen, dem eine Frau trauen konnte, wenn es zufällig dunkel war?

»Das«, sagte Mr. Torrens und wies über seinen Kopf, »ist die Lyra«.

›Alles sehr lyrisch, ja, ja‹, dachte Miss Simpson, zitternd vor Entrüstung.

Daisy öffnete gerade die Tür zur Bibliothek einen Spalt, als die drei blinzelnd in die Halle traten. Sie wollte selbst nachsehen, wie weit ihre beiden Schachspieler waren, und fand sie vor wie zuvor – versunken und selbstvergessen, hörten weder, wie die Tür geöffnet wurde, noch merkten sie, wie die Frauen die Köpfe zusammensteckten und halb mitleidig, halb nachsichtig zu ihnen hinsahen, so wie Frauen eben männliche Interessen und Passionen betrachten, die nicht ihnen gelten.

»Wirklich sonderbar«, kommentierte die Frau des Bischofs, nachdem sie eine Weile stumm zu ihnen hingestarrt hatte.

»Die wollen wohl die ganze Nacht durchspielen«, flüsterte Lady Lattington.

»Na, so ein schönes, ruhiges Spiel hat auch sein Gutes«, bemerkte Lady Cecilia, als sie zu den Schlafzimmern hinaufstiegen – welch eine Ansammlung, dachte der Bischof, der ihnen von der Halle aus nachsah, wobei er seine Augen mit Bedacht nur auf Mrs. Leigh, Terence, Terences junge Freundin und vielleicht noch seine liebe Lady Midhurst heftete, die von hinten immer noch recht ansehnlich war – welch eine Ansammlung von Schönheit.

»Ich möchte bloß wissen, was«, erwiderte Daisy, die nichts Gutes darin sehen konnte, wenn ein alter Mann sein Dinner nicht aß und die halbe Nacht nicht ins Bett kam.

»Na, daß Topsy dann wenigstens nicht seinen Klatsch und Tratsch verbreiten kann. So lange er spielt, hält er den Mund«, sagte Lady Cecilia; denn Mr. Topham war nicht nur ein leidenschaftlicher Schachspieler, er tratschte auch leidenschaftlich gern. Niemand wußte mehr über andre Leute als er, und niemand gab sein Wissen so bereitwillig weiter.

»Meine *liebe* Cilly«, protestierte Daisy. »Armer Topsy. Er ist so ein netter Kerl.«

»Ich weiß, daß er ein netter Kerl ist, aber er kann nichts für sich behalten. Sogar über seine Mutter würde er den schlimmsten Klatsch verbreiten.«

»Dann müssen wir eben dafür sorgen, daß wir ihm keinen Anlaß geben.«

»Na, unter deinem Dach läuft er da sowieso keine Gefahr«, sagte Lady Cecilia, als sie den oberen Korridor erreichten und sie ihrer geliebten Daisy einen herzhaften, wenn auch schmallippigen Gutenachtkuß gab.

Hinter ihnen war Rosie. Sie blieb auf der obersten Stufe

stehen und nutzte die Zeit, solange dieses Gute-Genachte vor sich ging, der Männerversammlung unten in der Halle über ihre nackte Schulter ein Lächeln zuzuwerfen – nicht das kleinste Bändchen, nicht die winzigste Andeutung von Träger beeinträchtigte die Nacktheit dieser Schulter, und wieso ihr der winzige Fetzen nicht vom Leibe fiel, war Miss Simpson ein Rätsel.

Komische alte Käuze, dachte Rosie, klimperte ihnen mit ihren langen Wimpern zu und wünschte, sie hätte ein Foto von sich in dieser Position, ihr Gesicht im Halbprofil, ihre Wange auf die Schulter geschmiegt und ihr Sternenglitzerkleid, wie es sich strahlend vor dem schwarzen Eichenholz der Treppe abhob – komische alte Käuze, dachte sie noch einmal. Echte Museumsstücke. Aber jetzt, wo sie nichts mehr von ihnen zu befürchten hatte, keiner sie mehr zum Küchengarten schleppen konnte, ließ sie Gnade walten und hatte ihr hübschestes Lächeln für sie parat. Es kostete sie schließlich nichts, den alten Knaben diese kleine Freude zu bereiten. Der mit dem Monokel – sie konnte sich einfach seinen Namen nicht merken; Tortur oder Torment oder wie sonst – guckte auch prompt ganz selig aus der Wäsche. Vorhin im Küchengarten war er richtig in Hitze geraten, als diese Miss Soundso auftauchte, und ihn, zu Rosies großer Erleichterung, dabei unterbrach. Sie machte sich nichts aus alten Knaben, hitzigen schon gar nicht. Gegen alle Knaben, jung oder alt, hatte Rosie im Grunde eine Abneigung, denn meistens hatten sie nur Dinge im Sinn, die einem alles, was man an sich hatte, in Unordnung brachten. Na, jetzt hatte sie's hinter sich, Gott sei's gedankt, dachte sie und klimperte aus reiner Gutmütigkeit weiter mit den Wimpern. Selbst für Geld würde sie so ein Wochenende nicht noch mal über sich ergehen lassen, auch wenn eine Einladung nach Shillerton als Riesenehre galt und dieser letzte Abend ein solcher Erfolg gewesen war und Lady M. so nette Sachen über ihr Kleid sagte und alle sie anguckten, als ob . . .

»Verzeihung, wie bitte?« schreckte sie aus ihren Gedanken auf und drehte sich zu Lady M. um, die offenbar mit ihr sprach.

Ja, sie täuschte sich nicht. Lady Cecilia war fertig mit dem Gutenachtsagen und hatte sich, Bach vor sich hinsummend, auf ihr Zimmer begeben. Die Bischofsfrau und Lady Lattington unterhielten sich noch, obwohl keine hören wollte, und auch gar nicht hinhörte, was die andere sagte. Terry und ihre Freundin kamen direkt hinter Rosie die Treppe hinauf und als letzte – wohl ihr Schicksal auf dieser Welt – Miss Simpson.

»Ich hoffe, der Abend hat Sie nicht zu sehr ermüdet«, sagte Daisy freundlich.

»Überhaupt nicht«, sagte Rosie, bemüht, so höflich wie möglich zu sein, denn sie hatte das Gefühl, Lady M.'s Auge wandere zu dem geröteten Fleck in ihrem Gesicht, den sie sich im Küchengarten geholt hatte. Das hätte gerade noch *gefehlt,* dachte sie, daß ihr Aufenthalt dort, der ihr kein bißchen Spaß gemacht hatte, jetzt auch noch zu allen möglichen Vermutungen Anlaß gab.

Aber Daisy lächelte nur auf die schöne Gruppe hinab – die beiden honigblonden Mädchen und die hübsche kleine, dunkle Rosie – und sagte: »Ich hoffe bloß, Andrew stört Sie nicht, wenn er später hochkommt.«

»Oh, nein«, beruhigte Rosie sie. »Wir schlafen nicht zusammen . . .« Und da es nur wenige Frauen gibt, gleich welchen Alters und gleich wie tugendsam, die bei den Worten *zusammen schlafen* nicht innerlich zusammenzucken, verstummte das zusammenhanglose Geplauder der Bischofsfrau und Lady Lattingtons abrupt, und Miss Simpson stockte der Atem.

›Also, was hab ich denn jetzt schon wieder Falsches gesagt‹, dachte Rosie. Langsam reichte es ihr, dieses dauernde plötzliche Verstummen. Wenn es den beiden alten Damen die Sprache verschlug, daß sie nicht mit Andrew schlief, dann sollten sie ihr doch bitte sagen, welche Schuld sie daran trug, wenn man ihn am andern Ende des Hauses unterbrachte. Gott wußte, daß sie nicht mit ihm schlafen wollte, aber Gott wußte auch, daß sie es tun würde, wenn es sein müßte, denn schließlich war sie seine Frau, und eine so anständige wie sie fand man unter Tausenden nicht. Es war schließlich nicht ihre Schuld, daß Andrew fern von ihr schlief, also sollten sich die beiden lieber um ihre eigenen Angelegenheiten kümmern und sie in Frieden lassen, und um ein Haar hätte sie ihnen das auch ins Gesicht gesagt. Statt dessen sah sie die Bischofsfrau und Lady Lattington herausfordernd an und warf stolz den Kopf in den Nacken.

»Ich meinte bloß«, erklärte Daisy, noch freundlicher, denn auch sie hatte die plötzliche Stille bemerkt, genau die Art Stille, die sie, seit sie sich erinnern konnte, so entsetzlich fand, »daß Sie ihn in seinem Ankleidezimmer hören könnten, und ich möchte nicht, daß Sie eine unruhige Nacht haben, wo Ihnen doch nicht gut war.«

»Aber ich kann ihn ja gar nicht hören, weil . . .«, wollte Rosie erklären, als Terry ihr plötzlich von hinten beide Arme um die Taille schlang.

»So, jetzt aber Schluß mit dem Gerede«, sagte Terry mit gespielter Strenge und schob Rosie sanft die letzte Stufe hinauf. »Höchste Zeit für unsere Rekonvaleszente, daß sie ins Bett kommt. Sagen Sie meiner Mutter gute Nacht, und dann komme ich mit Ihnen und decke Sie zu.« Und lachend streckte sie ihre Arme aus, als wollte sie Rosie wie ein Baby hochheben und küssen, woraufhin Rosie sich nicht mehr an den alten Frauen störte, nicht mit diesem weiteren Beweis, wie hoch sie im Kurs stand. Sie war stolz und glücklich. Lachend gab ihr auch Daisy einen Kuß, die sich über Terrys plötzliche Ausgelassenheit sehr zu freuen schien.

›Die sind ja *förmlich* dahingeschmolzen, daran gibt's nichts zu rütteln‹, dachte Rosie, der Daisys Kuß sofort in den Kopf stieg und die in ihrem Triumph den beiden alten Frauen neben Lady M. am liebsten eine Grimasse geschnitten hätte.

Aber sie verkniff es sich. Jetzt war nicht der Moment für Grimassen. Ihr Erfolg war zu offensichtlich. Sie hatte es nicht nötig, ihn den beiden unter die Nase zu reiben.

»Ich hoffe wirklich, der Abend war nicht zu anstrengend für Sie«, sagte Daisy wieder, freundlich und gütig.

»Ganz im Gegenteil. Das dürfen Sie mir glauben, Lady Midhurst«, antwortete Rosie höflich.

Und in dem Gefühl, daß diese Abgangszeile kaum verbessert werden konnte, erlaubte sie es Terry, sie zu Bett zu bringen.

Nachdem sie das Licht in Rosies Zimmer angeknipst hatte, sagte Terry: »Ich helfe Ihnen aus Ihrem Kleid. Die Mädchen sind bestimmt schon alle zu Bett.«

»O nein, vielen, besten Dank«, lehnte Rosie hastig ab, denn ehe sie die silbrige Quelle ihres Triumphs ablegte, wollte sie sich noch einmal gründlich und von allen Seiten im Spiegel betrachten, um selbst in den Genuß des Anblicks zu kommen, der den anderen den ganzen Abend vergönnt gewesen war.

Sie war fest entschlossen, sich nicht um diese kleine Freude bringen zu lassen. Warum sollte sie, schließlich die Hauptdarstellerin des Stücks, ihren Glanz in einem Bademantel verstecken, ohne daß sich ihrem Auge vorher das Bild eingeprägt hatte, das sich alle andern nach Herzenslust hatten einprägen können? Vor dem Dinner war das alte Hausmädchen ins Zimmer gekommen, aber statt gleich wieder zu gehen, nachdem es ihr das Kleid zugehakt hatte, hatte es sich noch eine Ewigkeit mit Aufräumen zu schaffen gemacht, so daß Rosie sich nicht traute, sich vor dem Spiegel zu drehen und zu wenden, und den jeweiligen Effekt so richtig auf sich wirken zu lassen. Das wollte sie jetzt nachholen. Jetzt endlich konnte sie allein sein, alle Lichter anknipsen und sich soviel Zeit lassen wie sie wollte.

»O nein, vielen besten Dank«, sagte sie folglich und mit Hast zu Terry. »Es ist so leicht. Es fällt herunter, ich schüttele es einfach ab.«

Das glaubte Terry ohne weiteres. Ein oder zweimal im Verlauf des Abends hatte sie sich wirklich gefragt, warum es nicht herunterfiel, so wenig schien es zu halten; und da es überdeutlich war, daß Rosie sie möglichst schnell los sein wollte, kam sie noch schnell ihrer Pflicht als Gastgeberin nach, fragte Rosie, ob sie noch etwas brauche, mahnte sie lächelnd, bald zu Bett zu gehen, sagte gute Nacht und ging.

›Dieses Mädchen ist 'ne Klette‹, seufzte Rosie innerlich, während sie Terry nachsah – sie und Mumsie hatten die Angewohnheit, Frauen, die ihnen den Rücken kehrten, genau zu mustern – ›und dazu noch 'ne Bohnenstange. Und Bohnenstangen sollten Bohnenstangen bleiben und nicht auch noch Kletten werden ... Stange bleib bei deinen Bohnen, unter die Kletten misch dich nicht, denn das bekommt dir nicht ...‹ Eine hübsche Zeile für eine Revue wäre das, sagte

Rosie sich. Wirklich zu komisch! Sie durfte nicht vergessen, ihrer Mumsie den kleinen Reim vorzusingen. Und nachdem sie sich noch eine Weile darüber amüsiert hatte, ging sie auf Zehenspitzen zur Tür, drehte so leise sie konnte den Schlüssel herum, knipste alle Lichter an, auch das im Badezimmer, und jetzt, endlich, begann ihr eigentliches Vergnügen.

Jetzt, endlich, war sie glücklich. Wie hatte sie sich nach diesem Moment gesehnt. Das Wochenende war vorüber, alle Qual ausgestanden und sie allein mit dem Spiegel – ah, jetzt endlich, endlich war sie vollkommen glücklich. Zuerst nahm sie diese Pose ein, dann jene, ging auf den Spiegel zu, entfernte sich wieder, lächelte, knickste, ging dann wieder ganz nahe heran und küßte mit halbgeschlossenen Lidern ihr Spiegelbild. Jedenfalls besser, einen Spiegel zu küssen als diesen alten Mr. Tortur oder wie er hieß. Aber war es ein Wunder, daß er so . . .? Nein, wirklich nicht, dachte Rosie, während sie das kleine Gesicht vor ihr im Spiegel betrachtete. Ein Wunder war höchstens, daß es erst zum Schluß und nicht gleich am Anfang passiert war. Was aber ein Glück war, dachte sie, während sie sich schließlich langsam, widerwillig und mit vielen Verzögerungen von ihrem Kleid trennte, das alle so bezirzt hatte, daß sie nur so hingeschmolzen waren. Denn sonst wäre ihr dieser Mr. Tortur wahrscheinlich wirklich zur Qual geworden – oh, Hilfe, dachte Rosie, schnitt eine Grimasse und interessierte sich jetzt, ohne den Schmuck des Silberkleids, nicht mehr im geringsten für das Wesen im Spiegel.

Seufzend, denn die Trennung von dem Kleid fiel ihr schwer, hängte sie das winzige siegreiche Geschimmer behutsam in den Schrank und schlüpfte in ihren Bademantel. Inzwischen war es spät geworden, aber sie mußte unbedingt noch ein paar Briefe schreiben, ehe sie zu Bett ging. Denn jetzt war ihre letzte Chance. Morgen früh war keine Zeit dazu. Gleich nach dem Frühstück würden sie abreisen, und Grummel, wie sie das ernste Hausmädchen heimlich nannte, hatte bis auf ihr Reisekostüm schon alles in den Koffer gepackt.

Der stand mit hochgeklapptem Deckel im Ankleidezimmer und wartete nur noch auf das Silberkleid. In diesen Koffer, zwischen die untersten Schichten, an denen Grummel sich nicht mehr zu schaffen machen würde, wollte sie, dazu war sie inzwischen fest entschlossen, ein paar Bögen des Shillerton-Briefpapiers stecken und sie die nächsten Tage von London aus abschicken.

Eingedenk des mißtrauischen Charakters zweier oder dreier ihrer Freunde hielt sie es jedoch für besser, daß bei ihnen der richtige Poststempel auf dem Umschlag stand. Vor allem aber der Brief an Tante Violet durfte auf keinen Fall ohne den Shillerton-Stempel abgeschickt werden.

Wie dumm von ihr, daß sie sich Tante Violet bis zum Schluß aufgehoben hatte, dachte Rosie – die jetzt, wo das Silberkleid sie nicht mehr bei Laune hielt, plötzlich sehr müde war. Zuallererst hätte sie an Tante Violet schreiben sollen, statt zuletzt, nicht nur, weil Rosie gerade sie, mehr als alle anderen, beeindrucken wollte, sondern auch, weil Tante Violet nichts entging. Sofort würde sie merken, daß der Poststempel nicht mit dem Absender im Briefkopf übereinstimmte, und sich glatt weigern, zu glauben, daß Rosie überhaupt auf Shillerton war.

Schrecklich, so mißtrauisch zu sein, dachte Rosie, gähnte Rosie, als sie träge zum Schreibtisch ging. Eine nörgelige, krittelige alte Schachtel war sie, ihre Tante Violet. Nur weil sie Mummies Alter kannte – wirklich schrecklich, eine Schwester zu haben –, ritt sie dauernd darauf herum und setzte ihrer Mumsie zu, sie sollte endlich zur Ruhe kommen und zusehen, daß sie ein paar respektable Leute kennenlernte, statt sich mit zwielichtigen Gestalten in Restaurants herumzutreiben.

Welche Gemeinheit, es so auszudrücken! Schierer Neid, natürlich. Aber ihre Mumsie konnte es sich erlauben, darüber zu lachen. Wo sie auch hinging, drehten sich die Leute immer noch nach ihr um, während kein Mensch Tante Violet überhaupt wahrnahm. Und was die respektablen Leute betraf – was war mit Andrew und seinen engen Beziehungen zu den Midhursts?

»Ach – die Midhursts«, hatte Tante Violet mit einem ihrer verächtlichen Schniefer gesagt, als sie das letzte Mal zu Besuch war. »Du und Rosie seid also eng mit denen befreundet, wie? Geht ständig bei denen ein und aus, was?«

Na, jetzt bekam sie den Beweis, dachte Rosie, setzte sich an den Sekretär und streckte die Hand nach dem Briefpapier aus.

Aber da war kein Briefpapier. Nur noch Umschläge entdeckte sie in der Schachtel vor ihr. Mengen von Umschlägen, aber kein Briefpapier, nicht einmal eine Postkarte – keine einzige mehr von diesen schönen Postkarten mit dem eindrucksvollen Foto von Haus und Terrasse, die Rosie so eifrig über London verteilt hatte. Sie hatte sie am Nachmittag alle aufgebraucht, fiel ihr jetzt ein, zwischen dem Tee und dem Ankleiden fürs Dinner. Aber bisher war die Schachtel immer, wenn etwas aufgebraucht war, unverzüglich wieder aufgefüllt worden, und ausgerechnet jetzt, wo Rosie es am dringendsten brauchte, starrte ihr statt des Briefpapiers gähnende Leere entgegen.

Diese Grummel. Was die sich herausnahm! Sich einzubilden, nur weil das Wochenende vorüber war, würden keine Briefe mehr geschrieben. Was unterstand sie sich bloß! Glaubte wohl, sie wüßte es besser als die Damen selbst, was sie vorhatten und was nicht. Außerdem sollte sie sich schämen, überhaupt etwas leer zu lassen in diesem Haus, das vor Reichtümern nur so überquoll, dachte Rosie um so aufgebrachter, weil es um diese Zeit in der Nacht sinnlos war, zu läuten; und wenn sie sich in ihrem Morgenmantel hinunterschlich, um sich selbst zu holen, was sie brauchte, wer weiß, in welchen Schlamassel sie womöglich hineingeriet. Die Orientierung verlieren, wenn es überall dunkel war, und wenn nicht und jemand sie sah, wahrscheinlich ihren Ruf.

»Auf der Stelle entlassen müßte man sie«, dachte Rosie voller Rachsucht, denn, gleich nach Lady M., war Grummel diejenige im Haus, die sie am meisten einschüchterte. Die finstersten Gedanken beschlichen Rosie. Sich das alles bloß vorzustellen: daß die glänzende Gelegenheit, Tante Violet ein für alle Mal den Mund zu stopfen, nun verpaßt war – wirklich zu dumm, daß sie den Brief an sie bis zuletzt aufgeschoben hatte –, welch kleinliche Geister Bedienstete waren, insbesondere diese Grummel, die, wenn sie sie morgen früh um neue Briefbögen bäte und dann alle verschwunden wären, sich sofort denken würde, sie hätte sie gestohlen – während sich Rosie also niedergeschmettert und wütend all diese Dinge vor Augen führte, riß sie sich die restlichen Kleidungsstücke vom Leib und stieg ins Bett.

Wäre sie doch nur dort geblieben! »Niemand«, erklärte Sir Lydford später, als ganz London sich über das ereiferte, was auf Shillerton vorgefallen war, weil Rosie ihr Bett wieder verlassen hatte, »niemand, der in einem Landhaus zu Gast ist, sollte sein, oder ihr, Zimmer vor der sich geziemenden Stunde verlassen. Bei Gericht begegnete ich mehr als einem Beispiel der Komplikationen, die notgedrungen die Folge sind, wenn er, oder sie, sich nicht an diese einfache Regel halten.«

Als Rosie aber, die zum erstenmal Gast in einem Landhaus war und daher nicht vertraut mit den einfachen Regeln dort, früh am nächsten Morgen von einem grellen Sonnenstrahl geweckt wurde, der ihr durch einen Spalt in den nur halb geschlossenen Jalousien – Grummel, die wieder einmal ihre Pflichten vernachlässigt hatte – direkt in die Augen fiel, hatte sie, wie sie in ihrer Ahnungslosigkeit zumindest glaubte, eine Inspiration. Warum, dachte sie aufgeregt und nur zu willig, sich von ihrer Inspiration leiten zu lassen, sollte sie sich nicht vor dem Frühmorgentee, der ihr um acht aufs Zimmer gebracht wurde – also ehe Grummel zum erstenmal auftauchte und solange alle andern noch schliefen – hinunterschleichen und sich aus dem Sekretär im Salon holen, was sie brauchte?

Sie blickte auf die stumme Uhr auf dem Tisch neben ihrem Bett – wieso die überhaupt ging, wo sie nicht einmal tickte, war ihr ein Rätsel – und sah, daß es Viertel nach sieben war. Reichlich Zeit, dachte sie, hinunterzulaufen, wieder hochzurennen, ihren Brief an Tante Violet zu schreiben, die restlichen Briefbögen ganz unten im Koffer zu verstauen, wieder ins Bett zu hüpfen und sich schlafend zu stellen, wenn der Tee hochgebracht wurde. Grummel würde nicht das kleinste bißchen merken. Niemand.

›Werd ich nicht immer *schlauer*!‹ dachte sie, sprang aus dem Bett und warf sich ihren Morgenmantel über. Lieber auf Nummer sicher gehen und sich beeilen, sagte sie sich; am besten hielt sie sich auch nicht damit auf, ihre Nachtcreme abzutupfen. Es spielte ja keine Rolle, wie sie aussah. Wenn ihr um diese Zeit jemand über den Weg lief, konnten es nur die niederen Bediensteten sein, die früh aufstehen und saubermachen mußten und die höchstwahrscheinlich nicht einmal wußten, wer sie war.

In ihren Pantoffeln huschte sie zur Tür, öffnete sie leise und schlüpfte hinaus.

Das Haus lag wie verlassen da. Die niederen Dienstleute hatten sich, nachdem sie die Fenster in Salon, Speisesaal und Korridoren geöffnet hatten, zum ersten der vielen kleinen Snacks zurückgezogen, die alle zwei Stunden ihren Tag unterbrachen, und die höheren Bediensteten, wie Grummel, waren noch auf ihren Zimmern. Kein Rockzipfelchen war irgendwo zu sehen. Sonnendurchflutet und leer lag der lange Korridor vor Rosie, die weit geöffneten Fenster ließen den Morgen herein, und als Rosie an ihnen vorübereilte, drang ihr durch jedes ein Schwall von Düften und Gesang entgegen. Aber sie gehörte zu den Menschen, die sich zu keiner Zeit dafür interessieren, was Blumen oder Vögel tun, und schon gar nicht jetzt, wo sie es so eilig hatte, hinunter in den Salon zu kommen und schnellstens wieder hinauf in ihr Schlafzimmer, vorzugsweise, ohne gesehen zu werden.

Aber in dem Moment, als sie den Fuß der Treppe erreichte, wurde sie gesehen. Ein Diener sah sie. Auf dem Weg zum Speisesaal durchquerte er die Halle, ein Tablett mit Toast in der Hand, richtete den Blick aber sofort wieder seine wohlerzogene Nase entlang und setzte ohne die geringste Spur von Neugier seinen Weg fort.

Einen Moment blieb Rosie erschrocken stehen, hielt sich mit einer Hand am Geländer fest und raffte mit der anderen ihren Morgenmantel zusammen. Wieso wurde in aller Herrgottsfrühe Toast in den Speisesaal gebracht? Wer konnte dort drinnen sein und zu dieser unchristlichen Stunde frühstücken?

Egal wie, beruhigte Rosie sich selbst, wenn es nicht die richtige Zeit fürs Frühstück war, dann war es auch nicht die richtige Zeit, seinen guten Ruf zu verlieren, zumal da ja auch noch ihre Gesichtscreme war. Wie sollte wohl eine Frau ins Gerede kommen, die noch ihre Creme auf dem Gesicht hatte? Und wenn wirklich plötzlich jemand aus der Tür dort herauskäme, die der Diener diskret hinter sich geschlossen hatte, wäre es klar wie Kloßbrühe, daß sie, trotz ihres Morgenmantels und nichts als ihren Pyjamas darunter, hinter sonst etwas her sein mochte, aber nicht hinter Männern.

Nachdem sie sich so Mut zugesprochen hatte, setzte sie, zwar im ersten Moment noch zögerlich, ihren Weg fort und war froh, als sie den Salon sicher erreichte. Hier jedoch bekam sie wieder einen Schock. Die Flügeltür zwischen Salon und Speisesaal, jene Tür, durch die sie zehn verflixte Male auf dem Weg zu diesen schrecklichen Mahlzeiten hinein- und wieder hinausgegangen war, stand weit offen, und an ihr mußte sie vorbei, um an den Sekretär zu gelangen, der in einer der Fensternischen stand.

»Oh, *verflucht*‹, dachte Rosie und blieb wieder erschrokken stehen.

Welch ein Jammer, so weit gekommen zu sein und dann seine Pläne vereitelt zu sehen; welch elender Jammer, sich so kleinkriegen zu lassen, dachte sie und spürte plötzlich das herrliche, kämpferische Blut ihrer Mumsie in sich aufwallen, das wie neuer Lebenssaft in ihr aufstieg. Frischen Muts näherte sie sich also dem Flügel der Tür, der ihr am nächsten war, um durch den Spalt zwischen Angeln und Wand zu spähen, wer es war, der um diese Zeit dort drinnen frühstückte, wenn er sich statt dessen lieber schämen sollte. Unerhört, die armen Diener um sieben in der Frühe aus dem

Bett zu scheuchen, damit sie ihm das Frühstück bereiteten, dachte Rosie rechtschaffen empört. Rücksichtslos, nannte sie so was. Es würde sie gar nicht wundern, wenn es dieser Geistliche war. Sah diesem Frömmler ähnlich, solche Umstände zu machen, und sie hoffte bloß, man würde ihm auch noch den letzten Rest Stachelbeeren auftischen.

Aber als sie ihr Auge vorsichtig an den Spalt preßte und den Kopf ein wenig verdrehte, um den Mann dort drinnen richtig ins Blickfeld zu bekommen, sah sie, daß es nicht der Geistliche war, sondern der alte Herr, den alle Topsy nannten – der, der immer so rot über seinem Stehkragen war und von morgens bis abends mit Andrew Schach spielte, dieser alte Kauz, der nach den ersten zwei Minuten dieses Wochenendes kein einziges Mal das Wort an sie gerichtet hatte und anscheinend nicht einmal erkannte, was ein aufregendes Kleid war. Aus der Art, wie er hastig nach dem Toast schnappte, den der Diener vor ihn stellte, schloß Rosie, daß er in Eile war, wahrscheinlich um einen Zug zu kriegen.

Nun, er zählte nicht. Er zählte am wenigsten von allen. Ein alter Knabe, der sich schon längst nichts mehr aus Frauen machte. Und wenn er sie jetzt bemerkte, schlang er bestimmt weiter sein Frühstück in sich hinein und kümmerte sich nicht weiter um sie.

Er murmelte dem Diener etwas zu, der daraufhin fortging. Rosie ergriff die günstige Gelegenheit, als Topsy den Kopf wieder tief über den Teller beugte, und schob den Türflügel, hinter dem sie stand, behutsam und sehr langsam nach innen, in der Absicht, wenn er halb geschlossen war, den Arm auszustrecken, um auch den anderen zu schließen und dabei ihrem Glück zu vertrauen, daß dieser Topsy nicht aufsah, und falls doch, glaubte, es sei der Arm eines Hausmädchens, das Staub wische.

Plötzlich jedoch schreckte sie zum drittenmal zusammen und stand reglos mit klopfendem Herzen da. Jemand kam aus der Halle in den Speisesaal – der Diener konnte es nicht sein, denn die Tür wurde hastig aufgestoßen und jemand rannte hinein. Genau dieser Moment war es, in dem sich Rosie, die vor Schreck gegen die Wand gesunken war, zu fragen begann, ob Tante Violet die ganze Mühe wirklich wert war.

Rosie lehnte noch gegen die Wand, als Schritte durch den langen Raum eilten. »Oh, mein lieber Topsy«, hörte Rosie eine bekannte Stimme – die Klette, eindeutig die Klette, die sich jetzt auch noch an den alten Mann kletten mußte. Zum Teufel mit ihr, dachte Rosie. »Ich bin ja so froh, daß ich noch rechtzeitig bin, Ihnen auf Wiedersehen zu sagen. Eigentlich wollte ich ganz früh aufstehen, Ihnen das Frühstück machen und sehen, ob Sie alles haben, was Sie brauchen, aber ich bin einfach nicht wach geworden.« Und dann beugte sie sich über ihn – Rosie konnte sie jetzt sehen –, küßte ihn leicht auf die Glatze und fügte hinzu: »Sie haben also gewonnen!«

Zur Gratulation klopfte sie ihm fröhlich und herzhaft auf die Schulter, und Rosie, die das Briefpapier und all ihre Pläne zur Beeindruckung von Tante Violet in den Wind schrieb und sich nur noch nach der Sicherheit ihres Schlafzimmers sehnte, dachte: ›Ich seh lieber zu, daß ich hier wegkomme, solang ich noch kann.‹

Die Vorstellung, von der Klette hinter der Tür erwischt zu werden, war einfach zu entsetzlich. Und Rosie geriet tatsächlich in Panik, im nächsten Moment könnte es vielleicht zu spät sein. Womöglich kam das Mädchen auf die Idee, den alten Mann in die Halle zu begleiten, um sich von ihm zu verabschieden, und dann war ihr der Fluchtweg abgeschnitten. Also drehte Rosie sich auf dem Absatz um und floh, sah weder nach rechts noch links, sondern hastete so schnell sie konnte auf ihr Zimmer, denn nur da war sie sicher.

Erst als sie die Tür hinter sich geschlossen hatte, keuchend aufs Bett sank, den Gürtel ihres Morgenmantels aufband und sich gerade die Pantoffeln von den Füßen schnikken wollte, fiel es ihr wieder ein.

Zum viertenmal schrak sie zusammen. Den Morgenmantel schon halb ausgezogen, einen Fuß noch im Pantoffel, blieb sie wie erstarrt auf der Bettkante sitzen.

»Sie haben also gewonnen!«

Das hatte das Mädchen doch gesagt, oder nicht? Das Schachspiel hatte sie gemeint. Die Partie, über der der alte Herr und Andrew gestern abend, als alle andern zu Bett gingen, noch saßen.

Sie haben also gewonnen.«

Wie vor den Kopf geschlagen, tief in Gedanken versunken, saß Rosie reglos da.

Woher wußte das Mädchen das?

IV

Bei dem alten Mr. Topham, einem Mann von hoher persönlicher Integrität und den edelsten Impulsen, dem es so widerstrebte, auch nur der schwächsten von Gottes Kreatur ein Leids anzutun, daß er, wenn er über einen Gartenpfad schritt, stets einen Umweg um die Ameisen machte, paarte sich eine Passion für Schach auf wundersame Weise mit einer Passion für Tratsch, und noch nie hatte er, gleich wie sehr er sich auch darum bemühte und gleich, wie wichtig

Schweigen gewesen wäre, irgend etwas für sich behalten können. Er hatte ein Leck. Ja, er war die größte undichte Stelle ganz Londons und richtete folglich, ohne es zu wollen, viel Schaden an.

Ein Unglück also, daß Terry Chilgrove, die er sehr mochte, jene freundlichen, munteren Gratulationsworte aussprach und ihm damit, wie er fand, als er wenig später mit Muße darüber nachdachte, die aufregendste Enthüllung seines ganzen Lebens machte. Welch Unglück, daß sie, obwohl sie es liebend gern getan hätte, weil sie so müde war, nicht im Bett geblieben war, statt aufzustehen, um sich um sein Wohlbefinden zu kümmern. Aber er war alt. Er war nicht stark. Aus schierer Freundlichkeit und Fürsorglichkeit war sie aufgestanden. Und da sie einzig daran dachte, ihm eine Freude zu machen, hatte sie, ehe sie merkte was sie tat, sich und Andrew verraten.

Jeder andere ihrer männlichen Freunde wäre lieber gestorben, als auch nur ein Wort weiterzusagen. Theoretisch wäre auch Mr. Topham lieber gestorben. Aber er konnte nicht gegen seine Natur an. So war er eben. Eine undichte Stelle, und, in der Tat, er hielt nicht dicht.

›Bei Gott, diesmal werde ich schweigen wie ein Grab‹, schwor er sich. Und immer noch wechselten Erstaunen, Aufregung und Entschlossenheit auf seinem Gesicht, während der Zug ihn eilig nach Norden trug.

Vergeblicher Schwur. Hoffnungsloser Kampf. Eins jedoch verlangte er sich ab, da er beiden, Tochter wie Mutter, so von Herzen zugetan war: er beschränkte sich darauf, die Neuigkeiten nur einer einzigen Person weiterzuflüstern; und diese einzige Person ergriff die gleiche Vorsichtsmaßnahme und flüsterte es einer weiteren einzigen Person zu; und so ging es weiter, bis am Ende der Woche ganz London, zumindest jenem Teil der Stadt, der sich zur vornehmen Welt zählte, vor Staunen der Mund offen stand.

Das Chilgrove Mädchen. Daisys Tochter. Ausgerechnet Daisys Tochter. Und dann mit diesem miesepetrigen Sekretär, der ihr Vater sein könnte. Wirklich, wie verdorben die Jugend heutzutage war. Wirklich, an was sollte man überhaupt noch glauben?

Arme Daisy, lamentierten die noch Guten, erschreckt über das Ausmaß ihres Unglücks. Ihr ganzes Leben hatte sie dieser Tochter gewidmet. Zu schrecklich, daß ihr das passieren mußte.

»Geschieht ihr recht«, riefen die Gefallenen lauthals – all jene Personen, bei denen Daisy dazu übergegangen war, sie zu übersehen, wenn sie ihnen auf der Straße begegnete.

Aber wie es oft und gnädigerweise geschieht, gingen die Protagonisten des beklagenswerten Dramas ahnungslos ihres Wegs, sorgten für lautlosen, aber deshalb nicht weniger heftigen Wirbel, wo immer sie erschienen, und verliehen den Gesellschaften, auf denen sie zugegen waren, eine enorme Würze.

Daisy war wirklich ahnungslos; nicht der Schatten eines Verdachts, daß irgend etwas nicht stimmte, trübte ihr Gemüt, denn das Gespräch mit ihrem Freund George Torrens sowie Terrys unbefangenes, freundliches Verhalten gegenüber Andrews Frau hatten sie völlig beruhigt, daß die häßlichen Zweifel, die sie in der letzten Zeit so gequält hatten, grundlos waren. Auch Terry hatte sich wieder beruhigt und wähnte sich in Sicherheit, denn nach langem Nachdenken sagte sie sich, daß Topsy so mit Eiern, Speck und dem Zug, den er kriegen mußte, beschäftigt war, daß er die entsetzliche Bedeutung ihrer Worte nicht mitbekommen hatte. Irgendwas übers Gewinnen – ob er gewonnen hätte, wer gewonnen hätte – war wahrscheinlich in seinem zerstreuten, alten Kopf hängen geblieben, nicht die fatalen Worte *Sie haben also gewonnen*. Noch sicherer fühlte sie sich, als sie an seine zerstreute Art dachte, wie er ihr mit einer Hand den Arm tätschelte, mit der andern nach der Kaffeekanne griff und murmelte, wie lieb von ihr, so früh aufzustehen, und es sei eine herrlich vertrackte Partie gewesen, dieses Spiel gestern nacht, und ein verdammt knapper Sieg. Und vor der Haustür hatte er sie so väterlich liebevoll wie immer geküßt und war mit dem Hute winkend und einem fröhlichen, völlig arglosen Gesicht fortgeeilt.

Nein, er hatte nichts bemerkt, nichts gehört; und falls doch, sehr unwahrscheinlich, ja ausgeschlossen, daß er zwei und zwei zusammenzählte, es sei denn, er hatte schon vorher einen Verdacht. Aber sie war der Katastrophe so knapp entgangen wie er der Niederlage beim Schach, und in Zukunft mußte sie aufpassen, daß sie nicht vergaß, welche Gefahr in der Gewöhnung lag. Keine fünf Minuten würde sie darauf verschwenden, auf irgend etwas aufzupassen, nicht zur kleinsten Heimlichkeit würde sie Zuflucht nehmen, sagte sie sich, tief davon überzeugt, daß sie die wahren Werte des Lebens kannte, ginge es nicht um ihre Mutter. Dieses liebe, gesegnete, so streng viktorianische Mutterherz durfte sie nicht brechen. Niemals würde ihre Mutter sie verstehen. Sie würde einfach sterben.

Also atmete Terry auf und nahm sich einfach vor, von nun an immer daran zu denken, daß sie, obwohl es ihr so vorkam, nicht seit Jahren friedlich und glücklich verheiratet war. Und wann immer sie in der Öffentlichkeit auftrat, hielt sie sich mit ungetrübter Miene an ihren Vorsatz.

Es gab nur zwei solcher Anlässe, denn Terry hatte schon seit langer Zeit genug von der Gesellschaft der Reichen –

der erste war eine besonders herausragende Aufführung der *Meistersinger* in der Oper, der zweite der Ball bei Hofe – ihre Mutter hatte so sehr ihre Begleitung gewünscht, daß sie nicht ablehnen konnte –, wo beide, Mutter und Tochter, mit so außerordentlicher Freundlichkeit und Aufmerksamkeit empfangen wurden, daß alle meinten, gewisse, in der Stadt herumschwirrende Gerüchte, die Terrys Namen mit einer exzellenten Partie aus dem Hochadel in Verbindung brachten, würde sich schon bald bewahrheiten.

Daisys Freundinnen, die das so jungfräulich wirkende, ganz in weiß gekleidete Mädchen in der Oper beobachteten, lief es kalt den Rücken hinunter. Nur Verdorbenheit und kaltblütigste Falschheit konnten hinter dieser gelassenen Fassade stecken. So wie sie aussah, wie sie dort oben saß, hätte man meinen können, sie sei der reinste Unschuldsengel. Arme Daisy. Arme, liebe, getäuschte und betrogene Frau. Allein bei dem Gedanken an sie gefror ihren Freundinnen das Blut in den Adern. Aber als sie das Mädchen dann beim Hofball beobachteten, wieder ganz in das Weiß der Unschuld gekleidet, sahen, welch besondere Aufmerksamkeit sie erhielt, wurden sie unsicher. Sollte sich, so fragten sie sich, als sie Terry zum drittenmal mit einem der begehrtesten jungen Männer tanzen sahen, Topsy vielleicht doch geirrt haben? Alt und durcheinander wie er war, hatte er alles womöglich verkehrt verstanden, und Terry war weder falsch noch kaltblütig, sondern genau so, wie sie aussah. Wahrscheinlich war an der ganzen Geschichte überhaupt nichts dran. Der stille, in die Jahre gekommene Andrew Leigh kannte Terry, seit sie ein Dreikäsehoch war, und hatte außerdem, wie man sich erzählte, eine sehr hübsche junge Schauspielerin zur Frau, der er wahrscheinlich zu Füßen lag. Das Ganze war bestimmt nichts als ein wildes Gerücht. Und falls Terry wirklich diese atemberaubende Partie machen sollte, wäre es dann nicht sehr unangenehm, solche Dinge über sie erzählt und gedacht zu haben?

Unsicherheit setzte ein, und das Pendel schlug allmählich nach der anderen Seite aus. Und dann schlug es zu! So sehr London seine Skandale liebte, nach dem Hofball herrschte allgemein das Gefühl, es sei nicht ratsam, einen zu wittern, wenn es dabei um eine junge Frau ging, der womöglich eine glänzende Zukunft bevorstand. Törichter alter Mann, dieser Topsy. Sowieso halb taub. Und zu der absurden Stunde, zu der er an jenem Morgen unbedingt frühstücken wollte, wahrscheinlich vor Müdigkeit stocktaub. Und wie leicht konnte einem der genaue Wortlaut entgehen! Außerdem waren es sowieso nur vier Worte gewesen, und ein Mädchen wie Terry aufgrund der Beweiskraft von vier Worten zu verurteilen, das ging nicht an. Der alte Topsy sollte sich wirklich schämen, gleich solch gräßliche Schlüsse zu ziehen. Seine Gedanken mußten der reinste moralische Sumpf sein!

In den Clubs wurde Mr. Topham nun gemieden. Die Mitglieder des Unterhauses flüsterten abfällig, wenn er vorüberging. George Torrens, wurde gemunkelt, habe angekündigt, er wolle ihn öffentlich zur Rede stellen, und allgemein war man der Meinung, die eigenen Witwen und Jungfrauen müßten vor derlei in Schutz genommen werden. Nach dem Verlauf zweier Wochen bewahrte nur sein Alter Mr. Topham vor noch Schlimmerem.

Aber dann, gerade als diese Stimmung auf dem Höhepunkt war und, vom Unterhauspräsidenten abwärts, niemand mehr den armen alten Gentleman eines Blickes würdigte, Daisy und Terry dagegen mit Zuneigungs- und Repektsbekundungen nur so überhäuft wurden, fiel London unversehens wieder in das alte Zittern und Beben zurück.

Eine Person, von der bisher niemand gehört hatte, betrat die Szene. Eine Mrs. De Lacy. Die Mutter von Leighs Frau. Mumsie.

Um zwölf Uhr marschierte sie eines Tages in die Bibliothek von Daisys Haus am Grosvenor Square – nach einem kurzen Wortwechsel mit dem Diener, der sie nicht hinein lassen wollte, denn, wie er später unten in der Küche erklärte, habe er es gleich in den Knochen gehabt, daß man sie besser fernhielt.

Mr. Parker, der Butler, und die drei ihm unmittelbar unterstellten Diener waren beim Lunch, so daß dieser Diener, der in der Küche nur Nummer Vier hieß, ganz auf sich allein gestellt war. Und gegen Mumsie kam er nicht an. Außerdem war sie auf den ersten Blick eine imposante Erscheinung, mit schöner Büste und Gardenien und allem, und auch nicht viel greller geschminkt als manch andre. Trotzdem, gleich auf den ersten Blick hatte er dieses Gefühl in den Knochen, das sich verstärkte, als sie zu sprechen begann.

»Ist die Marquise daheim?« fragte sie und schenkte ihm ein strahlendes Lächeln, denn er war jung und gut gebaut.

»Erwartet ihre Ladyschaft Sie, Madam?« war seine Antwort, sofort alarmiert durch ihren Ton.

»Das würde mich gar nicht wundern, junger Mann«, antwortete Mumsie und trat an ihm vorbei in die Halle.

Welch unglaubliche zwei Wochen hatte sie hinter sich. Die aufregendsten, aufwühlendsten ihres ganzen Lebens. Nicht einmal, als sie sich als junges Mädchen nach einem Ehemann umsah, und damals hatte sie weiß Gott die Qual der Wahl, stand sie vor so vielfältigen und heiklen Problemen. Alles schön und gut, plötzlich in der Lage zu sein, Andrew loszuwerden; aber, so erfreulich diese Lage auch war, wollten sie und Rosie ihn überhaupt loswerden? Schön und gut, in einer Position zu sein, die Midhursts zu ruinieren, und allein die Vorstellung war aufregend bis ins Mark, aber würde für sie und Rosie irgend etwas dabei herausspringen? So lange man Mumsie nicht in die Quere kam, war sie ein gutmütiger und umgänglicher Mensch, dem nichts daran lag, irgend jemanden zu ruinieren, und Rosie war in dieser Hinsicht ganz ihr Ebenbild. Aber wie aufregend, zu wissen, daß man es tun konnte. Welch ungeheures, brisantes Geheimnis hatten sie da in petto.

»Der alte Gentleman – der nimmt es mit ins Grab«, versicherte sie Rosie, denn ihr war klar, daß dieser Mr. Topham die einzige Bedrohung ihres Monopols bedeutete. »In diesen Kreisen halten doch alle zusammen ...« Aber das beste von allem war, viel amüsanter als alle Stücke, in denen Mumsie einst auftrat, daß sie über Andrew Bescheid wußten und ihn beobachten konnten, wie er weiterhin so groß tat, sie weiter so von oben herab, so Eton und Oxford behandelte wie immer.

»Du bist eine betrogene Frau, Schätzchen«, sagte sie in kurzen Abständen zu ihrer Tochter und nahm sie zärtlich in den Arm. »Aber mach dir keine Sorgen. So ein Betrug hat auch sein Gutes. Man kann seinen Vorteil daraus ziehen, und das ist ein großer Vorteil.«

»Welchen Vorteil soll ich wohl daraus ziehen«, widersprach Rosie, »wenn Andrew gar nicht weiß, daß ich Bescheid weiß.«

»Wart's ab«, nickte ihre Mutter. »Nichts überstürzen – das ist meine Devise. Und vorläufig«, fügte sie, den Finger auf die Lippen gepreßt, fort, »zu niemandem ein Wort.«

Woran Mumsie selbst sich aber nicht hielt. Ehe sie zu einem Entschluß kam, ob eine Scheidung für Rosie von Vorteil oder Nachteil war, wollte Mumsie allen auch nur einigermaßen in Frage kommenden Männern aus ihrem Bekanntenkreis auf den Zahn fühlen. Und wer jemandem auf den Zahl fühlen will, muß schließlich selbst den Mund aufmachen. Sie wollte unbedingt herausfinden, welcher der Herren, falls Rosies gegenwärtige Ehe ein Ende fand, gewillt war, Andrews Platz einzunehmen. Keinen Sinn, sich scheiden zu lassen, erklärte Mumsie ihrer Tochter, und dann auf dem Trockenen zu sitzen. Daher war sie gezwungen, zumindest einige Andeutungen fallen zu lassen; aber so sehr sie sich dabei auch in Rätsel hüllte und nur höchst vage durchblicken ließ, daß ihr Schwiegersohn untreu war, in den Restaurants, Cafés und niederen Bühnenkreisen wurde sofort der Schluß gezogen, die fragliche Dame sei die tugendsame Marquise selbst.

»Ich nenne keine Namen«, sagte Mumsie, plötzlich sehr würdevoll. Welch häßliche Gedanken die Menschen doch hatten; wirklich häßliche Gedanken.

Noch desillusionierter war sie jedoch, als sie die gegenwärtige Kollektion ihrer und Rosies Männerbekanntschaften einer ernsthaften Prüfung unterzog und feststellen mußte, daß im Grunde keiner in Frage kam, denn viel mehr, als eine Dame zum Lunch oder Dinner einladen, konnten sie sich alle nicht leisten. Einige der jüngeren standen sogar ganz außer Frage, denn bei ihnen reichte es höchstens zu einer Einladung zum Tee. Da, bemerkte Mumsie gegenüber ihrer Tochter, war Andrew ja noch besser. Sonderbar fand sie auch, daß alle, denen sie auf den Zahn fühlte, prinzipiell gegen Scheidung eingestellt zu sein schienen, insbesondere aber in Rosies Fall. Das fand Mumsie wirklich sonderbar, die doch mit eigenen Augen sah, daß, gleich wo sie sich auch aufhielten, weit und breit kein Mädchen war, das Rosie das Wasser hätte reichen können. Sonderbar, sonderbar, sie hätte geglaubt, die Männer würden sich gegenseitig umrennen, um in Andrews Fußstapfen zu treten.

Nichts dergleichen. Statt sich umzurennen, gaben sie ihr gute Ratschläge und drängten sie, den Vorteil des Spatzen in der Hand nicht zu unterschätzen. Gewiß, dank ihrer eigenen unermüdlichen und selbstaufopfernden Anstrengungen sah Rosie sehr teuer aus, und das machte den Männern vielleicht Angst, sagte sich Mumsie auf der Suche nach einer Erklärung. Denn eins wußte sie natürlich nicht. Es hatte sich herumgesprochen, daß Rosie kalt war – kalt wie ein Fisch, im Grunde gar keine Frau, sondern eher eine Schaufensterpuppe, die nur angesehen werden wollte und sonst nichts; und eine kalte Frau, besonders wenn sie gleichzeitig außerordentlich attraktiv ist, kann einem rechtschaffenen Mann das Leben sehr schwer machen.

»Wenn uns doch nur«, hatte Mumsie in letzter Zeit immer wieder sehnsüchtig geseufzt und dabei ihre schwarz angemalten Augenbrauen zusammengezogen, »einer dieser Was-kostet-die- Welt-Herzöge über den Weg liefe!«

Und plötzlich, eines nachts im Bett, fiel ihr ein, daß der einzige Ort auf der Welt, wo sie auf solch ein Wesen hoffen konnten, bei den Midhursts war. Natürlich! Und nicht nur Herzöge wären da zu finden, noch vieles, vieles mehr – Reichtum, Lustbarkeiten, all jene irdischen Freuden, nach denen Mumsie sich so sehr sehnte und von denen sie für ihren Geschmack bisher viel zu wenig abbekommen hatte.

Dem Himmel für diese Erleuchtung, für diese umwerfend einfache Lösung ihres Problems dankend, saß Mumsie aufrecht in ihrem schäbigen Nachthemd im Bett – keinen

Sinn, schöne Nachthemden ganz für sich allein abzutragen – und starrte in die Morgendämmerung, die vor ihrem Fenster heraufzog. Statt die Midhursts zu vernichten – was könnte sie dabei schon gewinnen? –, wollte sie ihnen eine unentbehrliche Freundin sein. Statt für einen Skandal zu sorgen, wollte sie ihnen eine, wiederum unentbehrliche, Hilfe dabei sein, alle bösen Zungen zum Schweigen zu bringen. Voller Großmut, angesichts des großen Unrechts, das man ihrer Rosie angetan hatte, würde sie versprechen, kein Wort verlauten zu lassen und als Gegenleistung dafür, daß sie die Sache nicht vor den Scheidungsrichter brachte, in den Schoß der Familie aufgenommen werden – jenen sorgenfreien und, in der Sprache der Häusermakler, mit allem Komfort ausgestatteten Schoß.

»Gar kein Zweifel, damit haben wir unser Glück gemacht«, sagte Mumsie in ihrer Aufregung laut vor sich hin; und sowie Andrew am nächsten Morgen aus dem Haus war, schloß sie sich mit Rosie ein und erzählte ihr von ihren Plänen.

»Eins vergessen die Menschen immer auf dieser Welt«, schloß sie feierlich, »daß man *freundlich* sein muß. Gehässigkeit hat noch nie zu was Gutem geführt. Aufbauen, nicht niederreißen – das ist meine Devise. Und wenn ich eine Fahne hätte, würde ich's mir draufschreiben. Guck dir den Frieden von Versailles an. *So einen* Fehler werden wir zwei nicht machen.«

»Aber«, erwiderte Rosie, »heißt das etwa, ich muß wieder nach Shillerton?«

»Mach du dir keine Sorgen, Süßes«, sagte ihre Mutter und küßte sie. »Das nächste Mal wird's ein völlig andres Paar Schuhe sein.« Und voller Elan und Unternehmungsgeist legte sie all ihre besten Sachen an und nahm ein Taxi zum Grosvenor Square.

»Na also, das nenn ich 'ne *Halle*«, rief sie aus und sah sich zufrieden um, während sie forsch eintrat.

Sie war enttäuscht gewesen, daß nur ein einziger Diener sie empfing. Sie hatte ganze Reihen erwartet, angeführt vom Majordomus. Mumsie hatte keine Ahnung, was ein Majordomus war, zweifelte aber nicht, daß er fester Bestandteil jenes Überflusses war, in dem die Reichen ihrer Meinung nach schwelgen sollten. Aber an einem einzigen Diener war bei Gott wenig Überfluß, deshalb freute sie sich, daß Größe und Marmor der Halle den ersten enttäuschenden Eindruck wettmachten.

»Carrara«, bemerkte sie und blieb vor einer Säule stehen. Kannte sie sich etwa nicht gut aus, konnte sie es, was die nötige Bildung betraf, nicht mit jedem aufnehmen?

»Verzeihung, Madam – wie sagten Sie war Ihr Name?« fragte Nummer Vier unglücklich, der nicht richtig verstanden hatte.

»Ich hab ihn ja noch gar nicht gesagt«, sagte Mumsie, drehte sich zu ihm um und musterte ihn von oben bis unten.

Sie hatte ihr Vergnügen, genoß ihr enormes Gefühl von Macht. Den Diener hier mitsamt Haus und allen, die darin waren, hatte sie in der Hand. Aber wenn sie kam und siegte, würden ihre Bedingungen sehr großzügig sein. Nur Freundschaft. Von Herzen kommende, beglückende Freundschaft. Geben und Nehmen. Wie unter Schwestern.

»Ich spreche von den Säulen«, sagte sie. »Was Sie wissen würden, junger Mann, wären Sie gereist.«

»Vielleicht, Madam, sollte ich lieber die Sekretärin holen«, murmelte Nummer Vier und näherte sich, Mumsie ängstlich im Auge behaltend, der Bibliothek. »Die Sekretärin wird es ja wissen, ob ihre Ladyschaft ...«

»Sekretärin? Die Marquise will ich sprechen und keine

Sekretärin. Und ich lege auch keinen Wert darauf, in irgendwelchen Hallen zu warten, vielen Dank«, sagte Mumsie und folgte ihm.

Da ihm Mumsie dicht auf den Fersen war, blieb ihm nichts anderes übrig als weiterzugehen. So sehnlichst wie noch nie wünschte sich Nummer Vier Mr. Parker herbei, denn inzwischen war ihm endgültig klar geworden, daß diese Dame zu der Sorte Besucher gehörte, die man nie und unter keinen Umständen ins Haus hätte lassen dürfen.

»Melden Sie mich bitte«, befahl Mumsie, als er sich, vor der geschlosssenen Tür angekommen, offenbar nicht dazu entschließen konnte, sie zu öffnen.

»Sollte ich nicht doch lieber die Sek ...«, machte er einen letzten, schwachen Versuch.

»Mrs. De Lacy ist mein Name«, unterbrach Mumsie ihn und sah ihm resolut in die Augen.

Woraufhin der unglückliche junge Mann keinen Ausweg mehr sah, auf die Klinke drückte, vor lauter Angst sehr laut hineinrief »Mrs. De Lacy«, die Tür schnell hinter ihr schloß und selbst in der Sicherheit der Halle blieb.

Der Raum, in dem Mumsie sich wiederfand, war groß, denn am Grosvonor Square war alles groß, und daher sah sie Daisy und Miss Simpson, die ganz hinten an einem Schreibtisch saßen, nicht gleich.

Sie gingen die Gästeliste durch. Daisys hellbronzener, wie eine schöne künstliche Blume schimmernder Kopf war darüber gebeugt, und Miss Simpson saß, wie es ihre Gewohnheit war, auf der äußersten Stuhlkante, den Füllfederhalter in der Hand, um zu ändern und zu streichen.

Aber zu streichen gab es heute nichts, und die Änderungen gingen alle in Richtung von mehr statt weniger, denn Daisy war sehr glücklich und wollte, wie die Überglücklichen oft, ihr Glück mit möglichst vielen Menschen teilen. Verschwunden waren all ihre Sorgen. Verschwunden ihre Alptraumängste und ihr zermürbender, entsetzlicher Verdacht. Terry, das Kind so vieler Gebete, war wirklich der reine Engel ihres lebenslangen Traums und so ganz dem Guten hingewandt – und wenn sie erst bedachte, wohin dieses Gutsein ihr geliebtes Kind nun allem Anschein nach führte, zu welch schwindelerregenden Höhen! Aber sie durfte nicht zulassen, an derlei zu denken, nicht im geheimsten Winkel ihres Herzens. Es kam ihr beinahe frevelhaft vor, das Auge zu solch blendendem Licht zu erheben. Also verscheuchte sie die Vision aus ihrem Kopf und widmete sich mit noch größerer Konzentration der vor ihr liegenden Aufgabe, möglichst vielen Leuten möglichst viel Freude zu schenken.

Auch Miss Simpson war sehr glücklich – nicht um ihrer selbst willen, denn um ihrer selbst willen tat sie schon lange nichts mehr, aber sie konnte gar nicht anders, als, wie ein getreues Spiegelbild, die Gemütsverfassung ihrer Arbeitgeberin in sich aufzunehmen. Jene törichten Gefühle vor zwei Wochen auf Shillerton, jene lächerliche Verstörung und abergläubische Panik konnte sie jetzt kaum noch verstehen. Gefaßt und geschäftsmäßig, alle Gedanken darauf gerichtet, ihrer bedeutenden Aufgabe gerecht zu werden, saß sie da, den Federhalter in der Hand, machte Vorschläge, erinnerte, notierte, so ernst und feierlich, als wären Gesellschaften und die Leute, die sie bevölkern, das einzige auf der Welt.

Sowohl sie als auch Daisy waren adrett und einfach gekleidet, ganz wie es der Stunde und dem Anlaß entsprach, Daisy in feinem, teuren Batist und mit ihrer berühmten Perlenkette um den Hals, Miss Simpson in billigerem und ihrem Stande gemäßem Leinen und, natürlich, ohne Perlen um den Hals. Frische und Heiterkeit strahlte um sie und von ihnen aus. Kein Haar weder an Daisys noch Miss Simpsons Kopf, das nicht genau da saß, wo es hingehörte. Jede hatte, wie gewöhnlich, ein Bad mit belebenden Salzen genommen, in Daisys Fall außerdem mit Düften. Und jede hatte, wie gewöhnlich, in der Abgeschiedenheit des eigenen Zimmers ein perfekt zubereitetes und serviertes Frühstück zu sich genommen. Vor dem Frühstück hatte sich Daisy, wie gewöhnlich, massieren lassen, und nach dem Frühstück war, wie gewöhnlich, Madame Valaise mit ihrer *batterie de beauté* gekommen und hatte eine gewinnbringende Stunde mit Retuschieren und Aufpolieren verbracht.

»Mrs. De Lacy«, meldete der Diener und zerstörte dieses geordnete Idyll; und herein marschierte Mumsie.

Zuerst sah sie nur Blumen – Massen von Blumen vor den weit geöffneten Fenstern, die den Rasen draußen verdeckten; Blumen in großen Vasen auf den Tischen, dem Kaminsims, in den Ecken, erst am Morgen frisch aus Shillerton eingetroffen und noch mit Tau behangen und die Luft mit Düften erfüllend, herrliche Blumen, die zu züchten zweifellos einen Haufen Geld kostete. Hier, endlich, war echter Überfluß zu erkennen, und Mumsie, die bewundernd davorstand und die Düfte tief einsog, war froh, daß sich die Dinge, je weiter sie ins Haus vorstieß, immer besser entwickelten.

›Sind wir nicht *reich*‹, sagte sie sich hochzufrieden. ›Und das *zeigen* wir auch‹, fügte sie aus vollem Herzen zustimmend hinzu.

Dann sah sie die beiden Gestalten am andern Ende des großen Raumes. Miss Simpson war überrascht aufgesprungen und stand, Notizbuch und Füllfederhalter in der Hand, unsicher da. Daisy hatte den Kopf gewandt und sah die unverhoffte Besucherin dort vor der Tür mit einem ruhigen, fragenden Blick an, ungefähr so wie Kühe gucken, die gelassen weiterkauen, wenn jemand ihre Wiese betritt. ›Kenne ich sie?‹ schien sie zu überlegen. ›Ist sie eine Verwandte?‹

Nein, sie kannte sie nicht. Sie war keine Verwandte. Aber wen, fragte sie sich, hatte James dann einfach hereingelassen?

»Sie müssen schon entschuldigen, Lady Midhurst«, begann Mumsie und ging mit ausgestreckter Hand und funkelndem Lächeln auf sie zu.

»Aber gewiß doch«, sagte Daisy, stand auf und ging ihr, ihrerseits lächelnd, entgegen, denn Mumsies Lächeln, jenes, das sie auf all ihren Fotos trug, war so glitzernd, daß es unmöglich war, nicht zumindest ein wenig davon zurückzustrahlen.

»Möchten Sie mich aus einem bestimmten Grund sehen?« fuhr Daisy fort, die bei näherer Betrachtung ihrer Besucherin vermutete, es handele sich um die jährliche Theater-Gartenparty, die in Kürze im Regent's Park stattfand. Wahrscheinlich wollte man sie bitten, die Preise zu verleihen. Derartige Anliegen war sie gewohnt. Und sie sagte nie nein. Trotzdem, James hätte zuerst hereinkommen und sie fragen sollen.

»Allerdings, aus einem bestimmten Grund, das kann man wohl sagen. Und nicht nur sehen will ich Sie, auch sprechen«, sagte Mumsie, wobei sie die Hand in ihrer herzhaft drückte und mit unverhohlener Bewunderung in das Gesicht vor ihr sah.

Dreiundfünfzig, soviel wußte Mumsie, denn sie hatte Lady Midhursts Lebenslauf mit großer Aufmerksamkeit verfolgt; dreiundfünfzig und guck sie sich einer an! Da sah man's mal wieder, was Geld bewerkstelligte, dachte sie und hatte plötzlich das Gefühl, ihr eigenes Make-up, um das sie sich natürlich selbst kümmern mußte, sei vielleicht ein bißchen zu grell. Pastelltöne; ja, darauf wollte sie sich in Zukunft verlegen, nahm sie sich vor. Nur ein Hauch Rouge war im Augenblick offenbar Mode. Und sieh sich einer diese Wimpern an, jede einzelne hatte bestimmt mehr als ein Pfund gekostet.

»Nun dann«, sagte Daisy freundlich, die, da es ihr nicht gelang, ihre Hand zu befreien, sie dazu nutzte, ihre Besucherin zum Sofa zu führen, »sollten wir uns vielleicht lieber setzen.«

»Möchten Sie, daß ich bleibe?« fragte Miss Simpson und flatterte aufgeregt um Daisy herum.

»Nein«, sagte Mumsie entschieden und übernahm nach einem schnell zu der flachbrüstigen Figur hingeschossenen Blick selbst die Beantwortung der Frage. Sie fühlte sich beflügelt, war ganz Herrin der Situation. Gewürm wie Sekretärinnen und Diener gehörten mit Schwung beiseite gefegt.

Daisy mußte lachen. Diese Theaterleute waren manchmal doch zu komisch.

»Dann schnell, laufen Sie«, sagte sie amüsiert zu Miss Simpson, die, weit davon entfernt, sich zu beeilen, widerwillig, das Herz, ohne zu wissem warum, sorgenschwer, auf die Tür zuging. Und als sie sich noch einmal zu den beiden Seite an Seite auf dem Sofa sitzenden Frauen umdrehte, hatte sie das unheimliche Gefühl, daß sie ihre liebe Lady Midhurst, die Lady Midhurst, die sie seit so vielen Jahren kannte, zum letztenmal sah.

»Ihre Privatsekretärin, nehme ich an«, bemerkte Mumsie, die, wegen ihres engen Korsetts, kerzengerade dasaß und, die Augen auf die Tür geheftet, wartete, bis sie geschlossen war, ehe sie weitersprach.

»Ob privat, weiß ich nicht«, lächelte Daisy. »Das klingt, als hätte ich viele. Aber ja, sie ist meine Sekretärin.«

»Zu Brot und Lohn verholfen von meinem Schwiegersohn«, sagte Mumsie.

»Ihrem Schwiegersohn?«

»Mr. Leigh.«

»Andrew?«

»Andrew. Ja – seine Frau, meine Tochter, hat's mir schon erzählt, daß Sie auf so freundschaftlichem Fuße mit ihm stehen, daß Sie ihn beim Vornamen nennen.«

»Nun, wir kennen ihn schon viele, viele Jahre«, sagte Daisy, beinahe entschuldigend. »Aber ich hatte ja keine Ahnung, daß Sie Rosies Mutter sind«, fügte sie hinzu und fühlte sich ein wenig aus dem Gleichgewicht gebracht, das sie schnell versuchte wiederzufinden. »Wie freundlich von Ihnen, mich aufzusuchen.«

»Das war nur meine Pflicht, Lady Midhurst«, war die unverhoffte Antwort ihrer Besucherin. Bedeutete das, fragte Daisy sich, daß es sich um eine Art Anstandsbesuch handelte, die Mutter sich anstelle der Tochter für die Einladung nach Shillerton bedanken wollte? Statt des üblichen Briefes? Wahrscheinlich, denn den üblichen Brief hatte sie von Rosie nicht bekommen, fiel ihr jetzt ein.

»Wir alle haben Ihre Tochter ganz reizend gefunden«, sagte sie und lächelte wieder, denn die Idee eines Dankesbesuchs statt Briefes amüsierte sie. »Der Anblick von jemand so Hübschem war die reinste Freude für uns alle.«

»Vielen Dank, Lady Midhurst«, sagte Mumsie, der schon die Frage auf der Zunge lag, warum ihre Ladyschaft sich diese Freude dann nicht früher gegönnt habe. Vor Jahren hätte sie die schon haben können. Vor fünfzehn, um genau zu sein.

Aber sie hielt ihre Zunge im Zaum und bemerkte lediglich, im ganzen gesehen sei es viel wichtiger, gut zu sein als hübsch.

»Da gebe ich Ihnen *völlig* recht«, sagte Daisy, die im dunkeln tappte, worauf ihre Besucherin hinauswollte.

»Meine Tochter ist nicht nur schön, sie ist auch gut – und so mancher könnte sich eine Scheibe von ihr abschneiden.«

»Das freut mich wirklich *sehr*«, sagte Daisy, obwohl sie ihre Bemerkung, nach kurzem Überlegen, nicht besonders glücklich fand.

Mrs. De Lacy fuhr jedoch unbeirrt fort. Sie macht einfach einen stellvertretenden Anstandsbesuch, beruhigte Daisy sich, da ihre Besucherin immer noch auf keinerlei Wohltätigkeitsveranstaltung zu sprechen kam. Sonderbare Sitte, so ein Dankesbesuch, sehr anfällig für alle möglichen Peinlichkeiten.

Amüsiert betrachtete sie ihre Besucherin. Die Anverwandten. Die ungeladenen Anverwandten, die einem sozusagen als lebendiger Dankesbrief ins Haus flatterten. Keine Frage, dachte sie, Briefe waren ihr angenehmer. Sie raubten einem nicht die Zeit, wenn einem in ein oder zwei Stunden Mittagessensgäste ins Haus standen. Auf einen Brief warf man einen flüchtigen Blick und vergaß ihn.

Mit einem flüchtigen Blick war es bei Mrs. De Lacy jedoch nicht getan – De Lacy war doch der Name, den James genannt hatte? –, und sie einfach vergessen, das würde wohl auch niemandem gelingen. Dazu war ihre Erscheinung viel zu überwältigend, fand Daisy; außerdem ging etwas eigentümlich Herrschsüchtiges von ihr aus. Kein Wunder, daß der arme Andrew, den sie solch entsetzlicher, solch unaussprechlicher Dinge verdächtigt hatte, – oh, sie schämte sich zu Tode deswegen – nicht gern zu Hause war. Und doch, jetzt, da sie so nah neben ihr saß, daß sie nicht umhin konnte, jedes einzelne Detail ihrer Besucherin wahrzunehmen, war sie auf eine sonderbare Weise gerührt. Drückte sich in ihrem billigen Glitter nicht auch eine große Courage aus, ein unbezähmbarer Wille, aus allem das Beste zu machen, sich nicht unterkriegen zu lassen und ihre Flagge tapfer bis zum letzten Atemzug hochzuhalten?

›Genau wie ich‹ – bei diesem Gedanken ertappte sich Daisy und erschrak im nächsten Moment vor diesem verstörenden Vergleich.

»Meine arme kleine Rosie«, sagte ihre Besucherin in diesem Moment.

»Ist sie krank?« fragte Daisy abwesend, denn ihre Augen waren auf dem üppigen Busen ihrer Besucherin haften geblieben, und sie überlegte gerade, ob sie ihr nicht ein Sträußchen echter Gardenien anbieten sollte – direkt vor ihr, auf dem kleinen Tisch neben dem Sofa stand ein üppiger Strauß, die Blüten taufrisch inmitten glänzender dunkler Blätter – als Ersatz für die kläglichen künstlichen und vom vielen Tragen arg mitgenommenen, die sich ihre Besucherin ans Kleid gesteckt hatte. Würde sie sich freuen, oder wäre sie beleidigt? Würde sie sie als kleines Geschenk akzeptieren und darin den Wunsch erkennen, ihr eine Freude zu bereiten, oder würde sie es als taktlose Kritik auffassen?

»Nicht nur, wenn eine Frau krank ist, ist sie eine arme Frau«, sprach Mumsie in Rätseln.

»Selbstverständlich nicht«, gab Daisy ihr recht, die nichts anderes mit dieser Bemerkung anzufangen wußte, als ihr zuzustimmen. Ich *muß* ihr einfach ein paar Gardenien schenken, dachte sie. Gegen so ein Geschenk konnte keine

Frau etwas haben, zumal die Gardenien dort in der Vase an diesem Morgen besonders herrlich waren.

Sie streckte die Hand aus, die jedoch auf halbem Wege abgefangen und mit festem, warmem Druck umschlossen wurde.

Abrupt wachte Daisy aus ihrer Zerstreutheit auf und war hellwach. Sie wandte den Kopf und sah ihre Besucherin an. Verblüffung und Empörung lagen in ihrem Blick. Zu keiner Zeit mochte Daisy es, daß man sie anfaßte; gar von Fremden außerhalb von Begrüßungs- oder Abschiedszeremonien berührt zu werden, sprengte all ihre bisherigen Erfahrungen. Glücklicherweise war die Hand, die ihre in festem Griff hielt, behandschuht. Denn Daisy mochte keine Haut.

»Wir müssen Freundinnen werden, Lady Midhurst«, sagte Mumsie und drückte Daisys Hand noch fester. »Echte, wahre Freundinnen.«

»Das ist außerordentlich freundlich von Ihnen«, sagte Daisy und hob leicht die Augenbrauen. Weit konnte sie sie nicht heben, wegen technischer Schwierigkeiten; aber so hoch wie sie gingen, zog sie sie.

»Sie müssen nämlich wissen, daß Sie und ich jetzt miteinander verbunden sind«, sagte Mumsie, deren eigene Augenbrauen, da sie nur schwarz angemalt waren, beweglicher waren. »Und das ist der Grund, weswegen ich vorbeigeschaut habe.«

»Verbunden?« wiederholte Daisy überrascht, wobei ihre Stimme, genau wie zuvor ihre Brauen, leicht nach oben gingen. Daisy war gezwungen, den Kopf weit zurückzulehnen, weil Mumsies Gesicht jetzt so dicht vor ihrem war, daß sie sonst hätte schielen müssen. »Aber wie denn?«, fragte sie.

»Leider nicht durch Heirat. Genau das Gegenteil, fürchte ich.«

»Das Gegenteil?«

Einen Moment starrte Daisy, den Kopf steif zurückgelehnt, schweigend geradeaus. Und während sie das tat, schien der Raum um sie herum langsam zu gefrieren. Schneidende Kälte, eisige Stille senkte sich auf ihn herab, Eistropfen um Eistropfen.

»Ich – verstehe nicht«, sagte sie nach einer kleinen Pause, ein winziges Stocken in der Stimme.

Sie versuchte, ihre Hand zu befreien. Unerträglich, so festgehalten zu werden. Vollkommen uner . . .

»Welches Gegenteil?« stieß sie aus, nur mit Mühe das Zittern in ihrer Stimme unterdrückend.

»Na, na, wer wird denn . . .?« sagte Mumsie, umklammerte die sich windende Hand noch fester und tätschelte sie mitfühlend. »Weiß Gott nicht schön, diese ganze Geschichte, das weiß ich selbst. Aber als Frauen von Welt müssen wir den Tatsachen ins Auge sehen. Solche Dinge kommen nun einmal vor, und wenn wir beide stumm wie die Fische sind, so daß keine Seele außer uns zwei beiden je . . .«

An diesem Punkt befreite Daisy jedoch ihre Hand. Mit einem heftigen Ruck wand sie sich frei, stützte sich auf der Sofalehne ab und sprang auf.

»Ich habe nicht die geringste Ahnung, wovon Sie sprechen«, sagte sie und, den Rücken der üppigen Figur zugekehrt, wischte sich schnell und heftig über den Rock, als müsse sie, sie wußte selbst nicht welch schrecklichen Schmutz abklopfen – eine blinde, instinktive Geste, deren Bedeutung Mumsie jedoch entging.

»Genau das dachte ich mir«, nickte Mumsie hinter ihr auf dem Sofa. »Deshalb sagte ich mir, ich guck einfach bei Ihnen vorbei und erkläre es Ihnen.«

»Es gibt beim besten Willen nichts«, sagte Daisy über

ihre abgewandte Schulter hinweg, wobei ihr jedes einzelne Wort wie ein Eissplitter von den steifen Lippen fiel und ihre Hand weiter heftig gegen den unsichtbaren Schmutz auf ihrem Rock ankämpfte, »das ich Sie erklären hören möchte.«

»Na, und *da*«, sagte Mumsie, als sie die Szene später Rosie beschrieb, »wurde ich ein bißchen ärgerlich. Besser, ich wär's nicht geworden und hatte es auch beim besten Willen nicht vor, aber du hättest sie hören sollen – sehen sollen, wie sie ihre Nase entlang auf mich runtersah, als wäre ich ein Schandfleck. Genau so hat sie mich angesehen! Und so was soll einen nicht in Rage bringen! Wo ich doch aus nichts als schierer, reinster Freundlichkeit zu ihr gegangen bin! Und wo wir schon bei Schandflecken sind, wer ist denn hier der Schandfleck, möchte ich wissen. Also sage ich zu ihr: »Meiner Meinung nach ist es wohl das Beste, ich sag's Ihnen rundheraus, obwohl ich vorhatte, es Ihnen schonend beizubringen. Aber Sie wollen es ja nicht anders, Lady Midhurst! Sie und ich, wir sind durch Ehebruch miteinander verbunden.«

V

Andrew, der den Vormittag mit Terry in Pentonville verbracht hatte, um Angaben für ein Buch über die Wohnverhältnisse dort zu sammeln, das sie gemeinsam schreiben wollten, faßte an jenem Tag den Entschluß, nicht wie gewöhnlich zum Lunch an den Grosvenor Square zu gehen, sondern heim in seine Wohnung, um die schnell hingekritzelten Notizen noch einmal säuberlich abzuschreiben, solange sie ihm noch frisch im Gedächtnis waren. Zu dieser Zeit war niemand in der Wohnung. Seine legitime Familie, als die er Rosie und ihre Mutter gezwungenermaßen sah, um sie von seiner illegitimen zu unterscheiden, als die er ebenso gezwungenermaßen, – aber wie grotesk! – Terry und ihre Mutter betrachtete, ging regelmäßig zum Lunch aus – wohin, machte er sich nie die Mühe zu fragen. Er würde Gladys bitten, ihm eine Tasse Kaffee und einige Butterbrote in sein Arbeitszimmer zu bringen, und ungestört an seinen Notizen arbeiten.

Er sehnte sich nach Ruhe und freute sich darauf, ein paar Stunden lang mit keiner Seele zu sprechen. Er war müde und noch bedrückter als sonst. Niedergeschlagenheit war seit langem ein Dauerzustand bei ihm. Dazu hatte seine Leidenschaft nach sieben Jahren geführt: zu Niedergeschlagenheit und Statistiken.

Die Statistiken, ja die Arbeit mit Terry in den Slums überhaupt, boten ihm einen Fluchtweg aus seinen Grübeleien, denn nur wenn er sich in die Beweise materiellen Elends vertiefte, das so groß war, daß Gefühle darüber unbedeutend wurden, konnte er seine vertrackte Lage und jenen unverzeihlichen Moment vor sieben Jahren vergessen, als er Terrys Liebhaber wurde. Sonst vergaß er nie. Sowie er aufhörte, sich auf Zahlen zu konzentrieren, sowie er keinen Riegel mehr vor seine Gedanken schob, überfluteten ihn Gewissensbisse und Ängste und setzten ihm so zu, daß ihm eiskalt wurde. Daran änderte auch nichts, daß Terry so außerordentlich glücklich wirkte und singend den gewundenen, gefährlichen Pfad ihres Geheimnisses entlangwanderte. Ob es ihr bewußt war oder nicht – Andrew kam übrigens nie aus dem Staunen heraus, wie sie mit ihm als Liebhaber zufrieden sein konnte –, Tatsache war, daß er sie ruiniert hatte, und früher oder später würde einer von ihnen einen Moment nicht auf der Hut sein, ihr Geheimnis preisgeben, und unter Hohngeschrei würde Terry ins Verderben stürzen.

Daher war Andrew ein sehr unglücklicher Mann. Was hätte er anderes sein sollen? Seit sieben Jahren nun bewegte er sich stetig und unausweichlich auf den Abgrund zu, in den er nicht nur die junge Terry mitriß, die wirklich ein besseres Schicksal verdient hätte, sondern auch Daisy, seine beste und treueste Freundin, deren Vertrauen er damit lohnte, daß er sie schändlich hinterging.

Ach, es war eine Niedertracht, und er spielte den aktiven Part dabei. Aber wie wenig aktiv er sich doch fühlte, dachte Andrew, als er an der Ecke Dorset Square mit bleiernen Beinen aus dem Bus stieg und bedrückt heimwärts ging. Das letzte, was er auf dieser Welt wollte, war jemanden betrügen. All seine Regungen waren ehrenhaft. Und wie er, vor sieben Jahren, dazu gekommen war, plötzlich andere Regungen zu empfinden, welche von der heftigen Sorte, die jahrelang geschlummert und ihn bis dahin nur ein einziges Mal in seinem Leben aus der Bahn geworfen hatten, das wußte nur Gott. Aber jenes erste Mal bei Rosie, was war das schon gewesen? Ihm war nichts Schlimmeres passiert als eine überstürzte Heirat, und wenn seine Ehe auch so miserabel wie Tausende anderer war, die in blinder Hast geschlossen wurden, und auch wenn er in dieser Ehe litt, wie er es verdiente, so war es doch zumindest eine auf solidem Boden stehende, von der Öffentlichkeit abgesegnete Angelegenheit und hatte alle Vorteile der Legalität, so öde und schal sie auch sein mochten.

Die Sache mit Terry jedoch war ein Verbrechen. Darüber machte er sich keine Illusionen. Und während er sich geistesabwesend seinen Weg durch den Verkehr am Dorset Square bahnte, seine Notizenmappe unter die Achselhöhle geklemmt, den Hut weit aus seiner gefurchten Stirn geschoben und dabei ganz und gar nicht wie einer aussah, der eine mitreißende Liebesaffäre angefangen hat oder von ihr mitgerissen wurde, sondern genau wie jemandes älterer, zermürbter und gescheiterter Ehemann – während er also in seine Grübeleien versunken die Straße entlangging, stieg, wie so oft, wenn er allein war, die Kulisse jenes Verbrechens, jenes allerersten Anfangs, vor seinen Augen auf, und wie immer stand ihm dann das Herz vor Staunen über sich selbst still.

Die Bibliothek am Grosvenor Square vor sieben Jahren. Zwölf Uhr mittags. Er selbst viel, viel jünger – sieben Jahre sollten eigentlich niemandem so zusetzen wie ihm und hätten es auch nicht, wären sie normal verlaufen – arbeitete still an Daisys Steuerrückzahlungen. Niemand ist in der Nähe. Kein Laut, außer dem angenehmen Geräusch aus Eimern überplatschenden Wassers und an Pferdebeinen entlangstreichender Bürsten.

Ruhig und zufrieden sah er sich dort arbeiten, denn dies waren seine ruhigen und zufriedenen Jahre. Stolz darauf, daß die Midhursts ihn und seine Arbeit so schätzen, ließen Rosie und ihre Mutter ihn in Frieden, während Daisy und Terry sein Leben mit Süße und Zuneigung erfüllten. Zugegeben, damals war das Leben schon nicht mehr ganz so schön wie zu der Zeit, ehe Terry zu einer jungen Frau heranreifte, aber schön war es trotzdem noch. Auch wenn sie nicht mehr seine enge, unzertrennliche kleine Vertraute war, so war sie doch immer noch sehr anhänglich. Stets zog sie seine Nähe der anderer vor und entschlüpfte, wann immer sie konnte, ihren vielen Verpflichtungen, um sich zu ihm zu setzen und mit ihm zu reden oder mit ihm in die Slums zu gehen, die sie gemeinsam erforscht hatten, ehe Terrys Jahr in einer Pariser Schule und ihr unmittelbar darauf folgendes Erwachsenwerden ihre glückliche Gemeinsamkeit unterbrochen hatten.

Dort saß er also, zufrieden und emsig. Die Tür öffnete sich, und Terry kam herein.

So vertieft war er in seine Arbeit, daß er sie eine Weile gar nicht bemerkte. Als er dann den Blick hob und sie sah, wußte er, daß sie ihn beobachtet hatte. An dem komischen kleinen Lächeln erkannte er es – genau das gleiche Lächeln hatte bei ihrer allerersten Begegnung auf ihrem Gesicht gestanden, als sie ihm am Mittagstisch ihrer Mutter gegenüber saß, und er sie, als er plötzlich den Blick hob, genau wie er ihn acht Jahre später in der Bibliothek heben sollte, dabei ertappte, wie sie ihn beobachtete. Er lächelte sie an, sie lächelte verschmitzt zurück, und von da an waren sie Freunde.

Sie war zehn damals, mit zerzaustem blonden, wie bei einem Jungen kurzgeschnittenen Haar und zu bemängelnden Fingernägeln. Sie brauchte einen Helden zum Anbeten, und da kein besserer in der Nähe war, betete sie ihn an. Großer Gott, wie leicht war es für einen erwachsenen Mann, Kinder oder Heranwachsende dazu zu bringen, ihn zu bewundern! Man brauchte ihnen nur ein wenig Aufmerksamkeit zu schenken, mit ihnen reden, und wenn man dazu noch eine Reihe Kriegsmedaillen an der Brust trug, direkt von der Front kam und obendrein, wie im vorliegenden Fall, der Testamentsverwalter des toten Vaters war, nun, Terry mußte ja auf die Knie fallen und ihn anhimmeln.

Terry fing sofort mit dem Bewundern an. Kaum war er eine Woche im Haus, folgte sie ihm schon wie ein kleiner Hund auf Schritt und Tritt. In jenen ersten von Schrecken und Trauer geprägten Tagen nach Midhursts Tod legte ihre

Mutter verzweifelten Wert darauf, daß seine letzten Verfügungen genauestens ausgeführt wurden. Andrew war bei ihm gewesen, als er starb, und in dem Brief, den er Daisy überbrachte, empfahl Midhurst seiner Frau, ihm die Abwicklung ihrer komplizierten Geschäfte anzuvertrauen. Mochte der arme Teufel Midhurst, was Frauen betraf, auch noch so ein Draufgänger gewesen sein, in Geschäftsdingen war er vorsichtig und schlau. Daher befolgte Daisy seinen Rat, vertraute dem neuen Freund all ihre Geschäfte an, und von da an kam Andrew jeden Tag ins Haus, und bald kam sie nicht mehr ohne ihn aus.

Terry, die sah, wieviel er ihrer geliebten Mutter bedeutete, betrachtete ihn natürlich als eine Art Gott und hing ihm bei jedem Wort an den Lippen. Waren es gar an sie gerichtete Worte, errötete sie und glühte vor Stolz; und als er dann anfing, sich ihrer Lieblingsbeschäftigungen im Freien anzunehmen, sie besser reiten und schwimmen lehrte, rudern und angeln, gab es in ganz England kein glücklicheres Kind.

Welch seelenerquickender Kontrast zu seinem Weibervolk in der Dorset Street! So lange hatte er sich nach einer solchen Gefährtin gesehnt, nach einfacher, reiner Zuneigung. Ihm war, als träte er aus einem verdunkelten Raum in helles, strahlendes Sonnenlicht, als ginge ein lang geschlossenes Fenster auf und er atme köstliche, frische Luft. Ihr Haar, erinnerte er sich, duftete immer nach Seife. Da es so kurz war, wurde es jeden Tag gewaschen, und er liebte es, sein Gesicht darin zu vergraben, wenn sie auf seinen Knien saß. Bald entdeckte er auch, daß ihr bezaubernder Verstand so schnell wuchs wie ihr bezaubernder Körper, und er begann, mit ihr zu lesen, und später, als er ihr Bücher gab, die dazu angetan waren, ihr die Augen zu öffnen und ihren Horizont zu erweitern, war er entzückt über ihre Fragen, diskutierte mit ihr und erklärte nach Herzenslust.

Alle Männer lieben es zu erklären, und in Terry fand Andrew die perfekte Zuhörerin. Stundenlang konnte sie zuhören. Es war mehr als Zuhören, eher ein Einsaugen, und mit der Zeit stachelte sie ihn mit ihren von Mal zu Mal klügeren Fragen an. Beide waren vollkommen glücklich. Wenn er in ihr lebhaftes kleines, ihm wie eine Blume der Sonne zugewandtes Gesicht sah, wußte er, gleich wohin er sie auch führen mochte, sie würde ihm folgen; wäre er Dichter, würde sie sich gemeinsam mit ihm in die Poesie stürzen, und wäre er Astronom, entschwebte sie mit ihm hinauf zu den Sternen. Da sein Gebiet aber die Ökonomie war, stürzte sie sich mit einer Leidenschaft und Begeisterung, die ihn erstaunte, auf die Ökonomie, erweckte die trockene Wissenschaft mit ihrem warmen Blut zu Leben und sah hinter den nüchternen Zahlen, anders als er, der bis dahin reiner Theoretiker gewesen war, menschliches Glück oder Elend.

Ihr Enthusiasmus steckte ihn an. Und als sie sechzehn wurde, waren sie nicht nur unzertrennlich, diskutierten stundenlang, was man mit jenen brodelnden Massen am Boden der Gesellschaft, deren unablässige Vermehrung ständig alle Kalkulationen durcheinanderbrachte, unternehmen könne und müsse, sondern hatten bereits mit ihren eigenen Forschungen begonnen, gingen zusammen zu Orten wie Pentonville, um mit eigenen Augen zu sehen, wie die Ärmsten der Armen lebten. Dem allem sah Daisy wohlwollend zu, freute sich über sein Interesse an Terry, schätzte sich glücklich, diesen freundlichen älteren Mann – wenn sie recht sah, auf seinem Gebiet durchaus nicht ohne Verdienste – als ergebenen Freund zu haben, der ihr darüber hinaus auch noch mit solcher Hingabe bei der Erziehung ihrer Tochter half.

Gouvernanten waren schön und gut, und ein Mädchen mußte eine haben, aber wirklich kluge Frauen wurden keine Gouvernanten. Ein Mann, wenn man den richtigen fand, war das, was man brauchte. Und in Daisys Augen war Andrew genau der richtige. An Andrew war nichts Gefährliches. Seine Gesundheit hatte im Krieg gelitten, außerdem war er seit Jahren verheiratet, und in sexuellen Dingen, jenen entsetzlichen Dingen, vor denen Daisy, nach ihren Erfahrungen mit Midhurst, so graute, schien er ein harmloses Neutrum zu sein. Daisy mochte harmlose Neutren – Leute mit Herz und Verstand und damit Ende. Und da Andrew Midhurst gekannt hatte, wenn auch von einer anderen Seite, verstand er gewiß ihre große Sorge, ob nicht eine Spur seiner Verderbtheit in Terrys Blut schlummere, und sie zweifelte nicht daran, daß er, sollten solche Neigungen zum Vorschein kommen, ihr helfen würde, sie gleich in ihrem schrecklichen Keime zu ersticken. Daisy war glücklich, daß sie gemeinsam über Terry wachten und sich gemeinsam über jeden neuen Beweis ihrer Unähnlichkeit mit ihrem Vater freuten. Nichts hätte Midhurst ferner gelegen, als der Wunsch, die Armen aufzusuchen, und als Terry eine Leidenschaft für Wohltätigkeit entwickelte, das heißt, eher in die Fußstapfen ihrer Mutter als die ihres Vaters trat, weinte Daisy vor lauter Dankbarkeit.

All dies wußte Andrew, denn sie sprach sehr offen mit ihm, vielleicht offener als zu irgend jemandem sonst, wegen ihres gemeinsamen Interesses an Terry. Und er sah auch keinen Vertrauensbruch darin, wenn er Terry mit freizügigeren und gewagteren Ideen bekannt machte, als es ihre ganz in den Konventionen ihrer Zeit befangene Mutter gutgeheißen hätte, denn seiner Meinung nach gab es nichts, was ein intelligentes junges Mädchen davon abhalten konnte, intelligente Fragen zu stellen, und er war der Ansicht, daß auch nichts einen intelligenten erwachsenen Menschen davon abhalten sollte, sie ehrlich zu beantworten.

Er sah jedoch keinen Sinn darin, Daisy mit derlei zu belasten. Sie hätte es nie verstanden. Das Ausmaß von Terrys Wissen und die daraus resultierende völlige Freizügigkeit ihres Denkens hätten ihre Mutter nur schockiert. Sehr früh schon hatte das Mädchen jene moralische Strenge verworfen, die ihre sonst so freundliche und gütige Mutter gelegentlich so unbarmherzig machte. Trotz ihres freizügigen Denkens ging Terry jedoch nach außen hin mit den Maßstäben ihrer Mutter konform, weil es sich für eine wohlerzogene Tochter eben so gehörte, aber, anders als ihre Mutter, verurteilte sie niemanden und hatte Angst vor nichts.

Glückliche Jahre. Er genoß Daisys Vertrauen und ihren Segen und erwies sich ihrer würdig, und Terry wurde von Tag zu Tag schöner und klüger.

An jenem Morgen am Grosvenor Square, als er von seinen Akten hochblickte und sie in der Tür stehen sah, fand diese glückliche Zeit ihr Ende.

Mit beiden Händen hielt sie sich an der Tür hinter ihr fest und warf ihm, als sie seinem Blick begegnete, das gleiche schnelle, halb schüchterne und so ganz vertrauensvolle Lächeln zu wie bei jenem ersten Mal vor vielen Jahren. Nie wieder hatte sie ihn seither genau so angelächelt, denn nie wieder seither war sie ihm gegenüber schüchtern gewesen, und er fragte sich gerade zerstreut, was vorgefallen sein mochte, als sie, ungewöhnlich langsam, als müsse sie sich mühsam von Satz zu Satz schleppen, zu sprechen begann.

Sie habe wirklich ihr Bestes versucht, ihre Mutter zufriedenzustellen und sich nur noch für Gesellschaften und Kleider zu interessieren, aber sie fände es einfach unerträglich und fürchte, so könne sie nicht weitermachen, es sei denn, es gäbe irgendeinen heimlichen Trost im Hintergrund, und dieser heimliche Trost, das wisse sie jetzt genau, könnte nur die Liebe sein, und ob er deshalb nicht auch finde, daß sie jetzt endlich lieber heiraten sollten.

»Heiraten?«

Den Stift in der Hand, starrte er sie fassungslos an.

»Ja heiraten«, nickte Terry, ließ die Tür los und kam durch den Raum auf ihn zu.

Da stand sie, blickte auf ihn herab, strahlend vor Jugend, eine sonderbare Mischung aus Tollkühnheit und Verlegenheit im Gesicht und die Hände hinter dem Rücken verschränkt, wie ein kleines Mädchen, das seine Lektion aufsagt.

»Ich habe lange darüber nachgedacht – gedacht und gedacht und *gedacht*«, sagte sie. »Und ich glaube, alles würde mir nur halb so viel ausmachen, wenn ich glücklich verheiratet wäre. Dann könnte ich so weitermachen wie bisher und tun, was Mutter will. Weil ich dann – glücklich wäre.«

Er starrte sie an. »Mein geliebtes Kind«, sagte er. »Mein *geliebtes* Kind – bist du verrückt geworden? Heiraten? Mich? Weißt du denn nicht . . .«

»Natürlich weiß ich es«, sagte Terry. »Deine Frau und all das. Ich versuche doch bloß, es taktvoll auszudrücken«. Aber an diesem Punkt hatte sie die Gnade zu erröten. Meine Generation hätte wohl gesagt, sie hatte den Anstand, wenigstens rot zu werden.

Entgeistert und mit all seiner Kraft bemüht, zu ignorieren, wie sein Blut zu pulsieren begann, sah Andrew sie an.

Seine Ideen! All die freien, klugen, unmoralischen Ideen, mit denen er sie bekannt gemacht hatte, jetzt kamen sie wie ein Fluch zu ihm zurück. Ach, aber wie sehr liebte er sie! Wie süß und köstlich war sie in ihrer furchtlosen Jugend! Waren das nicht die Pforten zum Paradies, die ihm da weit geöffnet wurden? Und wenn er ihnen den Rücken kehrte, hieße das nicht dem Leben selbst den Rücken kehren?

Ihm fiel der Stift aus der Hand. »Ihr Kinder dieser Generation . . .«, begann er streng und starrte auf ein mit Zahlen gefülltes Blatt hinab; der Stift war ihm aus der Hand gefallen, weil er zitterte, und er sah auf das Blatt hinab, denn wenn er sie ansähe . . .

Gott, hätte er doch damals nur an sich gehalten, dachte Andrew und wich einem Taxi aus, das ihn um Haaresbreite überfahren hätte. Hätte er sich doch nur mit all seiner Kraft an Anstand, Pflicht und Ehrgefühl geklammert – welche Qualen und noch unausweichlich auf ihn zukommende Katastrophen wären ihm erspart geblieben!

»Ihr Kinder . . .«, begann er wieder, unsicher, wie er den Satz beenden sollte; nur eins wußte er, er durfte nicht auf sie hören.

Himmlische Wonnen wurden ihm dargeboten, Balsam für all seine Wunden . . .

Nein, nein – finstere Zerstörung für sie beide . . .

Was konnte er nur tun, damit sie schwieg? Er mußte hinaus, aus diesem Zimmer flüchten, ehe . . .

Er stieß seinen Stuhl zurück und sprang auf.

Sie rührte sich nicht. Und sein Aufspringen hatte ihm nichts weiter eingebracht, als daß er ihr jetzt ins Gesicht sah und so dicht vor ihr stand, daß er sie beinahe berührte.

Steif stand er da, die Hände tief in den Taschen vergraben, um ihr Zittern zu verbergen. Sie war ein so schmales, hochgeschossenes Ding, daß ihre Augen fast auf gleicher Höhe mit seinen waren. Sie sah ihm fest in die Augen, den Kopf ein wenig zurückgeworfen, als sei sie stolz auf sich oder jedenfalls entschlossen dazu – seine Terry, sein ganzes Glück, sein Leben.

»Wir sind schon so lange gute Freunde«, sagte sie. »Warum sollten wir da kein Liebespaar werden? Andrew, mein Liebling – können wir das nicht? Das wäre doch nur logisch. Das heißt, wenn du mich willst.«

»Dich wollen?«, sagte Andrew und sah ihr verzweifelt in die Augen, die Hände in seiner Tasche zu Fäusten geballt. »Welch eine Frage. Welch törichte Frage.«

Und dann verstummte er, und sie, die sein Schweigen mißverstand, errötete, diesmal jedoch tief.

»Ich weiß natürlich nicht ...«, begann sie mit schwankender Stimme; aber obwohl die tiefe Röte bis hinauf zu ihren Haarwurzeln geklettert war, sah sie ihm immer noch fest in die Augen und warf den Kopf zurück, »aber ich dachte, wir – ich dachte, du ...«

»Mein *Gott* Terry ...«, unterbrach er sie; und mit einem tiefen Aufstöhnen zog er sie an seine Brust.

Blinde Leidenschaft warf Andrew also zum zweitenmal in seinem Leben aus der Bahn, und, wiederum zum zweitenmal, begannen auf der Stelle seine Qualen. Aber diesmal war er mit der Stachelpeitsche gestraft, während es beim ersten Mal nur leichte Rutenhiebe waren. Er fand keine Ruhe mehr. Tag für Tag litt er entweder unter der Last seiner Liebesmomente mit Terry – sie wurden ihm sehr schnell zur Last – oder, wenn er von Terry fort war, unter seiner tiefen Reue.

Das war sehr anstrengend für einen Mann von fünfzig,

dem der Krieg schlimm zugesetzt hatte. Seine Liebeswonnen kosteten ihn genausoviel Kraft wie seine verzweifelten Gewissenskämpfe. Kaum je ein Moment, in dem er nicht müde oder ängstlich war, und kein einziger, in dem er nicht von Reue und Angst vor Entdeckung gequält wurde.

Noch ehe ein Jahr vergangen war, in dessen Verlauf Terry weiterhin so jung blieb, er selbst jedoch beängstigend schnell alterte, lag es für Andrew auf der Hand, daß alle Liebeshändel, sofern sie nicht offen und ehrlich abgewickelt werden und in denen dazu noch ein immenser Altersunterschied eine Rolle spielt, die reinste Marter sind. Ein qualvolles Wechselbad aus Erschöpfung, Angst und Erniedrigung. Denn was beispielsweise konnte erniedrigender sein, als sein Versuch, mit Terrys unerschöpflicher, unermüdlicher Jugend Schritt zu halten und festzustellen, daß er es nicht konnte. Und fast noch schlimmer war ihre stets so liebevolle und taktvolle Reaktion darauf, wie sie rücksichtsvoll alle möglichen zärtlichen Entschuldigungen für ihn erfand und sich zum Schluß mit frischem und demütigendem Eifer auf das stürzte, was er *gut* konnte, nämlich seine Statistik.

Alt, alt und erledigt war er; ohne jedes Recht, an diesem sprühenden, jungen Leben teilzuhaben, selbst wenn eine Ehe möglich gewesen wäre. Und dann war da ja auch noch Rosie – mitsamt Mutter –, und Daisy war da. Er war geradezu umzingelt von Frauen, denen er Unrecht tat. Beängstigend, es Tag um Tag mit vier Frauen zu tun zu haben, denen man Unrecht tat. Die meisten Männer hatten jeweils nur mit einer zu tun und fühlten sich schon überfordert, aber er hatte vier: seine Frau, seine bedauernswerte junge Geliebte, bedauernswert wegen ihrer festen Überzeugung, sie habe das Glück ihres Lebens gefunden, seine Schwiegermutter und seine illegitime Schwiegermutter, wie er die immer vertrauensvolle, ihn immer freudig willkommen heißende und dankbare Daisy wohl nennen mußte.

Diese vier sah er jeden Tag. Stumme Anklagen – außer Terry, die darauf bestand, daß sie das ihr angetane Unrecht genoß, ja es bejubelte –, und er lebte mittendrin. Manchmal hatte er das Gefühl, sie versperrten ihm die Sicht, so dicht und beständig waren sie um ihn. Kein Wunder, daß er niedergedrückt war und arbeitete und arbeitete und so wenig wie möglich nachdenken wollte.

Aber nun, an dem heißen und staubigen Tag seines Lebens, den er erreicht hatte, als er die Dorset Street hinunterging, war er neunundfünfzig, und noch weitere sieben Jahre Liebeshändel würde er nicht verkraften. Im ersten der vergangenen sieben Jahre hatte er in dem ständigen Schrekken gelebt, seine Liebste, sein wundervoller und geheimer Schatz, könnte heiraten und ihn verlassen und er vor Kummer sterben. Und während der darauffolgenden sechs Jahre war es seine größte, von Jahr zu Jahr wachsende Furcht gewesen, sie könnte nicht heiraten und er würde zwar genauso sicher sterben, aber in Schimpf und Schande.

Schon lange sah er der Tatsache ins Gesicht, daß Terrys Heirat der einzige Ausweg aus ihrer gefährlichen Situation war. Unglücklicherweise war das jedoch das einzige Thema, über das er nicht offen mit ihr sprechen konnte. Wenn er sich ihm nur näherte, sah sie ihn mit ihren klaren grauen Augen an und sagte: »Liebling, wenn du solche Sachen sagst, muß ich ja denken, deine Liebe ist abgekühlt.« Abgekühlt! Er liebte sie so leidenschaftlich, wie es einem Mann seines Alters nur möglich war, und würde sie immer mehr als sein Leben lieben. Aber er liebte sie nicht mehr als seinen Tod, und er hatte den heftigen Wunsch, eine Art krankhafte, aus Selbstüberdruß geborene Sehnsucht, anständig zu enden, nachdem es ihm noch vergönnt war, in seinen letzten Jahren zu der makellosen Ehre seiner früheren zurückzukehren.

Nur wenn Terry heiratete, würde ihm das gelingen. Ihre Heirat war das einzige, was auch sie retten und seine entsetzliche Versündigung an ihr auslöschen konnte. Ach, wie sehr hatte er sich in letzter Zeit ihre Rettung gewünscht, gehofft, ihr kostbares Leben könne von keiner Katastrophe mehr bedroht werden. Aber die wenigen Anträge, die sie bekam, wies sie ab – wenig, weil sie in dem Verdacht stand, klug zu sein und auf beunruhigende Weise offenbar auch ohne junge Männer vollauf glücklich. Was zur Folge hatte, daß diese ihrerseits vollkommen glücklich ohne sie waren – zu Daisys großer Enttäuschung, wie Andrew wußte. Nur die Intelligenteren, wie ihr Kusin Geoffrey und der junge Bodiam, ließen sich in ihrer Verehrung nicht beirren, und es war wohl gerade dieses rätselhafte, glückliche Über-den-Wolken-schweben, das sie so bewunderten, zusammen mit ihrem süßen, gutherzigen Wesen, ihrer liebenswerten, schlichten Vornehmheit und der Art, wie sie ihr Gesicht wusch, statt es zu schminken.

In regelmäßigen Abständen hielten diese beiden jungen Männer um ihre Hand an, und jedesmal wies sie sie ab. Andrew gegenüber erwähnte sie nie etwas davon, aber er wußte es. In seinem Club wurde geklatscht. Daisy selbst sprach manchmal mit ihm darüber, wobei sie im Falle Bodiams stets die Bemerkung anschloß, es sei ein Jammer, daß Terry sich so wenig aus ihm mache.

Dann schnürten Verzweiflung und Reue ihm die Kehle zu, und sein Gewissen begann so zu wüten, daß er es schier nicht mehr ertragen konnte. In letzter Zeit hatte es noch andere Gerüchte gegeben, die durch ganz London schwirrenden Gerüchte über eine so hochrangige Heirat, daß man schon nicht mehr von Ehe sprach, sondern einer Allianz. Würde Terry, so fragte er sich, auch jetzt ablehnen? Würde sie es wagen?

Vor Jahren, als er noch nicht zu ihrem beschämten und gequälten Liebhaber abgesunken war, sondern ihr stolzer Lenker und Lehrer war, hätte er sie vor einer solchen Ehe gewarnt: sie bedeute das Ende ihrer Freiheit, aller persönlichen Integrität, die doch das einzige sei, an das sich jedes menschliche Wesen klammern sollte wie der grimmige Tod. Sie würde zugrunde gehen, hätte er ihr gesagt. Ihr Selbst würde nicht mehr zu erkennen sein inmitten all der Pracht, dieser hohlen, schalen Pracht. Genau so hätte er vor Jahren zu ihr gesprochen, und jetzt, jetzt war er so weit abgefallen von seinen eigenen Idealen, daß er in einer solchen Ehe ihre wundersame Errettung, ihr einziges Heil sah.

Aber das Herz wurde ihm um so schwerer deshalb, denn die Tage vergingen, und die Gerüchte schwirrten. Daisy sah glücklicher aus denn je, und Parker, der Butler, schien, wenn er Andrew Hut und Stock abnahm, auf das Doppelte seiner Normalstatur aufgebläht, und wenn Miss Simpson mit Terry sprach, schwang eine neue Ehrfurcht in ihrer Stimme mit, aber Terry selbst war stumm wie ein Fisch.

Er kannte diese Stummheit. Er kannte auch diesen Anfall von Extraeifer, mit dem sie in Pentonville daran ging, Materialien für ihr gemeinsames Buch zu sammeln, und er kannte die besonderen Zärtlichkeiten, mit denen sie ihn plötzlich überhäufte. All das war ihm nur zu vertraut. Es waren die unvermeidlichen Begleiterscheinungen ihrer Ablehnung eines Heiratsantrags, mit denen sie ihm zu verstehen gab, daß sie durch dick und dünn mit ihm gehen würde, sich aufs neue für den Pfad verwegener Tugendlosigkeit entschieden hatte – den einzigen Weg für sie in einer Welt, der es an Loyalität und Liebe mangelte. Und all diese großartigen Ideen hatte er ihr in ihren jungen Kopf gesetzt – diese großartigen, dummen Ideen, die, wie er jetzt sah, nur zu finsterster Zerstörung führen konnten, wenigstens solange die Welt noch in dem unaufgeklärten Zustand verharrte, in dem sie war.

Niedergeschlagen betrat er die Stufen vor dem Haus, in dem seine Wohnung lag. Eine so schwere Last drückte seine Schultern nieder, daß er meinte, wenn er seine Hand höbe, könne er sie greifen. *Der Lohn der Sünde ist der Tod.* Nun gut. Das akzeptierte er. Aber warum sollte Terry, deren einzige Sünde darin bestand, jung und leidenschaftlich zu sein – da meldete sich Midhurst ganz gehörig in ihrem Blut – und voller süßer, unerfüllbarer Träume es ebenso akzeptieren müssen?

Das ewige Problem. Die ewige, unverständliche Ungerechtigkeit. Entmutigt stieg Andrew in den Fahrstuhl und preßte den gewohnten Knopf. Es gab keinen Portier, der das für ihn hätte tun können, denn das Haus war von der Sorte, wo es keinen Portier gibt – was, worauf Mumsie ihre Rosie oft hinwies, genau zum Rest von ihrem sogenannten Gatten paßte, daß er seiner Frau noch nicht mal eine Wohnung in einem Haus mit Portier bieten konnte, auch wenn das, wie sie zugab, seine Vorteile hatte, weil, letzten Endes und genau betrachtet, konnte man ohne Portier vieles tun, was man mit einem nicht konnte.

Daher drückte Andrew auf den Knopf und setzte den Fahrstuhl selbst in Gang. Es war ein schwächlicher, billiger Fahrstuhl, ein Wrack wie ich, dachte Andrew, und während er langsam nach oben ruckelte, hatte er Zeit für weiteres verzagtes Grübeln, und wie immer, wenn er sich nicht auf seine Arbeit konzentrierte, drehten sich seine Gedanken im alten trübseligen Kreise. Wäre Rosie aus, voll und ganz berechtigtem, Verdruß darüber, daß er sie so vernachlässigte, mit einem andern fortgelaufen und wäre Daisy weniger streng, dann hätte er bestimmt schon vor Jahren reinen Wein eingeschenkt und Terry geheiratet. Aber Rosie hatte keinerlei Neigung zur Polygamie, sondern nur ihren Spaß daran, so zu tun als ob; was Daisy dagegen betraf, so kannte er sie gut genug, um zu wissen, daß sie einen Mann, der nur aufgrund von Scheidung frei war, ihre Tochter zu heiraten, nicht einmal mit dem Ende einer Fahnenstange anrühren würde. In Daisys unerbittlichen Augen mußte der Witwerstand einer Wiederverheiratung vorausgehen. Nur der Tod stellte diese schrecklich tugendsamen Frauen zufrieden, das wußte Andrew. Daisy war ein wahres Monster an Tugendhaftigkeit und hohen, engen Moralbegriffen. Stets verständnisvoll, stets großherzig – nur da, wo Freundlichkeit und Großherzigkeit am meisten gebraucht wurden, da zermalmte sie.

›Nun gut‹, seufzte er, als das unerquickliche Kreisen in seinem Kopf dadurch unterbrochen wurde, daß der Aufzug mit einem müden Krächzen – nach einem ähnlichen war Andrew zumute – im fünften Stock anhielt. Wirklich, er mußte aufhören nachzudenken. Am besten, er vertiefte sich gleich in seine Arbeit und vergrub seinen Kopf hinter der Mauer friedlicher, geordneter Zahlen.

Zu welchem Ende sollte das alles noch führen? Als er Terry vor kurzem auf Shillerton in einem der trüben, nüchternen Momente, die der Liebe oft folgen, diese Frage stellte, hatte sie gelacht und gesagt: »Zu welchem Ende? Liebe ohne Ende und Amen, natürlich!« – und ihm dann mit der Hand die Furchen auf seiner Stirn geglättet.

»Welch ein Kind du doch bist«, hatte er gestöhnt.

»Jetzt *stöhn* nicht«, hatte sie geflüstert, ihre Wange an seine geschmiegt. »Du wärst so ein netter Mensch, wenn du nur nicht immer so *stöhnen* würdest.«

Und selbst im Dunkeln wußte er, daß sie lächelte, weil er sie Kind genannt hatte, wo sie doch seit langem der Ansicht war, er selbst sei kaum der Wiege entwachsen, müsse wie ein Baby vor seinen Ängsten beschützt werden, und sie sei diejenige, die ihn wie eine Mutter tröstend in die Arme nahm.

Er wünschte, das würde sie nicht tun. Er wünschte, sie hätte sich nicht die Idee in den Kopf gesetzt, daß er völlig von ihr abhing und es ihre Pflicht sei, ihn niemals zu verlassen. Und in solchen trüben Momenten schien es ihm, daß in jeder Liebesaffäre unweigerlich die Stunde kam, wo es einem von beiden durchaus gefiel, verlassen zu werden.

Aber, anders als bei Daisy, waren Terrys Loyalität und Großherzigkeit grenzenlos. Das wußte er. Und er wußte auch, wie treu und beständig sie war. Seufzend verließ er den Aufzug und schloß die Wohnungstür auf.

In dem winzigen Flur hing der vertraute Geruch parfümierter Frauen; aber er nahm nicht weiter Notiz davon, denn es roch immer so; außerdem, als er vor Jahren einmal durch eine geringschätzige Kopfbewegung sein Mißfallen daran zum Ausdruck brachte, hatte Mumsie ihm erklärt, ›immer noch besser als Fischgeruch‹, und in dieser heruntergekommenen winzigen Wohnung müßte man schließlich nach irgendwas duften. Von etwas anderem nahm Andrew jedoch Notiz – von der leuchtend roten Lederhandtasche auf dem einzigen Stuhl im Flur und dem darüber gelegten leuchtend roten Sonnenschirm – Mumsies Accessoires, wenn sie sich herausputzte, waren immer leuchtend rot. Welch unangenehme Überraschung. Das konnte nur heißen, daß seine Schwiegermutter und Rosie ausnahmsweise einmal nicht zum Lunch ausgegangen waren.

Wie ärgerlich. Daß sie ausgerechnet an dem Tag, wo er auf der Suche nach Ruhe in die Wohnung gekommen war, daheim sein mußten, war wirklich Pech. Einen Moment blieb er zögernd im Flur stehen, unschlüssig, ob er umkehren, zum Grosvernor Square gehen, eine Kleinigkeit dort essen und dann in der Bibliothek arbeiten sollte, oder ob er sich leise an der halb geöffneten Wohnzimmertür vorbei, durch die er sie sprechen hörte, in sein kleines Arbeitszimmer am Ende des Flurs schleichen sollte.

Aber er war müde. Es war heiß. Und dann fiel ihm ein, daß Daisy zum Mittagessen Gäste hatte; und wenn er die Notizen nicht bald abschrieb, würde er sie nicht mehr entziffern können. Also entschied er sich für sein Arbeitszimmer. Er hängte seinen Hut an die Garderobe und ging auf Zehenspitzen durch den schmalen Flur, als er Rosie mit sonderbar atemlos klingender Stimme fragen hörte: »Ja – und dann?«

Etwas an der Art, wie sie das sagte, ihre Neugier und Ungeduld, fast, als wolle sie ihrer Mutter die Worte schneller aus der Nase ziehen, machte ihn stutzig. Nie schenkte er irgend etwas, das sie zueinander sagten, die geringste Aufmerksamkeit, zum Teil schon deshalb, weil er wußte, nur wenn er dem Geplauder seiner Frau und ihrer Mutter gegenüber die Ohren verschloß, konnte er es vermeiden, sich zu sarkastischen Bemerkungen hinreißen zu lassen, die er dann im nächsten Moment bereute. Aber seit dem Wochenende mit Rosie auf Shillerton – Gott, wie hatte er ihre Anwesenheit gehaßt, und wie hatte er sich das Hirn zermartert, um

Daisys Motiv für diese plötzliche Einladung zu erraten! – hörte er ihnen ein wenig aufmerksamer zu, weil er den Eindruck hatte, daß sie sich nach all den Jahren, in denen sie ihn ignoriert hatten, aus irgendeinem Grunde plötzlich wieder für ihn interessierten.

Reine Einbildung, sagte er sich; trotzdem, Andrew wurde das Gefühl nicht los, daß sie ihn seit jenem Besuch beobachteten – nicht vorwurfsvoll oder gar anklagend, was den überall Gefahren witternden und von Ängsten gepeinigten Mann sofort in Panik versetzt hätte, sondern eher – sollte es wirklich möglich sein? – mit einer Art widerwilliger Bewunderung, in die sich zuweilen etwas mischte, das sehr nach – wirklich, er wollte es nicht glauben, aber doch, es *kam ihm* wie unterdrückte Schadenfreude vor.

Schadenfreude. Warum in aller Welt Schadenfreude? Aber andererseits, warum in aller Welt Bewunderung? Wie dem auch sei, daß ausgerechnet Schadenfreude bei ihrem plötzlichen Interesse an ihm im Spiel sein sollte, war doch sehr eigenartig, und jedesmal wenn er eine Spur davon festzustellen meinte, befremdete und verwunderte es ihn über die Maßen. Er verwunderte sich jedoch nie lange, denn er hatte schließlich genug andere Sorgen. Wenn sie ihn amüsant fanden, dachte er und zuckte abfällig mit den Schultern, nun bitte sehr. Sie hatten ja sonst nicht viel von ihm, die Armen, und waren weit liebenswürdiger und umgänglicher, als er es mit seinem Benehmen, das er ihnen gegenüber an den Tag legte, verdient hätte. Was dagegen sein Benehmen verdient hätte, das er nicht an den Tag legte, das große Unrecht, das er ihnen heimlich jeden Tag antat, darüber wollte er lieber erst gar nicht nachdenken.

»Ja – und dann?« hörte er Rosies Stimme, die so atemlos vor Ungeduld klang, daß er unwillkürlich stehen blieb.

»Na dann«, hörte er die Antwort seiner Schwiegermutter, »fiel der Tisch um.«

»Der Tisch?«

Andrew ging ein Stück weiter den Flur entlang. Der Tisch fiel um. Na, sehr lustig, dachte er höhnisch und müde. Dergestalt waren die Dinge, die diese beiden Frauen, mit denen er gezwungenermaßen zusammenlebte, interessierten und in Aufruhr versetzten.

»Ja. Und die Sekretärin kam herein. Sie muß vor der Tür gelauscht haben. Das tun wohl alle Sekretärinnen, nehme ich an. Du hast mir ja gar nicht gesagt, *wie* dürr sie ist, Rosie.«

Wirklich, Frauen! dachte Andrew verächtlich. Er hatte nicht oft Gelegenheit, seine Schwiegermutter ungehemmt mit seiner Frau reden zu hören, denn in seiner Gegenwart legten sich beide einen Redestil zu, der ihrer Meinung nach seinen Ohren genehm war. »Das tun wohl alle Sekretärinnen, nehme ich an.« »Du hast mir ja gar nicht gesagt, *wie* dürr...« »Oh, Gott«, murmelte Andrew in sich hinein und ging weiter in Richtung seines Arbeitszimmers.

»Wieso ist der Tisch denn umgefallen«, hörte er Rosie wieder gespannt fragen.

»Na, du würd'st auch umkippen, wenn siebzig Kilo Frau gegen dich fallen – so viel wiegt sie bestimmt. Bestens korsettierte siebzig Kilo natürlich und wie ich annehme von Worth eingekleidet, so daß man's ihr eigentlich gar nicht ansieht – na, wie gesagt, du würd'st auch umkippen, wenn plötzlich ein solches Gewicht gegen dich fällt. Jedenfalls, der Tisch fiel um, mitsamt den herrlichen Gardenien. Die ganze Pracht vergeudet auf dem Boden! Die Vase ging in tausend Stücke, was auch ein Jammer ist, wenn man bedenkt, wie überflüssig das Ganze war.«

»Aber dann? Wie ging es weiter? Ach, erzähl's mir doch endlich, Mumsie, meine Liebe«, flehte Rosie.

»Na, ich sag dir doch, die Sekretärin kam rein, und Lady M. . . . «

Andrew erstarrte wie zu Stein. Seine Hand lag auf der Türklinke seines Arbeitszimmers, aber er drückte sie nicht hinab. Wie angewurzelt stand er da.

»Aber irgendwie bewundern muß man diese Leute doch!« mit dieser Feststellung unterbrach Mumsie ihren Bericht.

Mit gesenktem Kopf stand Andrew gespannt lauschend da.

»Ja, mag sein. Aber das spielt doch jetzt keine Rolle. *Erzähl* doch weiter«, jammerte Rosie.

»Jetzt dräng mich nicht so, mein Süßes. Ich erzähl's dir, aber auf meine Art. Wir haben den ganzen Nachmittag Zeit. Sogar die Sekretärinnen dieser Leute gucken sich ihre Art ab – diese hocherhabene Gelassenheit, meine ich. Na, jedenfalls, als die Sekretärin hereinkommt, nimmt sie nicht die kleinste Notiz von dem zerbrochenen Porzellan und dem Schlamassel auf dem Boden, sondern sagt auf ihre hochnäsige Art zu Lady M. – also wirklich, Leute mit der Nase so hoch in der Luft mag ich nun mal nicht, du, Rosie? – also sie sagt zu Lady M.: ›Sie haben doch nicht vergessen, daß Sie heute Gäste zum Lunch haben?‹ Und Lady M. antwortet ihr so gefaßt, daß man's kaum glaubt – aber natürlich, sie will sich vor dem Diener nichts anmerken lassen, der plötzlich aus dem Nichts mit einem Tuch aufgetaucht ist und den Boden aufwischt – also mit seelenruhiger Stimme dankt Lady M. der Sekretärin, daß sie sie erinnert hat. Die vergessen *nie* ihre Manieren, das kann ich dir versichern. Steht da, mit einem Gesicht wie der Tod . . .« Andrew stockte das

Blut in den Adern... »obwohl's gar keinen Grund dafür gibt, und sagt danke schön, als hätt' sie nicht gerade ein vernichtender Schlag getroffen, denn als das wird sich's einwandfrei für sie erweisen, wenn sie keine Vernunft annimmt. Aber sie wird schon zur Vernunft kommen. Sie kann gar nicht anders. Wart's nur ab. Da geb ich dir mein Wort drauf. Wenn sie's noch mal überschlafen und das Ganze überdacht hat, dann frißt sie mir aus der Hand.«

Andrew wollte ins Zimmer rennen, konnte sich aber nicht von der Stelle rühren. Er wollte hineinstürmen und ihnen den Mund verbieten. Dieses schreckliche, dieses entsetzliche Gerede, es mußte aufhören – aber er stand nur da und klammerte sich an die Tür seines Arbeitszimmers, als wäre er daran festgefroren.

»Und dann, wie ging's weiter? Wie hast du dich verabschiedet?« fragte Rosie, japste Rosie.

»So schnell hab ich mich nicht verabschiedet, denn noch jemand betrat die Bühne. Eine Dame, die vorbeigekommen war, um ein wenig zu plaudern; vielleicht war sie auch der erste Gast der Lunch-Gesellschaft. Sah aus wie ein braunes Schaukelpferd«, sinnierte Mumsie. »Du weißt schon – solche Nasenflügel und Augen.«

»Cilly«, sagte Rosie, die sofort Lady Cecilia erkannte. »Das ist die, die sie alle Cilly nennen. – Aber bitte, Mumsie, erzähl doch *endlich* weiter!« bettelte Rosie.

»Na, als diese Cilly den Schlamassel auf dem Boden sieht und den Diener auf den Knien, um ihn wegzuräumen, und Lady M.'s kreideweißes Gesicht – komisch, wie einem Schminke überhaupt nichts nutzt, wenn einem kreideweiß ist – nun, Cilly macht ein großes Theater und will wissen, was um Himmels willen mit ihrer armen, süßen Daisy los ist. Der armen, süßen Daisy ist es aber gar nicht recht, daß man ihrem Gesicht so große Aufmerksamkeit schenkt, das hab ich sofort gemerkt, und nur jemand sehr Dummes kann so taktlos sein. ›Sie ist erschöpft‹, antwortet die Sekretärin für ihre Herrin – wie diese gekauften Leute lügen! ›Die Hitze macht ihr zu schaffen.‹ Natürlich kann sich nur ein Dummkopf wie diese Cilly mit so einer Erklärung abspeisen lassen – bei der zerbrochenen Vase und den Wasserlachen überall auf dem Boden, aber Cilly schluckt es und sagt zu ihrer süßen Daisy: ständig diese vielen Leute um sie, das bekäme ihr nicht. Und dann dreht sie sich zu mir um und starrt mich an, als wollte sie sagen ›Und wer sind *Sie*?‹. Aber ich hatte meine Antwort parat und sag zu ihr: ›Ich bin Mrs. Andrew Leighs Mutter‹ und mustere sie von unten bis oben. ›Rosies Mutter?‹ sagt sie und wirkt völlig verblüfft. ›Wenn Sie sich so familiär auszudrücken belieben, ja‹, sage ich. ›Für Fremde ist meine Tochter allerdings Mrs. Andrew Leigh, und ich bin Mrs. De Lacy.‹ ›Würden Sie jetzt bitte die Freundlichkeit haben zu gehen?‹ sagt die Sekretärin und wirft mir ihren Knüppel zwischen die Beine. ›Natürlich gehe ich‹, sage ich. ›Denn wer nicht geht, kann auch nicht wiederkommen, ist's nicht so?‹ Und hinaus rausche ich und sag mir, daß das als Abgangszeile gar nicht schlecht war und ihnen außerdem noch einen kleinen Wink gibt, was sie von mir zu erwarten haben. Lady M. fiel die Kinnlade herunter, denn sie hatte sofort begriffen, und man konnte beim besten Willen nicht mehr sagen, wo die rosaweißen Schminkschichten in ihrem Gesicht aufhörten und wo ihr ureigenes Aschfahl begann, aber aschfahl war sie, so sicher wie das Amen in der Kirche. Sah aus wie ein Clown, dem Tränen übers Gesicht gelaufen sind – »Ja aber«, rief Mumsie plötzlich aus und verstummte mit offenem Munde, »da ist ja Andrew. Andrew, mein Lieber, ich habe dich heute überhaupt noch nicht gesehen. Guten Morgen, mein Lieber! *Welche* Überraschung dich hier . . .«

Und sie sprang so hastig auf und in solcher Verwirrung, daß ihr leuchtend roter Potthut, den sie abgenommen und auf dem Schoße gehalten hatte, über den Boden rollte.

Einen Moment starrten die drei sich wortlos an. Andrew, der schließlich doch noch ins Zimmer gestürzt war, bekam kein Wort heraus. Der unglückliche Mann, im Augenblick der wohl unglücklichste in ganz London, denn niemand ist so unglücklich wie der, dessen Sünden im Begriffe sind, ans Tageslicht zu kommen, stand ganz grau im Gesicht da, starrte die beiden an und sagte nichts; und Rosie, die ihrer Mutter zu Füßen gesessen hatte, überbrückte die beängstigende Stille damit, daß sie sich den rollenden Hut schnappte und ihn emsig mit der Hand abbürstete.

Es nutzte ja schließlich auch nichts, dachte sie inmitten ihres geschäftigen Tuns, wenn Mumsies Potthut, ihr schöner roter samtener und nur einmal getragene Potthut, ruiniert würde. Deshalb bürstete sie fleißig weiter, den Kopf gesenkt, um Andrew nicht ansehen zu müssen. Warum um Himmels willen hatte er sich ausgerechnet diesen Tag ausgesucht . . . sich so in die Wohnung zu schleichen . . . ins Wohnzimmer zu kommen, das er doch sonst nie betrat . . .

Rosie widmete sich weiter dem Hut und überließ es Mumsie, die Lage zu meistern, und Mumsie wappnete sich mit einem breiten, fürsorglichen Lächeln, ging auf den stummen Mann in der Tür zu und fragte ihn sehr freundlich: »Hast du schon etwas zu Mittag gegessen?«

Mittagessen? Diese Frage gab Andrew den Rest. In einem solchen Moment ans Essen zu denken! Das war sozusagen ein solcher Schlag auf nüchternen Magen, daß Andrew plötzlich unsicher wurde und sich fragte, ob er womöglich die Bedeutung der schrecklichen Sätze, die er mitangehört hatte, mißverstanden hatte, ob es nicht womöglich, eingedenk der sonderbaren Gedankengänge dieser beiden Wesen, bloß irgendeine unbedeutende Kleinigkeit war, die ihnen solch exaltiertes Gerede entlockte.

Und Mumsie, deren Augen ängstlich in seinem Gesicht forschten, während ihr Mund überschwenglich lächelte, dachte: ›Er kann nicht viel gehört haben. Er ist keiner, der an Türen lauscht. Er ist bestimmt gerade erst vor einer Minute heimgekommen.‹

Aber warum, fragte sie sich besorgt hinter ihrem Lächeln, sah er dann so grau aus? Über und über grau, als wäre das Grau seines Haars auf sein Gesicht übergeschwappt, als hätte ihm jemand einen solchen Schlag versetzt, daß ihm alles Blut aus den Adern wich?

›Nun laß mal, Belle, mein Mädchen‹, ermahnte sie sich innerlich, ›jetzt fang nicht an dir Sachen einzubilden, die es wahrscheinlich gar nicht gibt . . .‹, denn, wie sie Rosie oft erklärte, war es ein großer Fehler, das Unglück bei den Hörnern zu packen. Viel besser ruhig abwarten. Denn was brachte es einem ein, wenn man sich auch nur fünf Minuten früher Sorgen machte als unbedingt nötig?

Trotzdem, ihre Augen über dem lächelnden Mund waren sehr besorgt. Es wäre ein Jammer, jammerschade wäre es, wenn er *wirklich* etwas gehört hatte und Bescheid wußte, daß sie über ihn Bescheid wußten. Dann Adieu ihr kleines Ränkeschmieden, damit alle von nun an glücklich bis ans Ende ihrer Tage leben konnten. Denn ihr ganzer Plan hing von dem stillen, geheimen Einverständnis zwischen ihr und Lady Midhurst ab . . .

»Wenn du noch nichts gegessen hast, dann stoppeln wir dir in Nullkommanichts was zusammen«, sagte sie, ihre

Stimme voll fröhlichen Übereifers. »Wir haben noch ein hübsches Stück kalten Lachs, wenn Gladys ihn nicht schon aufgegessen hat, was mich nicht überraschen würde. Heutzutage ist den Bediensteten nichts mehr heilig. Rosie, lauf und sieh doch mal nach, Liebes.«

Und während Rosie aufsprang und willig in die Küche lief, wieder einmal fassungslos vor Bewunderung, wie meisterhaft ihre Mumsie mit schwierigen Situationen fertig wurde, mit welcher Geschicklichkeit sie ihnen auch diesmal einen glimpflichen Abgang verschafft hatte, denn in der Küche war kein kalter Lachs und es hatte nie welchen gegeben, verschlug es Andrew, was immer er vielleicht hätte sagen wollen, die Sprache. In seiner Bedrängnis klammerte er sich an jeden Strohhalm und fragte sich, ob es auf der ganzen Welt eine Schwiegermutter gäbe, die ihrem Schwiegersohn, hinter dessen Untreue sie gerade gekommen war, kalten Lachs anbieten würde. War das nicht im höchsten Grade unwahrscheinlich? Lag das nicht außerhalb der menschlichen Natur und wäre eher einer Heiligen gemäß? Und Mrs. De Lacy war nun wirklich keine Heilige, daß wußte er sehr wohl; nicht einmal eine gute Schauspielerin war sie, und daher mußte ihre Sorge um sein leibliches Wohl echt sein und ein Beweis – ganz sicher doch ein Beweis? –, daß sie nichts herausgefunden hatte.

In dieser schwarzen Krise seines Lebens, inmitten der Panik, die ihn zu überwältigen drohte, klammerte sich Andrew an den kalten Lachs wie an einen rettenden Anker. Er hätte sich an alles geklammert, das ihm noch ein wenig Hoffnung ließ. Nun, der Gedanke an den Lachs lenkte ihn in der Tat so ab, daß er wieder ein wenig zu sich kam und an seinen schlimmen Befürchtungen zu zweifeln begann. Also gab er sich einen Ruck und verscheuchte all das Entsetzliche, das er gehört hatte. Später, wenn er wieder er selbst war, wollte er in Ruhe noch einmal darüber nachdenken, und es gelang ihm, mit beinahe ganz normaler Stimme zu sagen: »Könnte ich vielleicht eine Tasse Kaffee haben?«

Kaffee? Oh, das erlösende Wort! Welch erlösende ganz normale Bitte! Sie überzeugte Mumsie davon, daß alles in Ordnung war und daß er nur so grau aussah, weil er eben so grau war.

»Kaffee?« rief sie aus und nannte ihn vor Überschwang und Dankbarkeit wieder mein Lieber. »Aber natürlich, mein Lieber. Sofort bekommst du deine Tasse Kaffee. Sonst nichts? Kein Tröpfchen Brandy dazu? Ich seh's dir an, welch anstrengenden Vormittag du ...«

Ja, der Vormittag sei wirklich recht anstrengend gewesen, und nein, gegen einen kleinen Brandy hätte er nichts einzuwenden. Seine Stimme klang so farblos, wie der ganze Mann aussah. Ob sie so freundlich wäre, fuhr die farblose, so höflich und monoton wie immer klingende Stimme fort, den Kaffee in sein Arbeitszimmer bringen zu lassen? Er hätte eine Menge Arbeit zu ...

»Überanstreng dich nicht, mein Lieber«, ermahnte ihn Mumsie und warf ihm ihr strahlendstes Lächeln zu, ehe sie Rosie nacheilte.

Vor Erleichterung hätte sie ihn am liebsten stürmisch umarmt.

Statt dessen legte sie ihm im Vorbeigehen einen Moment ihre üppig beringte Hand auf die Schulter.

Und Andrew gelang es nur mit Mühe, nicht zusammenzuzucken.

Er ging in sein Arbeitszimmer, warf die Notizenmappe auf den Schreibtisch, wischte sich die Schweißperlen von der

Stirn und hielt sich mit beiden Händen an der Stuhllehne fest, denn seine Beine zitterten. Nach einer Weile erst setzte er sich. Wenn man ihm den Kaffee hereinbrachte, würde er so tun, als sei er in seine Arbeit vertieft. Nicht einmal Gladys sollte ihm seine Verstörung anmerken. Nicht, daß er den geringsten Anlaß hätte, verstört zu sein, bisher jedenfalls nicht. Weit und breit kein Zeichen, daß die Katastrophe über Terry hereingebrochen war, wiederholte er sich immer wieder, während diese schrecklichen Worte ohne Unterlaß in seinem Hinterkopf kreisten, diese entsetzlichen Worte, die er, zu dieser Überzeugung war er schließlich gelangt, bestimmt nur mißverstanden hatte. *Ein vernichtender Schlag*; und *Wenn sie das Ganze noch mal überschlafen hat, frißt sie mir aus der Hand*; und dann jener Satz, jener allerschrecklichste von allen, dem er mit wilder Entschlossenheit den Zutritt zu seinem Bewußtsein verweigerte, vorläufig jedenfalls, bis er wenigstens seinen Brandy getrunken hatte, *Sie sah aus wie ein Clown, dem Tränen übers Gesicht gelaufen sind.*

Nein, Terry war so sicher wie eh und je, was hieß, ungefähr so sicher wie auf einem Pulverfaß. Nun, immerhin, bisher hatte es noch niemand in Brand gesetzt. Es lag doch auf der Hand, daß er sich, im Moment zumindest, keine Sorgen zu machen brauchte. Und während er sich wieder bei dem Gedanken an die Sorge seiner Schwiegermutter um sein leibliches Wohl beruhigte, breitete er seine Notizen vor sich aus, unterdrückte aber nur mit Mühe das Zittern seiner Hände. Ebenso offenkundig war jedoch, sagte er sich, daß am Grosvenor Square etwas sehr Unangenehmes vorgefallen war, das Daisy sehr verstört hatte. Nun, es mußte sie ja verstören, wenn irgendeine unverschämte Person bei ihr eindrang, die, nur weil ihre Tochter nach Shillerton eingeladen wurde, nun vorhatte, selbst die gesellschaftliche Leiter ein paar Sprossen hinaufzuklettern. Und es war das Natürlichste auf der Welt, daß er, der ja im Grunde verantwortlich dafür war, denn ohne seine Heirat hätte Mrs. De Lacy nie Daisys Weg gekreuzt, darüber erschüttert war. Ganz normal war das, sagte sich Andrew und stellte sich taub gegenüber den in seinem Hinterkopf pochenden schrecklichen Worten. Diese Worte hatten nicht die Bedeutung, die sie, beispielsweise, aus seinem Munde gehabt hätten. Frauen wie Mrs. De Lacy drückten sich eben immer so schrecklich übertrieben aus.

Aber niemand sollte ihm seine Erschütterung anmerken, nicht einmal Gladys, und als der Kaffee hereingebracht wurde, wirkten seine wie üblich über Notizen und Zahlen gebeugten Schultern ganz ruhig, und Mumsie, die den Kaffee selbst hereinbrachte, weil sie noch einen Blick auf ihren Schwiegersohn werfen wollte, sagte sich, es bestehe wirklich kein Grund zur Sorge.

»Gladys hat heute Ausgang«, sagte sie, obwohl Gladys keineswegs ausgegangen war.

»Danke«, antwortete er ohne aufzusehen und mit der Stimme eines viel beschäftigten Mannes, als sie das Tablett auf dem Tisch abstellte.

Aber im nächsten Moment war sie schon wieder besorgt, denn, weiter über seinen Papierkram gebeugt, fügte Andrew hinzu, er würde heute wahrscheinlich seine Tür abschließen, und bei verschlossenen Türen dachte Mumsie sofort an Pistolen und Leute, die sich hinter verriegelter Tür erschossen, denn einer ihrer Ehemänner hatte sie auf diese unappetitliche und geräuschvolle Art zur Witwe gemacht. Daher sagte sie mit einer leichten Schärfe in der Stimme: »Das brauchst du nicht. Rosie und ich gehen aus, und keine Seele kommt in deine Nähe.«

Als er dann aber, als hätte er sie nicht gehört, die Papiere vor ihm noch voller zu kritzeln begann, beruhigte sie sich wieder und sagte sich, nun, wenn ihm danach war, dann solle er sich eben einschließen. Nur weil er so ins Zimmer geplatzt ist, bin ich so nervös, dachte sie und legte sich beruhigend die Hand auf den immer noch heftig auf und ab wogenden Busen. Er hatte nichts gehört. Er war einfach nur der Andrew, der er immer war.

»Es ist mir lieber, wenn sie verschlossen ist«, beharrte er, als sie nicht von ihrem Platz hinter seinem Stuhle wich.

Da sie sein Gesicht nicht sehen konnte, stierte sie auf die dünnen Ränder seiner Ohren hinab und wünschte, sie könnte darin lesen wie in einem Buch. Sie wirkten ganz gelassen, diese Ohren, nicht etwa rot angelaufen wegen irgendwelcher Dinge, die sie gehört hatten und die ihnen keinesfalls gefallen haben konnten.

»Ganz wie du willst, mein Lieber«, sagte sie deshalb, beruhigt durch die Blässe seiner Ohren.

Mein Lieber – schon wieder. Würde eine Schwiegermutter, die gerade entdeckt hatte . . . nein unmöglich, ausgeschlossen – übermenschlich.

Er stand auf, ging ohne sie anzusehen zur Tür und öffnete sie. Nun guck ihn sich einer an *diesen Gentleman!*, dachte Mumsie, während sie ihm nachsah – spielte den Selbstherrlichen und Hochanständigen. Natürlich hatte er kein Wort gehört, denn sonst besäße er nie im Leben die Frechheit, weiter so selbstherrlich und hochanständig zu tun. Aber es war wirklich ungeheuerlich, dachte sie, als sie durch die Tür trat – wenn sie's genau bedachte, öffnete ihr Andrew immer nur Türen, damit sie hinausging – wirklich ungeheuerlich, daß sie mitansehen mußte, wie er tat, als könnte er kein Wässerchen trüben und die Nase so hoch wie immer trug, wo sie doch die ganze Zeit genau wußte, daß er sich so eifrig wie sonstwer damit vergnügte, gegen die Gebote zu verstoßen.

Es fiel Mumsie schwer, als sie an ihm und seinem feierlichen Gehabe vorüberging, nicht das Gesicht zu verziehen. Bilder, wie der Gentleman wohl aussah, wenn er von seinem hohen Roß herabstieg, um gegen die Gebote zu verstoßen, wirbelten durch ihren unzüchtigen Verstand. Und zu so was mußte ja wohl ein jeder von seinem hohen Roß herabsteigen; und bei der Vorstellung, wie Andrew schön tat und schlawenzelte, wie alle Männer, ehe sie bekommen haben, was sie wollen, und dabei wahrscheinlich auch noch sein Hemd auszog, wie es Männer bei solchen Gelegenheiten eben tun, hätte sie beinahe die Fassung verloren. Egal wie, sagte sie sich, das Ehrenmal auf seinem Grab hatte sich ihr Schwiegersohn verspielt, und käme ihr der Lauf der Dinge nicht so zupaß, wäre sie sehr empört über ihn. Aber sie konnte nicht anders, als sich über den Lauf der Dinge zu freuen. Andrews Heuchelei war ihre Chance. Der Schein würde gewahrt, und genügend Butter aufs Brot für alle, faßte Mumsie die Situation auf dem Weg zurück ins Wohnzimmer zusammen.

»Und?« flüsterte Rosie, die dort mit heißen Wangen wartete. »Und?«

»*Dem* fehlt nichts«, sagte Mumsie. »So selbstherrlich und zerstreut wie immer, hat nichts als seine Zahlen im Kopf. Komm, mein Süßes – sehen wir zu, daß wir hier rauskommen. Nur im Freien läßt sich ungestört über heikle Dinge plaudern. Wir nehmen den Bus zum Park und essen eine Kleinigkeit im Restaurant in den Kensington Gardens. Denn langsam merke ich, daß ich heute um meinen Lunch gekommen bin.«

VI

Dann war Andrew allein, stand hinter der verschlossenen Tür und lauschte auf Aufbruchgeräusche. Im nächsten Moment hörte er sie, lief zum Fenster und wartete, bis er die beiden Frauen die Straße entlanggehen sah. Als der letzte Rockzipfel von ihnen um eine Ecke verschwunden war, zog er den Kopf ein, ging zum Tisch, schenkte sich Kaffee und Brandy ein, mühte sich, daß seine Hände ruhig dabei blieben, und sah der Tatsache ins Gesicht, daß er als nächstes gleich zum Grosvenor Square gehen mußte.

Es gab wirklich keinen Grund, warum seine Hände nicht ruhig sein sollten, sagte er sich und hinderte sie mit aller Kraft am Zittern, während auf seiner Stirn weiterhin der kalte Schweiß perlte. Was an diesem Morgen in Daisys Haus vorgefallen war, sinnierte er, passierte oft im Leben prominenter Frauen, die ständig in den Gesellschaftsspalten erwähnt werden. Solange es Leute gab, die alles hatten, würden Leute, die nichts hatten, sich bei ihnen einschmeicheln wollen. Großes Pech natürlich, daß die Einschmeichlerin in diesem Fall ausgerechnet seine Schwiegermutter war; ärgerlich, gewiß, aber doch alles andere als tragisch. Gott weiß, wie es ihr gelungen war, an Parker vorbei und in die Bibliothek zu kommen, aber geschafft hatte sie es. Und Daisy, der unverhoffte Besuche zuwider waren, war bestimmt so entsetzt und alarmiert gewesen, daß sie mit einer hektischen Bewegung zur Glocke griff und dabei den Tisch umwarf. Und als dann die Vase zu Boden fiel und zerbrach, hatte es wahrscheinlich genau die Art lärmendes Durcheinander gegeben, das sie am meisten verabscheute.

Mehr war an der ganzen Geschichte nicht dran, beruhigte Andrew sich, all seine Kraft darauf gerichtet, den

Brandy nicht zu verschütten und die Panik zu unterdrücken, die in seinem Hinterkopf nur darauf lauerte, daß er den festen Griff um seine Gedanken lockerte, um dann über ihn herzufallen. Er mußte einen klaren Kopf behalten, um jeden Preis. Terrys Leben hing davon ab, all die zukünftigen Jahre ihres kostbaren Lebens hingen davon ab, daß er die Katastrophe, die es wahrscheinlich gar nicht gab, nicht vorwegnahm und damit ihr Geheimnis preisgab.

Deshalb wiederholte er sich tapfer, während ihm dicke, kalte Schweißtropfen über die Stirn rannen: Eine unangenehme kleine Szene für die arme Daisy, die aber nichts mit ihm und Terry zu tun hatte. Völlig ausgeschlossen. Nicht einen Moment waren sie unachtsam gewesen. So vorsichtig wie immer hatten sie sich die inzwischen ausgefahrenen Geleise entlang bewegt.

Trotzdem, ehe er Daisy gesehen hatte, würde er keine ruhige Minute finden. Er mußte sie sehen. Jetzt gleich wollte er sich auf den Weg machen. Es war das Nächstliegende, was er tun konnte, und schon allein der Anstand gebot es, da es ja seine eigene Schwiegermutter war, die sie in solche Aufregung versetzt hatte. Selbstverständlich mußte er sich entschuldigen. Und wenn ihre Lunchgäste noch da waren, konnte er in der Bibliothek warten, bis das Essen vorüber war, Daisy abfangen, wenn sie herauskam, und ihr sagen, wie leid es ihm tue. Ein Blick in ihr Gesicht würde genügen, dachte Andrew und nahm noch einen Schluck Brandy. Ein Blick, und er wüßte sofort, ob ...

Er trank mehr Kaffee und mehr Brandy. Zu schade, daß er Terry nicht vorher sehen und mit ihr sprechen konnte, aber sie hatte eine Lunch-Verabredung mit George Torrens im Unterhaus, wo sie auch den Nachmittag verbringen wollte, um die Debatte über einen Erlaß mitzuverfolgen, der sie besonders interessierte – ein Erlaß, erinnerte Andrew sich, der mit der Verbesserung der Lebensbedingungen in dicht bevölkerten Gebieten zu tun hatte. Gütiger Gott, dachte Andrew und meinte, einen neuen Hoffnungsstrahl zu erblikken, wer konnte je – jemals – Sünde oder das, was die Leute meinten, Sünde nennen zu müssen, mit einem Mädchen in Verbindung bringen, das solche Interessen hatte? Wäre das nicht einfach lächerlich? Mußten nicht alle Anschuldigungen wie ein Kartenhaus in sich zusammenfallen angesichts solch hehrer und edler Neigungen? Und Sünde – welche Sünde hatte Terry denn begangen? fragte er aufgebracht, denn der Brandy verhalf ihm augenblicklich wieder zu seiner alten Einstellung gegenüber der herrschenden Moral. Sie widerten ihn an, diese Heuchler aus Daisys Welt, deren Hauptverdienst darin bestand, dafür zu sorgen, daß niemand ihnen auf die Schliche kam.

Bei diesem Gedanken sah er sich jedoch gezwungen, sich zur Ordnung zu rufen, denn welches Recht hatte er, von diesen Heuchlern angewidert zu sein? Von allen Freunden Daisys hinterging er sie am schlimmsten. Was er ihr antat, war niederträchtig und richtete sich direkt gegen ihre Person. Wenn er nur den Preis dafür zahlen und Schluß mit der ganzen unglücklichen Geschichte machen könnte! Aber seit den ersten Augenblicken seines Sünderdaseins war Andrew bewußt, daß es die völlig unschuldige Daisy wäre, die den höchsten Preis zu zahlen hätte. Er sündigte, und Daisy mußte zahlen. Es war ungeheuerlich, aber so war es. Wenn Menschen, so fragte er sich jetzt, da er den schrecklichen Moment, in dem es ans Zahlen ging, näherrücken sah – wenn ansonsten grundanständige und gutherzige Menschen voraussehen könnten, welche Spätfolgen jene ersten strahlenden Momente ihrer Liebe haben und welche Grausamkeiten hinter diesem Glanz verborgen sind, würden sie dann nicht rechtzeitig aufhören?

Schwermütig schenkte er sich noch einen Brandy ein, denn er wußte, sie würden weitermachen.

Zehn Minuten später wurde ein Taxi von einem Mann angehalten, der auf den Fahrer wie ein aufgeregter, älterer Herr in großer Eile wirkte und den er folglich für einen Arzt hielt, der zu einem dringenden Fall gerufen wurde. Und da der Fahrer ein mitfühlender Mensch war, raste er förmlich zu der angegebenen Adresse.

Andrew fuhr nie Taxi, denn er war arm und daher sehr bescheiden in seinen persönlichen Ausgaben und darüber hinaus der Ansicht, daß es das mindeste war, was er für seine betrogene Rosie tun konnte, daß er ihr jeden Pfennig gab, den er erübrigen konnte. Aber heute, so hatte er instinktiv das Gefühl, war nicht die Stunde für Omnibusse. Ein Mann fährt nicht mit dem Bus seinem Untergang entgegen. Und daß es sein Untergang war, und Terrys Untergang, und Daisys, auf den er zufuhr, daran zweifelte sein unbewußtes Selbst nicht, obwohl es sein bewußtes um keinen Preis zugeben wollte. Also nahm er ein Taxi, und wie so viele vor ihm, die sich unbewußt sicher sind, daß das Verderben auf sie wartet, eilte er darauf zu. Das Taxi jedenfalls schien es sehr eilig zu haben, ihn seiner Verdammnis zuzuführen, denn kaum war er eingestiegen, war er auch schon da.

Eins fiel ihm sofort auf, als er am Grosvenor Square ausstieg, denn die Oberflächenschichten seines Hirns arbeiteten mit äußerster Klarheit und Aufmerksamkeit fürs Detail: den Bürgersteig vor Daisys Haus säumten keine Wagen, um ihre Gäste heimzufahren. Sonderbar leer wirkte der Platz, wenn man bedachte, daß im wichtigsten der Häuser hier eine Gesellschaft stattfand. War das Lunch vielleicht schon vorüber? Es war noch nicht drei, und Daisys Lunchgesellschaften dauerten gewöhnlich viel länger. Die erfolgreicheren, wenn die Gespräche amüsant waren, manchmal bis weit in den Nachmittag. Warum also waren keine Wagen zu sehen? Lag es daran, daß die Gesellschaft aus irgendeinem ominösen Grunde trist gewesen war und die Gäste so schnell sie konnten geflohen waren? Oder hatte Daisy ihnen aus einem ebenso ominösen Grund in letzter Sekunde abgesagt?

Diese letzte Möglichkeit trieb dem unglücklichen Mann noch mehr kalte Perlen auf die Stirn, und er hatte Mühe, die Stufen hochzukommen. Sie kamen ihm heute sehr steil vor und sehr zahlreich. Als er oben anlangte, war er, obwohl er doch so ein dünner Mann war, ganz außer Atem, denn nichts auf der Welt war alarmierender, als daß Daisy, die sich mit äußerster Gewissenhaftigkeit an alle Verabredungen hielt, ihre eigene Gesellschaft abgesagt haben sollte. Nur im alleräußersten Notfall würde sie so etwas tun, das wußte Andrew, und all die kleinen Tröstungen und schwachen Hoffnungen, an die er sich geklammert hatte, wurden noch kleiner und schwächer, und als dann, kaum hatte er auf die Klingel gedrückt, anstelle eines der unteren Bediensteten Parker selbst die Tür aufriß, so als hätte er nur auf ihn gewartet und wisse um die Bedeutung seines Besuchs, verließ ihn endgültig alle Hoffnung, und nackt und schutzlos betrat er die Halle.

Völlig überflüssig, sich zu fragen, was aus der Lunchgesellschaft geworden war, so augenscheinlich war es, daß es gar keine gegeben hatte. Die Halle lag so kalt und frostig da, als habe sie noch nie irgendwelche Festivitäten erlebt. Wie von

Grabesstille schien sie durchzogen. Parkers Stimme, obwohl sie so leise war wie noch nie, hallte von den Wänden wider, und ohne die gewohnten Reihen von Dienern wirkte der mit Marmorsäulen bestückte Raum riesiger denn je.

»Möchten Sie ihre Ladyschaft sprechen, Sir?« fragte Parker mit Grabesstimme. »Sie ist in der Bibliothek . . .«, und die Worte der Verdammnis schwappten wie melancholische Wellen zwischen den Säulen hin und her.

Ohne ein Wort folgte Andrew Parker. Seine Schritte hallten. Parkers nicht, denn er trug Überschuhe.

»Ich fürchte, die gnädige Frau fühlt sich heute nicht sehr wohl«, murmelte Parker und blieb, die Hand schon am Knauf, vor der Bibliothekstür stehen. »Dr. Norris hat ihr strengste Ruhe verordnet. Aber sie will Sie unbedingt sehen, Sir.«

Andrew sah ihn stumm an. So wie jetzt hatte er sich im Krieg gefühlt, ehe er über die Deckung sprang und dem Feind ins Auge sah, nur, dies hier war schlimmer. Schlimmer? Nun, gar kein Vergleich! Damals hatten ihm Pflichtgefühl und Disziplin das Rückgrat gestärkt und der ganze Heldenmut, den er aufbringen konnte. Jetzt war ihm alles genommen – bis auf sein Schamgefühl.

»Mr. Leigh, M'Lady«, sagte Parker, öffnete die Tür und trat beiseite, um ihn vorbeizulassen.

»Nun, Daisy? Was ist los?« hörte Andrew sich sagen, als er durch den riesigen Raum auf sie zuging. Seine Stimme bebte vor Ungeduld, es ein für allemal hinter sich zu bringen.

Ihr Körper wirkte eigenartig verrenkt, wie sie dort lag, in der äußersten Ecke des Sofas, das direkt neben dem Schreibtisch stand, an dem er vor sieben Jahren gesessen und gearbeitet hatte, ehe er und sein Ehrgefühl sich für immer verabschiedeten. Ja, ehe er und alles Glück sich Adieu sagten, denn seither hatte es kein Glück mehr für ihn gegeben. Wonne, kurze, marternde, von Schrecken durchsetzte Wonne war kein Glück; und selbst Wonnen hatte es seit Jahren nicht mehr viele gegeben. Immer seltener war es ihm gelungen, Glück in seiner Liebe zu finden. Wie hätte er auch, wo er ständig voller Scham und Angst war und außerdem so alt?

Als sie ihn sah, richtete Daisy sich abrupt auf und schwang trotz Miss Simpsons beschwörenden Gemurmels die Beine vom Sofa. Denn Miss Simpson war auch da. Als Andrew genauer hinsah, löste sich ihre sehnige, kleine Silhouette von den Möbeln ab. Aufgeregt zählte sie Tropfen in ein Glas, das Daisy mit einer unwirschen Handbewegung zurückwies.

›Ist es *möglich*?‹ dachte Daisy, als sie die Gestalt auf sich zukommen sah, deren Gesicht so grau war wie ihres. Sie beantwortete seine Frage nicht, aber in ihren ungläubigen Augen stand so deutlich geschrieben, was sie dachte, daß Andrew ihr beinahe, was natürlich fatal gewesen wäre, laut zugestimmt hätte.

›Ja, man will's nicht für möglich halten, nicht wahr?‹ hatte ihm auf der Zunge gelegen.

Aber er schluckte es hinunter und setzte sich neben sie aufs Sofa. Dann sah er Miss Simpson an. Miss Simpson mußte verschwinden. Solange sie da war, würde ihm kein Wort über die Lippen kommen.

»Dr. Norris sagte ...«, begann Miss Simpson Daisy zu bedrängen.

»Ich weiß, was er gesagt hat. Wollen Sie bitte Winslow Bescheid geben, daß ich gleich heraufkomme?« war ihre Antwort.

Zum zweitenmal innerhalb weniger Stunden war Miss Simpson gezwungen, ihre liebe Arbeitgeberin in diesem Raum zurückzulassen, wo ihr Entsetzliches bevorstand. Was es war, wußte Miss Simpson natürlich nicht, aber daß es entsetzlich war, lag auf der Hand und auch, daß es mit dieser schockierenden kleinen Frau von Mr. Leigh zu tun hatte, der man nie hätte erlauben dürfen, sich irgendeinem Familienmitglied auf tausend Meilen zu nähern. Und das alles gerade jetzt, wo sich die Dinge so wunderbar zu fügen schienen. Es war wirklich ein Jammer, dachte Miss Simpson, als sie die Tür hinter sich schloß und mit bleiernen Beinen in ihr Büro ging, um zu Daisys Mädchen hochzutelefonieren – einfach zu schrecklich war es, daß in einem solchen Moment, wo sich für Lady Midhursts Tochter so ungeahnt glanzvolle Aussichten eröffneten, irgendwelche ordinären Leute daherkamen und Lady Midhurst so quälten, daß sie allen Ernstes krank wurde. Wie Miss Simpson alles Ordinäre verachtete! Und allein die Vorstellung, daß es – ausgerechnet – in dieses Haus Einzug gehalten haben sollte … Gott sei Dank würde Lady Terence bald zurück sein und ihr einen Teil der Sorge und Verantwortung von den Schultern nehmen. Lady Cecilia war sofort ins Unterhaus geeilt, um sie vom Zustand ihrer Mutter zu unterrichten, und obwohl Miss Simpson schon oft aufgefallen war, daß es in der Regel eine Ewigkeit dauerte, jemanden, war er erst einmal in besagtem Haus, wieder herauszubekommen, so rechnete sie doch jeden Moment mit Lady Terences Rückkunft, denn seit Lady Cecilias Aufbruch waren schon mehr als zwei Stunden verstrichen. Wenn irgend jemand auf der Welt, dann war es Lady Terence, die ihre Mutter wieder gesund machen konnte, allein durch ihre Gegenwart.

Aber hier stockten die Gedanken Miss Simpsons, die gerade zum Hörer ihres Bürotelefons griff. Sie lehnte den Kopf gegen die Wand und brach in Tränen aus. Sie hatte Angst – oh, sie hatte solche Angst! Und sie wußte nicht, wovor.

In der Bibliothek, die Miss Simpson im Augenblick als Krankenzimmer betrachtete, weil dort jene daniederlag, die auf so rätselhafte Weise von einer Sekunde auf die andre zur Patientin geworden war, streckte Daisy ihre zitternde Hand nach der Zigarettenschachtel auf dem Tisch neben ihr aus.

Ihr war nicht bewußt, was sie tat, bis sie merkte, daß sie ohne Erfolg an den Zigaretten herumfingerte. Als sie schließlich eine zu fassen bekam, beugte Andrew sich vor und gab ihr Feuer, und da auch seine Hand zitterte, bedurfte es einiger Sekunden gemeinsamer Anstrengung, bis das Ding brannte.

»Es tut mir leid«, sagte er.

»Dann ist es also wahr?« hauchte sie und sah ihn wieder mit diesem ungläubigen, entsetzten Blick an.

»Ich meinte, daß ich so ungeschickt bin«, antwortete er, sich behutsam vortastend.

Die Zigarette fiel zu Boden, wo sie, unbemerkt, ein Loch in den Teppich brannte. Sie war Daisy aus den zitternden Fingern gerutscht. Der Anblick Andrews, seine Gegenwart, seine Nähe raubten ihr alle Würde.

Sie kämpfte darum, sie wiederzuerlangen. Sie verbot ihrer Stimme, nur zu flüstern. Sie drehte sich zu ihm um, stützte die Hand auf das Armpolster, um sie an diesem beschämenden Zittern zu hindern, und sagte: »Du mußt mir die Wahrheit sagen. Deine Schwiegermutter war heute morgen hier und behauptete, sie und ich seien miteinander verbunden, und zwar durch . . .«

Aber sie konnte sich nicht durchringen, das Wort auszusprechen. Es machte sie ganz krank, dieses Wort. Es war einfach zu entsetzlich. So viele Jahre ihres Lebens hatte dieses Wort sie verfolgt, gehetzt und ihr Glück zerstört; und jetzt suchte es sie wieder heim, nur noch viel, viel grausamer …

»Verbunden? Sie und du?« wiederholte Andrew verblüfft.

Sein Atem ging schneller. Vielleicht war an der ganzen Sache nichts weiter dran als vulgäre Aufdringlichkeit auf der einen Seite und immenser Verdruß darüber auf der andern. Wer wollte sich da über Daisys Verstörung wundern? Seit Midhursts Tod hatte nicht das kleinste Wölkchen mehr ihren Rosenhimmel getrübt.

»Meine *liebe* Daisy«, sagte er. Und fügte hinzu: »Die Frau muß übergeschnappt sein.«

»Das glaube ich nicht. Ich möchte, daß du mir die Wahrheit sagst. Sie behauptete, wir wären durch – durch Ehebruch miteinander verbunden.«

Nun, jetzt war es heraus, das grausame Wort, das seine und Terrys Liebe so niederträchtig, aber doch so zutreffend beschrieb. Daisy hatte es über die Lippen gebracht, und es schlug wie eine Bombe ein in die stille, gesittete Schönheit des Raums und erübrigte, ein für allemal, seine verzweifelten Versuche, immer noch zu hoffen.

Schweigend sahen sie einander in ihre verzweifelten Augen. Alles Elend der Welt schien ihr im Gesicht zu stehen, und Andrew krampfte sich das Herz in der Brust vor Mitleid zusammen. Wenn er nur diesen Ausdruck wegwischen könnte, alles würde er dafür tun – für sie lügen und für sie kämpfen, um sie zu retten.

»Was hat sie damit gemeint?« fragte Daisy kaum lauter als ein Flüstern.

»Das kann ich dir auch nicht sagen!« antwortete er.

»Ja«, stimmte sie ihm zu. Sie sprach sehr langsam und sah ihm weiter in die Augen. »Ich kann mir sehr gut vorstellen, daß es dir nicht leicht fällt, es zu sagen.«

»Aber Daisy, wie denn? Wenn ich nicht weiß, wovon du überhaupt sprichst!« verlegte er sich blindlings aufs Lügen, denn er konnte die Qual in ihrem Gesicht nicht länger ertragen. Sein Wort gegen Mrs. De Lacys. Sein und Terrys Wort gegen das dieser Frau. Gewiß würde Daisy keine Zweifel haben, wem zu glauben war, und es zulassen, daß er sie rettete?

»Schon seit einiger Zeit«, sagte Daisy, deren Stimme immer noch klang, als reiche ihr Atem nicht, die Worte zu tragen, »habe ich dich im Verdacht.«

»Gütiger Himmel!« rief er aus. Er war jetzt zu allem entschlossen, er würde lügen, was das Zeug hielt, und kein Wort zugeben. »In *welchem* Verdacht denn?« Und seine langjährigen Täuschungsmanöver kamen ihm jetzt zustatten. In seinem aufgewühlten Gesicht lag tiefer Verdruß. Zu viel stand für Andrew auf dem Spiel, als daß er es sich hätte leisten können, kein guter Schauspieler zu sein, und er brachte es zu einer Meisterleistung, um die seine Schwiegermutter ihn beneidet hätte.

»Das weißt du sehr wohl«, sagte Daisy, die sich mit der Hand aufstützte. Nur so gelang es ihr, sich aufrecht zu halten, während sie ihre kurzen, abgehackten Sätze hervorstieß. »Ich habe dir Terry anvertraut, und du hast – du hast . . .«

Wieder versagte ihr die Stimme. Sie konnte es nicht aussprechen. Außerdem, welche Worte! Welche Dienstmädchenworte! Du hast sie ruiniert. Sie ausgenutzt. Sie verführt. Brachte irgendeine Frau solche Worte über die Lippen, wenn es um ihre eigene Tochter ging?

»Terry?« rief Andrew aus und mühte sich, schiere Fassungslosigkeit in seine Stimme zu legen. »Terry? Daisy, willst du damit sagen, du verdächtigst mich, mit . . .?«

Aber auch er konnte es nicht aussprechen. Diese lächerlichen Phrasen, die zwar so alt wie die Welt waren, aber doch so sonderbar durchtränkt von viktorianischem Schwulst, konnte man bei Terry unmöglich anwenden.

Und in dem Moment kam Terry selbst herein. Die Tür öffnete sich, ein Schwall Zugluft wehte wie ein frischer Wind durch die Bibliothek, und da stand sie, Terry selbst. Das Gesicht voller Sorge und Liebe lief sie zu ihrer Mutter.

»Was ist mit dir, Liebste?« rief sie. »Andrew – du hier? Welch ein Glück! Was ist geschehen, Mutter, meine Liebe. Warum bist du krank? Cilly sagte . . .«

Und sie wollte niederknien und ihre Mutter umarmen, als Daisy etwas tat, das Terry mitten in der Bewegung innehalten ließ. Mit ihrer anderen Hand, der, mit der sie sich nicht aufstützte, fuhr Daisy sich an ihr Kleid und riß es zurück, so als wolle sie es davor bewahren, schmutzig zu werden.

Terry erstarrte. Ihre Mutter wußte also alles. Diese instinktive, unbewußte Schreckensgeste war nicht mißzuverstehen. Der arme alte Topsy hatte also doch alles gehört und verstanden, was sie an jenem Morgen in Shillerton gesagt hatte, und es ausplaudern müssen. Armer alter Mann, wie sehr haßte er sich jetzt bestimmt dafür, daß er nicht geschwiegen hatte.

Mitleid mit ihm war ihre erste Regung, aber ihre zweite war immense und wundervolle Erleichterung. Endlich, endlich brauchten sie nicht mehr zu lügen und Andrew keine Angst mehr zu haben. Jetzt konnten sie sich überall zeigen, und die ganze Heuchelei hatte ein Ende. Nur eine Weile wäre es schlimm für ihre Mutter, denn weil sie sie so liebte, würde sie mit der Zeit verzeihen, vielleicht sogar verstehen. Sie, Terry, würde Andrew jedenfalls nicht im Stich lassen, nie, niemals. Und wenn ihre Mutter nicht verzeihen und verstehen konnte, dann würde sie sie verlassen und vor aller Welt mit Andrew zusammenleben. Er brauchte sie. Er war das einzige menschliche Wesen, das sie wirklich brauchte, und außer ihr hatte er niemanden auf der Welt. Unvorstellbar, daß sie ihn verließ! Grausam waren die Alternativen, vor die die Liebe einen manchmal stellte, aber welche Frau, das hätte sie gern gewußt, die gezwungen war zu wählen, würde nicht die Mutter verlassen und zu ihrem Mann stehen?

Sie hob die Augen, die sie auf die verkrampfte Hand ihrer Mutter geheftet hatte, zu deren Gesicht – oh, arme süße Mutter, dachte Terry, und ihr stockte der Atem, als sie sah, was dieser Tag diesem Gesicht angetan hatte. »Da ist kein Schmutz«, sagte sie schnell, kniete vor ihre Mutter und kümmerte sich nicht darum, daß sie zurückwich. »Quäl dich nicht so, Liebstes – bitte, bitte.«

»Ja, das wünschte ich auch, Daisy«, sagte Andrew, der ebenfalls auf ihre Hand gestarrt hatte und sich durch Terrys letzte Worte ermutigt fühlte. Mit vereinter Kraft würde es ihm und Terry doch bestimmt gelingen, Daisy davon zu überzeugen, daß Mrs. De Lacy einfach nur verrückt war? »Deine Mutter«, fuhr er an die knieende Gestalt gewandt fort, »macht sich selbst ganz krank, weil sie sich die wildesten, abenteuerlichsten, unmöglichsten Dinge einbildet. Über dich und mich. Willst du ihr bitte sagen ...«

»Aber Andrew«, unterbrach Terry ihn, lehnte sich zurück und sah zu ihm auf, verwundert, daß er immer noch glaubte, er könne Daisy etwas vormachen, »wie kannst du nur so reden, wo du doch genau weißt, daß es stimmt.«

Daisy war, als hätte ihr jemand ins Gesicht geschlagen. Trotz allem war sie sich bis zu diesem Augenblick nicht ganz sicher gewesen. Die Geschichte war so ungeheuerlich, daß sie sie einfach nicht glauben wollte. Und ehe Terry hereinkam, hatte Andrew sie fast davon überzeugt, daß nichts daran war. Aus tiefstem Verdruß und Fassungslosigkeit, wie es überhaupt so weit kommen konnte, daß solche Dinge über ihre Tochter gemunkelt wurden, war sie vor ihr zurückgewichen. Aber jetzt hatte sie Gewißheit. Aus dem Munde des Mädchens selbst hatte sie es erfahren; und alles, woran sie geglaubt hatte, alles, worauf sie vertraut, gehofft und dem ihre Liebe gegolten hatte, lag in Scherben zu ihren Füßen.

Stumm, beängstigend stumm, sah sie von einem zum andern. Dann sagte sie mit nicht wiederzuerkennender Stimme: »Du hast uns das angetan, Andrew? Du bist in mein Haus gekommen und – hast uns das angetan?«

»Es war nicht Andrews Schuld, sondern meine«, rief Terry aus und schob schnell ihren Arm durch seinen. »*Ihn* trifft keine Schuld. Ich wollte unbedingt ...«

»Um Himmels willen, Terry ...«, flehte er sie an und versuchte, sie zum Schweigen zu bringen.

»Nein, nein – nicht noch mehr Lügen. Mutter darf nicht glauben, daß du – Mutter, Liebste, er wollte es nicht. Und er hätte es auch nie getan, wenn ich ihm nicht gesagt hätte, wie sehr ich ihn liebe. Oh, damals erschien alles so herrlich. Ich bat ihn, mein Geliebter zu werden. Ich wünschte mir so sehr, daß er so *ganz* mein Freund ist. Und ein *ganzer* Freund ist jemand erst, wenn er zum Geliebten geworden ist – wirklich, Mutter, so ist es, glaub mir. Und was ist denn falsch an der Liebe? – es hängt nur davon ab, wie man die Dinge betrachtet ...«

An diesem Punkt jedoch sprang Daisy vom Sofa auf. »Dein Vater ...«, keuchte sie, »dein Vater ...«, und als sei es plötzlich um sie herum dunkel geworden, begann sie, sich mit sonderbar zerfahrener Hast durch die Möbel, die viel zu vielen und hinderlichen Möbel, zur Tür vorzutasten.

Entgeistert sahen sie ihr nach. Ihr Weg war von kurzen, erschreckenden Lauten begleitet, die wie Schluchzer klangen. Andrew und Terry standen hilflos da, denn als sie zu der schwankenden, blinden Gestalt eilten, um sie wenigstens sicher durch Tische und Stühle zu geleiten, wurden sie mit solch heftigem Widerwillen beiseite geschoben, daß ihnen nichts anderes übrig blieb, als von ihr zu lassen.

»Mutter – bitte – *Liebste*«, flehte Terry, die kläglich neben ihr stand.

›Das Ganze ist nicht gut. Ist es *nie* gewesen‹, dachte der unglückliche Andrew, als die Gestalt an ihm vorüberwankte, der man allen Stolz, alle Würde geraubt hatte. Das war von seiner Daisy übrig geblieben – ein jämmerliches Wesen, das nicht einmal mehr gerade gehen konnte, wegen ihm.

Vor der Tür blieb sie unsicher stehen und tastete wie eine Blinde, die einer Gefahr entfliehen will, hektisch nach dem Knauf, wobei sie weiter diese entsetzlichen leisen, wimmernden Laute ausstieß. Alles hatte man ihr zerstört. Alles war ihr genommen. Man hatte sie betrogen, ausgenutzt und entehrt. Sie mußte sich verstecken – nichts sehen – nichts denken – sich an nichts erinnern.

Terry riß die Tür auf. »Läute nach Parker, Andrew. Vielleicht läßt sie ihn ...«, rief sie ihm über die Schulter zu.

Aber dort in der Halle stand Parker schon und neben ihm Miss Simpson und Winslow, das Mädchen. Dicht beisammen standen sie da, als hätten sie gewußt, daß sie gebraucht würden, taten aber gleichzeitig so, als wären sie ganz zufällig da, sahen so diskret und taktvoll desinteressiert drein, daß genau diese Beiläufigkeit verriet, was sie dachten. Gestützt von diesen drei wurde Daisy zum Lift geführt, wich mit blankem Entsetzen vor Terry zurück, als sie mit einsteigen wollte, so daß diese gezwungen war, zu bleiben, wo sie war.

Verzagt dem Lift nachblickend, stand Terry allein in der Halle. Ihre Arme, ihre unerwünschten und zurückgewiesenen Arme, die sich so danach sehnten zu besänftigen und zu trösten, hingen schlaff an ihr herunter; und all die Theorien, die Andrew ihr beigebracht hatte – an die sie geglaubt und von denen sie ihr Tun so lange hatte leiten lassen, jene wagemutigen Theorien über Liebe, Mut und die Pflicht eines jeden Individuums, auf seinem Glück zu bestehen, kamen ihr jetzt, angesichts des Kummers ihrer Mutter, sehr armselig vor.

Aber sie waren nicht armselig, sagte sie sich im nächsten Moment trotzig und wünschte sich inbrünstig, weiter daran glauben zu können. Es waren doch großartige Ideen? Man mußte doch an ihnen festhalten – oder man stürbe?

Ja, aber angenommen – ja, nehme man einfach mal an –, man hielt daran fest und starb nicht, aber jemand anderes starb? Die eigene Mutter zum Beispiel – die eigene über alles geliebte Mutter?

Plötzlich hatte sie den Impuls, dem Lift nachzurennen, die Treppen hinaufzurasen, ihre Mutter in die Arme zu nehmen, wenn sie ausstieg, und sie zwingen, ihr zuzuhören, wenn sie ihr sagte, wie tief, wie wahr ihre Liebe zu ihr sei und wie nichts, was eine von ihnen beiden tat, einer Liebe wie der ihren etwas anhaben könne und daß sie bald, wenn sie erst ein wenig Zeit gehabt hätte, sich an das Geschehene zu gewöhnen, verstehen und vergeben würde, denn Liebe mußte doch einfach verstehen und vergeben, immer, immer . . .

Und sie rannte wirklich los, hatte einen Fuß schon auf der Treppe, als ihr Parker, Miss Simpson und das Mädchen Winslow einfielen. Wie sollte ihr all das vor diesen drei dienstbaren Geistern über die Lippen kommen?

Und während sie zögerte, hörte sie den Lift im zweiten Stock ankommen, hörte, wie die kleine Gruppe ausstieg und über den Flur zum Zimmer ihrer Mutter ging, wie die Tür geöffnet, wieder geschlossen und dann – verriegelt wurde.

Bei diesem Geräusch erstarrte sie. Ihre Hand, die sich am Geländer festgehalten hatte, glitt herunter und sackte schlaff an ihr herab. Sie war ausgeschlossen. Das Vorschieben des Riegels galt ihr. Auf Anordnung ihrer Mutter. Was mußte ihre Mutter erleiden, den Dienern einen solchen Befehl zu geben! Und welch ein Monster ihre Mutter in ihr sah, welch Ausbund an Verderbtheit, wurde ihr in diesem Moment klar.

Terry war niedergeschmettert. Einen Moment sah, empfand und beurteilte sie sich selbst mit den Augen ihrer Mutter, empfand den gleichen Schock wie diese über die Berührung mit solcher Verderbtheit; und das hatte eine so verwirrende – oder war es Klarheit schaffende? – Wirkung auf Terry, daß, einen Moment lang, ein sonderbarer Nebel ihren Geist umhüllte, der die klaren Umrisse ihrer Überzeugungen verschwimmen ließ – oder korrigierte er sie? Was war Andrew, im Vergleich zu ihrer Mutter? Was waren er und sie denn im Grunde, außer einem Paar heimlicher Sünder? Und all das schöne Gerede über Liebe, wohin hatte es geführt, außer zu diesem unglaublichen Schmerz für jemand anderen?

Sie stand reglos da und starrte vor sich hin.

Parker, der den Lift wieder hinunterfuhr, fand sie so vor, und es war ihm peinlich.

Während der vergangenen Stunden war Parker vieles peinlich gewesen. Es lag auf der Hand, daß irgend etwas nicht stimmte. Er tat zwar sein dem Respekt des Hauses gebührendes Bestes, keine Mutmaßungen anzustellen, aber sie drängten sich ihm einfach auf. Der Vorfall – in jedem anderen Haus hätte er von einer Szene gesprochen – vor dem Lunch; die in letzter Minute abgesagte Gesellschaft; daß nach dem Arzt geschickt und Mr. Leigh so dringend erwartet wurde; Miss Simpsons Gesicht; das Gesicht ihrer Ladyschaft; die Gesichter aller hier im Haus – all diese Dinge veranlaßten Parker zu Vermutungen, gegen die er respektvoll, aber vergeblich ankämpfte.

Im Hause ihrer Ladyschaft war es nicht üblich, Gesichter zu sehen – keine wirklichen Gesichter, wollte er damit sagen, auf denen sich etwas ablesen ließ, kurz, es war nicht üblich, hier irgendwelche, wenn ihm der Ausdruck gestattet war, nackten Gesichter zu sehen. Und jetzt, seit Nummer Vier, der größte aller verfluchten Idioten – sowie Parkers Gedanken zu den Wirtschaftsräumen hinunterwanderten, nahmen sie eine etwas derbere Färbung an – seit der verflixte junge Tölpel Vier diese Person, die plötzlich vor der Tür stand, hereingelassen hatte, sah man nur noch Gesichter, das ganze Haus war so voll davon, daß man kaum noch wußte, wohin den Blick wenden. Man brauchte sich nur die junge Ladyschaft anzugucken, wie sie da stand und vor sich hin starrte ohne, sozusagen, das kleinste Kleidungsstück im Gesicht.

»Möchten Sie den Lift benutzen, M'Lady?« fragte er, eher um den peinlichen Moment zu überbrücken als aus der Annahme heraus, sie hätte den Wunsch.

Er bekam keine Antwort. Sie bot ihm ihr nacktes Gesicht dar, aber sie schien es gar nicht zu merken, was immerhin ein Trost war. Sie nahm ihn offenkundig überhaupt nicht wahr, denn ohne in seine Richtung zu sehen, drehte sie sich um und ging langsam durch die Halle zur Bibliothek.

Wie es die Pflicht gebot, aber geräuschlos in seinen Überschuhen, ging er ihr nach, um seinen Dienst an der Tür zu tun, und konnte so, ehe er sie wieder schloß, einen kurzen Blick auf Mr. Leighs Gesicht werfen.

Noch so ein Gesicht. Und Mr. Leighs Gesicht verwirrte Parker vollends. Es wirkte beinahe noch nackter als alle anderen. Es war, wenn ihm der Ausdruck gestattet sei, genau die Sorte Gesicht, das sich ein Gentleman nur erlauben konnte, wenn ihm übel war.

Zweiter Teil

VII

Inmitten der welligen Hügel, die sich zwischen Grasse und Draguignan hinziehen und die nur wenige Meilen vom Trubel der Riviera entfernt, aber so totenstill und verlassen sind, als wären die wenigen Meilen hunderte, steht ein kleines provenzalisches Haus mit mattgrüner Fassade und mattgrünen Fensterläden, umgeben von mattgrünen Olivenbäumen und einer riesigen Zypresse, deren Wipfel sich hoch oben in den Wolken wiegt.

Dieses Haus hatte Midhurst Daisy in den Flitterwochen geschenkt, bloß weil es ihr gefiel und er verliebt war. So beiläufig, als handele es sich um irgendwelchen Flitterkram aus einem Schaufenster, hatte der reiche junge Mann es ihr gekauft. Es zu erstehen, hatte ihn auch keinerlei persönliche Anstrengung gekostet, denn er brauchte es nur ihrem Hotelportier in Cannes gegenüber zu erwähnen, und für eine Summe, die ihm sehr gering erschien, dem Besitzer und den Vermittlern dagegen sehr hoch, wurde der winzige Hof Daisys.

In einem riesigen grünen Napier waren sie durch Frankreich gereist – ein großes Abenteuer in jenen Tagen – und hatten anhalten müssen, weil der Wagen eine Panne hatte; und während der Chauffeur flach auf dem Rücken unter dem Fahrzeug lag, daran herumflickte und innerlich fluchte, saßen sie auf dem Grasabhang unter einer Gruppe sehr alter Olivenbäumen, die bis an das kleine alte Haus oberhalb mit seinen geschlossenen, mattgrünen Fensterläden heranreichte, und sogen die köstlich duftende Luft ein; denn es war November, und zu ihren Füßen, unterhalb der schmalen Straße, erstreckten sich Jasminfelder in voller Blüte.

»Oh, wie *exquisite!*« rief Daisy aus und atmete tief ein, während sie sich umsah.

»Gefällt es dir?« fragte Midhurst, der während der ganzen Flitterwochen noch nichts entdeckt hatte, das ihr gefiel – von nichts war sie begeistert, an nichts hatte sie Spaß, was er Lebensgenuß nannte.

Ein zurückhaltendes Mädchen, seine Daisy. Und wie ihm schien, wurde sie täglich zurückhaltender. Das war schlecht für eine Braut. Seiner Meinung nach mußten Bräute, wenn man sich mit ihnen amüsieren wollte, stürmisch sein. Er hatte noch nie eine gehabt, aber trotz seiner Jugend Erfahrung mit weiblichen Wesen, die, unter legalisierten Umständen, Bräute gewesen wären, und wußte daher, wovon er sprach. Reine Zeitverschwendung, meinte Midhurst, sich im Bett wie eine Dame zu verhalten, das sparte man sich besser für Unterredungen mit der Haushälterin auf. Bis zu dem Tag, als der Napier auf der Landstraße zusammenbrach, die durch ein Gehöft führte, das, wie sie später erfuhren, ein Jasminhof war, hatte Daisy sich im Bett sehr damenhaft benommen und ihm durch ihr dauerndes Zurückschrecken und Schweigen zu verstehen gegeben, daß er kein Gentleman war. Wie konnte er sie nur dazu bringen, wenigstens ein bißchen Begeisterung an den Tag zu legen, fragte er sich. Was konnte er für sie tun, was ihr geben, damit sie auflebte? Das Schwierige daran war, daß sie schon alles hatte, schon immer alles gehabt hatte; und jetzt, grinste er in sich hinein, hatte sie auch noch ihn.

»Ob es mir gefällt?« wiederholte Daisy und klatschte in die Hände. »*Oh!*«

Endlich zeigte sie Begeisterung. Hier war seine Chance,

und er stürzte sich darauf. Zugegeben, ihr Überschwang galt einem Haus, nicht ihm, aber wenn seine Daisy vor Dankbarkeit überquoll, wer weiß, vielleicht führte ein Überschwang zum nächsten, und Überschwang in jeglicher Gestalt war besser als gar keiner.

»Du sollst es haben, Liebling!« sagte er, und als sie es hatte, war sie in den fünf darauf folgenden Wochen so entzückt von ihrem neuen Spielzeug, daß sie sich in ein so stürmisches Wesen verwandelte, wie es angesichts ihres Temperaments möglich war, und sie lachten, und sie liebten sich und spielten und machten Picknicks und waren sehr, sehr glücklich, nicht nur den ganzen Tag, sondern auch die ganze Nacht.

Midhurst war entzückt. Zum Schluß wurden die Flitterwochen doch noch ein Erfolg. Freudig durchstöberte er mit ihr die Gegend nach alten Möbeln, trieb Maurer auf, die ein Badezimmer einbauen sollten, entwarf gemeinsam mit ihr, auf Papier, den Garten mitsamt Lauben und Blumenkübeln, denn er wußte, am Ende dieser Aktivitäten, und manchmal sogar zwischendrin, jene wie viele fröhliche, verschnörkelte kleine Kommata unterbrechend, wartete süßer Lohn auf ihn. Und beide hatten sie so viel Freude, Daisy mit ihrem Planen und Midhurst mit seinem Lieben, daß sie beschlossen, recht bald wieder herzukommen und sich weiter zu vergnügen – so oft wie möglich wollten sie den Menschen und Gesellschaften zu einer weiteren Runde ihres heimlichen Glücks hier auf dem kleinen Hof entfliehen.

In ihrem großen grünen Napier waren sie davongefahren, und seither war keiner von beiden je wieder in die Nähe des Hofs gekommen.

Aber es gab ihn. All die Jahre, am ersten jeden Monats, überquerte eine Erinnerung an ihn den Kanal. In den jeweiligen Raum, entweder auf Shillerton, Ballymackonochie oder am Grosvenor Square, in dem Miss Simpson saß und die Buchhaltung erledigte, kam die Erinnerung geflattert. Am ersten jeden Monats drängte sich der Hof ins Bewußtsein von Miss Simpson, der es oblag, dem Verwalter seinen Lohn zu zahlen.

Der Hof war schuld daran, daß sie sich so lange mit französisch abkämpfte, bis sie über einige Grundkenntnisse verfügte. Wegen des kleinen Gehöfts wußte sie, wie man Geschäftsbriefe in dieser fremden Sprache beginnen und enden ließ und an den mit Bleistift bekritzelten Zetteln, die Adolphes Rechnungen waren, gelegentlich Kritik übte, etwa *C'est trop*. Nicht daß Adolphes Rechnungen wirklich je *trop* gewesen wären, denn er war ein einfacher und ehrlicher Mann, aber Miss Simpson war sehr dafür, die Angestellten wissen zu lassen, daß man ein Auge auf sie hatte, auch wenn dieses Auge siebenhundert Meilen entfernt war.

Adolphe störte sich nicht daran, denn er las die Briefe nicht. Er wußte, er würde sie nicht verstehen, warum sie also lesen? Die Schecks dagegen verstand er sehr gut; und er fand es herrlich, und die Nachbarn fanden es beneidenswert, daß er dafür bezahlt wurde, etwas instand zu halten, das allmählich, im Laufe der vielen ungestörten Jahre so gut wie sein eigen war.

Der Hof war also ein Ort des Friedens, wo nie ein harsches Wort fiel, denn Adolphe war Junggeselle, und wo es keine Geldsorgen gab, denn ums Zahlen brauchte er sich nicht zu kümmern. Gelassen erfüllte er seine täglichen Pflichten, wischte Staub in den Zimmern, die er genau so beließ, wie sie verlassen worden waren, grub den Garten, band die Jasminsträucher auf den Feldern hoch, erntete die Blüten und beförderte die duftende Ladung mit dem Karren zu den Parfümfabriken in Grasse. Und wenn die Ernte schlecht war oder die Parfümfabriken die Preise senkten, was scherte es ihn? Für ihn als einzigen unter den Blumenanbauern der Gegend hatten solche Mißgeschicke keine Bedeutung. Gleich, was das Wetter oder die Fabriken auch anstellten, der Strom seiner Schecks floß pünktlich weiter.

Aber Miss Simpson, am anderen Ende des Stroms, fragte sich zuweilen, zu was er und der Hof eigentlich gut waren. Sie erlaubte sich keine Kritik; sie wunderte sich nur gelegentlich. Ein Jasminhof, in Frankreich. Ein Jasminhof, der nichts weiter einbrachte als Rechnungen. Niemand hielt sich je dort auf, und soweit sie sehen konnte, würde auch nie jemand in seine Nähe kommen. Es war doch fraglos ein überflüssiger und nutzloser Besitz, der Lady Midhurst da am Halse hing und tausende Meilen entfernt, wie Miss Simpson mit einem skeptischen Naserümpfen annahm, in der Sonne faulenzte.

Sie wußte, daß es ein Hof war, weil der Name *Clos des Jasmins* lautete, und wie Mr. Torrens ihr erklärt hatte, bedeutete *clos* soviel wie kleines Anwesen oder Gehöft. Da er fließend französisch sprach, hatte sie ihn gefragt, wobei sie *clos* sehr zögernd aussprach und so, daß es wie Kloß klang, denn das Wort hörte sich für sie so an, als sei es womöglich kein sehr anständiges, was sie nicht gewundert hätte bei diesen Franzosen. Bei Mr. Torrens' Erklärung hatte sie dann allerdings erleichtert aufgeatmet.

»Warum?« fragte er, nachdem er es ihr erklärt hatte.

»Lady Midhurst hat einen Jasminhof.«

»Lady Midhurst? Wo?«

»In Südfrankreich. Wußten Sie das denn nicht, Mr. Torrens?«

»Nein.«

»Manchmal glaube ich«, sagte Miss Simpson aufseufzend, denn wenn sie an die vielen Armen im eigenen Lande dachte oder gar an die eigene Schwester in Ealing mit ihrer großen, immer weiter anwachsenden Familie, dann waren all die Schecks, die an diesen Ausländer namens Adolphe gingen, wirklich ein Jammer. »Manchmal glaube ich«, seufzte Miss Simpson, »Lady Midhurst weiß es selbst nicht.«

Aber Lady Midhurst wußte es. In Daisys Hinterkopf war der Hof all die Jahre über lebendig geblieben, dieses kleine Stück warmer Erde, das, wie sie es in Erinnerung hatte, unter seiner schönen, geblümten Bettdecke im Sonnenschein schlief.

Hier waren sie und ihr Mann Tom fünf Wochen lang glücklich gewesen. Vor ihrem Aufenthalt und danach waren sie nie wieder glücklich, denn sogar in den Flitterwochen, der kurzen Zeit, in die er ganz verliebt war in seine Frau, hatte Midhurst sein Auge schweifen lassen, und, in der Ehe, verursacht so etwas dunkle Wolken.

Fraglos war es die Ursache, daß dunkle Wolken sich auf Daisy senkten, in deren Familie es sich kein Auge gestattete zu schweifen, zumindest nicht in Gegenwart des angetrauten Weibervolks. Diese erniedrigende Erfahrung war neu für Daisy. Zuerst war sie überrascht, dann ungläubig und zum Schluß tief gedemütigt. Sie erstarrte innerlich zum Eisblock. Der Vorsatz, ihren Gatten zu lieben und, wie sie es geschworen hatte, ihre Pflicht als Ehefrau zu erfüllen, wurde zu schnell am Keimen gehindert. Nur während jener fünf Wochen auf dem Hof war es ihr vergönnt gewesen, so ganz und gar glücklich mit ihm zu sein, denn da es dort außer knorrigen Bauern nichts gab, wohin sein Auge hätte wandern können, blieb es sozusagen zu Hause.

Aber nachdem sie den einsamen Ort verlassen hatten und dahin weiterreisten, wo, seinen Worten nach, die Zivilisation war, wurde sein Auge wieder aktiv – vor allem, wie Daisy mit Empörung feststellte, unter den molligeren Zimmermädchen der Hotels, in denen sie wohnten – und am Ende der Flitterwochen standen seine Augen kaum je still.

Welch ein Geschmack, dachte die verletzte Daisy, die sehr wohl wußte, wie schön sie selbst war; welch schockierender Geschmack.

Schönheit allein reichte Midhurst jedoch längst nicht. Man gewöhnte sich schnell daran, wenn sie einem gehörte. Nach einer Weile lag einem Mann nicht besonders viel an Schönheit, fand Midhurst; vielmehr wünschte er sich etwas Leichtlebiges, Kuscheliges, Warmes. Etwas, an dem man sich die Füße wärmen und sich anschmiegen konnte. Und ihm war fast jede recht, die nach Kuscheln aussah; seine Daisy jedoch hatte so gar nichts davon an sich. Sie war romantisch, und romantische Schwärmerei ist der Tod aller Leichtlebigkeit und Behaglichkeit. Daisy wollte bis spät in die Nacht im Freien sein, den Mond angucken und Bemerkungen darüber machen, während er sich viel lieber drinnen an einem temperamentvollen Wesen gewärmt hätte. Heißblütige, gutmütige und zärtliche kleine Frauen, Eintagsfrauen, die unbeschwert kamen und unbeschwert gingen, die keine Fragen stellten und weder vorher noch nachher großes Getue machten – das war es, was Midhurst gefiel. Außerdem hatte er die Frauen gern mollig. Und Daisy war nicht mollig. Damals, auch wenn sie später ziemlich auseinanderging, war sie vorne so gut wie nicht vorhanden. Dünn wie ein Schilfrohr war seine Daisy, und man hatte es schnell über, mit einem Schilfrohr zu schlafen, besonders wenn es so leicht Frost ansetzte.

Also wanderte Midhurst, und Daisy erstarrte zu Eis. Beide Rivieren auf und ab, die französische und die italienische, agierten und reagierten sie nach diesem Schema. Rom erlebte ihn, wie er jeder Frau nachsah, der sie begegneten – mit dem Blick eines Vogels im Käfig; in Neapel sprachen sie kaum miteinander; und als sie Sizilien erreichten, hatte er die, sie demütigende, Gewohnheit angenommen, erst ins Bett zu kommen, wenn sie, wie er annehmen mußte, schon Stunden schlief.

Noch Schlimmeres sollte jedoch folgen, als sie nach England zurückkehrten, wo alle Welt erwartete, daß sie sich niederließen und in ihren verschiedenen aufwendig renovierten Häusern ihren gesellschaftlichen Pflichten nachkamen. Aber Midhurst ließ sich nicht nieder, und über das Wort Pflicht rümpfte er die Nase. Daisy, die zu äußerster Gewissenhaftigkeit bei der Erfüllung gesellschaftlicher Pflichten erzogen war, fand es vollkommen unverständlich, wie er sich darüber lustig machen konnte. War ihm denn gar nichts heilig? fragte sie ihn. Midhurst versicherte ihr laut, nein, nichts. Und nun begab sich nicht nur sein Auge auf Wanderschaft, sondern der ganze Mann, und zwar mit furchterregend schnellem Schritt.

Was ihn forttrieb, war sein extremer Widerwille, mit einer so durch und durch wohlerzogenen Frau zusammenzusein. Er konnte nicht dagegen an, in solcher Gesellschaft wurde er zappelig. Und was die im gemeinsamen Bett verbrachten Nächte betraf, so fühlte er sich in ihren pflichtschuldigen Armen ungefähr so wohl, als wäre er zwischen zwei blitzsauber geschrubbte Bretter eingeklemmt – so daß sein vom Gesetz gesegneter Lattenrost ihn nach drei Ehemonaten nicht mehr zu sehen bekam und Daisy von da an bis zum Tage seines Todes eine vor aller Augen vernachlässigte und erniedrigte Frau war.

Alle wußten es. Er machte sich nie die Mühe, ihr oder sonst jemandem etwas vorzuspielen. Aber sie, unerfahren in der Liebe, wie sie war, wußte nicht, daß ein solches Meiden des Ehebetts, hat es erst einmal begonnen, für immer ist, und widmete sich mit verzweifeltem Eifer ihrer Schönheit – für den Tag, er würde doch gewiß kommen, dieser Tag?, an dem er bereute und zu ihr zurückkehrte.

So schön wie sie war kaum eine Frau. Und in ihrem einfachen Gemüt glaubte Daisy, schon bald wäre er dieser anderen Kreaturen überdrüssig und käme zu ihr zurück – vorzugsweise, gegen diese Hoffnung konnte sie nicht an, auf den Knien. Außerdem, niemand konnte übersehen, wie strahlend schön sie war, weshalb, tröstlicherweise, kein Mensch seine Fehltritte verstand und er sich vollends ins Unrecht setzte. Auch an Eleganz reichte keine der Frauen, zu denen er lief, an sie heran. Ohne es sich einzugestehen, begann Daisy zu konkurrieren. Die größte Sorgfalt verwendete sie auf alles, womit sie diese Frauenspersonen in den Schatten stellen konnte. Es war jene erste Zeit, nachdem Midhurst sie verlassen hatte, in der ihre Wimpern so tiefschwarz und lang wuchsen, ihre Brauen sich zu einem exquisiten schmalen Strich verdünnten, ihre Fingernägel sich röteten und auch ihre Fußnägel. Ihre Schönheit wurde zur Obsession für sie. Ihr Gesicht war ein anbetungswürdiges Meisterwerk, das um jeden Preis erhalten werden mußte, und ebensolche Hingabe verdienten ihre Hände und Füße. Sie wollte die Gewißheit haben, daß jeder Zentimeter an ihr schön war, damit, wann immer es geschehen mochte, daß der plötzlich reuige Midhurst dahin zurückgekrochen kam, wo er hingehörte, er sie so vollkommen vorfand, daß ihn bitterste Reue wegen seiner Torheit überkam, so viele Jahre fern von ihr vergeudet zu haben.

Aber Ehemänner sind nicht so, das lernte sie mit der Zeit. Ihrer jedenfalls nicht. Er dachte gar nicht daran zu kriechen, schon gar nicht zurück. Im Gegenteil, er entfernte sich immer weiter in die entgegengesetzte Richtung, und zwar mit dem entschlossenen Schritt eines Mannes, der, mag er auch nicht genau wissen, hinter was er her ist, doch ganz genau weiß, wovor er wegläuft. Und daher war es nur natürlich – Daisy fand es das Natürlichste von der Welt –, daß der Ort ihres kurzen Glücks, der einzige Ort, an dem er ihr ganz ergeben war, eine romantische Bedeutung für sie bekam. Nur hier hatte der Vater ihres Kindes, der sofort danach seinen schlechten und so beleidigend und empörend unabhängigen Lebenswandel aufnahm, die Güte gehabt, ihr zu Füßen zu liegen; in ihren Augen war der Hof eine Art geheiligte Stätte, zu der sie im Alter, wenn Terry zufriedenstellend verheiratet war, pilgern würde und dort ihre letzten Tage mit dem Versuch verbringen, Frieden mit seinem Gedächtnis zu schließen.

Denn wenn man konnte, sollte man seinen Frieden machen. Unangenehm, in der andern Welt anzukommen und dort auf jemanden zu treffen, der einen immer noch nicht mochte. Nur in der Abgeschiedenheit und Stille des Ortes, an dem er sie angebetet hatte, würde es ihr gelingen, über seine wenigen besten Momente nachzusinnen und kraft dieses Nachsinnens seine unzähligen schlechten zu vergessen. Schließlich war er der Vater ihres Kindes, und das mußte sie ihm zugute halten. Deshalb hoffte sie, es gelänge ihr zum Schluß doch noch, in Freundschaft mit ihm zu sterben.

Es war ihr aber auch nicht entgangen – später, als die Erinnerung an ihn verblaßte –, welch idealer Ort der so völlig von der Welt abgeschnittene Hof war, dort zu verwelken. Denn sie ging davon aus, daß ihr das letzten Endes doch bevorstand, auch wenn sie es sich angesichts der Künste von Madame Valaise nicht so recht vorstellen konnte. Und wenn es schon nicht zu umgehen war, dann sollte es wenigstens im Verborgenen geschehen. Sie hatte nicht den Wunsch, daß ihre Freunde zusahen, wie sie, die dergleichen noch nie im Leben getan hatte, verfiel. Und wenn es dann so weit war, daß keine Kunst mehr half, wenn die Zeit ihr wirklich diese letzte Schmach antat, wäre es weise, vielleicht sogar ein Trost, sich in diese sonnenbeschienene Stille zurückzuziehen, jene von Jasminduft erfüllte Einsamkeit, und außer Terry und Terrys Kindern keinen einzigen Menschen mehr zu sehen.

Dergestalt waren Daisys unausgesprochene Pläne, die sie sechsundzwanzig Jahre lang in ihrem Hinterkopf bereit hielt – all die elf in Schmerz und Bitterkeit und all die fünfzehn als Witwe und in heiterer Gelassenheit verbrachten Jahre, die verstrichen waren, seit Midhurst den Hof gekauft hatte.

Daß sie gezwungen sein würde, sich in der Blüte ihrer Jahre vor Schmach und Schande dorthin zu flüchten, damit hatte sie allerdings nicht gerechnet. Aber genau so war es gekommen. Auf dem Wellenkamm eines Alptraums aus wirrer Hast, dem Kommen und Gehen entsetzter Gesichter, Kofferpacken und Telefonieren, hin und her rennendem Personal, einer um Einlaß bittenden und abgewiesenen Terry, von dargebotenen und zurückgewiesenen Suppentassen und Gläsern mit Medizin, von übergangenen Protesten und Bitten, kurz von dem ganzen Tumult und Aufruhr, der die plötzlichen Entschlüsse der Reichen begleitet – auf dem Wellenkamm dieses Alptraums wurde sie zwei Nachmittage später, allein und halb bewußtlos vor Erschöpfung, vor Adolphes Füße gespült.

Er, der friedlich zwischen den Reihen von Jasminsträuchern hackte an diesem heiteren Juninachmittag, der wie Gottes Segen über den stillen Hügeln lag und dem Tode aller Beteiligten nur zwei Tage näher war als jener so grausam verlaufene Mittag am Grosvenor Square, als die Katastrophe hereinmarschiert kam, sah, wie ein Taxi die holprige Straße hinaufruckelte, auf der ein Vierteljahrhundert zuvor der Napier eine Panne hatte, und war sehr überrascht, als es am Fuße der ausgetretenen Steinstufen hielt, die hinauf zu der großen einsamen Zypresse und dem kleinen einsamen Haus führten. Er unterbrach sein Hacken, blickte genauer hin und war noch überraschter, als er eine weibliche Gestalt aussteigen und sich die Stufen hochkämpfen sah. Und nachdem er seine Hacke hingeworfen hatte, losgelaufen war, um nach dem Rechten zu sehen, war er vollends überrascht, denn er stand seiner unbekannten Arbeitgeberin gegenüber.

Er hatte keinen Zweifel, daß es seine Arbeitgeberin war. Die Dame hatte etwas an sich, als brauchte sie nur mit dem Finger darauf zu zeigen, und alle Höfe in der Gegend gehörten ihr. Er schüttelte ihr überschwenglich die Hand. Er war ein hart arbeitender und ehrlicher Mann, hatte folglich ein reines Gewissen, und der unerwartete Besuch entzückte ihn. Eine angenehme kleine Unterbrechung seiner Hackerei. Und wenn die Dame sich umgesehen und alles zu ihrer Zufriedenheit vorgefunden hatte – alles war genau so wie damals, als er seinen Dienst antrat, und unter den Zeitungen, mit denen er die Tische abgedeckt hatte, würde sie die vielen Gegenstände finden, die an der gleichen Stelle und im gleichen Zustand dort lagen, wie sie sie zurückgelassen hatte – wenn die Dame sich also vergewissert hatte, wie gut es um ihren Besitz stand, würde sie sich bestimmt weitere sechsundzwanzig Jahre nicht blicken und ihn in Frieden weiterhacken lassen.

Bis dahin war sie ihm willkommen. Mit vielen Dienern und Lächeln versicherte er ihr das und gab ihr zu verstehen, alles, was sein sei – nein, nein, was dachte er sich! – alles, was ihr sei, gehöre ihr und sie möge sich ganz wie zu Hause fühlen.

Die Dame guckte ihn an, als könne sie ihn nicht klar erkennen, und da er immer geglaubt hatte, sie sei so jung, wunderte er sich, daß sie so alt war.

Dann fielen ihm die sechsundzwanzig Jahre ein, die er schon seine Schecks bekam, und sagte aufmunternd zu Daisy, wobei seine freundlichen Augen mitfühlend ihr flekkiges Gesicht musterten, er sei auch nicht mehr so jung, wie er mal gewesen war.

»*Que voulez-vous?*« sagte er, spreizte die Hände und zuckte mit den Schultern. »*Le temps, ça laisse partout des ruines . . .*«

Und sie, die ihn ansah, als verstunde sie nicht recht, antwortete ihm mit der Frage, ob sie ein Bad nehmen könne.

Ein Bad? Adolphe war begeistert. Endlich bekam das Badezimmer, auf das er so stolz war, Gelegenheit, zu zeigen, was es konnte. Midhurst hatte es in Auftrag gegeben, zusammen mit einem zweiten in dem kleinen Bedienstetentrakt, aber es war nicht mehr rechtzeitig für die Flitterwochen fertig geworden, denn in diesem Teil der Welt ist nie etwas rechtzeitig fertig, so daß außer Adolphe und jenen seiner Verwandten, die er für würdig befand, dieses funkelnde Wunder zu bestaunen, noch niemand es gesehen hatte.

Er eilte ins Haus, um nachzusehen, ob das Wasser nach den vielen untätig in den Rohren verbrachten Jahren noch lief. Dann zündete er die Boilerflamme an und hastete von Raum zu Raum – es gab nur drei –, um die Lagen Zeitungspapier von den Tischen und die Abdecktücher von den Möbeln zu entfernen, währenddessen Daisy draußen auf der niedrigen Mauer neben dem Brunnen saß und wartete.

Es war ganz still; ein heißer Sommernachmittag, der sich kaum im Schlafe rührte. Sanftheit lag über den Hügeln. Die einsame Zypresse hätte aus schwarzem Stein gemeißelt sein können, so reglos stand sie da. Auf dem Gras im Olivenhain unterhalb der Mauer tanzten Sprenkel funkelnden Sonnenlichts, und auf allen Feldern stand dicht der Jasmin.

Als der Taxifahrer, der sie vom Bahnhof in Cannes hergebracht hatte, vorhin unten auf der Straße den Motor abstellte, war außer dem leisen Murmeln eines versteckten Bachs und dem Gezwitscher eines einsamen Vogels auf einem Oleanderbusch nichts zu hören gewesen. Eine so große Stille hatte Daisy umgeben, daß sie meinte, sie existiere ganz allein auf der Welt. Entspannt hatte sie dagesessen, die Hände mit der Innenfläche nach oben auf dem Schoß, mit geöffnetem Mund, weil sie zu müde war, ihn zu schließen. Hätte sie es nur wahrnehmen können, welch exquisiter Empfang ihr bereitet wurde! Duftende Luft umströmte sie und wartete nur darauf, ihr Gesicht zu liebkosen. Von der Reihe weißer Lilien unter den Fenstern des Hauses drang Wohlgeruch über den Rasen zu ihr hin, um sie zu begrüßen. Geneigte Schatten erfrischten sie, und der Vogel zwitscherte dahin, als singe er für sie allein seine Lieder von Weisheit und Lebenslust. Schönheit umgab und bedrängte sie, aber nach allem, was sie sah, hätte sie ebensogut bei Nebel über die Tottenham Court Road gehen können.

Steh auf mein Herz, flüsterte ihr eine Stimme zu – *törichte Frau, und suche Freud!* Aber welchen Sinn hatte es, so etwas den Versunkenen zu empfehlen, jenen, die nur von ihren eigenen Tragödien durchdrungen sind? Daisy hörte das Flüstern, spürte, wie ihr die vertrauten Worte durch den Kopf schwirrten, aber das alles bewirkte nur, daß sie sich müde darüber wunderte, wie jemand glauben konnte, es seien irgendwelche Freuden zu finden auf dieser Welt.

Über den Brunnen neigte sich ein Feigenbaum. Sie lehnte den Kopf gegen den Stamm, saß reglos da und starrte mit leerem Blick an dem rosa Oleanderbusch vorbei zu den Jasminfeldern unterhalb des Olivenhains. Der Jasmin öffnete gerade seine ersten Knospen. Als sie das letzte Mal hier war, waren die Felder eine einzige Blütendecke; das war November gewesen, und jetzt war Juni. Bedeutete das, fragte sie sich matt, mit der gleichen Mattheit, mit der ihre Hände, die Innenflächen nach oben, auf ihrem Schoße lagen, daß der Jasmin ein halbes Jahr lang blühte?

Und wenn schon – wen kümmerte es? Sonderbar, daß irgend etwas ein so langes Leben hatte und die Mühe auf sich nahm, Jahr um Jahr von neuem zu beginnen. Dunkel erinnerte sie sich, wie überwältigt sie gewesen war, als sie dieses Blütenmeer zum erstenmal sah. Altes Entzücken, alte Freuden, alte Hoffnungen. Wie fahl und blutleer abgetötete Gefühle wurden!

Damals war eine junge Frau hier gewesen und hatte die gleichen Dinge betrachtet, die sie jetzt sah, das gleiche sanfte Plätschern des über Steine rinnenden Bachs gehört, und die junge Frau von damals geriet darüber in atemloses Entzücken. An ihrer Seite war der frischgebackene Ehemann, und sie beide glaubten, auch sie würden Jahr um Jahr von neuem beginnen und die ewige Wiederkehr ihres Glücks, ihres süßen Glücks, feiern. Nun, weder sie waren wiedergekehrt noch ihr Glück. Mehr gab's dazu nicht zu sagen.

Benommen starrte sie geradeaus. Den dichten Schleier, beinahe ein Witwenschleier und gut geeignet, sich während der Reise dahinter zu verstecken, hatte sie zurückgeschlagen über ihrem eingefallenen Gesicht, das in der Tat in einem fortgeschrittenen Stadium des Verfalls war, ganz fleckig und verschwollen von all den Tränen. Dieses Gesicht, das die peinlichste Sorgfalt gewohnt war, daran, daß täglich stundenlang die größten Überredungskünste aufgewandt wurden, damit es, so weit es nur irgend ging, zur Jugend zurückkehrte, war seit dem Verlassen Londons nicht mehr angerührt worden, nicht einmal gewaschen. Aber was lag Daisy noch an Gesichtern! Sie hatte ganz vergessen, daß sie eins hatte, und kein einziges Mal in einen Spiegel geschaut. Und die langen, geschwungenen, in Paris gefertigten Wimpern, durch die die ganze Nacht im Zug mit solch tiefer Verzweiflung, solch unerträglich schmerzender Scham geweint worden war, klebten in wirren Büscheln zusammen, denn für Tränen waren sie nicht gemacht.

Aber jetzt waren die Tränen versiegt. Niemand kann ewig weinen, und sie war so erschöpft, daß sie nur noch dasitzen und benommen vor sich hinstarren konnte. Der Aufruhr in ihren Gefühlen war vorbei. Ihre Gedanken, wie ihre Lippen, waren vor Erschöpfung schlaff. Wie benebelt saß sie da und wartete, daß endlich der Mann käme, um ihr zu sagen, das Bad sei gerichtet, damit sie sich waschen und dann ins Bett sinken konnte. Denn das war das einzige, was sie noch wollte, schlafen und sonst nichts.

Der Taxifahrer, der wußte, wie lang sein Rückweg war, kam die Treppe herauf und fragte, als er seinen letzten Fahrgast auf der Mauer sitzen sah, ob er das Gepäck ins Haus tragen solle.

Er fragte ziemlich laut, so als rede er mit jemand, der taub oder halb eingeschlafen war, denn so kam sie ihm vor, wie sie da gegen den Baumstamm lehnte und ins Leere starrte. Er wollte sein Geld und schnell wieder zurück, denn er war fast sechzig Kilometer von seinem Standort entfernt. Als die Dame ihn nicht zu verstehen schien, machte er einfach kehrt und holte ihre Sachen – zwei Koffer, einen Mantel und Schirm – und setzte alles ziemlich geräuschvoll neben ihr auf der Mauer ab.

Es wirkte komisch, dieses teure, imposante Gepäck, ganz aus Leder und mit eingeprägten Lettern, da auf der einfachen Steinmauer, und die Dame, die, so fand er, ganz wie ihr Gepäck aussah, nur nicht mehr so neu, wirkte auch komisch auf der einfachen Steinmauer. Jedenfalls zahlte sie, mehr interessierte ihn nicht, und fort war er; und als das Taxi um die Straßenbiegung verschwand und das Motorengeräusch erstarb, kehrte die Stille zurück, so sanft wie die Kräusel, mit denen aufgewiegeltes Wasser wieder zur Ruhe kommt, senkte sie sich in der goldenen Sonne herab, und der Nachmittag träumte weiter, und Daisy mit ihren leeren Augen und dem schlaffen Mund sank der Kopf herab, so als wolle auch sie, wenn ihr Bad nicht bald fertig wäre, auf der Stelle einschlafen.

Adolphe, der sich im Haus zu schaffen machte, wußte nicht, wie lange er fortgewesen war, und Daisy wußte es auch nicht. Aber mit dem Boiler, der nicht sofort angehen wollte, und dem Wasser, das nicht gleich laufen wollte, den Bettüchern, die aus den Schränken geholt, und Fensterläden, die geöffnet werden mußten, waren tatsächlich zwei Stunden verstrichen, und die Schatten wurden schon länger, als er wieder auftauchte, sich umsah, wo sie steckte, und als er sie entdeckte, von hinten auf sie zulief.

Sie, die seine schnellen Schritte hörte, tat etwas sehr Sonderbares. Sie mußte eingenickt sein. Ja, vor Erschöpfung und Warten war sie bestimmt eingedämmert, sonst hätte sie nie so etwas getan. Aber als sie die Schritte hörte, zog sie ihre Schultern, wie im Reflex, bis zu den Ohren hoch und zuckte zusammen, als erwarte sie – als phantasiere sie . . .

»*Venez, Madame – venez, venez*«, sagte Adolphe, er schnappte das Gepäck, das er auf der Mauer stehen sah, und eilte damit zurück ins Haus.

Beim Klang seiner Stimme entspannte sie sich und sah ihm benommen nach. Vor Schrecken und Scham schoß ihr das Blut ins Gesicht. Sie war eingeschlafen, natürlich, und im Traum zurückgewandert zum letzten Mal, als sie hier war. Das ihr immer noch so vertraute Wassergemurmel hatte sie eingelullt, und einen Moment lang glaubte sie allen Ernstes, die Schritte gehörten Tom, der von hinten angelaufen kam und ihre Ohren küssen wollte.

Schamröte überzog Daisys Gesicht, und sie schreckte aus ihrer Benommenheit auf. Ihre alt gewordenen Ohren, denen so lange nichts mehr in die Quere gekommen war! In jenen Tagen machte sich Tom einen Spaß daraus, sich anzuschleichen, wenn sie, wie er es nannte, in die Sterne guckte, ihre Ellbogen zu umklammern, so daß sie ihm nicht entkommen konnte, und ihr mit komischen kleinen Küssen an den Ohren zu knabbern, wie ein Kaninchen, was so schrecklich kitzelte, daß sie sich wand und kicherte wie ein Küchenmädchen.

›Sei still – sei nur still!‹ schalt sie sich und sah sich um, als fürchte sie, jemand könne in der Nähe sein und ihren Gedanken lauschen. Wie schockierend und sonderbar, daß sie sich ausgerechnet daran so lebhaft erinnerte. Sie, die sich wand und kicherte. Man stelle sich bloß vor! Was das Leben ihr auch genommen haben mochte, eins hatte es ihr immerhin gegeben: Immunität gegen derlei Dinge. Und das war ein unermeßlicher, beständiger Trost, sagte sie sich, richtete sich kerzengerade auf und gab sich eine würdevolle Haltung. Beständig und außerdem bitterkalt hatte dieser Trost sich ihr wie ein Eisblock ins Herz gebohrt.

»*Venez, Madame – venez, venez*«, rief Adolphe, der mit dem Gepäck den Pfad entlang trippelte.

Sie schüttelte sich und sah stirnrunzelnd seiner entschwindenden Gestalt nach, als müsse sie überlegen, wer er sei. Dann stand sie auf und folgte ihm langsam. Natürlich. Er war der Mann, der das Bad für sie vorbereitete. Und das war das einzige, was sie auf dieser Welt noch wollte, ein Bad und dann sich hinlegen und schlafen. Schlafen und schlafen. An nichts denken, bis sie geschlafen und geschlafen hatte. Wenn sie doch erst sicher eingeschlummert wäre. Wer schlief, der spürte keinen Schmerz.

Aber wie sonderbar, dachte sie, während sich ihr Schritt, je näher sie dem Hause kam, zusehends verlangsamte, so niedergeschmettert an einen Ort zurückzukehren, den man so jung und hoffnungsvoll verlassen hatte. So viele Jahre waren vergangen, und was hatten sie ihr am Ende eingebracht? Daß sie einsam und allein hierher zurückgekrochen kam, um hier fern der Welt zu verbluten. Oh, sie würde zu Tode bluten, das wußte sie. Solche Wunden wie die ihren konnten nie verheilen. Was sie auch tat, sie würde langsam daran sterben ...

»*Venez, Madame – venez, venez*«, rief Adolphe ihr aufmunternd zu, der sich noch einmal zu ihr umdrehte, ehe er durch die Tür verschwand.

Die Tür zeigte nach Westen und führte ins Wohnzimmer. Sich mit einer Hand am Rahmen stützend, stand Daisy auf der Schwelle, warf einen dunklen Schatten dahin, wo vorher helles Sonnenlicht gewesen war, und zwang sich hineinzusehen.

Erstaunlich, erstaunlich, das alles wiederzusehen. Den rot gefliesten Fußboden, die weiß getünchten Wände, die Regale mit den vor langer Zeit aus Paris und London hergeschickten Büchern, die einfachen Holzstühle – sie und Tom, die von ihren Besitztümern förmlich erdrückt wurden, hatten es für eine hübsche Idee gehalten, mit diesem einen kleinen Haus, unter ihren vielen Häusern, genau das Gegenteil von dem zu schaffen, was sie gewohnt waren – erstaunlich, das alles genau so vorzufinden, in derselben Anordnung und augenscheinlich selben Verfassung wie an dem Tag, an dem sie es verlassen hatten! Auf dem Schreibtisch, hübsch ordentlich nebeneinander, lagen noch die Stifte und Papierbögen, die sie benutzt hatten, und daneben eine zusammengefaltete Zeitung – eine *Morning Post* von vor sechsundzwanzig Jahren.

»*Venez, Madame – venez, venez*«, drängte Adolphe, der die schmale Treppe hinaufeilte.

Aber sie hörte Adolphe nicht, denn ihr Blick war auf dem leeren Kamin haften geblieben. Ein großes Holzfeuer hatte darin gebrannt, als sie ihn das letzte Mal sah, denn obwohl die Welt draußen voller Sonnenschein und Jasminblüten war, herrschte drinnen letztendlich Winter, und die gefliesten Böden und Steinwände mußten erwärmt werden. Als der Chauffeur an dem Morgen, als sie fortfuhren, hereinkam, um zu sagen, der Wagen sei bereit, hatte sie vor diesem Kamin gestanden – mit Tom, der . . .

Erst schreckte sie hoch, dann sackte sie in sich zusammen. Ja, der sie küßte. Auch hier. Hier wieder. Das ganze Haus war voller Küsse. Und solch leidenschaftliche und lange waren es an jenem letzten Morgen gewesen, die vor dem Holzfeuer. Stell sich einer vor, dachte Daisy, sich müde wundernd, während die Arme schlaff an ihr herabhingen, stell sich einer vor, *sie* war so geküßt worden!

Prickelnd und heiß schoß ihr wieder das Blut ins Gesicht. Was man nicht alles anstellte, wenn man jung war, welch ungestüme, erhitzende, unwürdige, wirre Sachen, und bildete sich auch noch ein, es gefiele einem, na, vielleicht gefiel es einem ja sogar wirklich. Dort, auf genau diesem Läufer hatten sie und Tom gestanden und sich am hellichten Tag geküßt, gleich nach dem Frühstück; und der Chauffeur, erinnerte sie sich, war zusammengezuckt, als er sie so sah, und schnell wieder verschwunden; auch sie war zusammengezuckt, denn sie verabscheute es, von Bediensteten in einer solchen Situation ertappt zu werden. Aber als sie sich aus seinen Armen löste, hatte Tommy – sie hatte gar nicht gewußt, daß sie ihn in Gedanken wieder Tommy nannte, ihn, der all die Jahre knapp Tom hieß – sie wieder an sich gezogen, ihr unters Kinn gefaßt und in die Augen geblickt – seine mit den komischen, dichten hellen Wimpern sah sie plötzlich ganz deutlich vor sich, und auch den kräftigen Druck seiner Finger an ihrem Arm spürte sie und hörte ihn sagen: »Ich küsse dich zum Abschied. Denn wenn wir diesen Ort verlassen, wirst du anders sein.«

Aber er war es doch, der anders wurde; er war es, eindeutig er, der sich änderte und sie damit zwang, sich ebenfalls zu ändern, schrie es in ihrem Herzen auf, fast, als wolle sie sich verteidigen, als hätte sie das Gefühl, sie müsse den eisigen Frost rechtfertigen, der auf der zweiten Hälfte ihrer Flitterwochen lag. Wie hätte sie sich anders verhalten können? Welche Braut hätte das gekonnt?

Wie finstere Geister rührten sich jene Kränkungen, die er ihr vor so vielen Jahren zugefügt hatte, von neuem. Noch jetzt vermochten sie, ihr einen Stich zu versetzen. Ach, wären Tom und sie arm gewesen und hier geblieben, dachte sie, und ihre von Bildern aus der Vergangenheit erschütterte Seele war plötzlich so wund wie ihr müder Körper – wären sie hier geblieben, wären sie nicht so entsetzlich reich gewesen und hätten nur sich selbst gehabt, vielleicht hätten sie dann ihr Glück bewahren können. Dann wäre Terry wohlbehalten aufgewachsen, dann . . .

Hier jedoch warf sie ihren Gedanken schnell die Tür vor der Nase zu und fuhr sich mit der Hand an die Kehle. Wie in Panik blickte sie um sich. Nicht Terry, noch nicht. Terry durfte noch nicht herein. Vorher brauchte sie noch viel Schlaf und viel Zeit. Jeder, jeder, nur nicht Terry. Denn verstehst du, Terry . . .

»*Venez, Madame*«, rief Adolphe, der mit vor Aufregung gerötetem Gesicht zum oberen Treppenabsatz zurückgelaufen kam. »*Venez voir combien le bain fonctionne superbement. C'est formidable, comme l'eau coule!*«

Das Geräusch laufenden Wassers durchdrang das Haus. Dampfwolken quollen an Adolphe vorbei die steile, schmale Treppe herab. Sich an dem Seil festhaltend, das als Geländer diente, tastete sich Daisy zum oberen Flur hinauf, in dem ebenfalls dichte Schwaden hingen, die, als sie die Tür öffnete, in ihr Schlafzimmer drangen, so daß sie das große Bett nicht sehen konnte, und erst nachdem sie mühsam einen der Koffer ausgepackt, die von Winslow darin verstaute Seife gefunden und gebadet hatte und danach von Erschöpfung überwältigt auf die Seite des Bettes sank, auf der sie immer geschlafen hatte – erst da sah sie, daß Midhursts gelbe Seidenpyjamas, die, die er in ihrer letzten Nacht hier getragen hatte, ordentlich zusammengefaltet auf dem Kissen neben ihr lagen.

Midhursts gelbe Pyjamas.

Mit einem Ruck richtete Daisy sich wieder auf und starrte über die Schulter zu ihnen hin, als wären es gelbe Schlangen.

Wie konnte es sein, daß sie noch dort lagen? Als ob er an jenem Abend damit gerechnet hätte, . . .

All die Jahre waren sie vollkommen in Vergessenheit geraten, aber jetzt – mit welcher Lebhaftigkeit erinnerte sie sich plötzlich daran, wie er in seinen gelben Pyjamas aus dem kleinen Ankleidezimmer gegenüber kam, sein blondes Haar zerzaust, ganz wie Terrys immer, und mit einem Satz auf dem Bett gelandet war – ein Junge, nicht älter als sie, aber erfahren in so vielen Dingen, von denen sie nicht die dunkelste Ahnung hatte.

War das nicht entsetzlich? Wie sollte sie Seite an Seite mit Toms leeren Pyjamas schlafen? Und er tot. Der arme Tom tot. So lange tot, armer kleiner Tommy, während seine Pyjamas noch so munter und gelb wie immer waren.

Nein, nein, sagte sie sich, und richtete sich auf, welch krankhaftes Zeugs, das sich da wie Zuckerdicksaft in ihren Kopf schlich und ihre Gedanken so klebrig suß werden ließ. Diese Pyjamas da, und das wußte niemand besser als sie, waren viel besser leer als mit Tom drin, und sentimental wegen ihnen zu werden war ganz unangemessen. Sie sollte lieber an die Zimmermädchen denken, und das unendlich viel schlimmere, was dann folgte – eine endlose Prozession von Erniedrigungen. Mein Gott, ihr hatte förmlich der Hals weh getan von der dauernden Anstrengung, den Kopf tapfer oben zu halten und ihre innere Qual hinter Lächeln zu verbergen.

Sogar Toms eigener Bruder, der ihm auf seine Weise sehr zugetan war, sich jedoch, was dessen eheliche Ausdauer betraf, keine Illusionen machte, drängte sie, sich von ihm zu befreien. Aber in ihrer Familie befreite man sich von keinen Ehemännern: man ertrug sie. Alles, so hielt ihr ihre Familie einmütig entgegen, war besser als der Skandal einer Scheidung; alles, so dachte sie selbst, war besser, als daß Terry geschiedene Eltern hätte.

Ihr Schwager sagte Unsinn! dazu; aber es war kein Unsinn. Was wußte er schon von solchen Dingen? Er war Junggeselle und hatte keine Ahnung von der tiefen und zärtlichen Besorgtheit um die eigenen Kinder. Und außerdem – schließlich war da ja auch noch ihre Stellung bei Hofe zu bedenken . . .

»Ah, *darum* geht's«, hatte er gegrinst und dabei genau wie Tom ausgesehen. Manchmal konnte er sehr töricht sein, ohne jedes Verständnis, und dann sah er genau wie Tom aus.

Aber zu jener Zeit stand sie tatsächlich kurz davor, zur Lady erhoben zu werden, und es war einfach undenkbar, völlig ausgeschlossen, daß sie mit einer Scheidung Wirbel um sich machte. Das hätte Verzicht bedeutet. Also hatte sie Midhurst ohne zu wanken und zu weichen ertragen, während er sie, ganz im Gegenteil, weniger und weniger ertrug. Das wußte sie. Er machte keinen Hehl daraus, und wenn sie sich zufällig auf einer Gesellschaft trafen, nahm er offen Reißaus. Und doch – als er in jenen gelben Pyjamas ins Zimmer stürmte und mit einem Satz aufs Betts sprang, waren sie da nicht süße Freunde gewesen? Süße Geliebte? Süße Gespielen? Die zusammen lachten und sich küßten?

Sie streckte schnell die Hand aus und läutete. Sie wollte nicht und konnte nicht neben dieser bohrenden Erinnerung schlafen. Und als Adolphe, für den das Geklingel ein völlig neues Geräusch war, heraufgerannt kam, bereit, die Madame aus werweißwas zu retten, machte sie eine Handbewegung zu den Pyjamas hin und sagte: »*Enlevez-moi ça.*«

»*Mais oui, Madame, mais oui*« antwortete er eifrig, dankbar, daß nichts Schwierigeres von ihm verlangt wurde, und raffte die Pyjamas vom Kissen. Was ihr Zweck war und wem sie gehörten, das hatte er sowieso nie gewußt. Sie lagen da, als er das erste Mal ins Haus kam, und dort, unter seinen Zeitungen und Abdecktüchern, waren sie geblieben, ordentlich zusammengefaltet, so wie er sie vorgefunden hatte.

Er klemmte sie sich unter den Arm und hastete zur Tür. Er war nicht an Betten mit Damen darin gewöhnt, schon gar keine Damen, die durch ihr Nachthemd hindurchschienen, und er hatte es eilig fortzukommen. Er nahm zumindest an, daß es ein Nachthemd war, was die Madame trug, da sie ja im Bette lag, obwohl er es nicht so recht glauben konnte. Spitze. Und an manchen Stellen, da, wo Arme und Schultern der Madame waren, nicht einmal Spitze. Vielleicht, dachte Adolphe, während er sich fortschlich und mühte, nicht zu sehen, was er sah, sollte er lieber seine Schwester holen. Ja, am besten holte er seine Schwester her – verheiratet, aber kinderlos, hatte sie bestimmt Zeit, ihm zu Hilfe zu eilen. Eine verheiratete Frau würde auch mehr von den Sachen verstehen, die, wie er im Vorbeigehen gesehen hatte, über den Badezimmerboden verstreut waren. Vor harter, ehrlicher Arbeit fürchtete er sich nicht, aber das hier sah ihm nach einer Aufgabe aus, die nur eine verheiratete Frau bewältigen konnte.

Die Pyjamas unterm Arm, ging er auf Zehenspitzen zur Tür, schloß sie behutsam, aber fest hinter sich und lief hinüber zu dem Nachbargehöft, auf dem Thérèse wohnte. Sowie er zur Tür hinaus war, wurde es totenstill im Haus; und so still und so steif wie der Tod saß Daisy im Bett, umklammerte ihre Knie und starrte mit steinernem Blick geradeaus.

Als wäre sie in ihrem eigenen Grab, so still war es innerhalb der dicken, alten Mauern. Leere. Nichts. Ihre glänzende Vergangenheit, weggefegt und ausgelöscht. Die letzten Spuren davon hatten ihre Koffer gepackt – auf ihre eigene, mit der gleichen Strenge getroffene Anordnung hin, mit der sie einst die Liebe auf die Reise geschickt hatte, in jenem Moment in ihren Flitterwochen, als sie ihr nicht mehr zu Füßen lag. Nichts war ihr mehr geblieben. So endete sie, allein und mit nichts.

Das Wort klopfte an ihr Herz, und es klang, als klopften Niederlage und Alter bei ihr an, wollten eingelassen und hingenommen werden. Alles, was sie gehofft und geliebt hatte, war nichts; sie selbst war nichts, umgeben von nichts und ihre Zukunft ein einziges Nichts.

Plötzlich schlug sie mit dem Arm auf das Kissen, die Stelle, wo die Pyjamas gelegen hatten, warf sich darauf und begann zu weinen – so herzzerreißend und verzweifelt wie ein hilfloses, hoffnungsloses Kind.

»*C'est Madame*«, flüsterte Adolphe. Er und Thérèse waren gerade in die Küche getreten und lauschten, reglos dastehend und von Ehrfurcht ergriffen, den sonderbaren, von oben kommenden Lauten.

»*Tiens*«, sagte Thérèse, die immer *tiens* sagte, wenn sie nicht weiter wußte.

VIII

Unterdessen hing eine düstere Wolke über dem Haus am Grosvenor Square, den ganzen Tag schon und auch den vorangegangenen, und mit jeder Stunde schien sie dunkler und dichter zu werden. Man hätte meinen können, eine Leiche sei im Haus, so leise bewegten sich die Diener und so rot waren Miss Simpsons Augen; und wenn Terry heimkam, was nur zur Schlafenszeit geschah, durchquerte sie auf dem Weg hinauf in ihr Zimmer eine hallende Leere und sprach mit niemandem ein Wort.

Auf eigene Verantwortung hatte Miss Simpson nach Daisys Abreise eine Notiz an die Abendzeitungen gesandt, des Inhalts, der Marquise von Midhurst sei von ihren medizinischen Ratgebern strikteste Ruhe verordnet worden, weshalb sie sich auf ihr Anwesen – Parker, der die Notiz abgab, hatte so starke Einwände gegen das von Miss Simpson benutzte Wort Hof gehabt, daß er es unterwegs durchstrich und durch Anwesen ersetzte – an der französischen Riviera in der Nähe von Grasse zurückgezogen habe, wohin Lady Terence Chilgrove ihr bald folgen werde. Post würde jedoch nicht dorthin weitergeleitet. London wußte also, daß Daisy es verlassen hatte.

Mit der Preisgabe dieser Information hatte Miss Simpson sich eine fürchterliche Verantwortung aufgeladen, das wußte sie, aber niemand hatte ihr ein Wort gesagt, was sie tun sollte und was nicht, und in dem tiefen Dunkel der Verwirrung, in die das Leben sie gestürzt hatte, zeichnete sich nur eines deutlich ab: wenigstens einer mußte etwas tun!

Was hieß, den Schein wahren, und das war fraglos nur dadurch zu bewerkstelligen, daß man den Eindruck erweckte, Lady Midhurst sei keineswegs überstürzt abgereist, sondern habe aus guten und plausiblen Gründen und mit aller Würde die Stadt verlassen.

Miss Simpson mühte sich nach Kräften, selbst diesem Eindruck zu erliegen; um die Wahrheit zu sagen, sie weigerte sich strikt, irgendeinen anderen gelten zu lassen. Und da sie die Fahrkarten hatte besorgen müssen, also zufällig das Reiseziel ihrer Arbeitgeberin kannte, war es da nicht weise, ja das beste überhaupt, jetzt, wo diese Arbeitgeberin sicher im Zug saß, ihr Wissen mit aller Welt zu teilen, statt sich in Geheimnisse zu hüllen? Miss Simpson war der Ansicht. Soweit sie überhaupt noch in der Lage war, Ansichten zu haben, war sie dieser, obwohl ihr die Knie weich wurden bei der Vorstellung, daß sie eine so wichtige Entscheidung auf ihre eigene Kappe genommen hatte.

Aber welche andere Kappe wäre denn da gewesen? Lady Terence war verschwunden – bestimmt widmete sie sich wieder ihren Wohltätigkeiten in Pentonville, sagte sich Miss Simpson, die sich um jeden Preis an normale Erklärungen klammern wollte. Und sie stand ganz allein auf weiter Flur und mußte die Flagge der Familienehre hochhalten. Das würde sie natürlich tun, selbstverständlich! Trotzdem fand sie, an diesem einen Tag zumindest hätte Lady Terence auf ihr Pentonville verzichten können – vorausgesetzt, daß es wirklich Pentonville war, wo sie sich aufhielt. Schrecklich, dachte Miss Simpson und fürchtete schon, auf den Abgrund von Zweifeln zuzurutschen, der sich rings um sie auftat und sie, wenn sie nicht aufpaßte, jeden Moment zu verschlucken drohte. Entsetzlich die Vorstellung, an wie vielen Orten sich eine Dame aufhalten konnte, wenn sie erst einmal mit der Aufhalterei an anderen Orten angefangen hatte . . .

Aber dann ermahnte sie sich. So etwas durfte sie nicht denken. Keinesfalls. Unwürdige, lächerliche Gedanken waren das. Schuld waren bloß ihre strapazierten Nerven und daß sie dauernd das Gefühl hatte, die Beine rutschten unter ihr weg. Arbeit, Arbeit, sagte Miss Simpson laut vor sich hin und nahm sich mit finsterer Entschlossenheit vor, hart zu arbeiten, woran, wußte sie noch nicht recht. Aber das Ganze, dachte sie, als sie, nachdem sie ihre Arbeitgeberin an der Victoria Station verabschiedet hatte, die riesige, leere Halle zu ihrem Büro durchquerte – kein Zimmermädchen war zu sehen, keine Tochter und auch kein Mr. Leigh – das Ganze, fand sie, war wirklich sehr traurig. Sie kam sich vor wie dieser arme Junge auf dem brennenden Deck, und ihr Unterkiefer klapperte bei der Vorstellung. Sie selbst auf einem Deck, egal welchem, brennend oder nicht, während alle ringsherum geflohen waren!

Aber wieder ermahnte sie sich. Das führte nirgendwo hin, diese Neigung zum Selbstmitleid. Lieber sich ein Beispiel an dem Jungen nehmen. Der hatte nicht den Mut verloren, obwohl er nur ein kleiner Junge war; und sie, eine erwachsene Frau, dachte erst recht nicht daran. Aber – der arme kleine Kerl; armer, tapferer kleiner Kerl. Von aller Welt verlassen, hatte er ganz allein zusehen müssen, wie er zurechtkam und bis zu seinem letzten Atemzug den Schein gewahrt!

Während sie sich mühte, sich alles nicht mehr so zu Herzen zu nehmen und ihren Kiefer am Zittern zu hindern, setzte sich Miss Simpson an ihre Schreibmaschine, während Parker, der auf die Notiz an die Zeitungen wartete, daneben stand und ihr zusah. Wie dumm von ihr, daß sie nach Parker geklingelt hatte, ehe sie fertig war, sagte sie sich, während sie mit zitternden Händen ein Blatt einspannte. Das Zittern sah Parker auch. Alles sah er und hatte nichts Besseres zu tun, als herumzustehen und zuzugucken.

Ach, was kümmerte sie Parker! Sie mußte sich konzentrieren, ganz auf ihre Arbeit konzentrieren. Als erstes war diese Notiz loszuschicken, als zweites, nun, das wußte sie noch nicht, aber darüber konnte sie später nachdenken, wenn Parker gegangen war, nicht mehr herumstand und ihre Hände zittern sah und zweifellos seine niederträchtigen Schlüsse daraus zog.

In dem ansonsten so leeren Haus, so schien es Miss Simpsons verschrecktem Gemüt, schwirrten niederträchtige Schlüsse nur so herum. Wenn sie nicht schnell handelte, würde bald ganz London seine niederträchtigen Schlüsse ziehen. Sowie sie die straffen Zügel, mit denen sie ihre Gedanken bändigte, locker ließ, würde sie vielleicht sogar selbst anfangen, Schlüsse zu ziehen – selbstverständlich keine niederträchtigen, das nie, niemals; aber wie nahe war sie zum Beispiel gerade eben noch daran gewesen, zu bezweifeln, ob Lady Terence wirklich – oder ob sie vielleicht gar . . .

Miss Simpson wußte, vom Zweifeln zum Schlüsseziehen ist es oft nur ein kleiner Schritt, und war er erst einmal getan, dann hieße es Adieu Grosvenor Square. Dann müßte sie fortgehen und bei ihrer Schwester in Ealing leben. Sollte Lady Terence es sich zum Beispiel zur Gewohnheit machen, erst spät in der Nacht heimzukommen, vielleicht gar die Gewohnheit annehmen, nicht nur den ganzen Tag fortzubleiben, sondern auch die ganze Nacht, dann war sie es sich schuldig, zu gehen. Schließlich mußte sie an ihren Ruf denken, und keine Frau kann es sich leisten, leichtfertig aufs Spiel zu setzen, was womöglich das einzige ist, was sie hat. Besser, dachte Miss Simpson plötzlich aufrührerisch und ließ, während Parker ihr zusah, ihren Gedanken einen Moment freie Bahn, lieber trocken Brot in Ealing, wo Tugend hauste, als einen gemästeten Ochsen am Grosvenor Square in Verhältnissen, die sie sich hüten würde näher zu spezifizieren, solange sie die Tatsachen nicht dazu zwangen.

Aber – was waren die Tatsachen? Mit bebenden Händen griff sie zu einem neuen Blatt, da sie das erste ruiniert hatte. Es gab keine Tatsachen. Nicht das, was Miss Simpson *Tatsachen* nannte. Aber wie gelangte man, in solchen Fällen, in den Besitz von *Tatsachen*? Unmöglich! Es sei denn, man ging in genau dem Moment in genau den Raum, in dem ...

»Nein, nein, *nein*, NEIN!« überschrie sie ihre Gedanken. Wo führten sie bloß hin? In welch unaussprechlichen Morast?

»Es wird langsam spät, Miss«, sagte Parker, der seine Uhr hervorgeholt hatte.

Seine Stimme, keineswegs laut, aber doch, plötzlich, eine Stimme, ließ sie so zusammenfahren, daß ihr beide Hände auf die Tastatur der Remington plumpsten und auch das neue Blatt verdarben.

Er guckte zu, wie sie ein drittes einspannte, und wartete. Seit der ganze Schlamassel hier begonnen hat, dachte sie, während sie das Blatt in der Maschine gerade schob, hat er nichts besseres zu tun, als dazustehen und zu glotzen. Unerträglich, diese Allgegenwart von Dienern, die einen heimlich beobachteten. Wenn alles normal verlief, waren sie nicht so; aber vielleicht meinte man das auch nur, weil man dann nicht auf sie achtete, während sie einen in Wirklichkeit auf Schritt und Tritt beobachteten.

Na, von ihr hatte er keine Aufschlüsse zu erwarten; von *ihr* nicht; o nein, ganz bestimmt nicht, sagte sie sich, warf den Kopf zurück und nahm allen Stolz und Mut zusammen, den sie noch besaß. Und als es ihr endlich gelungen war, die Notiz zu tippen und Parker loszuwerden, kam sie zu dem Schluß, das Wichtigste von allem sei, gelassen und sorglos dreinzuschauen, wenn sie jemandem begegnete. Es gab ja schließlich nichts zu verbergen, oder? Und wenn es das nicht gab, warum es dann nicht zeigen, indem man frank und frei war?

Den Rest des Tags und auch den ganzen nächsten Tag lief Miss Simpson also frank und frei herum und stellte am Telefon und vor Daisys engen Freunden, die vorbeikamen, um sich nach ihr zu erkundigen, eine solche Offenheit und Freimütigkeit zur Schau, eine solche Redseligkeit bei ihren umständlichen Erklärungen, was der Doktor gesagt habe und was die gute Lady Midhurst, so bewundernswürdig geduldig und einsichtig wie immer, darauf geantwortet, daß selbst dem Dümmsten, der ihrer zitternden Stimme lauschte, klar wurde, daß Cilly Jones' Bericht über die Szene in der Bibliothek mit dieser De Lacy- Frauensperson stimmen mußte und Topsy Topham nichts als die reine Wahrheit erzählt hatte.

Nur einmal hatte Miss Simpson die Fassung verloren, und das war, als der Bischof vorbeikam. Er, der auf seinem Weg zum Oberhaus kurz hereinschaute – denn was sollte das alles heißen? Was hatte es bloß zu bedeuten, was da über die Liebste seiner lieben jungen Leute gemunkelt wurde? –, war so erschrocken, als er das angestrengt sorglose Gesicht des armen Wesens sah, daß er einen Schritt zurückwich, ins Stolpern kam und unwillkürlich murmelte, lasset uns beten, zumindest meinte Miss Simpson sein Gemurmel so verstanden zu haben.

»Oja – bitte. Das wollen wir tun!« rief sie zitternd und so begierig aus, als sehe sie endlich einen rettenden Anker.

Schlecht, sehr schlecht, sich aufs Beten zu verlegen. Das

schlechteste aller Zeichen. Viel schlimmer als beispielsweise Tränen, die ja nichts Ungewöhnliches waren bei älteren, unverheirateten Frauen.

Und folglich fürchtete der Bischof, es bestehe wohl wirklich keine Hoffnung.

Ehe also Daisy Paris hinter sich gelassen hatte, wußten alle nicht nur, daß sie abgereist war, sondern auch wohin. Dank Miss Simpson wußten es ihre engen Freunde schon Stunden zuvor, und bei der Lektüre der Abendzeitung lief es ihnen nur noch einmal kurz kalt über den Rücken, als sie die kühne Behauptung lasen, Terry würde ihrer Mutter bald nachreisen. Aber die allgemeine Öffentlichkeit, zum Beispiel die in der Dorset Street, erreichte die Nachricht erst kurz vor sieben, als die Nachmittagsausgaben erschienen; und Mumsie, die ihre schlichten Vorbereitungen für einen ruhigen Abend zu Hause traf, was hieß, sich ihres Korsetts entledigte, konnte, als sie, wie üblich, zuerst die Gesellschaftsspalten des *Evening Standard* las, einen aufgeregten Schrei nicht unterdrücken.

»Was ist?« fragte Rosie gleichgültig, die gelangweilt auf dem Sofa lag.

»Sie hat sich aus dem Staub gemacht«, rief Mumsie aus.

»Wer?« fragte Rosie und machte sich nicht einmal die Mühe, den Kopf zu wenden.

Daher eilte Mumsie mit der Zeitung zu ihr und klopfte aufgeregt mit dem Finger darauf.

Den ganzen Tag war sie ruhig daheim geblieben und hatte Rosie abverlangt, es ihr gleich zu tun und abzuwarten, wie die Dinge sich entwickelten. Die Richtung jedoch, die sie gleich zu Anfang einschlugen, gefiel Mumsie nicht, denn als sie und Rosie an jenem Nachmittag, nachdem sie in den

Kensington Gardens ausführlich Tee getrunken und sich unterhalten hatten, zurück in die Wohnung kamen, stellten sie fest, daß Andrew immer noch da war, und nicht nur da, sondern im Bett.

Keiner von beiden gefiel ein Andrew im Bett, schon gar nicht zu so ungewohnter Stunde.

Von seinem Schlafzimmer aus war jedes Wort zu verstehen, gleich, wie sorgfältig man die Türe schloß. Ihn dort zu wissen, Stunden vor seiner üblichen Zeit, und ausgerechnet jetzt, wo es so wichtig gewesen wäre, daß sie ungezwungen miteinander reden konnten, war, so fand Mumsie, schier zum Verzweifeln, und um so mehr, weil Rosie heute so widerspenstig war und bei weitem nicht so erfreut über die Aussichten, die sich ihr eröffneten, wie sie hätte sein sollen. In den Kensington Gardens war Mumsie zuletzt recht ärgerlich über sie gewesen. Da plante sie die glänzendste Zukunft für sie beide, und Rosie wiederholte nur dauernd wie ein Papagei, »Aber ich will dieses *Shillerton* nie wieder betreten, auf gar keinen Fall.«

»Shillerton, Shillerton. Na gut, dann eben nicht«, hatte Mumsie recht streng sagen müssen. »Aber am Grosvenor Square und den Leuten, die wir da treffen können, hast du hoffentlich nichts auszusetzen. Oder an Ballymackonochie, wo wir mit Jagdbüchsen und Beutetaschen oder womit sonst diese Leute herumlaufen über die Felder ziehen. Stell dir bloß vor, wie fabelhaft du in einem kleinen Jagdkostüm aussehen würdest. Und mir stünde so etwas auch nicht schlecht. Du bist müde, Süßes. Komm, laß uns noch einen Cocktail trinken.«

Und als sie dann die Wohnung betraten, war Andrew da, nicht nur da, sondern obendrein in seinem Bett.

»Fühlst dich wohl erschlagen, Jungchen?« fragte Mumsie

mit bewundernswerter Gutmütigkeit, wenn man bedachte, wie ärgerlich das Ganze war.

Gladys hatte sie mit der Nachricht empfangen, Andrew sei ausgewesen und hätte, als er zurückkam, einen, wie sie es nannte, Zitteranfall gehabt.

»Einen ganz schlimmen«, sagte Gladys. »Kam so bibbernd zur Türe rein, daß er nicht mal seinen Hut aufhängen konnte. Und in der Küche hörte ich ihn dann mit seinem Waschgeschirr klappern und klirren.«

»Fühlst dich wohl erschlagen, Jungchen?« fragte sie also gutherzig.

Unverständliches Gemurmel war Andrews Antwort, ehe er sich mit dem Gesicht zur Wand drehte. Mumsie blieb eine Weile stehen, sah auf ihn hinab und mußte sich sehr über dieses Mädchen wundern, Terence oder wie sie hieß. Das war kein Mann, der da lag, sondern ein Knochen – ein vertrockneter, lebloser Knochen, dachte sie, während sie den mageren nackten Arm auf der Decke mit Mißfallen betrachtete. Welche Frau wollte schon von so einem Arm umschlungen werden! Sie mußte abartig sein, diese Terence, das stand für Mumsie fest.

»Möchtest du irgend etwas?« fuhr sie fort. »Vielleicht noch ein Schluckchen Brandy?«

Keine Antwort. Er verharrte mit dem Gesicht zur Wand. Mumsie blieb noch einen Moment stehen, dann warf sie den Kopf zurück und ließ ihn allein.

Entsetzlich war es dem unglücklichen Andrew, daß er in dieser schlimmen Krise seines Lebens nicht nur körperlich zusammenbrach, sondern obendrein auch noch von Mrs. De Lacy und seiner Frau umgeben war. Hätte er gewußt, daß sie so früh heimkämen, wäre er in irgendein Hotel gegangen und hätte sich dort ins Bett gelegt; aber wenn sie ausgingen, blieben sie normalerweise bis spät in die Nacht. Und dann auch noch, Jungchen! Wissend was er wußte, und was auch sie unvermeidlich in wenigen Stunden wissen würden, wie sollte er es da ertragen, daß man ihn, und auch noch mit so offenkundiger Herzlichkeit, Jungchen nannte?

Mit geschlossenen Augen, das Gesicht zur Wand, lag er da. Er hatte ein kurzes aufwühlendes Gespräch mit Terry gehabt und war danach mit nur einem Wunsch heimgekrochen, allein zu sein und seine Ruhe zu haben. Als er die Wohnung betrat, wurde er von einem Zittern geschüttelt, einem so heftigen, daß er kaum in der Lage war, sich zu entkleiden und zu Bett zu gehen.

Der Anfall war vorübergegangen, und da lag er nun, reglos und erschöpft, und wollte nur noch seine Ruhe – Ruhe um ihn herum, hieß das, denn in seinem Kopf konnte es die nicht geben, zu viele Bilder und Worte wirbelten darin herum. Und so sehr er sich auch dagegen wehrte, er sah und hörte sie: Terrys Gesicht, als sie in die Bibliothek zurückkam, vor ihm stand und ihn wortlos ansah, als sei sie entschlossen, sich auf der Stelle von ihm loszusagen, im nächsten Moment ihren Entschluß aber bereute – ah, sie hätte ihn nicht bereuen sollen, hätte sie doch nur nicht! –, ihm zwar noch mit dem Ernst einer erzürnten jungen Göttin Vorwürfe machte, weil er ihre Liebe ihrer Mutter gegenüber geleugnet hatte, dann aber zu ihm kam, die Arme um ihn schlang und Worte zu murmeln begann, die ihn beruhigen und trösten sollten, die ihm aber wie Totenglocken in den Ohren dröhnten; Daisys Gesicht, während sie wie eine Blinde an ihm vorbeiwankte und sich zur Tür vortastete – seine Altersgenossin, seine arme, verletzliche Altersgenossin, so verletztlich, weil, einmal zu Boden geworfen, sie sich nicht mehr wie ein junges Mädchen erheben, das Unheil abschütteln und weiter ihres Wegs gehen konnte. Wußte er selbst nicht am besten, stöhnte Andrew auf, was es hieß, wenn einen in Daisys Alter der vernichtende Schlag traf? Vor sieben Jahren wurde ihm der vernichtende Schlag versetzt, als Terry ihm ihre Liebe gestand – und jetzt fühlte er sich so elendig krank und am Boden zerstört, daß er nicht einmal über die Wortwahl schockiert war, mit der er diesen Moment beschrieb.

»Geht's noch nicht besser, Jungchen? Nicht das kleinste, winzigste bißchen?« fragte Mumsie, die auf ihrem Weg zum Abendessen in dem kleinen Eßzimmer noch einmal bei ihm hereinschaute.

In der Tat lobenswert, diese unbeirrbare Freundlichkeit ihrerseits, wo es doch rein zum Verrücktwerden war, daß er da lag, auf der andern Seite der Wand, die so dünn war, daß sie und Rosie sich nur flüsternd unterhalten konnten.

Diesmal war er so gefangen genommen von den unablässig in seinem Kopf herumwirbelnden Bildern, daß er sie überhaupt nicht hörte. Es kreiste und kreiste in seinem Kopf – Daisy, Terry, Daisys Gesicht, Terrys Gesicht – Daisy, die so viele Jahre lang seine gute, treue, vertrauensvolle Freundin gewesen war, ihm tröstend die Hand gereicht hatte, wenn er zu Hause unglücklich war, ihn in ihren eigenen glücklichen Kreis aufgenommen hatte, ihm Arbeit gab und Anteil an ihm nahm, sein ganzes tiefeinsames Leben in etwas Warmes und Hoffnungsvolles verwandelte, nur, um am Ende so dazustehen! Wegen ihm! Was er Terry angetan hatte, war nicht halb so entsetzlich wie das, was er, durch sie, Daisy angetan hatte. Terry war jung. Sie hatte nie die geringste Neigung zur Selbstquälerei gehabt, und Ängste waren ihr so fremd wie Gewissensbisse. All die Jahre hatte sie die Ansicht vertreten, er und sie sollten stolz auf sich sein – wobei sie unbeirrbar die großen, freien Ideen, all jene Bücherweisheiten, die sie von ihm gelernt hatte, ins Feld führte und auf ihren eigenen, heiklen Fall anwandte. Bei dem geringsten Anzeichen von Zweifeln und Selbstvorwürfen seinerseits hatte sie ihn mit seinen eigenen Argumenten bombardiert und hartnäckig darauf bestanden, sie sollten stolz sein.

Stolz! Andrew konnte nicht stolz sein. Nicht einen Moment war er es gewesen. Am Anfang gab er sich Mühe, so zu tun, wenn auch nur aus dem Grund, weil ein Mann, mag er auch noch so tief in die Verwicklungen des wirklichen Lebens verstrickt sein, es sich nicht leisten kann, so schnell seinen eigenen, standhaft verkündeten Idealen abzuschwören. Aber bald schon fand er es genauso anstrengend, den Stolzen zu spielen, wie es ihn anstrengte, während der kurzen gestohlenen Stunden, jener in Angst und stets mit einem gespitzten Ohr verbrachten Stunden, den Liebhaber zu spielen. Und heute nachmittag, als sie ihn in die Arme nahm, ihn anflehte, nicht so kläglich zu gucken, und, ihre Wange an seine geschmiegt, fragte, ob er nicht auch erleichtert sei, daß sie endlich nicht mehr lügen müßten, hatte er es sich nicht verkneifen können zu sagen: »Du findest wohl, jetzt sollten wir in aller Öffentlichkeit stolz sein?«

»Na stolz – ich weiß nicht recht«, hatte sie ein wenig zerknirscht geantwortet und war, nur verständlich angesichts seiner Bitterkeit, leicht zusammengezuckt. Aber war nicht auch seine Bitterkeit verständlich? Diese jungen Leute. Diese rücksichtslosen jungen Mädchen. Eigentlich dürften sie nur Väter haben.

»Und deine Mutter?« war er fortgefahren. »Sollen wir etwa stolz darauf sein, daß wir deine Mutter beinahe umgebracht haben . . .?«

Darauf verstummte sie, als hätte sie plötzlich die Sprache verloren, rührte sich nicht, preßte ihre Wange nur noch fester an seine.

Hielt sie ihn so fest umschlungen, weil sie fürchtete, wenn sie losließe, würde er zerbröckeln, würde sich der Mann, den sie zu lieben glaubte, in das Nichts auflösen, das er war? Wurde ihr am Ende klar, daß er vor Reue verfaulte, vor Gewissensbissen vermoderte und alles andere als der passende Gefährte für strahlende, verwegene Jugend war?

Nein, sie tat es, weil ihr die Tränen über die Wangen liefen und sie nicht wollte, daß er es sah. Aber er wußte, daß sie weinte. Er spürte es. Sie war nicht unmenschlich. Er war es, der kein Erbarmen, keine Milde kannte.

Plötzlich fühlte er, daß er am Ende seiner Kräfte war, einfach nichts mehr ertragen konnte, und fing auch zu weinen an – kläglich und hilflos. Und so hatten sie dagestanden, sich umarmt, geweint . . .

Bei der Erinnerung daran wand sich Andrew in seinem Bett.

Zum Abendessen gab es Rüben mit Lammfleisch, und Mumsie ließ ihm einen Teller ins Zimmer bringen.

»Na, mein Leibgericht ist es ja auch nicht«, sagte sie fröhlich und immer noch zu größter Nachsicht bereit, als Gladys mit dem nicht angerührten Mahl zurückkam.

»Vielleicht hat er ja zu viel von dem Lachs gegessen«, meinte Rosie, die nach ihrem langen, langweiligen Tag zu kleinen Bosheiten aufgelegt war.

»Welchem Lachs?« fragte Mumsi mit strengem Blick.

»Na, von dem schönen kalten Rest, den du ihm angeboten hast«, sagte Rosie, während sie sich die Nase puderte.

»Jetzt hör mal zu, Süßes«, sagte Mumsie, während sie mit

dem Messer auf den Tisch klopfte, »ich habe einen nervenaufreibenden Tag hinter mir. Jetzt fang *du* nicht auch noch an, und mach Sperenzchen.«

Aber Rosie hatte mit ihren Sperenzchen schon seit einer ganzen Weile begonnen, was Mumsie nicht entgangen war, nur hatte sie bis jetzt, auch ohne eine bockige Tochter schelten zu müssen, zuviel um die Ohren gehabt, es beim Namen zu nennen.

»Entschuldige, meine Liebe«, sagte Rosie, kleinmütig, wie es schien.

Um zehn Uhr ging Mumsie noch einmal hinein, um nachzusehen, ob ihr Schwiegersohn für die Nacht gut zugedeckt war. Sie fand das sehr freundlich von sich, in Anbetracht von allem.

In seinem Zimmer brannte kein Licht, und seine graue Gestalt lag in dem eintönigen grauen Junizwielicht genau so da, wie sie sie verlassen hatte, mit dem Gesicht zur Wand.

»Wenn du noch irgend etwas möchtest, ruf einfach«, sagte sie, obwohl auch sie erkennen konnte, daß Andrew kaum nach Rufen war.

»Ein guter Nachtschlaf, und er ist wieder *ganz* der Alte«, versicherte sie Rosie optimistisch – wohl auch, um sich selbst zu beruhigen; aber als sie am nächsten Morgen um elf in sein Zimmer ging, stellte sie besorgt und bekümmert fest, daß dem nicht so war.

Hartnäckig schweigend lag Andrew da, das Gesicht zur Wand, das spärliche Haar zerwühlt, das Bettzeug kreuz und quer, und wieder dieser dünne nackte Arm, vor dem Mumsie so gruselte, der da aus dem Ärmel guckte und auf der Bettdecke lag.

»Sollen wir einen Arzt rufen?« fragte sie, eine Spur Strenge in der Stimme.

Er murmelte etwas, das nach Nein klang, und sie ging zu Rosie ins Nebenzimmer zurück und sagte laut, denn er sollte sie hören, entweder sei man krank oder man sei es nicht, und wenn man krank war, holte man den Doktor, und wenn nicht, dann stand man auf, damit das Mädchen ins Zimmer konnte und saubermachen.

Nutzlos jedoch, Andrew mit gesundem Menschenverstand zu kommen. Er blieb weiter apathisch und stand nicht auf, sagte nichts, aß nichts, kurz, war kein normaler, vernünftiger Mensch mehr; und der Tag, der von Anfang an versprochen hatte, einer von der zähflüssigen Sorte zu werden, schleppte sich träge dahin.

»Kind, du *mußt* den Dingen Zeit lassen, damit sie sich entwickeln können«, ermahnte Mumsie ihre Tochter scharf, als diese nach dem aus Sardinen bestehenden Lunch wieder mit ihrer Bockigkeit begann und eine Serie langer, lauter Gähner ausstieß.

»Na, tu ich das etwa nicht?« sagte Rosie, schnitt ein Gesicht, das die Franzosen *moue* nennen, und ließ sich auf das Sofa plumpsen.

»Lieber Gott, was ein Tag«, bemerkte sie dann, ließ beide Arme schlaff herunterhängen und starrte zu den Fliegen unter der Decke hoch.

»So etwas sagt man nicht«, schimpfte Mumsie, die es, wenn es darauf ankam, sehr genau mit dem lieben Gott nahm.

»Entschuldige, meine Liebe«, sagte Rosie.

Inzwischen war Mumsie geneigt, sie bei allem, was sie sagte, streng zurechtzuweisen, weil Andrew, als er mit Sardinen in Versuchung geführt wurde, wieder nur sein Gesicht zur Wand gedreht hatte. Das machte Mumsie Sorgen. Nun, wer wußte es besser als sie, wie schnell Männer am Ende sind, wie viel schneller als jede andere Sorte Menschenwesen, und was für eine Last sie dann waren, wie nörgelige Babys, die von morgens bis abends umsorgt werden mußten. Und was hatte eine Frau von einem Mann, der am Ende war? Die Vorstellung, daß sich Andrew zu einem solch kritischen Zeitpunkt in ihrer aller Leben womöglich auf diesen Zustand zubewegte, und das aus reiner Dickköpfigkeit, reichte allein schon aus, so fand Mumsie, den gelassensten Menschen in Unruhe zu versetzen, ohne daß auch noch Rosie das gleiche Lied anstimmte und lästig wurde.

»Wenn der Mann nicht bald etwas ißt . . .«, begann sie, mit durchaus verständlichem Verdruß, an die träge, matte Figur auf dem Sofa gerichtet.

Was hatte sich das Mädchen so hinzufläzen? Mumsie haßte alles Gefläze. Und gleich zwei von der Sorte war wirklich ein bißchen viel – Andrew, der sich nebenan auf seinem Bett fläzte, und hier im Zimmer seine Frau auf dem Sofa. Und bemühte auch noch den lieben Gott! Solch unfeine Redensarten mißbilligte Mumsie.

»Welcher Mann?« fragte Rosie.

»Welcher Mann! Na, unseren Sternen sei Dank, haben wir nur den einen«, fauchte Mumsie.

»Vielleicht sollte man ihm ein bißchen trockenen Toast bringen«, schlug ihre Tochter matt vor.

»Sollte! Sollte! Du kannst schließlich niemanden *zwingen*, trockenen Toast zu essen«.

»Entschuldige, Liebe«, sagte Rosie, diesmal längst nicht so kleinmütig, weil, wirklich, sie langweilte sich zu Tode, und sie sah beim besten Willen nicht ein, wieso ihre Mutter, ihre schlaue, findige Mutter, die Entwicklung der Dinge nicht allein abwarten konnte, statt von ihr zu verlangen, ihr dabei Gesellschaft zu leisten. Warum sollte sie, Rosie, einen ganzen Sommertag im Zimmer eingesperrt verbringen, um diese dummen Entwicklungen abzuwarten? Und woher sollte sie wissen, ob die Dinge, wenn sie erst ins Rollen kamen, eine Richtung einschlugen, die ihr gefiel? Das ganze Gerede über Grosvenor Square und dieses Ballyirgendwas jagte ihr bloß einen Schrecken ein. Wahrscheinlich war's da ganz genau wie auf Shillerton. Ihre Mumsie war zwar sehr klug und gescheit, aber sie kannte Shillerton schließlich nicht und stellte sich nicht *im Traume* vor, wie ...

Also sagte sie das ›Entschuldige, meine Liebe‹ bei weitem nicht so liebevoll wie sonst, und Mumsie, der der Unterschied sofort auffiel, bemerkte »Langsam reicht's mir mit deiner dauernden Entschuldigerei.«

»Entschuldige, meine Liebe«, sagte Rosie wieder, nicht aus Trotz, aus reiner Gewohnheit; und Mumsie, die das Mädchen am liebsten gepackt und geschüttelt hätte, sich aber beherrschte, warf den Kopf zurück und sagte, wobei ihre Nasenflügel bebten: »Auch auf das dauernde ›meine Liebe‹ kann ich gut verzichten.«

»Du willst doch nicht mit mir streiten, meine Liebe?« antwortete Rosie darauf, drehte sich zu ihrer Mutter um, sah sie mit großen Augen an und streckte ihr nach einer Weile mit gespielter Demut versöhnend die Hand hin – oja, Mumsie bemerkte das Gespielte ganz genau.

»Streiten? *Ich* streiten? Mit einem Küken wie dir?« war die aufgebrachte Antwort; und Mumsie war drauf und dran, einen heftigen Streit mit ihrer Tochter zu beginnen, als, glücklicherweise, das Telefon klingelte.

Das Telefon stand in der kleinen Eingangshalle. Durch sein Läuten wie immer augenblicklich in gute Laune und freudige Erregung versetzt, eilte Mumsie hinaus, um den Hörer abzunehmen, wobei sie sich unterwegs ermahnte, sehr vorsichtig in ihren Äußerungen zu sein und keine Namen fallen zu lassen, denn obwohl das Telefon so weit von Andrews Zimmer entfernt stand wie in dieser Wohnung eben möglich, war es dennoch nahe, und er würde jedes Wort verstehen, das sie sagte.

Sehr leise und mit der eigentümlich honigsüßen Stimme, die sie sich fürs Telefonieren aufsparte, sagte sie nicht »Hallooh«, was sie viel zu gewöhnlich fand, sondern, »Wer spricht dort bitte?« – und Rosie, die vom Sofa aufgestanden und ihr gefolgt war, für den Fall, jemand wollte ihr mit einer Tee-Einladung zur Rettung eilen, sah, wie sich ein höfliches, beflissenes Lächeln auf dem Gesicht ihrer Mutter ausbreitete, und hörte sie mit ihrer besten Salonstimme sagen: »Oh, in der Tat. Entzückt. Ganz gewiß doch. Entzückt, Sie kennenzulernen, auch wenn es vorläufig nur am Telefon ist.«

Rosie spitzte die Ohren. Sie lehnte sich an die Wand und, die Hände in die weiten Ärmel ihres Kimonos gesteckt, einen ihrer nackten Füße nach vorn gestreckt, amüsierte sich damit, die Zehen einzuziehen und wieder zu strecken, während sie aus den Antworten ihrer Mutter zu erraten versuchte, wer am andern Ende der Leitung war; und als ihre Mutter sagte: »Meine Tochter – ja, ganz recht, ich bin Mrs. De Lacy«, immer noch mit jenem höflichen, beflissenen Lächeln übers ganze Gesicht, blühte Rosie wie eine Blume auf, die gerade frisches Wasser bekommen hat. Jemand wirklich der Rede Wertes wollte sie ausführen. Keiner von der üblichen Sorte diesmal.

»Meine Tochter hat mir ja schon so viel von Ihnen erzählt«, fuhr ihre Mutter fort. »Ich meine natürlich« – wurde dann hastig hinzugefügt, so als sollten Mißverständnisse ausgeschlossen werden – »sie hält ja so viel von Ihnen, wirklich, das tut sie«, und während sie ihre Hand einen Moment über die Muschel legte, flüsterte sie Rosie aufgeregt zu: »Es ist das Mädchen.«

»Welches Mädchen?« fragte Rosie, sackte schlaff gegen die Wand und stellte nichts mehr mit ihren Zehen an. Was sollte sie mit einem Mädchen? Mädchen führten einen nicht zum Tee aus.

»Pssst – psst. Seins, natürlich. Seine Dirne.«

»Birne?« wiederholte Rosie verständnislos, die sich im Gegensatz zu Mumsie nicht rühmen konnte, in ihrer Jugend in Shakespeare-Stücken auf der Bühne gestanden zu haben.

»Psst – psst. Lady Terence Chilgrove natürlich, Dummchen. Entschuldigen Sie bitte«, sprach Mumsie dann wieder ins Telefon und machte eine kleine entschuldigende Verbeugung, »Ihre letzte Bemerkung habe ich nicht recht verstanden. Es summt heute so schrecklich in der Leitung, nicht wahr? Oh. Ja. Ich verstehe. Ganz recht. Nein, er ist nicht ausgegangen. Er ruht sich heute ein wenig aus.«

»Nun, hier natürlich. Wo sonst, schließlich ist er ja hier zu Hause.«

»Nein, ich fürchte, das ist im Augenblick nicht durchführbar.«

»Nein, er ist nicht beschäftigt, er fühlt sich nur nicht wohl.«

»Oh, nein – nichts Ernstes, überhaupt nichts Ernstes. Nur eine kleine Leberverstimmung, wie es scheint. Wir sind halt nicht mehr so jung, wie wir mal waren. Anna Domini, wie man so schön sagt.«

»Nein, wirklich, ich fürchte, dazu ist er im Moment nicht in der Lage. Wissen Sie, er ist im ...«

Aber hier, zwar nur den Schatten einer Sekunde lang, zögerte Mumsie und hüstelte. »Nun, im Bett«, beendete sie ihren Satz mit gesenkter Stimme, die im Verlauf des Gesprächs vor Aufregung recht laut geworden war. Ausgerechnet dieses Wort unter ausgerechnet diesen Umständen ausgerechnet dieser Person gegenüber laut auszusprechen erschien ihr doch sehr *risqué*.

Darauf folgte, wie Rosie hören konnte, ein Wortschwall am anderen Ende, in den sich ihre Mutter in gewissen Abständen beflissen einschaltete: »Oja, gewiß. Ja – auf Fleischbrühe schwöre ich auch. Gewiß achte ich darauf, daß sie schön kräftig ist. Sehr freundlich von Ihnen, so Anteil zu nehmen! Ja, ich richte ihm die Botschaft aus. Ja, Sie können sich darauf verlassen. Aber nein doch, keineswegs, ich versichere Ihnen, es war mir eine Freude ...«

Und zum Schluß sagte sie in einem so vornehmen Ton, an dem man sich ein Beispiel nehmen konnte, fand Rosie: »Auf Wiederhören.«

»Da siehst du's«, flüsterte Mumsie, nachdem sie aufgelegt hatte, mit roten Wangen und triumphierendem Gesicht ihrer Tochter zu. »Um *die* brauchen wir uns jedenfalls keine Sorgen zu machen. Weich wie Wachs. Überschlägt sich vor Freundlichkeit. Hat nicht den leisesten Schimmer, daß wir sie in der Hand haben. Na, wer hatte nun recht damit, daheim zu bleiben und ruhig abzuwarten? Das sag mir mal, du kleine Nörgelliese ...«

Und wieder ganz im Vollbesitz ihrer guten Laune, kniff sie Rosie noch schnell ins Ohr, ehe sie zu Andrew eilte, um zu sehen, wie er die ihm bestellte Botschaft aufnahm.

Er nahm sie gar nicht auf. Denn, wie es schien, schlief er tief und fest. Das Beste, was er tun konnte, sagte Mumsie zu ihrer Tochter, als sie wieder bei ihr war. Es ausschlafen. Und wenn er es nicht ausschlief, falls sich die Sache doch zu einem Fall von Gerstenschleim und Kraftbrühe auswuchs, na, dann mußten sie sich eben damit abfinden und ihn pflegen.

»Oh?« sagte Rosie und sah ihre Mutter einen Moment mit weit aufgerissenen Augen an. Dann sank sie wieder schlaff aufs Sofa.

»Ja. Und zwar sehr sorgsam pflegen. Wir brauchen Andrew noch, weißt du«, sagte Mumsie, während sie mit jenen bereits erwähnten Vorbereitungen für einen ruhigen Abend daheim begann und die ersten Haken und Ösen ihres Korsetts löste.

Darauf gab Rosie keine Antwort; aber in ihrem Schweigen lag etwas so Abfälliges, ja geradezu Höhnisches, das so gänzlich ungewohnt bei ihr war, daß Mumsie in ihrem Kampf mit den Haken und Ösen innehielt und ihre Tochter wiederum streng ansah.

In genau diesem Moment, während Mumsie innehielt, streng blickte und gleichzeitig ihren Kopf nach den wirkungsvollsten Worten durchwühlte, um das Mädchen ein für alle Mal zur Ordnung zu rufen, wurde die Abendzeitung unter der Eingangstür hindurchgeschoben.

Sie beide hörten es, und Mumsie, die weder ganz in ihrem Korsett war noch ganz draußen, hieß Rosie hinzugehen und sie zu holen.

Rosie rührte sich nicht von der Stelle.

»Lauf hin und hol sie«, trug ihr Mumsie jetzt in schrillem Befehlston auf.

Rosie reagierte nicht, und weit davon entfernt loszulaufen, stieß sie eine weitere Serie jener lauten und ungehörigen Gähner aus.

So eine Unverschämtheit. Die nackte Frechheit. So etwas hatte Rosie noch nie getan, so war sie noch nie gewesen. ›Warte nur, mein Mädchen‹, dachte Mumsie, während sie sich mit einem letzten gewaltigen Ruck endgültig aus ihrem Korsett befreite und es raschelnd zu Boden fiel.

Sie ging die Zeitung selbst holen. Sie kam zurück, überflog die Seiten. Plötzlich schrie sie laut auf. Und vor Aufregung vergaß sie alles andere, eilte hinüber zum Sofa und klopfte heftig mit dem Finger auf die Spalten.

Ihre Chance! Strahlend leuchtete sie vor ihr auf. Das Schicksal spielte ihr in die Hände, das Glück war auf ihrer Seite.

»Ich verreise«, verkündete sie der träge da liegenden Rosie. »Ich reise ihr nach.« Und mit vor Freude blitzenden Augen fügte sie hinzu: »Mein ganzes Leben lang hab ich mich *nur so* danach gesehnt, einmal an die Riviera zu kommen!«

Keine Frage, Lady M. zu folgen, war die vom Himmel geschickte Gelegenheit dazu, und dort, in dem ungestörten Schlupfwinkel, würde Mumsie all ihre Zeit darauf verwenden, dem scheuen Vogel Salz auf den Schwanz zu streuen. Schlupfwinkel waren genau der richtige Ort für lange, ruhige Gespräche und dafür, den Leuten Vernunft beizubringen. Außerdem blieb einem ja gar keine andere Wahl, als vertraut miteinander zu werden, wenn man nichts weiter trug als einen dieser tief ausgeschnittenen Pyjamas, die den Illustrierten nach der letzte Schrei an der Riviera waren. Gleich morgen früh würde sie sich mehrere besorgen. Je mehr Kleider man auszog, desto vertrauter wurde man sich – wer wußte das besser als sie? Wer konnte schon mit Pyjamahosen und nichts darüber als einem kleinen Seidenfetzen zur Bedeckung der wichtigsten Teile der Brust die Reservierte spielen? Alles vornehme Getue war unter solchen

Umständen lächerlich, und nach ein paar Tagen mit kaum etwas an würden Lady M. und sie Meine Liebe zueinander sagen, und von da zu Belle und Daisy war es nur noch ein winziger Schritt.

Das alles erklärte sie Rosie atemlos, während sie neben dem Sofa stand und die Zeitung vor Aufregung zerknüllte. Aber dann, plötzlich, als sei ihr etwas eingefallen, stieg sie schnell wieder in ihr Korsett.

»Ich muß ausgehen«, sagte sie hastig.

»Ausgehen?« anwortete die inzwischen völlig verdatterte Rosie.

»Ja. Ich muß los, Geld besorgen. Ich muß zur Bank.«

»Aber die Banken sind doch abends geschlossen?«

»Als gäb ich mich mit einer Bank ab, die geschlossen hat!« rief Mumsie aus, während sie hastig durch die Wohnung schwirrte. »Bleib nicht auf und warte auf mich, Süßes. Zum Abendessen bin ich bestimmt nicht zurück . . .«

Und ehe die verstörte Rosie noch ein Wort sagen konnte, war Mumsie fortgeeilt – zur selben Bank, jener glattrasierten, älteren, amerikanischen mit Hornbrille, von der sie den Vorschuß für die acht neuen Kleider für Shillerton bekommen hatte.

Das war am Dienstagabend, und am Donnerstagmorgen, nach einem mit den verschiedensten Aktivitäten verbrachten Mittwoch, war sie in der Tat unterwegs. Von dem Augenblick an, als sie die Notiz in der Zeitung sah, bis zu dem Augenblick ihrer Abreise, vierzig Stunden später, scherten schmollende Töchter und bettlägrige Schwiegersöhne Mumsie nicht mehr; sie vergaß und vergab alles und jedem; sie besiegte jedes Hindernis oder fegte es beiseite und war so voll universellen Wohlwollens, daß sie Gladys sogar erlaubte, den Rest Sardinen aufzuessen.

»Hierbei geht's ums *Geschäft*, mein Süßes«, hatte sie der niedergeschlagenen Rosie gegenüber beharrlich wiederholt und ihr zum Schluß forsch unters Kinn gefaßt. »So müssen wir die Sache sehen. Ich muß gehen, und du mußt bleiben. Wir beide haben unsern Teil zu erfüllen, und deswegen ein Gesicht zu schneiden, hat gar keinen Sinn.«

Es hatte auch keinen Sinn, so zu tun, was Mumsie hin und wieder versuchte, als opfere sie sich auf, denn es war allzu offenkundig, daß sie das nicht tat. Gewiß, am Mittwochmorgen war sie ein wenig derangiert gewesen und hatte ein paar allgemeine Bemerkungen darüber fallen lassen, wie schwer dem Geld heutzutage beizukommen sei, aber kurz darauf war sie wieder bester Stimmung, und während Rosie ihr von Geschäft zu Geschäft folgte, vom Paßamt in Westminster zum Reisebüro in der Pall Mall und zurück zu den Geschäften und wieder zum Reisebüro und noch einmal zum Paßamt und sonst überallhin, wo Mumsie hinging, nur um keine Minute eher allein bei Andrew zurückzubleiben als unbedingt nötig – während Rosie ihre Mutter also auf all diesen Wegen begleitete, wurde ihr Gesicht von Schritt zu Schritt, wie ihre Mutter es nannte, miesepetriger, in genau dem Maße, wie sich das Gesicht eben dieser Mutter von Minute zu Minute aufhellte.

In ihrer aufgeräumten Stimmung war Mumsie so spendabel, wie jemand mit so wenig Geld es nur sein konnte, nach dem Kauf von Fahrkarte und Reisekleidung. Es regnete Geschenke. Sie kaufte Rosie eine Schachtel Pralinen und für Andrew ein Stück Fleisch für seine Kraftbrühe. Selbst Gladys wurde nicht vergessen und bekam ein Gesangbuch. Mumsie war der ganzen Welt wohlgesonnen und besonders Andrew, dessen Fehltritt sie diesen herrlichen Glücksfall verdankte. In der Tat lautete ihre letzte Mahnung an Rosie, die am Donnerstag untröstlich am Bahnsteig stand und ihre Mutter verabschiedete, sie solle ihren Gatten unverdrossen lieben und ehren.

»Ach – den«, sagte Rosie und zuckte mit den Achseln. Sie war tief deprimiert, ihr Mund nach unten verzogen, und nur halb verbargen ihre langen Wimpern die Tränen, die ihre Mutter entschlossen ignorierte.

»Hör gut zu«, sagte Mumsie und lehnte sich weit aus dem Waggonfenster, damit die anderen Reisenden sie nicht hörten, »er ist sehr, sehr wichtig. Unsere ganze Zukunft hängt davon ab, daß er lebt und strampelt.«

»Strampelt?« wiederholte Rosie und riß die Augen auf.

Dann schnitt sie eine finstere Grimasse. Ein strampelnder Andrew. Wäre ihr nicht so elend zumute, hätte das Bild sie vielleicht amüsiert. Nichts jedoch konnte sie an diesem schrecklichen Tag amüsieren, an dem sie von der einen Person verlassen wurde, ohne die sie verloren war.

Sie sah zu ihrer Mutter auf, die Brauen zusammengezogen, die Mundwinkel herabgefallen.

»Ich wünschte«, sagte sie mit tief betrübter Stimme, in die sich eine Spur Vorwurf mischte, »du würdest mir sagen, was ich tun soll, wenn dieses Mädchen wieder anruft.«

Darauf wandte Mumsie, die halb aus dem Fenster hing, den Kopf ein wenig zur Seite und sprach sehr deutlich, so daß die Mitreisenden hinter ihr im Waggon sie hören konnten.

»Du meinst Lady Terence Chilgrove?« fragte sie, jede Silbe betonend.

In dem Moment setzte sich der Zug in Bewegung, und Mumsie blieb nur noch Zeit, majestätisch mit der Hand zu winken.

»Den Hörer abnehmen, natürlich«, rief sie noch, und

mit diesem unbefriedigenden Rat überließ sie Rosie ihrem Schicksal.

Sechsundzwanzig Stunden später, nach einer ermüdenden, beschwerlichen Reise, wie sie jenen, die billig reisen müssen, in den meisten Fällen nicht erspart bleibt, nach zweistündigem Aufenthalt in Paris und endlosem Zugrangieren und Warten in Marseille kam Mumsie in Cannes an.

Wer nach Grasse wollte, mußte zuerst nach Cannes, hatte man ihr im Londoner Reisebüro gesagt.

»Oja – ganz in der Nähe«, hatte ihr der junge Mann versichert, ein sehr hilfsbereiter, freundlicher junger Mann und gut aussehend dazu.

Und könne er ihr sagen, wo sich der dortige Sitz der Marquise von Midhurst befinde?

Nein, damit könne er leider nicht dienen, aber das wisse bestimmt ein jeder in der Gegend dort.

»Da werde ich nämlich wohnen«, sagte Mumsie.

»Fraglos ein sehr angenehmer Aufenthaltsort, Madam«, sagte der junge Mann respektvoll.

Den ersten Schock bekam Mumsie, als sie feststellte, daß der Zug, in den sie in Cannes umgestiegen war, eine Dreiviertelstunde bis nach Grasse brauchte und obendrein noch genau die entgegengesetzte Richtung von Meer, Strandanzügen und tiefausgeschnittenen Pyjamas einschlug. Was hatte man davon, an die Riviera zu fahren, wenn man gleich wieder von ihr wegfuhr? In Mumsie, die nicht gefrühstückt hatte, stieg langsam Ärger auf.

Außerdem war es drückend heiß in diesem durch und durch zweitklassigen Zug, der an jedem nichtssagenden kleinen Bahnhof hielt und an Fahrgästen nichts anderes aufzuweisen hatte als Frauen mit Marktkörben, die einen anstarrten und dann in ihrem fremdländischen Kauderwelsch Bemerkungen zueinander machten. Endlos ruckelte der Zug also dahin, und als er schließlich den Ort erreichte, der angeblich Grasse sein sollte – inzwischen neigte Mumsie dazu, an nichts mehr zu glauben –, hatte sie, innerlich wie äußerlich, dringend eine Erfrischung nötig.

Wie den meisten Menschen von fülliger Statur schlug Mumsie ein leerer Magen auf die Laune. Wie hätte sie auch guter Laune sein sollen, wenn sie noch dazu wußte, daß ihr Gesicht, dem sie sich wegen des Geratters des Hauptstrekkenzugs, bei dem ihre Hand ständig wegrutschte, nur sehr flüchtig hatte widmen können, nicht so aussah wie es sollte; folglich war sie wirklich drauf und dran, sehr ärgerlich zu werden, hätte sie die französischen Worte gewußt, ihrem Ärger Luft zu machen. Aber sie konnte kein französisch, und so war sie gezwungen, dem wild gestikulierenden Gepäckträger, der sich ihren Koffer geschnappt hatte, stumm zu folgen und sich widerspruchslos in einen Omnibus bugsieren zu lassen, der sie in die Stadt hinein fuhr und sie vor einem Hotel absetzte, das gar keinen guten Eindruck auf sie machte.

»Hier gefällt's mir nicht«, sagte Mumsie, als sie eintrat und sich umsah.

»Bitte?« sagte der Besitzer, der, wie er ihr versicherte, Englisch sprach.

»Mief«, sagte Mumsie und reckte ihre immer noch hübsche Nase in die Luft.

»Bitte?« sagte der Besitzer.

Na, vielleicht sollte sie es doch nehmen. Es war ja nicht für ewig. Und, wie sie oft zu Rosie sagte, spielt nichts eine Rolle, wenn man weiß, es dauert nicht ewig – was der Grund dafür war, fügte sie dann manchmal hinzu, wenn sie in besonders mitteilsamer Stimmung war, weshalb sie immer Gatten der älteren Kategorie bevorzugt habe. Ermutigt durch ihre eigene Maxime drang sie kühn weiter in den Mief vor, nahm sich für einige Stunden ein Zimmer mit Bad, bestellte sich etwas zu essen und erkundigte sich, wo der Sitz der Marquise von Midhurst sei.

»Bitte?« sagte der Besitzer.

Das war Mumsies zweiter Schock. Daß man es, angesichts der Berühmtheit von Shillerton, Ballymackonochie und des Hauses am Grosvenor Square, im Londoner Reisebüro nicht wußte, hatte sie schon überrascht; aber daß ein Hotelbesitzer in Grasse selbst, der Stadt, in deren Nähe der Notiz in der Abendzeitung zufolge das Anwesen Lady M.'s lag, es nicht wußte, verblüffte Mumsie über die Maßen. Ein solches Anwesen, sollte man doch meinen, wäre nicht nur die Hauptattraktion der Region, sondern auch die Hauptquelle ihres Wohlstands. Es war wirklich sonderbar – sehr sonderbar. Und sie konnte es sich nur so erklären und sich gleichzeitig damit trösten, daß der Mann entweder kein Englisch verstand oder taub war.

»Sind Sie taub?« fragte sie daher, sehr laut.

»Bitte?« sagte der Besitzer.

Sie gab auf. Verschwendete kein weiteres Wort mehr, sondern stapfte stumm die Treppe hinter ihm hinauf. Sowie sie sauber und satt war, würde sie ausgehen und selbst Nachforschungen anstellen. Außerdem wollte sie den besten Frisör und Schönheitssalon ausfindig machen, denn sie hatte nicht vor, unvorteilhaft auszusehen, wenn sie bei Lady M. erschien. Koste es, was es wolle, zuerst mußte sie sich frisieren, maniküren und von einem Experten schminken lassen; schließlich kam es auf ein paar Francs mehr oder weniger jetzt nicht mehr an, denn schon bald wäre sie die beste Freundin einer sehr reichen Frau.

Wieder guten Muts, weil sie, wenn auch schlecht, zu Mittag gegessen und sich, wenn auch nur flüchtig, gewaschen hatte, machte sich Mumsie auf den Weg in die Stadt auf der Suche nach Lady M.'s Adresse. Aber welch eine Stadt. Sie versetzte Mumsie den dritten Schock. So ganz und gar anders, als sie erwartet hatte. Kaum ein Mensch unterwegs, und kein einziger, der nach etwas aussah. Die sonnendurchfluteten Straßen waren fast leer, und die Leute, auf die sie zuging, um sie nach dem Standort des Midhurst-Anwesens zu fragen – Männer natürlich, denn für Frauen hatte Mumsie noch nie Verwendung gehabt –, schienen Reißaus nehmen zu wollen, sowie sie den Mund öffnete.

In der Tat, ihre Suche war begleitet von Mißverständnissen. Der erste Mann, auf den sie zuging, strahlend lächelnd, um ihre Unkenntnis im Französischen wettzumachen, beschleunigte seinen Schritt, als er sie auf sich zukommen sah, und verschwand in eine Seitengasse. Der nächste murmelte etwas vor sich hin, das sie nicht verstand – er sei ein *père de famille,* bedeutete sein Gemurmel – und wechselte hastig auf die andere Straßenseite, während der dritte, ehe auch er verschwand, ihr streng und in fließendem Englisch sagte, sie solle sich schämen, am hellichten Tag!

Typisch französisch, dachte Mumsie amüsiert, während sie unbeirrt ihres Wegs ging; wie typisch für die Franzosen, immer nur an das eine zu denken. Und obendrein noch solch heruntergekommene Gestalten, alle drei. Als würde eine Frau mit ihrem Aussehen auch nur im Traume daran denken ...

Und während sie nachsichtig über die männliche Eitelkeit sinnierte, ihre Vorteile und Nachteile, ging sie auf einen Frisörladen zu, den sie auf der anderen Straßenseite entdeckt hatte.

Hier verbrachte sie zwei glückliche und nutzbringende Stunden, denn der Frisör verstand sich nicht nur auf Haare, sondern auch aufs Gesichterschminken und Nägelmaniküren, und als sie den Laden wieder verließ, fühlte Mumsie sich gewappnet, es mit fünfzig Lady M.'s aufzunehmen.

Aber wie die Dame finden? Der Nachmittag schritt voran, und Mumsie wollte unbedingt rechtzeitig zum Tee bei ihr eintreffen. *Paté de Foie*-Sandwiches; Mengen kleiner Sahnetörtchen; warmer Toast mit Butter und pikantem Aufstrich; Hörnchen, Sauerteigfladen – nein, Sauerteigfladen wohl kaum mitten im Juni, aber bestimmt ein reichhaltiger Obstkuchen mit Mandelguß – in ihrer Phantasie sah Mumsie schon den Tee vor sich, den Leute wie die Midhursts ihrer Meinung nach einnahmen, und beflügelt ging sie die Staße entlang, wobei ein Ausdruck um ihre Lippen spielte, der typisch für Leute ist, die entweder an unmittelbar bevorstehende Eß- oder Liebesgenüsse denken.

Sie sah sich gerade nach einem Taxistand oder Postamt um, denn sie war zu dem Schluß gekommen, dort müsse der Aufenthaltsort Lady M.'s am ehesten zu erfahren sein, als die Vorsehung, vielleicht war es aber auch nur der Duft, der Mumsie mit jedem Schritt stärker in die Nase stieg, sie zu einer der großen Parfümfabriken der Stadt führte, und da Mumsie Parfüms leidenschaftlich liebte und je stärker sie dufteten, einfach unwiderstehlich von ihnen angezogen war, trat sie in den Ladenraum, um sich eine Flasche zu kaufen.

Grasse. Natürlich. Jetzt fiel es ihr ein. Der Ort, an dem das beste Parfüm hergestellt wurde. Auf der ganzen Welt berühmt. Die Gelegenheit, direkt an der Quelle billig etwas zu erstehen, durfte sie nicht ungenutzt verstreichen lassen.

Aber sie bekam noch mehr als Parfüm: Sie bekam Daisys Adresse. Denn die Verkäuferin, die beflissen auf sie zukam, um sie zu bedienen – um diese Jahreszeit blieben die Kundinnen aus, und Mumsie war die erste seit Wochen –, sprach perfekt Englisch und rief auf Mumsies Frage nach dem Anwesen der Marquise von Midhurst den Geschäftsführer herbei, der, da er sehr höflich war und in solchen Flautezeiten obendrein bereit, sich besondere Mühe zu geben, in seinen Büchern nachsah und Mumsie nach kurzem Blättern mitteilen konnte, daß eine ausländische Marquise dieses Namens jedes Jahr ihre Jasminernte an seine Fabrik liefere und der Herkunftsort Clos des Jasmins heiße.

Madame, sagte er, brauche nur die Straße in Richtung Draguignan entlangzufahren.

Madame fuhr sie entlang. Der Geschäftsführer, der üppige Formen bewunderte und Mumsie, in ihrem frisch bemalten Zustand, *une femme superbe* fand, rief ein Taxi, begleitete sie persönlich hinaus und gab dem Fahrer genaue Anweisungen: fünfundvierzig Kilometer die Straße nach Draguignan, dann, hinter der Brücke, rechts abbiegen.

»Wie leid es mir tut, daß ich kein Wort in Ihrer Sprache reden kann«, sagte Mumsie übers ganze Gesicht strahlend und sich ihrer Wirkung sehr bewußt.

»Madame, auch Augen können sprechen«, sagte der Geschäftsführer und verbeugte sich.

»Typisch französisch«, dachte Mumsie, wiederum amüsiert und sehr geschmeichelt, als das Taxi sich in Bewegung setzte.

Jetzt waren all ihre Sorgen vorüber. Sie brauchte nur still dazusitzen und die Landschaft zu genießen, bis das Taxi hielt. Und das tat sie auch während der ersten fünf Meilen. Danach fand sie jedoch, es sei ein bißchen viel Landschaft für ihren Geschmack, und als die Straße immer ländlicher und einsamer wurde und weit und breit kein Gebäude zu entdecken war, das danach aussah, als wohnten Menschen unter seinem Dach, denen Lady M. einen Besuch abstatten würde, wurde Mumsie allmählich unruhig. Und als eine weitere halbe Stunde verstrich, sie immer noch durchgerüttelt wurde und durch die Staubwolke, die das Taxi aufwirbelte, jetzt überhaupt keine Häuser mehr sah, Landschaft dagegen in Hülle und Fülle, beschlichen sie düstere Zweifel und trübten ihre Freude.

In der Nähe von Grasse? Lady Midhurst habe sich auf ihr Anwesen in der Nähe von Grasse begeben? Das hier war in der Nähe von nirgendwo; und entweder hatte die Zeitung gelogen oder der höfliche Mann in dem Parfümladen hatte eine geheime Absprache mit dem Taxifahrer, und man brachte sie an diesen einsamen Fleck, um sie auszurauben und vorher wahrscheinlich noch zu vergewaltigen, dachte Mumsie, die sich nicht ohne Behagen daran erinnerte, wie der dienernde Mann mit den Augen gerollt hatte.

Instinktiv betastete sie die Wellen, die der Frisör ihr um die Schläfen arrangiert hatte. Was das Ausrauben betraf, nun, in ihren Taschen war herzlich wenig zu holen – *daran* hätten sie wenig Freude. Und da ihr ihre Lage aufs Ganze gesehen eher aufregend als alarmierend erschien, setzte Mumsie sich aufrecht hin, mit vorgereckter Brust und hoch erhobenem Kopf, wappnete sich für alles, was kommen mochte, und sagte sich, in einem fremden Land müsse man die Dinge eben nehmen wie sie kamen und das beste daraus machen.

Aber es geschah nichts, außer daß sie ankam. Nach einer Ewigkeit und nachdem es sie die letzte Wegstrecke noch einmal gründlich durchgerüttelt hatte, hielt das Taxi auf einer verlassenen, schmalen Straße am Fuße einer verfallenen Steintreppe. Daß der Fahrer um den Wagen herumging und ihre Koffer herausholte, mußte sie ja wohl so verstehen, daß sie angekommen war?

Im ersten Moment weigerte sich Mumsie, es zu glauben. Sie blickte hinauf zu dem schäbigen Haus, das oberhalb der Treppe zu erkennen war, und wollte nicht glauben, daß es in irgendeiner Weise zum Midhurst-Anwesen gehörte. Denn erstens hatte ein Anwesen immer ein Tor, und hier gab es nur ein paar holprige Stufen, die sich die Böschung hinunterwanden und sich direkt auf die Landstraße ergossen – ja, genau so drückte Mumsie sich aus. Aber natürlich! Das Haus, das sie dort oben sah, war bestimmt das Pförtnerhäuschen – eine der Dienerhütten, die, aus irgendeinem französischen Grund, abseits an der Straße standen, und wenn sie die Stufen dort hinaufstieg und ein Stück weiterging, würde sie auf eine wirkliche, echte Rivieravilla stoßen, die so prächtig war, wie es sich für eine solche gehörte; aber im Grund konnte Mumsie auch nicht recht glauben, daß die armselige Bauernhütte dort oben ein Pförtnerhäuschen sein sollte; außerdem, welchen Sinn ergab ein Pförtnerhäuschen, wenn kein Tor da war, das der Pförtner öffnen und an dem er seine Verbeugungen machen konnte?

Und während sich Mumsies Zweifel verstärkten, ob sie hier überhaupt richtig war, und gleichzeitig ihr Verdacht wuchs, daß das Haus, das sie dort oben hinter dem großen schwarzen Baum hervorlugen sah, die Kulisse für das abgeben sollte, was immer man hier mit ihr vorhatte, blieb sie unschlüssig im Taxi sitzen und behielt den Fahrer genau im Auge, der sie heftig gestikulierend zum Aussteigen zu bewegen versuchte. Mach du nur, dachte sie, während sie den Mann abschätzend musterte, mach du nur, fuchtel mit den Armen und grimassiere, aber hetzen lasse ich mich nicht.

Die Hauptrolle in diesem Stück spiele schließlich ich. Und wenn man ihr schon den Part des Opfers zudachte, wollte sie wenigstens den Ton angeben. Vorläufig war es ein sehr leiser, denn Mumsie dachte noch nach. Könnte sie doch nur jemanden zu Rate ziehen, einen zivilisierten Menschen, der anständiges Englisch verstand, ehe sie sich dieser Treppe dort und dem einsamen Haus oberhalb auslieferte. Käme in diesem Augenblick ein solches Wesen zufällig die Straße entlang, wäre sie wirklich sehr dankbar. Den Göttern danken würde sie, dachte Mumsie, der wieder einfiel, wie spät es schon war und an welchem von aller Welt abgeschnittenen Ort sie sich befand.

Sie war noch dabei, sich Hilfe herbeizuwünschen und sich suchend umzublicken, als sie tatsächlich eine Gestalt näherkommen sah. In ihr den ersehnten Beistand zu erblikken, lehnte Mumsies Kampfgeist jedoch, zumindest im ersten Moment, strikt ab. Es war eine Frau, mit schleppendem Schritt, von oben bis unten mit Staub bedeckt, die Kleider zerknittert – aber trotz all dem auf den ersten Blick als Landsmännin zu erkennen.

»Na also. Genau was ich brauche, und gerade zur rechten Zeit«, rief Mumsie. So schnell wie das enge Korsett und ihre Leibesfülle es erlaubten, stieg sie aus dem Taxi und schob den Fahrer beiseite.

Freudig lief sie der näher kommenden Gestalt entgegen, die ganz in Gedanken versunken zu sein schien und nicht aufsah. Sowie sie in Hörweite war, rief Mumsie ihr zu: »Entschuldigen Sie, können Sie mir sagen . . .«

Aber dann verstummte sie und kniff die Augen zusammen, und je näher die Gestalt kam, desto angestrengter wurde Mumsies Blick. Die Frau kam ihr bekannt vor, oder vielmehr, erinnerte sie an jemanden. Trotz des Staubs und der alten, müden Erscheinung, erinnerte sie Mumsie auf sonderbare Weise an die strahlende und immer noch so jung wirkende Lady Midhurst.

War es möglich? Konnte es sein . . .?

Nein, nein, ausgeschlossen. Es konnte nicht sein. Nicht in knapp einer Woche.

»Ich wußte nicht«, begann sie, als sie vor der Gestalt stand – unsicher und verwirrt und kaum in der Lage, sich so zu sammeln, daß ihr das angemessene Salonlächeln aufs Gesicht kommen wollte, »ich wußte gar nicht, daß meine Freundin Lady Midhurst, eine . . .«.

Eine Mutter hat, wollte sie sagen, verstummte aber wiederum. Besser, Mütter aus dem Spiel zu lassen, solange man sich nicht ganz sicher war. Solche Bemerkungen gehörten zu der Sorte, die man hinterher leicht bereute.

Aber plötzlich war Mumsie sich ganz sicher. Sie konnte sich der schmerzlichen Wahrheit nicht länger verschließen. Und impulsiv beide Hände ausstreckend rief sie: »Meine *Liebe*, ach Sie Arme! Was haben Sie denn *bloß* mit sich angestellt?« – und nachdem sie ihr Gegenüber einer noch genaueren Prüfung unterzogen hatte, fügte sie inbrünstig hinzu: »*Höchste* Zeit, daß ich gekommen bin«.

IX

Alles, was Mumsie an Gutem und Mütterlichem in sich hatte, wallte beim Anblick des vor ihr stehenden Wracks in ihr auf, und ebenso stark regte sich das, was sie an Gewissen in sich hatte. Sie konnte nicht gegen das Gefühl an, daß der angerichtete Schaden, zumindest zum Teil, ihre Schuld war. Von Gewissensbissen geplagt und zutiefst aufgewühlt hakte sie sich bei Daisy ein und zog sie auf die Treppe zu. Die arme Seele mußte dringend in den Schatten, damit sie sich hinsetzen und ausruhen konnte.

›Passiert mir das wirklich?‹ dachte Daisy, die wie im Traume ging; es blieb ihr nichts anderes übrig als zu gehen, denn der Arm in ihrem nötigte sie dazu.

»Schnell aus der Sonne«, erklärte Mumsie, die sie weiterzog und entschlossen das Kommando übernahm. »Das ist am allerwichtigsten. Und dann eine Tasse Tee. Sie brauchen *unbedingt* eine hübsche, starke Tasse Tee und jemanden, der sich drum kümmert, daß Sie sie bekommen. Sie müssen mir schon verzeihen, aber ich finde, Sie sehen sehr vernachlässigt aus. Ich weiß nicht, was Ihr Personal sich dabei denkt, sie so herumlaufen zu lassen – das weiß ich beim besten Willen nicht. Na, aber das haben wir bald geändert ...« Und wieder starrte sie mit fassungsloser, beklommener Verwunderung in das Gesicht, das beim letzten Mal so geschniegelt und gestriegelt, so heiter und blühend ausgesehen hatte.

Grob vernachlässigt war dieses Gesicht jetzt. Völlig heruntergewirtschaftet hatte sie sich, die gute Lady M.! Um zwanzig Jahre gealtert seit Montag. Nicht einmal eine Andeutung von Lippenstift. Schockierend; schockierend; einfach nicht zu fassen.

Mumsie war besorgt und niedergedrückt. Dieser plötzliche Verlust des Interesses an Lippenstift – war auch der ihre Schuld? Wahrscheinlich. Sich nur vorzustellen, daß sie, die es doch nur gut mit allen meinte, einen solchen Zusammenbruch bewirkt haben sollte. Trotzdem, nur eine Törin, protestierte Mumsie gegenüber ihrem tadelnden Gewissen, konnte es zulassen, daß Sorgen sie über Nacht in eine alte Frau verwandelten – völlig überflüssige Sorgen noch dazu, wie Lady M. schon aufgegangen wäre, hätte sie ihr, Mumsie, ruhig zugehört und sie zu Ende reden lassen, statt einen Anfall zu bekommen. Mädchen wildern gern in fremdem Gehege, und in diesen herrlichen, aufgeklärten Zeiten mußte dabei niemand zu Schaden kommen, wenn die Leute, die ihnen auf die Schliche kamen, den Mund hielten. Mumsie war bereit, den ihren zu halten. Ewig würde sie ihn halten, wenn sie als Gegenleistung ein ganz klein wenig Schwesterlichkeit bekam. Einfach zu ärgerlich, daß Lady Midhurst sich Mumsies erste Annäherung an das Thema neulich so schrecklich zu Herzen genommen hatte.

»Jetzt kommt alles wieder in Ordnung«, versicherte sie mit überschwenglicher Herzlichkeit dem armen, niedergeschmetterten Wesen, der armen gebrochenen Kreatur, der sie die staubige Straße entlang half. »Jetzt, wo ich bei Ihnen bin, können wir uns in aller Ruhe unterhalten und anfreunden. Niemand ist da, der uns stört, und passen Sie nur auf, bald sind unsere kleinen Mißverständlichkeiten aus der Welt geschafft. Zeit in Hülle und Fülle haben wir dazu, würde ich meinen«, fügte sie hinzu, während sie auf die leere Straße blickte, die zu beiden Seiten von leeren Feldern gesäumt war und nicht einem einzigen Haus weit und breit. »Was sollten wir hier anders tun, als reden und ausreden lassen.«

Und während sie sprach, die arme Frau stützte und weiterzog und es vermied, in das Gesicht neben ihr zu gucken, weil das, was es da zu sehen gab, ihr zu große Sorgen machte, staunte sie, was ein paar Farbkleckse doch bewirkten, wie sie einen beeinflußten und beeindruckten. Ein paar Farbkleckse an jemand anderem, meinte sie. Wenn sie plötzlich fehlten, meinte sie. Bei ihrem letzten Zusammentreffen, wie hatte Lady Midhurst sie da eingeschüchtert! Und jetzt, mit diesem eingestaubten, heruntergewirtschafteten alten Wesen, das ihre Hilfe brauchte, fühlte sich Mumsie so unbefangen wie ein Kindermädchen mit einem nackten Baby – oder genauer, dachte Mumsie, deren angeregte Phantasie Sprünge machte, mit einem kranken, entthronten König.

›Passiert mir das wirklich?‹ fragte Daisy sich wieder, während sie stumm weiterging und den Druck der warmen, entschlossenen Hand an ihrem Arm spürte.

Und erst, als sie am Fuße der Treppe anlangten, wo ein Stapel mit Holzscheiten lag und darauf wartete, hinauf getragen zu werden, sprach sie. Zuerst blickte sie auf die Holzscheite, dann zu Mumsie hin, und mit erhobenem Kopfe – armes Ding, nicht ratsam, so etwas zu tun, wenn das Haar einem wirr um den Kopf stand und seit Tagen nicht frisch gewellt war, dachte Mumsie mitleidig – sagte sie tief empört, mit der ganzen Würde ihrer Persönlichkeit und Position und all ihrer gewohnten Autorität: »Wissen Sie, das Ganze ist einfach ungeheuerlich.«

Armes Ding. War nicht ganz bei sich und hatte noch nicht verstanden, sonst kämen ihr wohl kaum so großspurige Worte wie ungeheuerlich gegenüber einer Freundin über die Lippen, auf die sie dringend angewiesen war. Als abgewirtschaftetes Lumpenbündel die Würdige zu spielen, hatte gar keinen Sinn. Würde braucht den richtigen Hintergrund, wenn sie Eindruck machen soll: Grosvenor Square letzten Montag, zum Beispiel, und du geschminkt und perfekt gekleidet, mit deinen Perlen um den Hals, einer Sekretärin, die unterwürfig um dich herumwirbelt, und einem livrierten Diener, der einen am liebsten nicht hereingelassen hätte. Arme Frau.

Besorgt, aber entschlossen half sie Daisy die steile Treppe hinauf – obwohl, wenn es um steile Treppen ging, Mumsie selbst Hilfe hätte gebrauchen können.

Schnaufend gelangten sie oben an, was beide voreinander zu verbergen versuchten. Aber der Tag war heiß, die Treppe steil, und beide waren, was man vornehme Damen nennt. Hinter ihnen ging der Taxifahrer mit dem Gepäck.

»Wir sollten uns erst einmal setzen und ein wenig ausruhen, ehe wir zu Ihrer Villa weitergehen«, sagte Mumsie nach Luft schnappend.

Sie befanden sich auf der vernachlässigt aussehenden Terrasse vor dem kleinen Haus, das Mumsie für das Pförtnerhäuschen des Midhurstschen Herrensitzes hielt. Zugegeben, von einer Auffahrt zu einem solchen Sitz war nichts zu sehen; aber das war in Frankreich vielleicht so.

»Wissen Sie...«, begann Daisy wieder, die ebenfalls nach Luft rang.

»Ganz still«, unterbrach Mumsie sie und klopfte ihr beruhigend auf den Arm. »Nur nicht aufregen!« Und während ihr eng geschnürter Busen sich hob und senkte, blickte sie sich nach einer Sitzgelegenheit um.

Sie entdeckte aber keine außer einer halb hinter Büschen verborgenen niedrigen Mauer. Sich auf niedrige Mauern zu setzen, davon hielt Mumsie jedoch gar nichts, denn, mit Korsett und allem, kam man erstens schwer wieder hoch, und zweitens bestand jene Mauer dort aus kalten Steinen.

Und in erhitztem Zustand sollte sich keine Frau auf kalte Steine setzen, soviel wußte Mumsie; und wenn eine Frau gegen diese Grundregel verstieß, handelte sie sich alles mögliche Unangenehme ein. Behutsam begann sie ihren Arm unter Daisys hervorzuziehen – behutsam, weil sie fürchtete, die entkräftete Frau könnte wanken und hinstürzen, stände sie plötzlich ohne Halt da – und sagte: »Ich laufe schnell zum Pförtnerhäuschen dort und bitte die Leute, uns ein paar Stühle hinauszubringen.«

»Bitte nicht«, rief Daisy aus; und obwohl sie immer noch nach Luft rang, gelang es ihr, diesen, wie Mumsie es nannte, hocherhabenen Ton in ihre Stimme zu legen. »Ich gehe allein hinein. Es ist mein Haus.«

»Ihre Pförtnerloge meinen Sie«, korrigierte Mumsie. »Obwohl ich beim besten Willen nicht verstehe, warum Sie kein anständiges Tor daneben haben. Meinen Sie, Sie können allein stehen, solange ich hinlaufe und den Pförtner um zwei Stühle für uns bitte?«

Sie ließ Daisy los. Und Daisy machte eine ruckartige Bewegung, als wolle sie an Mumsie vorbeipreschen, verfing sich dabei jedoch mit dem Absatz, der hoch war, in einer Ritze zwischen den Steinfliesen, und hätte Mumsie sie nicht aufgefangen, wäre sie gestürzt.

»Da sehen Sie's«, sagte Mumsie vorwurfsvoll, während sie Daisy mit beiden Armen stützte. »Hab ich's nicht gesagt?« Aber schon im nächsten Moment wurde ihr klar, daß, obwohl sie Lady M. so fest hielt, diese sich noch viel fester an ihr hielt. Sich regelrecht an ihr anklammerte, als versagten ihr die Knie.

»Gütiger Himmel, was ist passiert?« rief Mumsie besorgt.
»Ich – ich glaube, ich habe mir den Fuß verletzt«, keuchte Daisy, extrem weiß im Gesicht.

»O meine Liebe, das *tut* mir leid. Hallo – Sie – Chauffeur – Monsieur!« rief Mumsie aufgeregt dem sich mit dem Gepäck die Treppe heraufkämpfenden Fahrer zu, während Daisy sich offenkundig wirklich nicht mehr auf den Beinen halten konnte und gegen Mumsie sank. Und Mumsie mußte an den umgefallenen Tisch mit den Gardenien vor ein paar Tagen denken. ›Kein Wunder‹, sagte sie sich, als sie Daisys Gewicht spürte, ›kein Wunder‹. Und ihr Hilferuf wurde verzweifelter, »Sie da! Chauffeur! Monsieur!«

Und gerade noch rechtzeitig erfaßte der Mann die Situation, ließ alles, was er in Händen hatte, fallen, kam herbeigerannt und ergriff Daisys anderen Arm.

Zusammen brachten sie sie ins Haus. Auf einem Fuße hinkte Daisy kläglich in ihrer Mitte; ihr Hut war verrutscht und ihr Mund vor Schmerz zusammengepreßt.

»Mir ist – ganz komisch«, hauchte sie und schloß die Augen, als die beiden sie behutsam auf den erstbesten Stuhl setzten. Und sie sah auch wirklich komisch aus, fand Mumsie, mit ihrem Hut ganz schief auf dem Kopf.

»Ganz ruhig«, sagte sie besänftigend, aufgewühlt und voller Mitgefühl.

War auch das ihre Schuld? Wahrscheinlich, wenn auch nur indirekt. Und nachdem sie den verletzten Fuß auf ein Kissen gebettet und den Schuh aufgeschnürt hatte, nahm sie Daisy den verrutschten Hut ab und strich ihr mit weichen und tröstenden Händen – daß sie solche hatte, war Mumsie von jedem versichert worden, der von ihnen gestreichelt wurde – das Haar aus der feuchten Stirn.

Armes Ding. Ihr Haar war ganz grau an den Wurzeln, auch wenn es weiter unten noch so leuchtete. Denn Haare wachsen, sogar in einer Woche.

»Ganz ruhig«, besänftigte Mumsie wieder, der trotz ihrer

Aufregung und Sorge nichts entging. »In einer Minute geht's Ihnen besser.«

Aber Daisy ging es in einer Minute nicht besser. Im Gegenteil. Einen Moment öffnete sie die Augen, aber im nächsten, bei dem Versuch, sich aufzurichten und zumindest einen Teil ihrer Würde wiederzuerlangen, verdrehte sie sich wieder den Fuß, was so schmerzte, so entsetzlich schmerzte, daß ihr zu ihrer tiefen Beschämung gerade in dem Moment, als sie kühl hatte sagen wollen: »Sie sind wirklich zu gütig«, übel wurde. Ganz schlimm, wie Gladys aus den Dorset Mansions gesagt hätte.

»Da sehen Sie's!« rief Mumsie aus und sah sich hektisch im Raum um, wonach, wußte sie selbst nicht. »Jetzt ist nicht der Moment, die Vornehme zu spielen. Glauben Sie mir's, das hat *gar* keinen Sinn. Hören Sie auf meinen Rat . . . Sie da! Chauffeur! Monsieur!«

Auf diese Weise führte sich Mumsie am Jasminhof ein; und als sie abends, nach einem einsam eingenommenen Mahl, dem schlechtesten, an das sie sich erinnern konnte – von einem Tablett auch noch, und sie war nicht an die Riviera gereist, um von irgendwelchen Tabletts zu essen –, ihren Stuhl nahm und ihn hinaus auf die Terrasse trug, um Luft zu schnappen, die nicht nach Knoblauch roch, und dann in der weichen und duftenden Abenddämmerung saß, bis sie es, ohne Sodbrennen befürchten zu müssen, wagen konnte, ins Bett zu gehen, und die Plus- und Minuspunkte ihres bisherigen Aufenthalts zusammenzählte, kam sie zu dem Schluß, daß es gerade der Tumult der ersten Minuten war, der ihr den Zutritt zu Lady Midhursts Haus so leicht gemacht hatte.

Ohne den ganzen Aufruhr hätte sie wahrscheinlich alles

mögliche Komm-mir-nicht-zu-nahe-Getue überwinden müssen, ehe sie als Gast akzeptiert worden wäre. Aber so war sie einfach am Arm von Lady M. hereinspaziert, die sich an sie klammerte. Was andres war ihr ja nicht übriggeblieben, der Armen, mit nur einem funktionierenden Bein, sinnierte Mumsie, die die Ursache zwar bedauerte, aber dankbar für das Resultat war. In einem solchen Zustand brauchte man eine Stütze, und glücklicherweise war sie gerade in der Nähe gewesen.

Der Fuß mußte demnach eindeutig auf der Habenseite verbucht werden; ein unverhoffter Glücksfall, wirklich. Aber wie viel stand auf der anderen, der Verlustseite! Zum Beispiel, um mit den kleinen Enttäuschungen zu beginnen: In genau diesem Moment lag Lady Midhurst oben in ihrem Schlafzimmer und hatte die Tür verriegelt.

Kein sehr netter Zug, in Anbetracht all der Fürsorge, mit der Mumsie sie von dem Moment an überhäuft hatte, als sie die staubige Straße entlanggewankt kam, das vernachlässigte Gesicht, wie Gott es geschaffen hatte, nämlich in einem entsetzlichen Zustand, bis zu dem Moment, als sie sie, nachdem sie ihr ins Bett geholfen und ihr einen Schluck Brandy aus der Flasche eingeflößt hatte, die Mumsie immer bei sich trug, auf ihren eigenen ausdrücklichen Wunsch hin alleinließ, damit sie sich ausschlafen und kurieren konnte. Ein kläglicher Lohn für Freundlichkeit, daß einem die Türe vor der Nase verriegelt wurde. Und angesichts eines Riegels konnte eine Dame nur kapitulieren. Gewiß, die Leute schlossen sich oft aus den fadenscheinigsten Gründen ein, aber im allgemeinen handelte es sich dann um Ehemänner.

Am besten sich nichts daraus machen! ›Verbuch es auf der Verlustseite und vergiß es, Belle‹, sagte sie sich, als sie spürte, wie sie sich diesen kleinen Rückschlag viel zu sehr zu Herzen nahm. ›Fang jetzt nicht an und gräm dich über solch läppische Kleinigkeiten. Jetzt bist du hier – und so schnell bekommt dich keiner wieder weg. Und das ist die Hauptsache!‹

Und doch, als sie sich an die selige Vorfreude erinnerte, mit der sie sich in London die tiefausgeschnittenen Pyjamas gekauft hatte, daran dachte, wo sie sie zu tragen hoffte – in einer palastartigen Rivieravilla, wo es überall fröhlich gestreifte Markisen gab, Krüge mit Geranien, livrierte Diener, die Erfrischungen reichten, und natürlich ein Orchester, das zum Dinner aufspielte –, kam sie zu der Überzeugung, daß wohl jede andere Frau, die das, was sie erhofft hatte, mit dem verglich, was sie bekam, wahrscheinlich nicht recht wüßte, ob sie lachen oder weinen sollte.

Aber glücklicherweise, und dem Himmel sei Dank dafür, dachte Mumsie, während sie ein wenig beklommen in die Dunkelheit starrte, war sie aus anderem Holz geschnitzt und wußte, was sie zu tun hatte. Weine nie, lautete eine ihrer Devisen, sondern lache, lache. Es gibt nichts, so versicherte sie Rosie stets und hatte es ihr vor wenigen Tagen, allerdings ohne Erfolg, auf dem Weg zum Bahnhof erst wieder gesagt (vor wenigen Tagen? Gestern! Sonderbar. Es schien Wochen her) – es gibt nichts, worüber man nicht mit einem herzlichen Lachen hinwegkommt. Aber als sie jetzt mutterseelenallein in dieser fremdländischen Nacht saß, ein eigenartiges Krächzen und Zirpen aus den Büschen kam und sie auf diesen riesigen, schwarzen Friedhofsbaum direkt vor ihr sah, der wie ein Tintenstrich in den Himmel schoß, und an das armselige Haus hinter ihr dachte, das, wie sie inzwischen wußte, nicht die Pförtnerloge zum Midhurst-Anwesen war, sondern das Anwesen selbst – als sie so da saß, hatte sie doch das Gefühl, eine Menge herzliches Gelächter sei vonnöten, um über all das hinwegzukommen.

Nun, sie war die Frau, der es gelänge! Und ehe ein weiterer Tag verstrichen war, hätte sie auch die arme Frau dort oben in ihrem Zimmer aufgeheitert und dazu gebracht, in ihr Lachen einzustimmen, oder sie wollte nicht Belle De Lacy heißen. Aber bis dahin . . .

Wieder sah sie sich ein wenig beklommen um. Komisch, welch garstige Bäume diese Ausländer doch hatten. Außer dem tintenschwarzen, der sie an Friedhöfe erinnerte, gab es eine Menge graues Astzeug, das sich wie gelähmte Gespenster um die Terrasse drängte; aschgraue Gewächse, die sich im fahlen Licht, das durch einen Spalt in der Tür hinter ihr fiel, vor der Dunkelheit abhoben; eklige, unenglische Bäume, die jeden vorbeihuschenden Lufthauch aufschnappten, um dann ihre zitternden Äste wie mahnende Finger zu schütteln.

Nicht, daß das Kruppzeug von Bedeutung wäre, versicherte Mumsie sich standhaft, während sie über die Schulter zu ihm hinblickte. Nichts hier war wirklich von Bedeutung, denn es war ja nicht für ewig. Und hatte sie Rosie nicht immer eingeimpft, daß man mit allem fertig wird, solange es nicht ewig währt? Mit genau diesen Worten hatte sie sie erst vor ein paar Tagen wieder ermahnt, auf dem Weg zum Bahnhof (vor ein paar Tagen? Gestern! Sonderbar. Es schien Wochen her) –, als Rosie ein langes Gesicht zog, weil sie allein mit Andrew zurückblieb. Aber es hatte nichts genutzt. Das Mädchen hörte nicht auf zu schmollen.

»Andrew währt ewig«, war ihre alberne Antwort. Obwohl Mumsie es ihr tausendmal erklärt hatte, schien sie nicht zu begreifen, wie wichtig es war, daß er lange währte.

Ungeduldig zuckte sie mit den Achseln, so als wolle sie den Gedanken an Rosie, ihre Dummheit und Undankbarkeit abschütteln. Und weil sie auch diese garstigen Bäume nicht mehr sehen wollte, hob sie den Kopf und heftete ihren Blick auf die Sterne. So viele übersäten in funkelnder, unendlicher Zahl den Himmel, viel mehr als nötig, wie Mumsie fand, und schienen ihr zuzuzwinkern; also zwinkerte sie zurück, einfach, um sich bei Laune zu halten. Außerdem, wie du mir, so ich dir, lautete eine weitere von Mumsies Devisen, und sie dachte nicht daran, vor französischen Sternen den Blick zu senken. Aber davon ganz abgesehen, schlug Mumsie nie eine Gelegenheit aus, sich ein bißchen zu amüsieren.

Aber mit Sternen ließ sich's schlecht amüsieren, zumindest in dieser gottverlassenen Einsamkeit. Mit einem gutgebauten Mann im Abendanzug an der Seite, wäre es vielleicht zu bewerkstelligen gewesen, wenn auch bloß als Notbehelf, bis der Zeitpunkt für Zärtlichkeiten kam; aber finde man mal so einen Herrn, der sich hierher verirrte! Und mit tiefem Gram, den sie sich alle Mühe gab in Amüsement zu verwandeln, führte sie sich noch einmal den schmerzlichen Moment vor Augen, als ihr zum erstenmal dämmerte, daß dieser unglaubliche Flecken, diese triste und unbewohnte Einöde mit dem einen armseligen Haus, alles war, was die Midhursts an Anwesen hier besaßen.

Selten in ihrem Leben war Mumsie der Mut gesunken, aber in dem Moment war es geschehen. Da war sie nun, endlich angekommen nach der langen, beschwerlichen Reise und wie kaum je eine Frau bereit, sich den Segnungen des Luxus hinzugeben. In wirklichem, fettem, überquellendem Luxus wollte sie schwelgen, wie sie ihn sich ersehnt und erträumt hatte, seit sie ein kleines Mädchen war. Genau in dem Moment nun, als Lady M. sich wieder ein wenig erholt hatte, waren zwei unsägliche, schmuddelige Individuen in Pantoffeln aufgetaucht, ein Mann und eine Frau, hatten, unverständliches Zeugs ausrufend, Lady M. unter die Arme gefaßt und ihr die Treppe hinauf geholfen; und durch die Art, wie Lady M. diese Leute wortlos gewähren ließ, ganz so, als brächte man sie in ihr angestammtes Schlafzimmer, war Mumsie die plötzliche und entsetzliche Erleuchtung gekommen, daß die beiden Bedienstete waren und es kein anderes Haus gab als dieses.

Ihr war die Luft weggeblieben; schlicht und wörtlich weggeblieben. Bedienstete. Diese Leute. Bei Gott, sie selbst hätte es nicht einmal dieser Schlampe Gladys erlaubt, in Pantoffeln herumzuschlurfen. War Lady M. völlig verrückt geworden und übergeschnappt? Und auf dem gleichen Standard wie die Bediensteten, das dämmerte Mumsie in diesem Moment, würde alles hier sein – Essen und Getränke, die Waschgelegenheiten, Betten und das Bettzeug. Auf Shillerton hatte Rosie in seidener Bettwäsche geschlafen, und Rosies Mutter dürstete es schon ihr ganzes Leben nach seidener Bettwäsche. Ein seegrünes Marmorbad hatte Rosie auf Shillerton gehabt, und seit sie sich erinnern konnte, sehnte sich Rosies Mutter danach, in Marmor zu baden. Champagner, sagte Rosie, war auf Shillerton geflossen, und ihr Leben lang träumte Rosies Mutter davon, dort zu sein, wo Champagner dergleichen tat. Und was bekam sie, die eigene Mutter des Mädchens, anstelle all dieser Genüsse? Auf grobes Leinen gebettet würde sie wohl die Nacht verbringen; und was die Drinks anging, wenn sie einen wollte, drückte man ihr wahrscheinlich eine Blechtasse in die Hand und schickte sie zur Wasserpumpe.

Ein ungewohnter Groll auf Rosie war in Mumsie aufgestiegen, als sie den drei Gestalten nachblickte, wie sie sich die Treppe hinaufschleppten, die so eng war, daß eigentlich nur eine Person, dazu eine schmale, Platz gehabt hätte. Ginge es nicht um Rosie, dann wäre sie nicht hier und müßte nicht einen Schlag nach dem andern einstecken, und jede andere Frau würde wohl spätestens bei der Erinnerung an Rosies Bockigkeit der ganzen Angelegenheit den Rücken kehren und einfach fortgehen.

Und nur weil sie aus anderem Holze war, blieb Mumsie. Da sie die Sache nun einmal in die Hand genommen hatte, war sie es sich schuldig, sie auch zu Ende zu führen. War sie nicht dreimal verwitwet? War das kein Beweis für ihre Fähigkeit, die Dinge zu Ende zu führen? Außerdem, wohin hätte sie gehen sollen?

Obwohl ihr so mancher Traum zerplatzt, ihr Mut gesunken und ihr die Luft weggeblieben war, ließ sie es nicht zu, daß sie dieser letzte Schlag ins Wanken brachte, sondern gab sich einen Ruck und folgte Lady M. unverzüglich die Treppe hinauf; denn wenn sie sich nicht beeilte, dann stand sie vielleicht, wie so oft während ihrer Ehen, auf der verkehrten Seite der Tür.

Also war sie die Hühnerleitertreppe hinaufgekeucht, den schwankenden, ineinander verkeilten Gestalten dicht auf den Fersen. Die drei blieben mehrmals zwischen den Seitenwänden stecken und mußten sich neu formieren, aber schließlich erreichten sie, Mumsie im Gefolge, den armseligen schmalen Flur, und sowie Lady M. in ihrem Zimmer war, in dem ein so enormes Bett stand, daß kaum etwas anderes Platz hatte, und sicher auf diesem wunderlichen Möbel lag – doch gewiß verwunderlich im Schlafzimmer einer Witwe? –, hatte Mumsie wieder das Kommando übernommen, ohne ein Wort zu verschwenden dem armen Ding

Schuh und Strumpf ausgezogen und ihr sanft den geschwollenen Knöchel massiert.

Hochinteressant war das gewesen, sinnierte Mumsie. Und während sie jetzt unter dem Sternenhimmel saß, darauf wartete, bis all der Knoblauch verdaut war, und noch einmal darüber nachdachte, vergaß sie ganz, wie unbequem der harte Stuhl war und wie sehr es ihr mißfiel, allein in der Dunkelheit zu sitzen, so gefangen war sie von der interessanten Feststellung, die sie gemacht hatte, daß Lady M.'s Zehennägel nämlich genauso sorgfältig rot lackiert waren wie die Nägel an ihren Fingern. Nun, wenn das nicht verwunderlich war bei einer Witwe wie Lady M.? So sittenstreng wie sonst wohl kaum eine auf der Welt! Konnte sich nicht einmal ein so alltägliches Wort wie Ehebruch anhören, ohne gleich Tische umzuwerfen. Aber auch wenn solche Sorgfalt – wahrscheinlich, fügte Mumsie vorsichtig in Gedanken hinzu – verschwendet war, das Ergebnis war außerordentlich hübsch und wirkungsvoll und genau das, was Mumsie zu gern an ihren eigenen Zehen sehen würde, hätte sie nur genug Geld.

Ein armes Ding war Lady M. trotzdem. Sonderbar, das gelbe, ausgemergelte Gesicht an ihrem einen Ende und diese rosigen Zehen am andern! Ein Ende sollte zum andern passen, dachte Mumsie, während sie in das mit Sternen gepünktelte Himmelszelt sah. Wer gelb anfing, sollte auch gelb aufhören, oder eben umgekehrt. Ansonsten kann es leicht passieren, daß man den Leuten einen Schock versetzt.

»Danke«, hatte die arme Seele in kurzen Abständen geflüstert, während sie mit geschlossenen Augen auf dem Kissen lag und aussah wie jemandes kranke Großmutter. All ihre Förmlichkeit war dahin. Vorläufig war wohl nichts mehr von ihrem vornehmen Getue zu erwarten, aber damit würde sowieso Schluß sein, denn bis der Fuß wieder so weit geheilt war, daß sie beide im Nachtexpreß nach England zurückreisen konnten, hätte Mumsie Lady M. schon beigebracht, daß sie von ihr und Rosie, außer der freundlichsten Kooperation, nichts zu befürchten hatte, und bis dahin wäre auch die warmherzige, schwesterliche Freundschaft, nach der Mumsie sich so sehr sehnte, eine vollendete Tatsache.

»Bitten Sie diese Frau, etwas heißes Wasser zu bringen!« hatte sie befohlen und die Angelegenheit wieder entschlossen in die Hand genommen; und Lady M., die französisch offenbar so gut wie englisch sprach, hatte kleinmütig gehorcht.

Dann hatte Mumsie den Knöchel gebadet und mit einem Handtuch bandagiert – kein schlechtes Handtuch, eins mit Fransen. Allerdings kein Wappen darauf gestickt. Reinste Verschwendung, nannte Mumsie das, ein Wappen zu haben und es nicht auf seinen Handtüchern anzubringen.

»Danke«, flüsterte Lady M. wieder, die Augen immer noch geschlossen und offenbar kurz vor einer Ohnmacht.

»Und jetzt ein Schlückchen Brandy«, ordnete Mumsie an und hielt ihr die Flasche an die lehmfarbenen Lippen.

Gehorsam hatte sie getrunken. Auf der Gewinnseite zu verbuchen war auch all das. Nur weil ihr das Haus einen so niederschmetternden Schlag versetzt hatte, durfte sie nicht aus dem Auge verlieren, daß sie bei der ganzen Angelegenheit schon mehrere eindeutige Pluspunkte gewonnen hatte. Zugegeben, der kleine Rückschlag mit der Tür war unmittelbar darauf erfolgt, denn als sich Lady M., zweifellos dank des Brandy – Mumsies eigener Brandy, nicht zu vergessen, und ganz und gar ihre eigene freundliche Idee, ihn ihr zu geben –, wieder etwas besser fühlte, hatte sie gemurmelt, sie glaube, sie wolle jetzt versuchen zu schlafen.

»Ohne sich vorher auszuziehen?« fragte Mumsie, natürlich enttäuscht, da sie sich so darauf gefreut hatte, Lady M.'s *lingerie* zu sehen.

»Ja – ohne mich vorher auszuziehen«, murmelte die Gestalt mit den geschlossenen Augen auf dem Bett.

Also hatte sich Mumsie gutmütig wie immer, und natürlich wurde ihre Gutmütigkeit wie immer aussgenutzt, widerstrebend gefügt und war gegangen; als sie sich dann, nachdem sie – eine umständliche Prozedur! – den Taxifahrer bezahlt hatte, der daraufhin laute, unverständliche Worte ausstoßend verschwand, wiederum die Hühnerleitertreppe hinaufschleppte, um nachzusehen, ob die arme Seele wirklich eingeschlafen war, stand sie vor verriegelter Tür.

Mumsie war enttäuscht und, sie mußte schon sagen, sehr überrascht.

Nun, am besten, sich nichts daraus zu machen. Leute, die sich einschlossen, kamen früher oder später auch wieder heraus, und, wenn nötig, würde Mumsie den ganzen Sommer darauf warten. Außerdem, unmöglich, daß Lady M. selbst die Tür verschlossen hatte, denn sie konnte ja keinen Schritt gehen. Es mußte dieses Dienstmädchen gewesen sein. Eifersüchtig wahrscheinlich; spürte instinktiv, daß Mumsies Ankunft ihre Stellung untergrub. Und so, entschlossen, sich durch nichts auf der Welt entmutigen zu lassen, hatte sie nicht an der Tür gerüttelt, sondern sich, wie es sich für eine Dame gehört, leise entfernt und sich ganz darauf konzentriert, festen Tritt zu fassen in diesem Haus.

»*Coucher*«, sagte sie zu dem Mann in Pantoffeln, der unten herumlungerte und offensichtlich auf sie wartete. Sie kannte das Wort, denn in ihrem Leben hatte es einmal einen Franzosen gegeben, der es sehr oft gebrauchte. Aber als sie kurz darauf den weißgetünchten Schlitz sah, in dem sie *coucher* würde müssen, mit nichts darin außer einem Bett und einem Rasierspiegel – warum ein Rasierspiegel, das hätte sie gern gewußt? War das nicht schon wieder ein recht verwunderliches Ausstattungsstück für den Schlupfwinkel einer, vermeintlich, tugendhaften Witwe? –, versetzte es ihr wiederum einen kleinen, aber garstigen Schlag.

Eine Welle von Verdruß und Gereiztheit stieg in Mumsie auf, während sie in der Dunkelheit saß und ihren Tag noch einmal Revue passieren ließ. Insgesamt waren es zu viele harte Schläge, die sie auf dieser Reise schon hatte einstekken müssen. Sie brauchte bloß an das Geld zu denken, das sie ausgegeben hatte, an die beschwerliche Reise und daran, wie glücklich sie aufgebrochen war, in der Gewißheit, am Ziele warteten die herrlichsten Freuden auf sie. Und an was, bitte sehr, sollte sie hier ihre Freude haben, fragte sie sich und nahm ihre Umgebung jetzt wieder wahr, diese gottverlassene Einsamkeit, bei der ihr ganz beklommen wurde. Wirklich, von Freuden keine Spur, dachte sie verzagt und blickte über die Schulter zu den gespenstischen, bebenden Bäumen hin – eher zum Fürchten war es hier, und jede andere Frau bekäme bestimmt das Gruseln.

Sie zog ihren Rock über die Knie, damit das bißchen kühle Luft, das die Nacht bot, um ihre erhitzten Beine spielen konnte – es war ja niemand in der Nähe, der sich aus dem Anblick ihrer Beine etwas hätte machen können, was Mumsie zwar gelegen kam, gleichzeitig aber auch ein Jammer war – und blickte herausfordernd in die Dunkelheit. Dem Himmel sei Dank existierte das Wort Gruseln nicht in ihrem Vokabular. Derlei war Mumsie fremd, und sie würde es auch nicht zulassen, daß eine ausländische Dunkelheit sie das Gruseln lehrte. Sollte die trübselige Nacht um sie herum seufzen wie sie wollte; wen scherte es? Von ihr aus konnten diese sonderbaren Geräusche in den Büschen dort, das Gekrächze enttäuschter und unzufriedener Kreatur, ewig weitergehen. Und was jenes unbekannte Tier betraf, das so jämmerliche Töne von sich gab, daß man meinte, es läute eine kleine Totenglocke, die in einem Moment hier zu hören war, im nächsten dort, dann weit entfernt auf den Feldern, dann wieder nah an ihrem Kopf, als würden ringsherum Babys beerdigt – betreffs dieser Kreatur ließ sich Mumsie nur zu einer einzigen Bemerkung herab, der nämlich, daß sie nicht viel von einem Land hielt, wo sogar die Tiere die Totenglocke läuteten.

Ihr gruselte zwar nicht, aber sie konnte auch nicht behaupten, daß sie heiterer Stimmung war. Da sie ihr Korsett nicht hatte abnehmen wollen, für den Fall, daß vielleicht doch irgendwo ein naseweises Kammermädchen existierte, das von seinem freien Abend heimkehrte, in den Zimmern herumschnüffelte, es sehen und feststellen würde, daß es nicht mehr wie einst war – da Mumsie also gezwungen war, sich steif und aufrecht zu halten, wo sie doch so müde war und sich erst ins Bett traute, wenn das auf dem Tablett Aufgetischte verdaut war, bis dahin also ganz allein in der Dunkelheit saß, war es da verwunderlich, daß ihre Stimmung nicht fröhlich war?

Außer wenn sie im Bett lag, und selbst dann nur selten, wegen der Ehemänner oder diesem oder jenem, war sie seit ihrer frühen Jugend, bis sie in die Wohnung in der Dorset Street zog, so gut wie nie allein im Dunkeln gewesen, und es gefiel ihr nicht. Diese Dunkelheit schon gar nicht, diese öde, unheimliche, ländliche Dunkelheit, die sich Meilen um Meilen erstreckte und weit und breit kein einziges Haus. Kein Wunder, daß die Leute in die Städte strömten, wo es elektrisches Licht und Musikkapellen gab. Mochte man davon halten, was man wollte, aber davon abgesehen, daß sie an sich schon lustig und fröhlich waren, bewahrten einen Lichter und Kapellen wenigstens vorm Nachdenken. Hier gab es nichts, das einen davor bewahrte; und wenn sie nicht aufpaßte, würde sie selbst gleich ins Grübeln kommen und dazu noch über Dinge . . . nun, nur gut, daß Rosie nicht da war und es womöglich mitbekam! Tiefsinniges Zeug, meinte sie. Die Sorte Gedanken, die Gentleman Andrew, seinem Armesünderblick nach zu urteilen, wahrscheinlich die ganze Zeit in seinem Kopfe wälzte – übers Geborenwerden, zum Beispiel, und Sterbenmüssen, und ob in dem Ganzen irgendein Sinn lag.

Nun, viel Sinn jedenfalls nicht, zu dem Schluß kam Mumsie, nachdem sie, den Blick zu den Sternen aufgerichtet, eine Weile darüber nachgedacht hatte. Wäre man nie geboren worden, wen hätte es schon gekümmert? Und was sie selbst betraf, was wäre ihr nicht alles erspart geblieben! Denn konnte ihr, bitte sehr, jemand sagen, welcher Sinn darin lag, sich durchs Leben zu kämpfen und abzustrampeln, nur um zum Schluß ein für alle mal umgehauen zu werden?

Und die Liebe, um die solches Aufhebens gemacht wurde, auch an der war weiter nichts dran. Aufs Ganze gesehen hatte sie mehr als genug davon gehabt, wohl mehr als die meisten Frauen, und doch war ihr, als hätte sie in Wirklichkeit überhaupt keine gehabt. Keine *Liebe*. Nichts, was man *Liebe* hätte nennen können. Gleich, wie zufrieden man am Anfang auch war und sich einbildete, endlich habe man den Wahren gefunden, stellte sich jedesmal bald heraus, daß er auch wieder bloß ein Ehemann war. Ob man ihn heiratete oder nicht, das machte keinen Unterschied. Am dritten Morgen, wenn das Gezanke begann – den Mann gab es nicht auf Erden, der da noch von einem Ehemann zu unterscheiden gewesen wäre.

Und Kinder? Zu was waren sie im Grunde gut? Würdigte Rosie etwa im geringsten, was ihre Mutter für sie tat? Würde sie sich auch nur einen Pfifferling darum scheren, wenn sie wüßte, daß ihre Mutter in diesem Moment nur wegen ihr – nun ja, aber war es nicht so? – nur, um ihr eine glänzende Zukunft zu sichern, nach einer endlosen Reise allein auf einem harten Stuhl in einem fremden Lande saß und darauf wartete, bis der Knoblauch verdaut war, und, war das vollbracht, in einer Kammer würde schlafen müssen, die nichts weiter als ein weiß getünchter Schlitz war? Eine Mutter plackte und rackerte sich ab und verausgabte all ihre Kräfte für ihre Kinder, und was war ihr Lohn? Eine bockige Tochter, die sie schmollend an den Zug brachte, und am Ende der Reise eine Kranke. Ist es nicht so, fragte sich Mumsie, stumm an die gleichgültigen Sterne appellierend, daß die aufopfernde Hingabe der Mütter ein töricht Ding ist? Das wohl törichste auf der Welt? Man brauchte sich nur die Pelikane anzusehen! Ihr eigen Blut. Ihr ureigenstes Blut, das sie am Leben erhält. Und die Jungen lecken es auf, und sagen nicht mal Danke schön.

Ein tiefer und ihr fremder Pessimismus senkte sich auf Mumsie herab. Es stimmte, das Leben war ein einziger, langer Betrug, und es hatte gar keinen Sinn, sich etwas vorzumachen. Betrug von Anfang bis Ende, zuerst die Eltern, die einen vernachlässigten, dann die Karriere am Theater, wo man wie Dreck behandelt wurde, als nächstes die Freunde, die einen im Stich ließen, über Ehemänner und Kinder, die dann folgten, verlor man am besten gar kein Wort, und zum Schluß, der größte Betrug von allem, landete man, vor Abgehärmtheit wahrscheinlich bis zur Unkenntlichkeit entstellt, im Grab.

Wirklich nett, daß auch das einem noch passierte, dachte Mumsie und gab sich nun aus vollem Herzen ihrem finsteren Brüten hin. Wirklich nett, und immer passierte es einem dann, wenn man am wenigsten dagegen gefeit war. Unglaublich! Nur weil man sich vielleicht eine Zeitlang nicht sonderlich fühlte, ein Bus oder sonstwas einen überfuhr oder einfach, weil man nicht mehr so jung war wie einst – alles doch gewiß Gründe, daß einem besondere Aufmerksamkeit und Zuwendung geschenkt wurden – unglaublich, deswegen unter einen Erdhügel oder eine Steinplatte verfrachtet und einfach dort gelassen zu werden! Eine Schande nannte sie das. Und es hatte auch keinen Sinn, sich einzubilden, Gräber brächten einen irgendwie weiter, denn das taten sie nicht. Seine Ruhe hatte man, natürlich, und keine Sorgen, aber welch armseliger Lohn dafür, daß man sich ein Leben lang abgemüht hatte, alle andern glücklich zu . . .

»Ach du gütiger Gott!« rief sie an dieser Stelle aus, sprang von ihrem Stuhle auf und wirbelte herum.

Etwas regte sich hinter ihr, ganz dicht, direkt an ihrem Ellbogen. Sie spürte es, sie wußte es, und bei dem Aufruhr in ihrem Innern und den schauerlichen Friedhofsbäumen und der stockdunklen Einsamkeit um sie herum bekam sie es plötzlich schlicht mit der Angst, so wie es wohl jeder Frau ergangen wäre, gleich aus welchem Holze.

Es war aber nur dieser Mann; dieser schlampige Hausdiener, der sich in seinen Filzpantoffeln lautlos wie ein Geist von hinten angeschlichen hatte.

»*Toutes mes excuses, Madame*«, sagte Adolphe, selbst erschrocken über das Entsetzen, dessen offenkundige Ursache er war.

»Das möcht' ich aber auch meinen, Tölpel, daß du dich entschuldigst«, schrie Mumsie wütend, die erriet, worauf er hinauswollte.

Mit tiefem Mißfallen musterte sie ihn von oben bis unten. Ihre Nerven mußten schon zum Reißen gespannt sein, daß man sie so erschrecken konnte, und natürlich hatte sie Zorn auf die Person, der das gelungen war. Diener, der Ansicht war sie seit jeher, sollten knirschen. Am idealsten wäre es natürlich, sie trügen eine Glocke um den Hals. Dann wußte man, woran man war, oder vielmehr, wo sie waren, und konnte sein Gesicht und sonstiges rechtzeitig darauf einstellen. In ihrer augenblicklichen Stimmung waren Mumsie zwar jegliche Annäherungsversuche gleichgültig, leise oder nicht, aber ihr einen solchen Schreck, eine solche Angst einzujagen, war trotzdem unerhört.

»*Madame va se coucher?*« fragte Adolphe vorsichtig.

Er wußte, daß er sie verärgert hatte, und das tat ihm sehr leid. Andererseits war es nach elf, und wenn man ihm nicht bald erlaubte, das Haus abzuschließen und zu Bett zu gehen, dann konnte er womöglich morgen nicht seinen Mann stehen, bei all den sonderbaren neuen Aufgaben, die das Schicksal ihm so unerwartet aufgeladen hatte. Als er vor vier Tagen friedlich auf seinen Jasminfeldern hackte, so wie er unzählige Sommer lang dort friedlich vor sich hin gehackt hatte, wer hätte da geglaubt, daß er vier Tage später nicht nur seiner eigenen Madame würde aufwarten müssen – nun, viel Mühe machte sie ihm nicht, und sie war bisher mit *café au lait* zufrieden gewesen –, sondern inzwischen auch noch einer anderen Madame, die von ganz anderem Kaliber war, die Fleisch zu den Mahlzeiten verlangte, wenn gar keins im Hause war, und die es fertigbrachte, ihn herumzukommandieren, obwohl sie nicht einmal seine Sprache sprach?

»*Une dame bien carnivore*«, hatte er flüsternd Thérèse gegenüber bemerkt, als diese zu ihm in die Küche gelaufen kam, um ein Glas Milch für die daniederliegende Madame zu holen.

»*Tiens*«, hatte Thérèse gesagt.

Aber das lag schon Stunden zurück, und hier war er, immer noch auf den Beinen, immer noch im Dienst, und wenn man ihn nicht bald ins Bett gehen ließ . . .

»*Madame va se coucher?*« wiederholte er daher und trat einladend zur Seite, um der Dame zu bedeuten, daß, sollte das ihr Wunsch sein, ihr kein Hindernis in den Weg gelegt würde.

Und Mumsie, die *coucher* verstand und den Rest erriet, sagte mit eisiger Würde: »Wieh«. Nach dem Schock, den sie bekommen hatte, wollte sie ganz gewiß nicht noch länger hier draußen bleiben. Verdauung hin, Verdauung her, das Bett war der richtige Ort für sie. Natürlich war es kein schönes Bett und das Zimmer eher eine Hundehütte, und Rosie hatte auf Shillerton in Luxus geschwelgt; aber was scherte sie Rosie, was scherte sie Shillerton, und welchen Sinn hatte es, sich über Dinge zu ärgern, die nicht zu ändern waren.

»Wieh«, sagte sie daher und machte durch Hochmut wett, was ihr an Sprachkenntnis fehlte.

»*Bon soir, alors. Bonne nuit, Madame*«, verbeugte sich Adolphe und trat noch weiter zurück, und als sie nicht antwortete, sagte er es zur Bekräftigung noch einmal.

»In Gottes Namen! Gute Nacht, gute Nacht, wenn es das ist, worauf du noch wartest«, gab Mumsie ihm gereizt zurück, denn sie hatte genug von Adolphe.

Sie fegte an ihm vorbei ins Haus und betrat die schmale, steile Treppe. Welchen Kraftakt einen an diesem Ort die einfachsten Dinge kosteten, murrte sie, während sie sich von Stufe zu Stufe hangelte und sich dabei an dem Seil festhielt, das zu diesem Zweck – gab es etwas Armseligeres auf der Welt? – an einer Seite hing. Unglaublich, daß selbst eine so einfache Angelegenheit wie ins Bett zu gehen sich anließ wie eine Bergsteigerexpedition, dachte Mumsie mit tiefem Verdruß.

»*Bon soir Madame. Bonne nuit, Madame*«, ermutigte Adolphe sie ein drittes Mal, da die Gestalt, der er ungeduldig nachsah, so langsame Fortschritte machte.

»Du scheinst es ja sehr eilig zu haben, mich los zu werden, guter Mann«, schnaubte Mumsie über die Schulter zu ihm zurück, wobei sie wiederum stehenblieb.

»*Mais oui, mais oui, Madame*«, versicherte er ihr hastig, denn er glaubte, sie habe ihm einen weiteren Befehl erteilt, und um diese Uhrzeit war er bereit, zu allem ja und amen zu sagen. Außerdem hielt er es sowieso für das beste, diese Madames sofort zu beschwichtigen, wenn es so aussah, als wollten sie aus irgendeinem, ihm verborgenen Grund gleich die Geduld verlieren.

Die gegenwärtige Madame, die inzwischen oben angelangt war, drehte sich um und fixierte ihn mit einem so unverhohlen und in jeder Sprache unmißverständlich feindseligen Blick, daß er zusammenzuckte. »Wieh?«, wiederholte sie. »Wieh unterstehst du dich zu sagen. Na, das haben wir gern! Laß dir eins von mir gesagt sein, du Bürschchen, du französisches, jede andere Frau hätte deine ewigen Wiehs schon lange dick.«

»*Mais parfaitement, Madame – parfaitement*«, stimmte Adolphe ihr zu, der nichts anderes im Sinne hatte, als sie versöhnlich zu stimmen. »*Si Madame a besoin de quelque chose, elle n'aura qu' à donner un petit coup de sonnette . . .* «

»Lieber *Himmel*, still jetzt, du Tölpel!« schrie Mumsie und stapfte mit dem Fuß auf; und während sie mit beiden Armen wilde Scheuchbewegungen in seine Richtung machte, rief sie sehr laut: »Weg, sag ich. Husch, fort!«

Zu spät fiel Mumsie ein, daß sie direkt vor dem Schlafzimmer Lady M.'s stand, die, wenn sie geschlafen hatte, bestimmt wach geworden war, und wenn sie nicht geschlafen hatte, wohl jedes Wort gehört hatte.

Schnell legte sie sich die Hand auf den Mund, aber was nutzte das jetzt noch? Ihr blieb nur die Hoffnung, daß sie Lady M. nur aufgeweckt hatte – denn angenommen sie war bereits wach und hatte jene letzten Bemerkungen gehört, müßte sie sie dann nicht ein wenig gewöhnlich finden?

Niemand verachtete Gewöhnlichkeit so von ganzem Herzen wie Mumsie, was sie Rosie immer wieder versicherte. Gewöhnlich sein war keine Kunst, sagte sie stets, aber es erforderte schon eine Dame, eine Dame zu sein. Und ihre letzten Bemerkungen gegenüber diesem Tölpel, fürchtete Mumsie, ließen vielleicht Zweifel aufkommen, ob sie eine war; und diese Ungewißheit, die noch zu all den anderen Ungewißheiten, Qualen, Enttäuschungen und ihrer verständlichen Erschöpfung hinzukam, verstörte sie sehr. Nun, wer war schon immer auf der Hut? Es war doch nur menschlich, daß man sich einmal vergaß. Ein Jammer nur, daß sie sich direkt vor Lady M.'s Schlafzimmer vergessen mußte.

Mit übertriebener Vorsicht, sich mit den Händen die Wand entlang tastend, ging Mumsie auf Zehenspitzen ganz dicht vor Daisys Tür und lauschte, hielt den Atem so fest an wie sie konnte, aber viel war da nicht anzuhalten, wegen der Treppe.

Kein Laut dort drinnen. Kein Lichtstrahl fiel durch die Ritzen. Und die Tür immer noch verriegelt, wie Mumsie feststellte, als sie vorsichtig auf die Klinke drückte.

Nun, wenn Lady M. bei dem Lärm eben nicht wach geworden war, konnte nichts sie aufwecken, dachte Mumsie, in deren Ohren immer noch ihre eigenen unglückseligen letzten Worte nachhallten. Oder war es so, dieser Verdacht durchzuckte sie plötzlich, denn es war nun einmal nicht zu leugnen, daß sie sehr laut geworden war, daß sie absichtlich ignoriert wurde, daß gleich, was sie tat, keine Kenntnis davon genommen würde? Sie wie Luft behandeln – war das der Kurs, den Lady M. einzuschlagen gedachte? Sie übersehen und sich taubstellen? So tun, als sei sie eine nicht vollzogene Ehe, die man für null und nichtig erklärt – steckte etwa diese Idee dahinter?

Na, das soll sie mal versuchen, dachte Mumsie trotzig und plusterte sich innerlich auf, denn die Idee gefiel ihr gar nicht. Na, Lady M. würde schon schnell genug merken, daß sie sich dabei in den Finger schnitt, das konnte Mumsie ihr versichern. Es wäre nicht das erste Mal in ihrem Leben, daß Belle De Lacy Versuche, sie hinterhältig auszutricksen, vereitelte und zurückschlug.

Aber welchen Sinn hatte es, sich aufzuplustern? Schon während sie ihr Gefieder spreizte, fiel es wieder zusammen. Denn im Grunde ihres Herzens wußte Mumsie, daß man gegen eine hartnäckig verriegelte Tür und das dahinter herrschende hartnäckige Schweigen wenig ausrichten konnte.

»Kindisch, nenne ich so was«, sagte sie zu sich selbst, verstörter, als sie sich eingestehen wollte, und durchquerte den Flur – wozu nicht mehr als ein Schritt nötig war – zu dem elenden bißchen Unbequemlichkeit, das ihre Schlafstelle war. »Kindisch und würdelos.«

Aber angenommen, noch jemand gefiel sich darin, kindisch zu sein und sich nicht um seine Würde zu scheren?

Einen kurzen Moment verspürte Mumsie den Impuls, umzukehren und mit beiden Fäusten gegen die verschlossene Tür zu trommeln. Das hätte ihr Erleichterung verschafft; wirklich, warum es nicht zu zweit spielen, dieses Würdeverlier-Spiel! Aber sie hielt sich zurück und beschränkte sich darauf, ihrerseits demonstrativ die eigene Tür zu verriegeln.

Aber gering war die Befriedigung, zu der ihr das verhalf. Es verhinderte nicht, daß Mumsie etwas Heißes in die Augen stieg, das diesen so gut wie unbekannt war. ›Was mich fertig macht, ist die *Undankbarkeit*, dachte sie, wiederholte es mehrmals und klimperte dabei sehr schnell mit den Lidern, um nicht die wahre Natur dessen anerkennen zu müssen, was in ihren Augen schwamm, ›die schiere *Undankbarkeit*. Nach dem Mitgefühl, das ich mit ihrem Fuß und allem hatte. Und auch noch mein Brandy! Und wo ich extra von England hergereist bin, mit nichts als – nichts als . . . ‹

Hastig zog sie ihr Kleid aus und befreite sich aus ihrem engen Korsett. Wie gemein, wie unfreundlich. Nicht einmal einen Hund würde sie selbst so behandeln! Vor allem keinen, schloß sie und klimperte noch schneller mit den Lidern, der den ganzen Weg von England hergekommen ist mit nichts als – nun, war es nicht so wahr wie das Amen in der Kirche? – nichts als heilenden Salben im Reisegepäck.

X

Am nächsten Morgen geschah nichts von dem, was sie befürchtet hatte. Die Tür des Zimmers gegenüber stand weit offen, als Mumsie spät, weil sie nach langem anfänglichen Hin- und Herwälzen tief geschlafen hatte, aus dem ihren kam, und weit davon entfernt, geschnitten zu werden, wurde sie beim Eintreten in Lady M.'s Zimmer und der freundlichen Nachfrage, »Na, und wie geht's uns heute morgen?« von dieser, der dabei, zugegeben, ein Ausdruck in den Augen stand, der nicht ganz so ernst hätte sein müssen, mit der Antwort begrüßt: »Wir müssen miteinander reden.«

Reden? Mumsie war entzückt. War das nicht genau der Grund, weshalb sie hier war?

»Reden? Na, das will ich meinen!« rief sie enthusiastisch aus und staunte nachträglich über die Menge und Intensität ihres, wie sie es nannte, Gedankenwusels vom gestrigen Abend. »Uns die Zunge aus dem Hals reden werden wir. Das Blaue vom Himmel runter! Aber zuerst«, fügte sie hinzu, überwältigt vor guter Laune, »muß ich Ihnen einen Kuß geben.«

Morgens war Mumsie immer guter Laune. Ein neuer Tag stieg ihr wie Wein in den Kopf, denn ein jeder barg ungeahnte Möglichkeiten, fand Mumsie – und sagte es auch zu jenen ihrer Ehemänner, die allzu auffällig ermattet beim Frühstück saßen. Was konnte ein neuer Tag nicht alles bringen! Darauf wies sie stets die mürrischen Wesen hin, und da dies nicht zu bestreiten war, ermahnte sie sie, wobei sie munter mit dem Löffel auf den Tisch klopfte, den Kopf nicht hängen zu lassen.

Und bewies der heutige Tag nicht einmal mehr, wie recht sie hatte? Was hatte er nicht schon alles gebracht! Angefangen von dem unerwartet guten Kaffee, den der Tölpel auf ihr Klingeln hin heraufbrachte – (als sie ihn statt der Frau ins Zimmer treten sah, kam Mumsie einen Moment der Gedanke, daß er, da er ja ein Franzose war und solche Sachen ihm deshalb im Blute lagen, vielleicht hoffte...). Dann Lady M., die genau die Worte sagte, die sie selbst bei der ersten Gelegenheit hatte anbringen wollen. Kein Wunder, daß Mumsie vor guter Laune überquoll.

»Wir müssen miteinander reden«, sagte Lady M.

»Zuerst muß ich Ihnen einen Kuß geben«, war Mumsies entzückte Reaktion.

Aber zu dem Kuß kam es nicht. Lady M., die gegen ein Kissen lehnte, ihr bandagierter Fuß auf ein zweites gebettet, jenes, das Mumsie ihr am vorangegangenen Abend unters Bein geschoben hatte, sah Mumsie an, als diese sich näherte, und fragte: »Warum?«

Welch kalte Dusche, diese zwei Silben! Wollte man es für möglich halten, daß einen etwas so Kurzes dermaßen abschrecken konnte? Aber so war es. Es hemmte Mumsies Vorstoß.

»Warum?« wiederholte sie, immer noch heiter, trotz der Entmutigung. »Na, warum küssen sich Leute wohl?«

»Das habe ich nie verstanden«, sagte Lady M. mit der Stimme einer des Lebens überdrüssigen uralten Frau.

»Ach, kommen Sie – *mir* machen Sie nichts vor«, fuhr Mumsie in neckendem Ton fort, denn sie dachte an den Rasierspiegel. Und das breite Bett, auf das sie gerade sah, was war damit? Außerdem hatte sie noch eine hochinteressante Entdeckung gemacht, heute morgen, als sie den armseligen kleinen Schrank öffnete, der die einzige Unterbringungsmöglichkeit für Kleider in ihrem Zimmer war: Gelbe Seidenpyjamas lagen darin. Männerpyjamas.

Sie brauchte also gar nicht so prüde zu tun, ihre gute Freundin. Eine alte Geschichte, schätzte Mumsie, diese Pyjamas, denn die Geschichten, die man hatte, alterten genauso wie man selbst, aber Geschichten waren und blieben es. Und in dem Moment, als Mumsie die geschichtlichen Pyjamas erblickte, wurde ihr Verdacht zur Gewißheit: Dieser einsame, versteckte Winkel war zur einen oder anderen Zeit das Liebesnest der vermeintlich so tugendsamen Lady M. gewesen.

Nun, warum nicht? Mumsie war die letzte, die etwas gegen Liebesnester hätte. Wogegen sie etwas hatte, oder vielmehr, was sie in diesem speziellen Fall verdroß, das war diese Überheblichkeit, diese hochmütige Geringschätzung all des netten kleinen Geplänkels, das zu einem Liebesnest gehörte.

Warum küssen sich Leute wohl?

Das habe ich nie verstanden.

Heuchelei, nannte Mumsie das.

Als eine Frau, die sich nichts vormachen läßt, sah sie Lady M. daher mit wissendem Blick an, der jedoch bei dieser verschwendet war. Solche Blicke gehörten nicht zu Daisys Erfahrungsschatz, und sie erkannte folglich nicht deren Sinn. »Wollen Sie sich nicht setzen?« war alles, was sie sagte.

Mumsie setzte sich. Sie zog einen Stuhl ans Bett und ließ sich darauf nieder. Diese verriegelte Tür letzte Nacht war großzügig vergeben und vergessen, und sie machte Lady M. auch nicht den geringsten Vorwurf, daß sie jetzt nicht auf das reagierte, was, wie Mumsie fand, schon ein Wink mit dem Zaunpfahl war. Nicht zu erweichen, dieser Stein, im Moment, sagte sie sich und übte sich weiter in Milde und Nachsicht; außerdem, ein schweigendes Grab zum Sprechen bringen zu wollen, war reine Kraftverschwendung.

Aber sie hatte ja reichlich Zeit. Und bei dem Gedanken an den ganzen Tag, der vor ihr lag, an die Wochen, die, wenn nötig, vor ihr lagen, ging Mumsie das Herz auf. Es würde schon etwas heraussickern, aus dem Grab, um bei dem Bild zu bleiben, das Mumsie zwar nicht sonderlich gefiel, aber es war ihr nun einmal im Kopfe – wenn Lady M. erst einmal zu reden anfing, würde schon etwas durchsickern.

Vorläufig saß Mumsie da und strahlte ihre bandagierte Freundin an.

In einer Minute würde sie ihr den Verband abnehmen und einen neuen anlegen.

Und sage einer, was er wolle, Verbände wickeln und abwickeln knüpfte ein festes Band.

»Was macht der Fuß?« fragte Mumsie, machte es sich auf ihrem Stuhl bequem und betastete ihre Wellen, ob sie noch richtig lagen. »Will er noch ein Bad?«

Ohne jedoch auf die Antwort zu hören, drehte sie ihren Kopf erst in eine Richtung, dann die andere und atmete tief und entzückt ein, denn der Raum, dessen drei Fenster weit geöffnet waren, wurde von vielfältigen und exquisiten Düften durchströmt, die ihr plötzlich in die Nase stiegen. Die letzten Rosen sandten ihren Wohlgeruch vom Garten herauf, und von den Feldern wehte der süße Duft des ersten Jasmins ins Zimmer. Und dann noch die Lilien entlang des Pfads direkt unter den Fenstern – weiße Lilien, die in solch üppiger Pracht blühten, wie es von Gärtnerhand unberührte weiße Lilien eben tun, und die so herrlich anzusehen und zu riechen sind!

Welche Düfte, dachte Mumsie, die sie mit größter Wertschätzung einsog. Als das Stadtkind, das sie war, hatte sie keine Ahnung, woher sie stammten, aber sie war über die

Maßen entzückt. Noch ein winziges bißchen stärker, dann wären sie fast so gut wie die aus der Fabrik in Grasse! Mochte es hier noch so viel zu bemängeln geben, resümmierte Mumsie, sobald man dem Knoblauch entkommen war, konnte niemand behaupten, es röche nicht gut. Und auch niemand konnte sich beschweren, dachte sie, verblüfft darüber, wie leuchtend er durch die silbrigen Olivenblätter schien, der Himmel wäre nicht blau genug. Auch die Bäume sahen tagsüber anders aus und überhaupt nicht beängstigend. Sonderbar, wohin ihre Gedanken letzte Nacht gestreunt waren. Sah ihr gar nicht ähnlich, sich so unterkriegen zu lassen, was aber bloß zeigte, wie es einem zusetzte, wenn man keine Seele zum Reden hatte. Natürlich war immer noch weit und breit kein anderes Haus zu sehen, aber das spielte jetzt keine Rolle, da es ja nur noch eine Frage von ein oder zwei Tagen war, bis sie und Lady M. zusammen im Nachtexpreß nach England säßen.

»Ein hübsches kleines Häuschen haben Sie hier«, sagte Mumsie zufrieden, in ihrer morgendlichen Aufgeräumtheit sogar bereit, am Jasminhof Gefallen zu finden. »Ein Anwesen würde ich es allerdings nicht direkt nennen«, fügte sie hinzu.

»Aber das tue ich doch gar nicht«, sagte Daisy.

Sie betrachtete ihre Besucherin mit einer Art entgeisterter Faszination. Diese Mrs. De Lacy, das wußte sie jetzt, diese unglaubliche Person, die sie verfolgte, erwies ihr mit ihrer Ankunft einen großen Dienst. Daisy hatte eine Weile gebraucht, es so zu sehen. In den ersten Stunden hatte ihr Fuß so entsetzlich geschmerzt, daß sie an nichts anderes hatte denken können, und als der Schmerz allmählich nachließ und ihr der Überfall dieser Person wieder einfiel, war sie so erfüllt von blindem Zorn, daß sie nicht sehen konnte, wie gut genau dieser Zorn ihr tat. Aber er tat ihr gut. Er riß sie aus dem gräßlichen Abgrund sinnloser, gespenstischer Gefühle, in den sie versunken war; er zog sie wieder an die Oberfläche des Lebens, wo es um einfache Dinge und Entscheidungen ging und innere Qual und Marter zurückstehen mußten.

Daisy hatte es dringend nötig, daß sie von ihren Gespenstern abgelenkt wurde. Sie war erst zwei Tage allein, als Mumsie eintraf, aber es kam ihr wie zwei Jahre vor, an so vielen und solch sonderbaren Orten hatte sich ihr Geist aufgehalten. In dem Moment, als Mumsie ihr unten auf der Straße entgegenlief, war ihr Gemüt in der Tat in noch beklagenswerterem Zustand gewesen als ihr Äußeres – der reinste Wirrwarr, das reinste Lumpenbündel. Bisher hatte sie noch nicht die Kraft gehabt, Ordnung in ihre Gedanken zu bringen, auch nur eine einzige der verzweifelt wichtigen Fragen zu bedenken, die ihr in wildem Durcheinander durch den Kopf wirbelten, das sie früher oder später würde entwirren müssen.

Endlos war sie gelaufen, um vor ihren Gedanken zu fliehen – und vor Midhurst. Im Haus und im Garten schwirrten überall Erinnerungen an ihn herum. Sowie sie dort etwas betrachtete oder berührte, erwachte Midhurst augenblicklich wieder zu Leben. Aber glücklicherweise war er kein Mann gewesen, der etwas davon hielt, in der Landschaft herumzuwandern, und so konnte er sie wenigstens, wenn sie über Felder und Wiesen zog, nicht heimsuchen, sie auf diese verstörende Art bei jedem Schritt am Ärmel zupfen, mit dem Finger zeigen und flüstern: *Erinnerst du dich?*, so wie er es ständig auf dem Hof tat.

Solange sie also herumwanderte, war sie Midhurst los. Aber abends mußte sie zu ihm zurückkehren. Sie konnte nicht ewig laufen. Und dort war er, wartete auf sie, und mit ihm warteten unzählige Zweifel, lächerliche, völlig sinnlose und verspätete Zweifel, die Daisy völlig fremd waren und ihr bisher nicht einmal in den Sinn gekommen wären, Zweifel, ob es wirklich nötig gewesen war, so ... hätte sie nicht vielleicht doch lieber ... sollte man nicht jede Liebe, auch wenn sie gelegentlich ruhelos wurde, festhalten, statt sie in dem Moment, in dem sie in den eigenen Armen zappelig wurde, kalt fallen zu lassen?

Solange sie lief und lief war sie ihre gespenstischen Zweifel los, und das war ein Trost. War es das wirklich? Schützten genau diese Zweifel sie letztendlich nicht wie ein Vorhang, ein zwar trister, aber dennoch abschirmender, vor viel schlimmeren? Denn angenommen, dachte Daisy und stakste in ihren ungeeigneten Schuhen noch schneller dahin, ihr kämen nun auch noch Zweifel, die nicht längst vergangene Dinge betrafen, Dinge, die ohnehin nicht mehr zu ändern waren, sondern die jüngste Vergangenheit, jene lebendige, schmerzliche Vergangenheit, die nicht länger als letzten Montag zurücklag? Was wäre, wenn sie sich zu fragen begänne, ob es wirklich nötig gewesen war, so ...

Vor diesem Gedanken floh sie jedoch noch schneller; in der Tat, als sei der Teufel hinter ihr her, hastete sie jetzt dahin. Sünde blieb Sünde, versicherte sie sich inbrünstig, und die abscheulichste aller Sünden war jene, die sich als Liebe maskierte. Durch Toms Exkursionen hatte sie das Elend kennengelernt, in das einen diese sogenannte Liebe stürzte. Deshalb hatte sie ja ihr ganzes Leben dem Versuch gewidmet, andere vor solchem Elend zu bewahren; und denen, die sich nicht retten lassen wollten, es waren die meisten, hatte sie den Rücken gekehrt. Und sollte sie sich etwa jetzt nicht abwenden, nur weil die Sünderin ihr eigen ...

Aber sie konnte es nicht aussprechen; nicht einmal denken konnte sie es, wirklich, allein der Gedanke an solch einen Gedanken brachte sie fast um. Auf der Flucht vor ihm stolperte sie weiter – schneller, schneller, damit nichts mehr sie einholen konnte, keine Erinnerung, kein Wissen ...

In diese düstere Verwirrung der Gefühle war Mumsie wie eine Fackel geplatzt und hatte einen rechtschaffenen, ehrlichen Zorn in Daisy entfacht. Die Geister waren in die Flucht geschlagen, Midhurst wurde beiseite gefegt, und Terrys und Andrews Verworfenheit mußten notgedrungen hintanstehen, solange sich Daisy mit Mrs. De Lacy befaßte.

Später, später, sagte Daisy sich, nur zu erpicht, den unvermeidlichen Moment, wo sie dem ganzen Schrecken ins Gesicht würde sehen müssen, noch ein wenig aufzuschieben. Zuerst mußte sie sich um Mrs. De Lacy kümmern. Und so lange hatte das schreckliche Geschäft, die ganze Schande vor sich auszubreiten und genau zu besehen, notgedrungen zu warten. Mochte die Anwesenheit der Frau auch eine Beleidigung und Erniedrigung sein, sie war, das sah Daisy, auch noch etwas anderes – eine Oase in der Wüste des eigenen Elends, an der man sich einen Moment ausruhen und Atem schöpfen konnte; ein Stärkungsmittel, das einem die Kraft zum Handeln gab, eine Art Abführmittel, das den eigenen Geist läuterte.

In der Tat, sie hatte allen Grund, Mumsie dankbar zu sein, obwohl sie einige Zeit brauchte, es einzusehen. Erst als die Sterne verblaßten und die Welt grau wurde und auf der anderen Seite des Flurs ihre ungeladene Besucherin, die sich lange im Bett hin und hergeworfen hatte, endlich in den tiefen Schlaf fiel, der am nächsten Morgen der Grund für ihr spätes Aufstehen war, dämmerte Daisy allmählich, daß Mrs. De Lacys Ankunft ihr, es war nicht zu glauben, gut tat. Und als die Sonne so unvermittelt wie ein Kapellentusch über der violetten Linie der östlichen Hügel mit einem gewaltigen Lichtakkord aufflammte, mußte Daisy sich eingestehen, daß sie sich dank ihres ehrlichen, rechtschaffenen Zorns, in den sich nicht die geringste Seelenqual mischte, beinahe normal fühlte. Als der strahlende neue Tag dann gänzlich Besitz von ihrem Zimmer nahm und sie und den kleinsten Gegenstand darin in ein warmes Glühen tauchte, war sie der festen Überzeugung, daß sie der Frau wirklich sehr zu Dank verpflichtet war.

Daher war es nicht sehr freundlich von ihr, Pläne für deren Vertreibung zu schmieden, doch dagegen konnte Daisy nicht an. Vertrieben werden mußte sie, und zwar so schnell wie möglich. Aber wie es bewerkstelligen? Mit zusammengezogenen Brauen – sie waren wieder beweglich, denn die letzten Spuren von Madame Valaises Kunst hatten sich verflüchtigt – grübelte sie über das Problem nach. Ein schwieriges an diesem entlegenen, meilenweit von irgendwo entfernten Ort, ohne Telefon, und hätte es eins gegeben, keine Miss Simpson oder Parker, es zu bedienen; ohne die riesigen Zimmerfluchten, in die sie sich hätte zurückziehen können, während das Personal die nötigen peinlichen Schritte unternahm; ja, ein schwieriges Unterfangen ohne den Schutzwall von Dienern und Freunden zwischen sich und dreister Zudringlichkeit und ohne, falls es zum Schlimmsten, zum undenkbar Allerschlimmsten kam, den Polizisten an der Ecke. Wie sollte man da jemanden vertreiben?

Daisy lag da und grübelte nach. Im strahlenden Licht lag sie da und brütete über banale Probleme nach und sah den großartigen morgendlichen Festzug nicht, der vor ihren Augen vorüberzog. Dies war die Stunde, in der sie hätte beten sollen. *Steh auf mein Herz und suche Freud* bedrängte sie dieses Flüstern wieder, so wie an jenem ersten Nachmittag. Und wie damals hörte sie es auch jetzt, und wie damals schob sie es unwirsch beiseite. Jemand in ihrer Situation suchte keine Freude. Außerdem, zu was und wozu hätte ausgerechnet ihr Herz aufstehen sollen? Ihr gebrochenes Herz, ihr, soweit sie sehen konnte, ein für alle Mal zerschmettertes Herz. Aber was davon noch übrig war, konnte sich, zum Glück, immer noch der Aufgabe widmen, Mrs. De Lacy loszuwerden.

Und darauf konzentrierte Daisy sich jetzt. Ihren ersten Gedanken, Adolphe ein Taxi aus Grasse holen zu lassen und ihm aufzutragen, die Frau hineinzusetzen, verwarf sie wieder, denn was sollte sie tun, wenn sich die Frau weigerte, sich hineinbefördern zu lassen? Fast anzunehmen, daß sie sich wehren würde, denn nachdem sie sich, zwar zweifellos aus den empörendsten Gründen, die Mühe gemacht hatte herzukommen, warum sollte sie gewillt sein, sofort wieder zu verschwinden?

Auch die nächste Idee, sich im Zimmer einzuschließen und alles etwaige Klopfen und Flehen so lange zu ignorieren, bis dieses unglaubliche Geschöpf aus schierer Müdigkeit aufgab und von sich aus nach einem Taxi rief, verwarf Daisy – als ihrer unwürdig. Sie hatte schon genug Würde eingebüßt, als sie sich, wegen ihres verletzten Fußes, hilflos anklammerte, als ihr übel wurde, als sie Thérèse hieß, die Tür zu verriegeln, weil sie die Aussicht, Mrs. De Lacy könne ihr beim Entkleiden helfen, einfach unerträglich fand, und solche Entgleisungen mußten unverzüglich aufhören.

Lieber sich fünfzigmal von Mrs. De Lacy entkleiden lassen, als zu kindischer Feigheit Zuflucht nehmen, sagte Daisy sich, wobei sich das Blut ihrer Vorfahren in ihr regte, die der

Familienlegende nach alle tapfer und würdevoll gewesen waren. Aus reiner Tradition und Gewohnheit regte sich dieses Blut schon bei der geringsten Andeutung unwürdigen Verhaltens in ihr. Ob es ihr allerdings gelingen würde, eine mögliche Tatsache völlig aus ihrem Kopf zu verbannen, die sich ihr während ihrer Streifzüge über die Felder ein oder zweimal ins Bewußtsein hatte drängen wollen, die mögliche Tatsache nämlich, daß ihre Flucht aus London der Gipfel an Feigheit und unwürdigem Verhalten war, war noch nicht entschieden. Ebenso unentschieden war, ob es ihr gelingen würde, eine andere Tatsache aus ihrem Gedächtnis zu streichen, den völligen Verlust ihrer Würde an dem schrecklichen Nachmittag, als die beiden, deren Namen ihr nicht über die Lippen kam, sie so weit gebracht hatten, in aller Öffentlichkeit, vor ihrer eigenen Dienerschaft, zu wimmern wie ein geprügelter Hund. Es gibt gewisse Dinge, an die man nicht denken und an die man sich nicht erinnern darf, wenn man weiterleben will.

Daher verbannte und ignorierte Daisy sie und ließ sich vorläufig in eben dem seichten Gewässer treiben, das doch eigentlich Mumsies Element war. Also fuhr sie ohne Anfechtungen in ihren Überlegungen fort und kam zu dem Schluß, daß sie es auf keinen Fall zulassen würde, sich von einer Person wie Mrs. De Lacy in einen Feigling verwandeln und ihrer Würde berauben zu lassen. Das hieße, ihr eine viel zu große Ehre zu erweisen. Und da sie wegen ihres Fußes – gab es ein schlimmeres Mißgeschick? – nicht zu ihr hinuntergehen konnte, mußte Daisy sie hinauf in ihr Schlafzimmer kommen lassen und hier ihren Spruch aufsagen. Schlimm genug zwar, aber jetzt konnte die Dame ihr nichts mehr enthüllen, was sie nicht schon wußte. Noch eine Überraschung hätte sie nicht mehr in petto. Also würde

Daisy sie auffordern, ihre Anwesenheit auf dem Hof zu erklären, und, nachdem sie sich angehört hatte, was die Dame zu sagen hatte, sie ersuchen, zu verschwinden.

Einfach: ganz einfach. Unvorstellbar, daß sich die Frau weigern würde. Vielleicht wehrte sie sich dagegen, in ein Taxi verfrachtet zu werden, aber das Haus zu verlassen, dagegen konnte sie sich nicht wehren. Wer vom Besitzer zum Verlassen aufgefordert wurde, mußte gehen. Aber falls sie sich doch, unglaubliche Vorstellung, weigern würde und das Schlimmste zum Undenkbaren käme, konnte man Mrs. De Lacy immer noch . . .

Zum erstenmal, seit die Katastrophe über Daisy zusammengeschlagen war, schlich sich so etwas – und auch das verdankte sie Mumsie – wie die Andeutung eines Lächelns in ihr verhärmtes Gesicht . . . konnte man Mrs. De Lacy immer noch einfach nichts zu essen geben. Sie aushungern.

Als Adolphe und Thérèse sich auf leisen Sohlen durchs Haus zu bewegen begannen, war Daisy trotz angestrengtem Nachdenken kein drastischerer Plan eingefallen, als um eine Erklärung zu bitten, geduldig zuzuhören und dann höflich um Abreise zu ersuchen.

Geduld, Höflichkeit und Würde sollten ihren Ton bestimmen, beschloß Daisy. Welch anderen Ton hätte eine Frau ihres Rangs gegenüber einer Frau wie Mrs. De Lacy wohl anschlagen können? Alles andere, jegliches Unrecht, das dieser Person vielleicht angetan worden war, mußte hintanstehen, bis die Beleidigung ihrer Ankunft durch ihre Abreise ausgelöscht war. Eine geradezu ungeheuerliche Beleidigung war ihre Anwesenheit in Daisys Augen, die durch nichts, kein Recht und kein Unrecht, zu entschuldigen war.

Da war Daisy also, und, kurz nach elf, war auch Mumsie da; und Mumsie, die ganz davon erfüllt war, wie gut ihr der Kaffee getan hatte und wie herrlich die Blumen oder was immer es war rochen, stand ihre Zufriedenheit förmlich ins Gesicht geschrieben, als sie ihren Kopf erst zur einen Seite und dann zur andern drehte und genüßlich den Duft einsog.

Sie trug ihre neuen Pyjamas und fühlte sich sehr schick und Riveriera-ish, wenn auch ein bißchen nackt am Rükken, nun, man mußte sich wohl erst daran gewöhnen. Schön, elegant, in der Blüte ihrer Jahre fühlte Mumsie sich, mit ihrem Make-up von gestern; es abzuwaschen hatte sie nicht übers Herz gebracht, und es war noch so gut wie neu. Welch bemerkenswerten Kontrast sie wohl zu der abgewirtschafteten Gestalt auf dem Bett dort abgab, dachte sie. Nur schade, daß niemand da war mit Augen im Kopf, ihn zu würdigen.

Daisy, die sie beobachtete, fand dieses augenscheinliche Behagen sehr verwunderlich. Warum war die Frau nur so zufrieden? Worüber? Hatte man ihrer Tochter, dieser armen kleinen hübschen Rosie, die sie bestimmt vergötterte, nicht den Gatten geraubt, und war die Räuberin nicht . . .

»Ein Anwesen würde ich es allerdingst nicht direkt nennen«, hörte sie Mumsie in dem Moment sagen, als sie gerade innerlich vor einem der beiden Namen zurückschreckte, die ihr nicht über die Lippen kommen wollten.

»Aber das tue ich doch gar nicht«, antwortete sie und hielt hastig den Atem an, so nah war sie daran gewesen, den einst so kostbaren Namen in Gedanken auszusprechen.

»Na, aber die Zeitungen haben es getan. Wir lesen den *Evening Standard*, und da stand, Sie hätten sich auf Ihr Anwesen in Südfrankreich begeben.«

»Die Zeitungen?« echote Daisy. »Die *Zeitungen*?« wiederholte sie und beugte sich vor. »Haben Sie so herausgefunden, wo ...«

»Ja. So hab ich's herausgefunden«, sagte Mumsie und schob ihren Träger, der ihr über die Schulter gerutscht war, wieder an seinen Ort. Es ging nicht an, hatte sie das Gefühl, daß das Pyjamaoberteil noch tiefer rutschte. »In der Nähe von Grasse, hieß es in der Zeitung. Anwesen in der Nähe von Grasse. Also erkundigte ich mich, wo Grasse liegt und ab die Fahrt! Und ist sie erst mal in Fahrt – na, wenn das kein hübsches Wortspiel ist!« unterbrach sie sich laut ausrufend und lächelte ihre blasse Freundin breit an. »Würde eine hübsche Zeile für eine Revue abgeben, meinen Sie nicht? Hören Sie zu!« fuhr sie fort, während Lady M.'s Gesicht immer mehr versteinerte. »Ist sie erst mal in Fahrt und geht's auf nach Grasse, da setzt die kleine Belle kein Gras an.«

Aber Daisy starrte inzwischen vor sich hin und sah sie nicht mehr. Nahm sie überhaupt nicht mehr wahr, die üppige, so unangemessen bekleidete Figur auf dem Stuhl neben ihr. Ein Abgrund von Verrat und Gehorsamsverweigerung klaffte zwischen ihr und der einen Person, der sie, am Ende, noch getraut hatte. Miss Simpson. Miss Simpson hatte diese Notiz an die Zeitungen gesandt. Sogar Miss Simpson hinterging sie.

Es war sonderbar, wie sehr sie dieser Verrat verletzte, der doch so unbedeutend war im Vergleich zu dem Terrys und Andrews. Sie hätte nicht geglaubt, daß irgend etwas, das Miss Simpson tat, von Bedeutung wäre. Aber es war von Bedeutung. Und es traf Daisy nicht nur tief, es machte ihr auch angst. Ohne jeden Schutz stand sie also da, mit nichts, aber auch nichts zwischen sich und allen möglichen Leuten, denen es einfiel, ihr zu folgen? Diese Frau hier – sie hatte schon den empörenden Einfall gehabt! Und sie hatte sich eingebildet, in der Einsamkeit hier ihren Frieden zu finden!

Mit leerem Blick starrte sie Mumsie an. Selbst wenn sie es Miss Simpson nicht ausdrücklich gesagt hatte – und in dem Schrecken und Durcheinander, wie leicht vergaß man da etwas –, so hätte diese doch genau wissen müssen, daß sie Stillschweigen zu wahren hatte über ihrer Herrin Aufenthaltsort, denn schließlich hatte sie ihr die strikte Anweisung gegeben, daran erinnerte sich Daisy genau, nichts weiterzuleiten, weder Briefe noch Telegramme, bis sie selbst um Nachrichten bat. »Ich will *nichts* wissen – von nichts und *niemandem*«, erinnerte sie sich, Miss Simpson gesagt zu haben, die zitternd wie Espenlaub vor ihr stand. War das nicht das gleiche, als hätte sie den Wunsch geäußert, auch über sie solle niemand etwas wissen?

»Sie brauchen mich gar nicht so anzugucken, als wär ich nicht da«, bemerkte Mumsie mit leichter Ungeduld in der Stimme angesichts dieses hartnäckig leeren Blicks. »Ich bin nämlich da. Sehr sogar«, konnte sie sich nicht verkneifen hinzuzufügen, denn genau wie bei ihrem Eintreten in die Halle am Grosvenor Square hatte sie das Gefühl, sie habe das Haus mitsamt Bewohnern in der Hand.

»Ja«, sagte Daisy, die ihre abschweifenden Gedanken sammelte, um sich dem Nächstliegenden zu widmen, nämlich Mumsie. Sich mit Miss Simpsons Verrat zu befassen, hatte noch Zeit. »In der Tat. Das sehe ich. Aber – erklären Sie mir, warum.«

»Warum was?«

»Warum Sie hier sind.«

»Nun, das ist schnell erklärt«, sagte Mumsie. »Erstens, um Ihnen Ihren Seelenfrieden wiederzugeben . . .«

Wie sonderbar die Worte in Daisys Ohren klangen: *Um Ihnen Ihren Seelenfrieden wiederzugeben.* Ach, gäbe es doch jemanden auf der Welt, der das vermöchte! Und sie sah Mumsie mit einem so bitteren Lächeln an, daß die gutherzige Frau mitten im Satz innehielt, um die Hand des armen Geschöpfs in ihre zu nehmen und sie beruhigend zu tätscheln.

Das gelang ihr jedoch nicht, weder nach der Hand zu greifen, noch weniger sie zu tätscheln, denn die Hand versteckte sich und kam nicht wieder aus ihrem Versteck hervor.

»Jetzt gucken Sie nicht so mißmutig drein«, mahnte Mumsie, oder vielmehr bettelte sie, denn das Lächeln ging ihr nahe. »Hören Sie sich erst einmal an, was ich zu sagen habe: Also erstens bin ich hergekommen, damit Ihre Seele wieder Frieden findet, und wenn das bewerkstelligt ist, nehme ich Sie wieder mit nach London.«

Hier jedoch lachte Daisy lauthals auf, und es war ein so unangenehmes Lachen, daß Mumsie, wäre sie nicht die Sorte Frau, die sie war, sich zweifellos vor den Kopf gestoßen gefühlt hätte, vor den Kopf gestoßen und beleidigt. Aber wer, sagte sie sich, wollte schon ein solches Wrack wie das vor ihr ernst nehmen? Mit ihrem Nachthemd aus Spitzen und Litzen – Litzen, die Mumsies Wertschätzung nach ausgereicht hätten, ein Dutzend Bräute auszustatten – und dem hellen Sonnenschein, der all das ans Tageslicht brachte, was die meisten Frauen ihr Leben gäben, es tunlichst zu verbergen, war sie ein viel zu bedauernswertes Geschöpf, sich über sie zu ärgern. Am besten man behandelte sie wie ein Kind, dachte Mumsie; ein krankes Kind, das man umhegen und aufheitern mußte.

»Aber, aber! Wer wird denn so lachen!« sagte sie mit

gespielt scheltendem Ton und klatschte bei jedem Wort in die Hände, als spielte sie Backe-backe-Kuchen. »Lachen ist eine sehr schöne Sache, das können Sie mir glauben, und vom lieben Gott nicht dazu gemacht, seine Bosheit damit herauszulassen.«

»Da gebe ich Ihnen völlig recht«, sagte Daisy, plötzlich sehr ernst. »Und ich bitte Sie um Verzeihung.«

»Oh, keine Ursache, keine Ursache«, versicherte Mumsie ihr leichten Herzens. »Aber mit langem Vergeben brauchen wir uns nicht abzugeben, wir beide. Sie und ich, wir sind Freundinnen. Und Freundinnen brauchen nicht so förmlich miteinander tun, so sehe ich die Sache.«

»Aber warum sind wir Freundinnen?« fragte Daisy, die ernst in Mumsies Gesicht sah, in dem der Ausdruck eines Menschen stand, der entschlossen ist, sich durch nichts aus der Ruhe bringen zu lassen.

»Warum, warum! Ich hab noch nie jemand gekannt, der's so mit Warums hat«, sagte sie in neckendem Ton.

»Ja. Aber ich möchte es gerne wissen. Ich möchte Klarheit haben«, sagte Daisy stirnrunzelnd.

»Na, erstens haben wir beide ein gemeinsames Interesse«, sagte Mumsie. »Und zweitens müssen wir beide einen Skandal vermeiden.«

»Oh?« sagte Daisy. Und verstummte. Und fügte dann, eingedenk ihres Entschlusses, die Frau bis zu Ende anzuhören, hinzu: »Das müssen Sie mir erklären.«

»Ich bitte Sie! – Erklären!« protestierte Mumsie. »Als wären Sie fortgelaufen, wenn Sie nicht genau wüßten, was ich meine!«

»Warum ich hier bin, das weiß ich in der Tat«, sagte Daisy, die bei dem Wort fortgelaufen zusammengezuckt war. »Was ich nicht weiß ist, warum Sie hier sind.«

»Aber das habe ich Ihnen doch gesagt, um Ihnen Ihren Seelenfrieden wiederzugeben. Das hätte ich schon neulich getan, als ich Sie in der Stadt aufsuchte ...«

»Ja. Das bedaure ich«, unterbrach Daisy sie. »Ich meine, ich bedaure, daß ich Sie nicht ausreden und Ihr Anliegen vorbringen ließ. Das hätte Ihnen die weite Reise erspart.«

»*Ihnen* hätte es die weite Reise erspart«, gab Mumsie zurück. »Denn Sie hätten gewußt, daß Sie sich gar kein Kopfzerbrechen machen müssen wegen dieser kleinen Affäre, sondern es sich so hübsch und kuschelig in ihren vielen schönen Häusern machen können wie bisher und sich mit ihren Freundinnen amüsieren, nur mit dem einzigen Unterschied, daß Sie jetzt eine neue haben. Eine neue, gute Freundin. Und eine verschwiegene. Schweigsam wie ein Grab!«

Daisy sah sie stumm an. Jemand wie diese Mrs. De Lacy hatte sie noch nie erlebt, nicht aus der Nähe jedenfalls. Möglich, daß sie gelegentlich Frauen ihrer Sorte im Rampenlicht sah, aber ein Wort mit so jemandem gewechselt hatte sie noch nie. Und jetzt, nachdem sie das Schlimmste schon wußte, was konnte die Dame De Lacy ihr noch anhaben? Warum sie also ernst nehmen? Lächerlich, wütend auf eine Frau dieser Kategorie zu sein. Sie war ein Kind. Am besten, sie auch wie eins zu behandeln und sich nicht über sie ärgern.

Ihr erster Gedanke war daher, dem armen Geschöpf etwas zu schenken. Wie grotesk sie aussah in ihren billigen, unpassenden Pyjamas, wie peinlich ihr verzweifelter Versuch, immer noch jung und hübsch auszusehen, wo es doch schon recht lange her sein mußte, seit sie eins von beidem war – *wie du*, dieser verstörende Gedanke ging ihr durch den Sinn, genau wie an jenem Morgen am Grosvenor Square und genauso irritierend. Lächerlich natürlich, denn wirklich, welche Ähnlichkeit konnte es zwischen ihr und . . .

Und so, wie sie der armen Frau an jenem Morgen ein Sträußchen frischer Gardenien schenken wollte als Ersatz für die schäbigen künstlichen, die an ihrem Kleide steckten, hatte sie jetzt den Wunsch, Mrs. De Lacy, wenn sie schon unbedingt Pyjamas tragen mußte, ein Paar gut geschnittene, teure zu schenken. Letzten Endes war sie eine gutherzige Person und hatte ihr schließlich den Fuß sorgsam und gut bandagiert. Und wenn sie sich still wieder entfernte, würde man wirklich gern etwas für sie tun. Sie zum Beispiel zu Schiaparelli schicken, wenn sie auf der Durchreise in Paris war, mit einem Brief mit der Anweisung, ihr ein wirklich schönes Paar Pyjamas anzufertigen und die Rechnung an Miss Simpson zu schicken.

»Wir beide, wir müssen vor allem eins tun«, sagte Mumsie mit eindringlicher Stimme, während sie ihre funkelnden schwarzen Augen auf das ihr zugewendete Gesicht heftete und sich mühte, den Ausdruck darin zu lesen, ihn aber nicht verstand, »wir müssen zusammenhalten und alle bösen Zungen zum Schweigen bringen. An diesem gottverlassenen Ort zusammenzuhalten, hat aber nicht viel Sinn. Denn wem will man das Mundwerk legen, wenn gar keiner da ist. Als erstes müssen wir also nach London zurück. Dort ist unser Tätigkeitsfeld. Massen von Zungen, die nicht stillstehen wollen. Und falls doch schon etwas durchgesickert ist, dann müssen wir uns zusammen sehen lassen. Ich rate dazu, uns sehr *oft* zusammen sehen zu lassen«, fuhr sie mit Nachdruck fort. »Auf Gesellschaften und dergleichen. Ascot. Cowes. Im Moorland und sonstwo. Übrigens habe ich mir schon immer gewünscht, einmal auf einer Jacht zu sein, und ich wage die Behauptung, daß ich auch gegen eine Jagdgesellschaft im Moorland nichts hätte, wenn man Rücksicht auf meine Beine nimmt. Und *ich* möchte das Klatschmaul sehen, das nicht still steht, wenn man uns, Sie und mich, Hand-in-Handschuh überall herumlaufen sieht. Denn eins wissen Sie so gut wie ich: wäre an der ganzen Geschichte auch nur das kleinste bißchen dran, könnten die Mütter beider Parteien unmöglich Freundinnen sein, das wäre völlig wider die Natur. Die Mutter der Partei, der Unrecht getan wurde, und die Mutter jener, die es – nun, nicht Ihre Schuld, aber so ist es nun einmal.«

Sie verstummte. Daisy starrte. Ein Wort drängte sich ihr mit Ellbogenkraft in den Kopf, das sie noch nie Gelegenheit hatte zu benutzen, nicht einmal zu denken. Und der Tatbestand, den es ausdrückte, war ihr völlig fremd, aber nichtsdestoweniger dämmerte ihr allmählich, worauf Mrs. De Lacy aus war – auf Erpressung.

Ein häßliches Wort. Eine häßliche Sache. Sie fiel auf Daisy herab, wie der Tropfen, der das Faß zum Überlaufen bringt. Und doch, statt sie zu erzürnen und zu bewirken, daß das Blut ihrer Vorfahren, das sich zuvor nur geregt hatte, in ihren Adern kochte, überkam sie der dem Anlasse und ihren traurigen Umständen höchst unangemessene Drang zu lachen, laut zu lachen und nicht einmal so bitter wie zuvor.

Denn war es nicht eine recht sonderbare Erpressung? Von der Art, wie ein Kind aus schierem Übermut ausprobiert, wie weit es gehen kann? *Gesellschaften und dergleichen.* Sie und Mrs. De Lacy, wie sie Seite an Seite durch London wandeln und einander tapfer vor dem Ansturm böser Zungen schützen. Unmöglich, auf ein so einfältiges Wesen wütend zu sein. Wirklich, angesichts solcher Einfalt, solch himmelschreiender Unkenntnis der Welt, Daisys Welt, und der unüberbrückbaren Kluft, die Mrs. De Lacy von dieser Welt trennte, hätte man das arme Ding beinahe am liebsten in den Arm genommen und gestreichelt – beinahe, nicht ganz. Wie tief unglücklich wäre Mrs. De Lacy auf Gesellschaften und dergleichen; wie abgrundtief einsam würde sie sich fühlen, wenn die einzige Antwort auf ihre fröhlichen Annäherungen starrende Blicke, eisiges Erstaunen oder, bestenfalls, zuerst erniedrigende Höflichkeit und dann tunliches Meiden ihrer Person wären.

»Ja«, sagte sie nach einer Weile ernst, als bedenke sie Mumsies Vorschläge. »Ich verstehe, was Sie meinen. Und es ist sehr freundlich von Ihnen, daß Sie gewillt sind . . .«

»Na, *ich* finde es auch sehr freundlich von mir«, unterbrach Mumsie sie und plusterte sich auf. »Wenn ich nur daran denke, wie übel meiner Rosie mitgespielt . . .«

»Ja, das sehe ich auch so«, unterbrach Daisy sie nun ihrerseits. »Die Sache ist nur, ich gehe nicht nach London zurück.«

Was brachte sie dazu, das zu sagen? Sie wußte es nicht. Sie hatte noch nie darüber nachgedacht. Es war ihr einfach auf die Zunge gekommen.

»Nicht sofort, natürlich«, stimmte Mumsie ihr zu. »Nicht, ehe es Ihrem Fuß da wieder besser geht.«

»Ich kehre nie mehr nach London zurück«, sagte Daisy und war so überrascht über ihre eigenen Worte, daß sie Mumsie verwundert ansah.

Mumsie mißverstand sie jedoch. »Sie meinen«, sagte sie, »Sie wollen sich lieber auf einen Ihrer Landsitze begeben. Nun, ich persönlich halte nicht allzuviel vom Landleben, aber ich glaube doch, für einen guten Zweck würde ich mich damit abfinden. Auch auf dem Land kann man schließlich Gesellschaften geben. Allerdings müßten es schon sehr große Gesellschaften sein, damit unsere Freundschaft so bekannt wie möglich wird.«

»O nein«, sagte Daisy, immer noch diesen verwunderten Ausdruck im Gesicht, so als spreche jemand anderes aus ihr. »Das meine ich nicht. Ich wollte damit sagen, daß ich hier bleibe.«

Jetzt war es an Mumsie, sie verwundert anzustarren. In ihrer augenblicklichen Verfassung konnte man die arme Frau natürlich nicht ernst nehmen, aber sie hatte es zweifellos gesagt, als sei es ihr Ernst.

»Ach kommen Sie, ich bitte Sie!« protestierte Mumsie, weiterhin um einen munteren Ton bemüht. »Hier bleiben? Hier – in diesem elenden kleinen Loch?«

»Gerade eben haben Sie gesagt, es wäre ein hübsches kleines Haus.«

»Gewiß, gewiß. Und ich will auch gar nicht bestreiten, daß es ganz hübsch hier wäre für einen kleinen Ausflug von ein, zwei Tagen, für ein Picknick und um die Aussicht zu genießen – mit einem netten Mann«, fügte sie hinzu, denn ihr fielen wieder die gelben Pyjamas ein. »Aber Sie wollen mir doch nicht erzählen ...«

»Ich sage Ihnen doch. Ich gehe nicht zurück. Nie ...«, Daisys Augen waren inzwischen weit aufgerissen vor Staunen über ihre eigene wiederholte Versicherung, darüber, wie sie immer mehr den Charakter einer unwiderruflichen Entscheidung annahm ... »niemals!«

Schweigend sahen sie sich an, Mumsie ungläubig, Daisy mit einem Ausdruck, als wäre sie unverhofft ihren eigenen Worten in die Falle gegangen. Hatte Mrs. De Lacy wiederum Klarheit in ihre Gedanken gebracht, fragte sie sich, und diesmal eine so große, daß sie, wie in einer Kristallkugel, ihr zukünftiges Handeln voraussah? Nie wieder zurückzukehren. Aufgeben. Nicht mehr kämpfen, alle Scham hinter sich lassen und sich den gräßlichen Mißtönen endlich stellen – welcher Friede, welcher Friede.

Ihre Augen, die feucht geworden waren, wanderten an Mumsie vorbei zum Fenster hinaus, wo die herrliche Landschaft in der Sonne lag. So heiter, so unbeschwert. London, und alles was dort geschehen war, schienen ihr weit entfernt und längst vergangen. Im All verloren. Unter Schweigen begraben. Hier, fern von Spott, Hohngelächter und Niedertracht – sollte es hier nicht möglich sein, schnell zu vergessen? Ja, dachte sie, während sie zu den stillen Hügeln hinsah, an diesem Ort gelänge es ihr vielleicht, alles zu vergessen – nach einer Weile, hieß das, ein wenig Zeit brauchte sie noch. Und wenn man vergessen konnte, gelänge es dann nicht auch zu . . .

Vergeben. Frieden schließen.

Die Worte seufzten ihr durch den Sinn und beendeten den Satz für sie. Auch sie seufzte, mit einer Sehnsucht, die wie Schmerz war. Ach, könnte man es doch nur! Wie himmlisch. Welch unvorstellbare Erleichterung. Mal angenommen, dachte sie, es gelänge ihr, schon heute damit zu beginnen, jetzt gleich, auf der Stelle, ein von allen Gestern und ihren bohrenden, grausamen Erinnerungen befreites Leben anzufangen, neuen und reinen Herzens, einem Herz, das nicht mehr zornig und entsetzt war, das nicht mehr rechtete und richtete, sondern das verstand und, weil es verstand, vergeben konnte?

»Ich bin immer noch da, wissen Sie«, bemerkte Mumsie forsch.

Aber Daisy nahm keine Notiz von ihr. Sie hatte Mumsie ganz vergessen, so gefangen genommen war sie von der Sehnsucht, von ihren Qualen erlöst zu werden; beinahe jeden Preis würde sie dafür zahlen. Und ohne es zu merken, machte sie eine heftige Bewegung mit der Hand, hob sie und ließ sie dann wieder auf die Bettdecke fallen; und ohne daß es ihr bewußt war, murmelte sie, die Augen auf die fernen Hügel gerichtet, mit erschöpfter Stimme: »Ich habe genug.«

Da stieg in Mumsie die Wut auf. Sie kannte diese Wut von sich und wußte, wie sie jedesmal, wenn sie sich von ihr überwältigen ließ, hinterher Grund zur Reue hatte; also kämpfte sie dagegen an. Aber, wirklich, hatte man so etwas Albernes schon gehört! Hier bleiben? In dieser Einöde hokken wollte Lady M., wo sie in Saus und Braus leben könnte, und andere Leute mit ihr, in all ihren schönen Häusern? Wenn niemand wußte, was ihre Tochter angestellt hatte, war das nicht genausogut, als hätte das Mädchen gar nichts getan? O nein, das konnte man von Mumsie nicht verlangen, so einen Unsinn hinzunehmen. Verwöhnt war sie, die gute Lady M. Verwöhnt bis über die Ohren. Viel war nicht mehr übrig von ihr, aber ihre Grillen hatte sie noch!

»Nun, eine solche Idee kann ich nur *überspannt* nennen«, begann sie und mühte sich sehr, ruhig zu sprechen, mühte sich sogar, gutgelaunt zu klingen.

Vergebliche Mühe. Der Anblick des in Spitzen und Litzen gehüllten Wesens auf dem Bett, dem die ganze Welt zu Füßen lag und das die Macht hatte, sie auch anderen Leuten zu Füßen zu legen, und das nun aus irgendeiner bizarren Laune heraus alles in den Wind schreiben wollte, um sich in dieser Einöde zu verstecken, wo es nicht den geringsten Grund zum Verstecken gab, das war zu viel für Mumsie.

Sie gab ihren Kampf auf. Ihr Zorn brauste auf.

»Eitler Pfau!« platzte sie heraus und klopfte sich auf ihr behostes Knie.

Es klang abscheulich. Sie selbst hörte, wie abscheulich es klang. Es war, als polterte ihr Ausruf durch den Raum und zerbräche Gegenstände.

Damen, das wußte sie sehr wohl, nannten einander nicht ›Eitler Pfau‹, aber das Wissen half ihr nichts. *Hör auf, hör auf* drängte sie eine innere Stimme, aber das half auch nichts. Sie konnte sich nicht beherrschen. Unmöglich für Mumsie aufzuhören, wenn sie erst einmal in Fahrt war. Da so viel auf dem Spiel stand, wäre es ihr in diesem Fall vielleicht gelungen, hätte Daisy etwas geantwortet, aber das tat sie nicht. Nach einem verblüfften Blick, einem kurzen Umdrehen zu Mumsie, senkte sie bloß den Kopf und vertiefte sich in den Anblick ihrer ineinander verschränkten Hände.

Das machte Mumsie wütend. So ein Hochmut, so eine beleidigende Großtuerei; einen zu behandeln, als wäre man Luft, als wär man es nicht wert, das Wort an einen zu richten. »Ich habe eitler Pfau *gesagt*, und ich *meine* eitler Pfau«, verkündete sie daher sehr laut – Adolphe, der auf seinem Heimweg von den Jasminfeldern zum Mittagessen gerade unter dem Fenster herging, blieb verängstigt stehen. »Nur ein eitler Pfau kann so dumm sein, seinen Kopf hier unten im Sand zu vergraben und sich einbilden, der Rest von ihm guckte nicht raus! Blaues Blut! Daß ich nicht lache. Pudding haben Sie in den Adern – feigen, feigen Pudding!«

Auch das klang abscheulich. Pudding. In ihren Adern, statt Blut. Und es ihr auch noch sagen. *Aufhören, aufhören*, drängte die innere Stimme wieder.

Aber Mumsie hörte nicht auf.

»Sie haben genug, sagen Sie! Nun, was das anlangt«, polterte Mumsie unbekümmert weiter, »das glaube ich Ihnen gern. Aber ich nicht! Bis zum Halse vollgestopft mit guten Dingen sind Sie« – abscheuliche Worte, bis zum Halse vollgestopft, Mumsie wußte es, sie gab es zu, aber es half nichts – »und ich, nicht einmal in meinem ganzen Leben hab ich je von irgendwas genug gehabt. Mein Gott«, fuhr sie fort, und bei dem Gedanken an solch himmelschreiende Ungerechtigkeit wurde ihre Stimme noch lauter und sehr schrill, »um nur eine Kleinigkeit zu nennen, die für Sie wohl keine besondere Bedeutung hat, aber für mich hat sie die: Ich habe noch nie genug Hummer gehabt – nie so viel, wie ich wollte und nicht mit dem Gedanken hätte heimgehen müssen, wie schade, daß es nicht mehr gab. Weil Hummer nämlich teuer ist«, erklärte sie bitter, »und die Männer, die einen zum Essen ausführen, werden von mal zu mal geiziger. Ich nehme an, Sie haben keine Vorstellung davon, wie es ist, mehr von etwas Gutem haben zu wollen und es nie zu bekommen, und ich glaube es Ihnen gern, daß es Ihnen auch noch nie in Ihren reichen Kopf gekommen ist, wie schwer es ist, etwas vorzuzeigen, wenn man nichts zum Vorzeigen hat. Aber wo bliebe man, das möcht ich gern wissen«, fuhr sie fort, entschlossen, wo sie schon dabei war, sich gründlich Luft zu machen, »wo bliebe man, wenn man sich das ganze Theater *ersparte*? Kein Mensch würd sich die Mühe machen, einem ein bißchen Vergnügen zu bereiten, wenn man nicht so aussieht, als vergnügte man sich schon genug. Wer nicht aussieht, als wär er schon satt, der wird nicht zum Essen ausgeführt. Und wer macht einem Geschenke, wenn man nicht so aussieht, als ertränke man darin? Und Sie, Sie liegen da, Sie, die ihr Leben lang alles hatten und wahrscheinlich alle fünf Minuten Geschenke kriegen, und erzählen mir, Sie hätten genug. Das kann jeder sehen, daß Sie genug haben! Aber ich nicht, und meine Rosie nicht, und wir finden, zur Abwechslung würde es uns mal gefallen.«

Sie hielt inne, um Atem zu holen. Ihr Busen hob und

senkte sich, und ihre Nasenflügel bebten. Oh, sie war noch längst nicht fertig, sie mußte nur verschnaufen. Was kümmerte es sie in ihrem hübsch erhitzten Gemüt, daß die Worte, die sie wählte, immer gräßlicher wurden? Konnte Lady M. nur gut tun, wenn mal jemand kein Blatt vor den Mund nahm. Würd ihr die blinden Augen für ein paar Tatsachen des Lebens öffnen.

In dem Moment, als Mumsie in ihrem Wortschwall innehielt, wurde es grabesstill im Raum, und Daisy, die ihren Kopf immer noch mit stierem Blick über ihre verschränkten Hände senkte, war so still wie der Raum.

Reglos saß sie da, den Rücken gegen das Kissen gestützt. Es war, als atme sie nicht einmal. Wie eine Leiche, wie ein verscheuchtes Huhn, dachte Mumsie, die keuchend zu ihr hinsah. Kein Mumm in den Knochen, und damit der eigene Zorn nicht verrauchte, sondern auf der wohltuenden Temperatur blieb, bei der man sich einen Dreck um die Konsequenzen scherte, brauchte man wenigstens ein bißchen Gegenwehr.

Sie wollte schon ausprobieren, ob eine Nachfrage, was für eine Sorte Mutter sie eigentlich sei, wegzulaufen und ihre Tochter in dem Moment im Stich zu lassen, wo sie Hilfe am dringendsten benötigte, Lady M. nicht vielleicht ein wenig aufrütteln würde, als diese etwas sagte. Kaum hörbar, wirklich so leise, daß Mumsies Stimme im Kontrast dazu wie Geschrei klingen mußte – das tat sie natürlich mit Absicht, um sie ins Unrecht zu setzen! –, ohne den Kopf zu heben und die Augen immer noch auf ihre Hände geheftet sagte sie: »Ich glaube, wir haben uns mißverstanden. Ich meinte, ich hatte genug – Kummer.«

»O – *Kummer!*« wiederholte Mumsie und winkte unwirsch ab. »Na, das ist mal 'ne Sache, von der ich genug hatte.« Sie stand auf und stapfte mit schnellen Schritten zum Fenster, damit sie der Anblick, wie Lady M. ihre Fingernägel studierte, nicht noch weiter in Rage brachte, und blickte ärgerlich hinaus. Kummer, weiß Gott! Von Kummer brauchte ihr keiner was zu erzählen.

»Wer drei Ehemänner hatte, der kann ein Lied von Kummer singen!« schnaubte sie, trommelte mit den Fingern auf den Sims und blickte in die unbehauste Landschaft hinaus. »Einen nach dem andern verliert man. Kaum ist man raus aus der Trauerkleidung, heißt's wieder hinein. Immer dieselbe Melodie! Das mindeste, was man von einem Mann verlangen kann, der eine Frau zu ernähren hat, wäre doch, daß er am Leben bleibt. Und man hätte meinen sollen, wenigstens einer von den dreien hätte das zuwege gebracht. Aber nichts da. Und erst die Art, wie Mr. De Lacy sich aus der Verantwortung schlich! Die war mir eine Lektion! Nie wieder, habe ich mir geschworen. Und dabei ist es auch geblieben! Gewöhnlich nenne ich so was!«, rief sie aus, wobei ihre Stimme bei der Erinnerung wieder sehr laut wurde – Adolphe, der mittlerweile ein Stück weitergegangen war, blieb wieder verängstigt stehen – »durch und durch gewöhnlich! Loszuschreien, man hätte die Nase voll, sich dann einschließen und sich's Hirn wegblasen. Und dabei stimmte es nicht mal. Er konnte die Nase überhaupt nicht voll haben. Wir waren erst ein paar Jahre verheiratet, und ich schwöre, ich war die Freundlichkeit in Person zu ihm – außer natürlich«, schloß sie und trommelte fester mit den Fingern, »wo Freundlichkeit Dummheit gewesen wäre.«

Tief verstimmt stand sie da und starrte in die unbewohnte Landschaft. Die Art, wie Mr. De Lacy sich verabschiedet hatte, wurmte sie immer noch. Aufs Ganze gesehen hatte auch er nur Pudding in den Adern gehabt, auch wenn er dem Lärm nach, den er wegen jeder Kleinigkeit veranstaltete, ein Tiger hätte sein können. Wenn er schon so schrecklich erpicht aufs Sterben war, so sagte sie oft zu Rosie, warum hatte er nicht wenigstens abgewartet, bis der Krieg kam, um wie ein Mann zu sterben, für sein Vaterland!

Diesmal machte Daisy keine Bemerkung, und wieder senkte sich die Stille im Raum auf Mumsie, die gerade wieder Luft schöpfte. Eine so absolute Stille, als sei sie ganz allein im Raum, ganz allein mit den bedauernswerten Worten, die ihr über die unbeherrschten Lippen geschlüpft waren und die nun, reglos wie die Spinnweben in einem Grabgewölbe, in allen Ecken hingen.

Wie gemein von einem Zimmer, dachte Mumsie, kaum hatte man zu reden aufgehört, so still zu werden, daß das, was man gesagt hatte, noch nachhallte. Nasevoll zum Beispiel: wieder so ein Wort, das man am besten nicht benutzte. Wie diese Worte herausschlüpften! Aber letzteres hatte sie ja nur zitiert. Das hatte Lady M. ja hoffentlich gemerkt. Dafür war De Lacy verantwortlich. Trotzdem, was mußte sie seinen gewöhnlichen Charakter überhaupt erwähnen! Sie hatte schon genug gesagt, ohne *den* auch noch hineinzuziehen.

Etwas Kaltes senkte sich auf sie herab. Ihr Fingergetrommel wurde langsamer und verstummte dann ganz. Sie fühlte sich so entsetzlich allein gelassen mit den Dingen, die sie gesagt hatte. So deprimierend die unbehauste Landschaft dort draußen auch war, sie war jedenfalls nicht so totenstill. Ein sich Illusionen hingebender Vogel – komisch, sich vorzustellen, daß es ein französischer war, wo er doch gar nicht so klang – zwitscherte fröhlich vor sich hin, und in der Ferne war ein Auto zu hören auf dem Wege irgendwo anders hin, glückliches Auto und wie tröstlich nach Zivilisation klingend sein Gebrumm! Aber hier drinnen, wo man doch gewiß ein Anrecht auf irgendeine Form von Reaktion hatte, kam sie sich vor wie in ihrem eigenen Grab, so still war es.

Beklommen lauschte sie auf ein Lebenszeichen von Lady M. Hartnäckiges Schweigen des Gegenübers hatte Mumsie schon immer, schneller als alles andere, besiegt. Es setzte einen so ins Unrecht und war im Grunde ein sehr gemeiner Trick. Sich offen und ehrlich streiten mußte man und sich nicht hinter einer Mauer von Schweigen verstecken! Außerdem, war ihrer Ladyschaft denn ihre Lage überhaupt nicht klar? War es ihr noch nie in den Sinn gekommen, daß die betrogene Rosie die in fremdem Gehege wildernde Terence vor den Scheidungsrichter schleppen konnte und es auch tun würde, wenn man es ihr sagte? Geziemte es sich da für ihre Mutter nicht, höflich Rede und Antwort zu stehen? Wenigstens überhaupt eine Antwort zu geben, und lieber eine unhöfliche als gar keine!

Aber Daisy blieb weiter stumm; und Mumsies Zorn, der nie lange anhielt, verrauchte von Minute zu Minute mehr, bis ihr zum Schluß nur noch ihr nüchterner Kopf blieb. Einen nüchternen Kopf hatte Mumsie schon immer verabscheut. Ein schrecklicher Zustand, in dem man verzagten Herzens nachzurechnen begann, wie teuer es einen zu stehen kommen konnte, daß man sich so vergessen hatte.

Bedrückt starrte sie aus dem Fenster und fragte sich, wie sie nur so närrisch hatte sein können, ihr Temperament so mit sich durchgehen zu lassen, warum sie nicht wenigstens ihre Worte sorgfältiger gewählt hatte, wo doch so viel auf dem Spiel stand. Sich nur vorzustellen, daß eine Dame zur andern, und ausgerechnet einer so zimperlichen, sagte, sie sei ein eitler Pfau, und auch noch ein bis zum Hals vollgestopfter! Ganz zu schweigen von der Charakterbeschreibung de Lacys! Hatte sie sich jetzt alles verdorben? Wenn ja, dann hieß das Krieg, und Mumsie wollte keinen Krieg. Sie wollte Frieden. Bei einem Krieg sprang nichts heraus; bei Kriegen war noch nie etwas zu gewinnen gewesen. Glück und Reichtum gab es nur im Frieden – Glück und Überfluß und Rosie mittendrin, wie sie es angesichts des ihr angetanen Unrechts und ihres Aussehens verdiente, und Rosies Mutter, natürlich, nicht weit weg.

»Manchmal«, begann sie, ohne den Kopf zu wenden und mit so gedämpfter Stimme, daß Adolphe unter dem Fenster endlich beruhigt seines Wegs ging, »sage ich mehr, als ich meine.«

Keine Antwort. Der Raum hinter ihr mitsamt Lady M. blieb so mucksmäuschenstill wie zuvor.

»Nun«, fuhr sie nach einer Pause fort. »Wenn Sie unbedingt die *Beleidigte* spielen wollen ...«

Keine Antwort.

»Sie dürfen mir glauben«, hob sie nach kurzem Abwarten wieder an, inzwischen wirklich verzagt und niedergeschlagen – wie schäbig, wie schäbig von Lady M., ihr nicht mal so viel wie den kleinen Finger zu reichen! Sie selbst warf ganze Arme um jeden, der zu einer Entschuldigung bereit war – »Sie dürfen mir wirklich glauben«, hob sie von neuem an, und jetzt schwankte sogar ihre Stimme, »daß mir so manches Wort, das mir entschlüpft ist, nicht über die Lippen gekommen wäre, hätte mich das Ganze nicht so in Rage gebracht.«

Immer noch keine Antwort.

»Es tut mir aufrichtig leid, und ich entschuldige mich. Mehr, fürchte ich, kann ich nicht tun. Und jetzt«, schloß sie, nachdem sie wieder einen Moment abgewartet hatte, um der unmenschlichen Lady M. die Chance zu einer Erwiderung zu geben, wobei sie sich mühte, so munter zu klingen, als sei ihr eine Riesenlast von der Seele gefallen, »sollten wir uns lieber um Ihren Fuß kümmern. Ich glaube, es ist an der Zeit, daß er einen frischen Verband bekommt...«

Schnell trat sie ans Fußende des Betts, den Kopf gesenkt, denn sie spürte wieder das gleiche heiße Brennen in den Augen wie in der letzten Nacht, und um nichts auf der Welt, nicht um tausend Welten, wollte sie es Lady M. merken lassen.

Zweimal – innerhalb von zwölf Stunden. Davor – nicht einmal in unzähligen Jahren. Tränen, die jeden Moment rollen wollten. Sinnlos so zu tun, als wären es keine Tränen, denn es waren welche. So klein hatte Lady M. sie gekriegt, mit ihrem garstigen, unfreundlichen Schweigen, mit ihrer ganzen Art, die einem das Gefühl gab, man sei zu gewöhnlich, um auf der Welt zu sein. So was war kein Anstand, dachte Mumsie, die heftig zwinkerte und den Kopf noch tiefer senkte, während sie den Verband abnahm. Anständig wäre es gewesen, eine Frau zu unterbrechen, ehe sie zu weit ging – ihr eine Chance geben, sich zu fangen, ein bißchen Schwesterlichkeit, ein bißchen Mitgefühl. Aber das war nicht die Art dieser hocherhabenen Herrschaften. O nein. Die lehnten sich einfach zurück und sahen ruhig zu, wie man sich die Schlinge um den eigenen dummen Hals wand.

»Wo ist denn das saubere Handtuch hin?« murmelte sie und tastete suchend über die Bettdecke, weil sie den Kopf nicht heben wollte. »Ach, da ist es ja schon!«

Hastig nahm sie den Verband ab, legte einen neuen an und kämpfte mit aller Macht dagegen an, sich durch Schniefen zu verraten. Die Genugtuung gönnte sie Lady M.

nicht, daß sie es auch noch sah, wie sie sie klein gekriegt hatte.

Aber Daisy beugte sich nach vorn, berührte sanft ihren Arm, und sagte: »Weinen Sie?«

»Wer – ich? Wie kommen Sie denn darauf! Worüber denn?« antwortete Mumsie tapfer. Und in genau dem Moment quoll, trotz aller Anstrengung, etwas Heißes durch ihre Wimpern und tropfte auf Daisys nackte Zehen.

»So, jetzt haben Sie mich ertappt«, bemerkte sie und trocknete die Zehen mit einem Zipfel des Handtuchs, das sie gerade abgenommen hatte, »da brauche ich mir ja wohl auch keinen Zwang mehr anzutun.«

»Es tut mir ja so leid«, murmelte Daisy, die so erschrokken war, daß sie sich nicht einmal an den Tropfen auf ihrer Haut störte.

»Na, wenn das Ganze aber nicht auch wirklich zum Heulen ist!« schniefte Mumsie und schluchzte im nächsten Moment so ungehemmt, daß Adolphe und Thérèse sie unten in der Küche hören konnten, in ihrem Mittagessen innehielten und gebannt lauschten.

»*C'est l'autre, cette fois – la carnivore*«, flüsterte Adolphe.

»*Tiens*«, sagte Thérèse.

»Ja, das ist es«, stimmte Daisy beschwichtigend zu. Sie war zutiefst erschrocken und bereit alles zu tun, damit dieses Wehgeschrei aufhörte, denn bei allem, eingeschlossen Tränen vergießen, war Mumsie, war sie erst einmal in Fahrt, nicht zu bremsen.

»Das Leben ist wirklich . . .«, erklärte Mumsie schluchzend. »Man kämpft und str-strampelt und tut alles . . .«

»Ich weiß.«

»Und am Ende verliert man doch. Kämpfen, kämpfen – nur nicht nachlassen, sagt man sich jeden Tag. Aber von

Tag zu Tag – von Tag zu Tag – hat man weniger Kraft – zuerst läßt man nur ein bißchen nach – und dann – wenn man älter wird, mehr – und mehr . . .«

»Ich weiß, ich weiß.«

»Müde – das wird man mit der Zeit«, schluchzte Mumsie. »Hunde, hundemüde . . .«

»Als *wüßte* ich das nicht selbst!«

»Na, wenn Sie's wissen«, fiel Mumsie plötzlich durch ihre Tränen über Daisy her, »warum benehmen Sie sich dann so, als wüßten Sie's nicht? Gerade eben, als ich – als ich mich entschuldigen wollte – warum haben Sie kein einziges Wort gesagt? So etwas – kann ich nicht verstehen – so eine Unfreundlichkeit . . .«

»Wollen Sie wirklich wissen, warum?« sagte Daisy, die jetzt völlig überwältigt und entsetzlich zerknirscht war.

Sie wußte sehr wohl, warum die arme Frau weinte. Es passierte nicht zum erstenmal, daß sie Übeltäter, oder solche, die sie dafür hielt, durch ihr bloßes Schweigen zum Weinen brachte. Sogar Midhurst hatte sie einst, zu Beginn seiner Übeltäterlaufbahn, so weit gebracht. Zugegeben, später sah es eher so aus, als gediehe er an ihrem Schweigen und mäste seine Sünden damit, aber jenes eine Mal war es ihr gelungen. Und jetzt stand dieses arme, gutherzige Geschöpf, dieses große Kind, das nicht mehr vom Leben verlangte als ein bißchen Glück und gut zu essen, ebenso niedergeschmettert vor ihr, erbarmungslos zerdrückt wie eine hilflose Fliege.

›Ach, ich bin es nicht wert zu *leben*!‹ durchfuhr es Daisy plötzlich mit Schrecken und Entsetzen über ihre eigene vergangene wie gegenwärtige Härte. »Wollen Sie wirklich wissen, warum?« fragte sie und beugte sich wieder nach vorn. »Weil ich abscheulich bin.«

Darauf hielt Mumsie mitten in ihrem heftigen Naseschneuzen inne und starrte mit roten, erstaunten Augen über den Rand des Taschentuchs hinweg. »Abscheulich, haben Sie gesagt?« fragte sie, unsicher, ob sie richtig gehört hatte.

»Abscheulich, ohne Erbarmen und kein Erbarmen wert . . .«

»Aber, aber, jetzt gehen Sie aber *zu weit!*« unterbrach Mumsie sie und hob protestierend die Hand.

Es sollte erwähnt werden, daß Daisys Nahrung seit ihrer Ankunft lediglich aus *café au lait* und Butterbrot bestand. Bis zu diesem Zeitpunkt hatte sie sieben solche Mahlzeiten eingenommen. Da die Alternative, wie ihr gleich am ersten Tag klar wurde, ein Mansch war, den man nicht einmal ansehen wollte, geschweige denn, mit ihm in einem Raume sein, antwortete sie stets auf Adolphes Fragen, was sie zu essen wünsche, »*Café au lait.*«

Das ist keine gesunde Ernährungsweise. Sie füllt einen für einen Moment, aber schon kurz darauf fühlt man sich wieder hohl – nicht hungrig, hohl. Denn Daisy wußte, daß Frauen, die auf der Flucht vor tiefer Schande sind, keinen Hunger haben, obwohl es durchaus vorkommen kann, und in der Tat auch geschah, wie sie bald feststellte, daß sie hohl sind. Nun schwächt ein so wenig nahrhaftes Essen auf Dauer die Widerstandskräfte des Körpers gegenüber jenen geistigen Impulsen, in denen, einer weit verbreiteten Meinung nach, das wahre Selbst einer Person zum Ausdruck kommt, das man dann, liebenswürdigerweise, für ihr besseres Selbst hält.

Dieses plötzliche Aufflackern von Lady M.'s besserem Selbst brachte Mumsie ernsthaft in Verlegenheit. Sie war nicht darauf vorbereitet, und es ging ihr, wie sie ja auch schon protestiert hatte, zu weit. Da war ihr das hocherhabene Gehabe ja beinahe noch lieber als diese unnatürliche Zerknirschtheit. Gespräche, in denen das Gegenüber zu Kreuze kroch, taten keinem gut und verursachten bloß Unbehagen. »Jetzt steh auf und sei ein Mann«, hatte sie stets ihre Ehemänner ermahnt, wenn sie Anstalten machten, unterm Tisch zu versinken. Sie wußte, diesmal war sie es selbst gewesen, die mit dem Zukreuzekriechen angefangen hatte, aber das war noch längst kein Grund, daß Lady M. ihr nacheiferte.

Wie dem auch sei, der Schock trocknete ihre Tränen. »Ich sag Ihnen, was Ihnen fehlt. Eine ordentliche Mahlzeit brauchen *Sie*!« rief sie aus, womit sie instinktiv, zum Teil zumindest, den Nagel auf den Kopf traf.

Noch nie in ihrem Leben hatte sich Daisy so weit aus der Reserve locken lassen, und mit der Geschwindigkeit einer Schnecke, deren Fühler berührt wurden, zog sie sich wieder in ihr Schneckenhäuschen zurück. Sich überhaupt so weit hervorzuwagen, sich mit Selbstvorwürfen zu überhäufen, sich um ein Haar auf eine echte Intimität einzulassen, auch noch mit einer so unglaublichen Person, und dann gesagt kriegen, man müsse etwas Ordentliches essen! Um so schockierter und verletzter war sie, weil sie sich erinnerte, wie sie sich um die Mittagszeit des zweiten Tages ihrer gequälten Streifzüge über Felder und durch Wälder, dabei ertappt hatte, daß sie ans Essen dachte, nicht flüchtig, nein, sehr intensiv, und ihr sogar einige Gerichte in den Kopf kamen, die André besonders gut zubereitete.

Sie konnte sich nicht erinnern, jemals in Gedanken bei irgendwelchen Gerichten geweilt zu haben. Sie war schokkiert. Aber nichtsdestoweniger mußte sie weiter daran denken – an diese geeiste *consommé* Andrés zum Beispiel, so köstlich gewürzt, so voll goldener Kraft; eine Tasse davon, mit frisch geröstetem Toast und der herrlichen Shillerton-Butter, wie brächte das jetzt wieder Leben in sie! Und erst die Art, wie Andrew, begann die Jagdsaison, junge Beute zubereitete, Entchen zum Beispiel...

Aber an diesem Punkt hatte sie ihren Schritt beschleunigt. Gerade vier Tage Kummer und schon dachte sie an junge Enten! Das war ja, als wollte sie in einer Totenkammer einen Festschmaus veranstalten. Oberflächlich! Eine oberflächliche Person war sie! Nicht wert, daß das Schicksal ihr einen großen Kummer anvertraute...

»Der viele Knoblauch ist schuld«, fuhr Mumsie fort, während sie wieder zum Fenster ging und so tat, als müsse das benutzte Handtuch unbedingt in der Sonne ausgeschüttelt werden, sich selbst und Lady M. aber nur Zeit geben wollte, sich wieder zu fangen.

Daisy sank in die Kissen zurück.

»Wir sind schon ein paar Heulsusen, wir zwei«, fuhr Mumsie fort, der ihr eigener Kniefall, ihre Tränen und Entschuldigungen inzwischen genauso peinlich war wie Lady M.'s unerwartetes Verhalten.

Daisy schloß die Augen.

»Und Heulen führt zu nichts«, nahm Mumsie ihren Faden wieder auf und schickte sich an, das Handtuch gründlich auszuschütteln. »Aber was soll man anderes erwarten, wenn man einer Frau nichts Richtiges zu essen gibt? Was man mir gestern zum Abendessen aufgetischt hat, das gleiche wie Ihnen, nehme ich an – solche Blähungen kriegt man davon! Und Blähungen bringen einen auf komische Gedanken. Lassen einen...«

Der Rest blieb Daisy jedoch erspart. Der Satz wurde nie

beendet, das Handtuch nie ausgeschüttelt. Denn in genau jenem Moment trat direkt vor Mumsies Augen, auf der Treppe unterhalb der Terrasse, ein Hut in Erscheinung, ein hellgrauer, weicher Filzhut von der Art, wie sie an schönen Sommermorgen an so erfreulichen Orten wie Picadilly auf Männerköpfen zu sehen sind.

Wie erstarrt, wie angewurzelt starrte Mumsie dieser Erscheinung entgegen. Das Handtuch hing ihr schlaff in der Hand. Aller Trübsinn, alle Gedanken an die Blöße, die sie und Lady M. sich gegeben hatten, waren vergessen. Und als dem Hut, so schnell es die steilen Stufen erlaubten, ihre Vorstellung von einem perfekt gekleideten Gentleman folgte, war ihr Herz so voll, daß ihr der Mund überquoll.

»Na also«, rief sie freudig aus, augenblicklich wieder bester, ja himmelhochjauchzender Verfassung. Ihre Lebensgeister waren wieder erwacht, ihre Lust am Leben, und all den herrlichen Möglichkeiten, die es bot, und auch die letzte Spur der entsetzlichen letzten halben Stunde war ausgelöscht. »Ich glaube – ich glaube, Sie bekommen Besuch! Von einem Mann. Und auch noch einem so *gut* aussehenden!«

XI

Gutaussehend war Mr. Torrens nicht, aber ein Mann war er, und im Augenblick wäre Mumsie jeder recht gewesen. Für ihn sprach weiterhin, daß er ein Monokel trug, denn Mumsie schwärmte für Monokel. Er hielt es sich ans Auge, als er auf der obersten Treppenstufe stehenblieb – »Muß erst mal verschnaufen«, erklärte Mumsie über die Schulter zu Daisy hin, die sie sprachlos und entsetzt anstarrte –, um das Haus in Augenschein zu nehmen.

Natürlich sah er sofort das aus dem Fenster hängende Handtuch, auch Mumsie sah er, die es hielt und sich hinauslehnte, ihr Gesicht ein einziger strahlender Willkommensgruß.

Der hellgraue Hut wurde kurz gelüftet. Das Gesicht darunter wirkte jedoch eher überrascht als gleichermaßen erfreut. ›Wart, bis ich dich unter den Sternen hab, mein Junge‹, sagte sich Mumsie mit fröhlicher Zuversicht.

»Ist dies Lady Midhursts Haus?« fragte Mr. Torrens, zögernd fragte er, zu starken Zweifeln geneigt, ob sich der Taxifahrer, der sich so sicher gab, nicht doch geirrt hatte.

»Hütte meinen Sie«, korrigierte Mumsie ihn munter.

»Hier – hier wohnt Lady Midhurst?«

»Das können Sie wohl fragen!«

»Das ist George«, kam ein schwaches Murmeln vom Bett.

»George? Was – der, dem die gelben Pyjamas gehören?« warf Mumsie schnell über die Schulter zurück. Sie wollte den Besucher keine Sekunde aus den Augen lassen, aus Angst, er könnte gleich wieder verschwinden.

Daisy verkroch sich in ihre Kissen. Wirklich, noch mehr konnte sie nicht ertragen, beim besten Willen nicht.

»Kann ich sie sehen?« fragte Mr. Torrens, der näher gekommen war.

»Ob er Sie sehen kann?« gab Mumsie über die Schulter weiter.

»Nein, nein«, hauchte Daisy, puren Schrecken im Gesicht. »Nein – Sie sind wirklich nicht in Hochform im Moment«, stimmte Mumsie ihr verständnisvoll zu. Unangenehm, wenn der Liebste gerade dann auftauchte, wenn alles, was man an Bestrickendem vorzuweisen hatte, rote Nägel waren, an Zehen und Fingern. Sie selbst hatte man einmal ertappt, als sie in dem Glauben, es sei der Milchmann, zur Türe ging und ihr Haar auf Lockenwickler gerollt war. Der Verehrer ging fort und kam nie wieder. Reich war er gewesen.

»Ist Lady Midhurst dort oben?« fragte Mr. Torrens, dem es nicht gelang, die hastig beiseite gesprochenen Worte zu überhören.

»Ob Sie hier oben sind?« gab Mumsie weiter.

»Nein, nein – ich kann nicht – ich will nicht ...«, keuchte Daisy mit so offenkundiger Qual, daß Mumsie sich fragte, ob sie nicht eher vor George als vor ihrer Tochter weggelaufen war. Nun, vielleicht vor beiden. Womöglich hatte das Mädchen auch bei George gewildert, genau wie bei Andrew. Mußte ja ein hübsches Stückchen sein, diese Tochter. Nichts war ihr heilig, nicht mal das Alter – denn, als Mumsie sich wieder zu Mr. Torrens umwandte, der jetzt direkt unter dem Fenster stand und seinen Hut in der Hand hielt, blickte sie auf einen kahlen Kopf.

Das war eine Enttäuschung. Er hatte so jung ausgesehen in dem hellgrauen Filz, keinen Tag älter als achtunddreißig. Ein Jammer, daß er unbedingt den Hut abnehmen mußte. Trotzdem, immer noch besser ein Glatzkopf als gar kein Kopf in voller Haarpracht, sagte sie sich; und, tapfer entschlossen, das beste aus ihm zu machen, lehnte sie sich weit aus dem Fenster, wobei sie ihren Kopf hübsch hoch hielt, denn, von unten besehen, das wußte sie, konnte leicht der Eindruck entstehen, man hätte ein Doppelkinn, und rief hinunter: »Sie sagt nein, sie ist nicht hier.«

»*Oh* ...«, stöhnte Daisy hilflos, wandte den Kopf ab und vergrub ihr Gesicht in den Kissen.

»Alberne Frau«, sagte Mr. Torrens.

Vor Erleichterung lächelte er sogar. Aber abgesehen von

seiner Freude, daß er endlich fündig geworden war, nach dem endlosen verzweifelten Herumfahren und Herumfragen, war ihm wenig nach Lächeln zumute. Er war ein von Kummer und Sorgen gebeugter Mann, wegen Daisy.

»Alberne Frau«, sagte er lächelnd.

»Wer – ich?« fragte Mumsie und erwiderte sein Lächeln mit einem überschwenglichen ihrerseits.

»Sie beide«, sagte Mr. Torrens, denn selbst in Augenblicken der Anspannung und Sorge hatte er eine leichte Hand mit Frauen.

Mumsie war entzückt. Schon nannte man sie beide in einem Atemzug. Gleich zu Beginn, gleich am ersten Tag. *Sie beide*«. Bald wären sie und Lady Midhurst nicht mehr voneinander zu trennen!

»Wenn Sie einen Moment warten wollen«, strahlte sie hinunter und wedelte Mr. Torrens kokett mit dem Handtuch zu, »komme ich herunter und erkläre es Ihnen . . .«, und sie verließ das Fenster, trat schnell vor den Spiegel und begann in großer Eile, ihr derangiertes Gesicht so gut wie möglich wieder ins Geleis zu bringen.

»Das wird das beste sein, nicht wahr?« sagte sie und sah sich hastig nach dem Puder um. Das ganze Geweine hatte eine Verheerung angerichtet unter den Resten der Schminke von gestern. Idiotin, Idiotin. Wie konnte man nur so dumm sein, sich die eigene teure Schminke runterzuheulen. »Wo ist Ihr Lippenstift? Oh, ich vergaß – Sie haben's im Augenblick ja nicht mit Lippenstift. Ich lauf schnell in mein Zimmer und hole meinen. George überlassen Sie getrost mir. Ich sag ihm einfach, Sie sind ans Bett gefesselt, was ja schließlich auch stimmt. Sie wollen ihn also nicht sehen? Nicht mal, wenn er auf die Knie fällt? Recht haben Sie – und ich weiß, woran ich bin.«

Sie rückte noch hastig ihre Pyjamas zurecht, und dann stürmte sie aus dem Zimmer.

Die so allein gelassene Daisy wurde das Opfer der widersprüchlichsten Gefühle. Halb wollte sie zu George laufen, ihr Gesicht an seine freundliche Schulter betten, sich an ihn klammern, ihn, der ihrer eigenen Welt, ihrem eigenen Leben angehörte, und sich von ihm vor Mumsie retten lassen, und mit ihrer anderen Hälfte wollte sie sich, ganz im Gegenteil, hinter Mumsie als Schutzschild verstecken und sich von ihr vor George retten lassen.

Sie wollte aufstehen, aus dem Bett steigen, sich ankleiden und gewappnet sein, wofür wußte sie nicht recht; aber sowie sie den Fuß aufsetzte, schmerzte er wieder so sehr, daß sie nur in die Kissen zurücksinken konnte, wo sie dann lag und die Hände auf ihr pochendes Herz preßte.

George – nein, selbst wenn sie laufen könnte, zu ihm nicht! Nie würde sie es zulassen, daß er sie in diesem Moment der Zerstörung sah. Wie schrecklich von ihm, das zu wollen. Gefühllos. Unanständig. Oh, sie wußte, warum er gekommen war – um sie zur Rückkehr zu bewegen, damit das ganze Elend wieder von vorn begann, das ihr in den Jahren von Midhursts Sünderei schier das Herz gebrochen hatte. Glaubte er denn, die Leidensfähigkeit einer Frau habe gar keine Grenzen?

Ihr Herz klopfte so gewaltig, pochte ihr so laut bis in die Ohren, daß sie die leisen Stimmen unten im Wohnzimmer kaum hörte. Eher wie Bienengesumm an einem Sommertag drangen die Stimmen zu ihr hinauf, die Einhalt gebietende von Mrs. De Lacy und die, natürlich, dagegen protestierende Georges. Wie entsetzlich, wie beängstigend, zu wissen, daß nur wenige Stufen und nur eine einzige Tür ihn von ihr trennten, und daß, wenn es ihm einfiele, an Mrs. De Lacy vorbeizustürmen, nichts ihn daran hindern konnte hochzukommen, und dann würde er sehen . . .

Sie preßte sich die Hände fester aufs Herz. Sie verscheuchte den Gedanken, wollte es sich um keinen Preis eingestehen – aber lag der wahre Schrecken von Georges Ankunft nicht weniger darin, daß er ihr, die doch so deutlich gemacht hatte, daß sie ihre Ruhe haben wollte, empörenderweise gefolgt war, sondern vielmehr in der Tatsache, daß, gelänge es ihm, an Mrs. De Lacy vorbeizukommen, er sie zum erstenmal in seinem Leben so sehen würde, wie sie wirklich war? Ihr Gesicht, meinte sie; ihr seit so langer Zeit mit Kunstgriffen bearbeitetes Gesicht; am Anfang waren es nur wenige gewesen, dann, je mehr seine Schönheit zur Neige ging, mehr und mehr, hier ein Tupfer, dort ein Sälbchen, Linie um Linie geschickt getilgt, Falte um Falte geglättet, bis es zum Schluß, was sie sehr wohl wußte, fast nur noch aus Kunstgriffen bestand.

Demutstränen stiegen ihr in die Augen. In bitterer Scham senkte sie den Kopf. Sich in einem solchen Moment Sorgen um sein Gesicht zu machen! Wie konnte man nur so hoffnungslos oberflächlich sein, daß einen selbst die großen Tragödien nicht aus der gewohnten Eitelkeit aufrüttelten. Und ihr fiel wieder ein, wie ihre Gedanken kürzlich ums Essen, insbesondere junge Entchen, gekreist waren, wo es doch bei Gott andere Dinge gab, an die sie hätte denken sollen. Plötzlich kam sie sich wie eine Person ohne jegliche Wertmaßstäbe vor. Das Leben, das sie von Jugend führte, hatte sie offenbar so verdorben und korrumpiert, daß ihr Körper ihr wichtiger als alles andere war und ihr Geist dabei so verkümmerte, daß er sich jetzt nicht mehr zu den Höhen des ihr auferlegten Kummers aufzuschwingen vermochte.

Verzagt lag sie da und verachtete sich selbst. Das Stimmengesumm im Raum unter ihr wurde lauter, aber sie war zu niedergeschmettert, es zu hören. Als sie es schließlich doch bemerkte, bekam sie es mit der Angst, denn die Lautstärke konnte nur bedeuten, daß Mrs. De Lacy Schwierigkeiten hatte, George abzuweisen, und daß George fest entschlossen war, sich nicht abweisen zu lassen.

Mit angehaltenem Atem lauschte sie. Wer würde gewinnen – ihr Angreifer oder ihr Verteidiger? Und eine Liedzeile, die sie in ihrer Kindheit hatte lernen müssen, tanzte ihr mitsamt Melodie durch den verwirrten, zerstreuten Kopf.

Mein Wehr und mein Schild
Mein uralt Schutz und Trutz,

lautete sie; und plötzlich überkam Daisy der angesichts der Umstände in der Tat sehr sonderbare Drang, laut herauszulachen – lauter und lauter und ganz unschicklich, denn sie stellte sich gerade vor, wie wenig es der armen Mrs. De Lacy gefallen würde, und sei es nur in jemandes Gedanken, uralt genannt zu werden.

›*Genausowenig wie dir!*‹ flüsterte jene Stimme wieder, diese lästige Stimme.

›Nein, mir würd's auch nicht gefallen‹, gab sie diesmal unumwunden zu und riß sich zusammen, denn sie hatte das Gefühl, wenn sie nicht aufpaßte, geräte sie einer schlimmen Hysterie in die Klauen. ›Wir sind uns wirklich sehr ähnlich. Außer‹, keuchte sie nach einem Moment – den brauchte sie, um das entsetzliche, in ihr aufsteigende Lachen zu unterdrücken und den Tatsachen ins Gesicht zu sehen, ›daß sie besser ist als ich.‹

Da es Mittag war, der Schauplatz die Provence und die Jahreszeit Sommer, hatte Mr. Torrens nicht in der Sonne ausgeharrt, sondern war, als er eine offene Tür entdeckte, vernünftigerweise hindurchgegangen.

Er fand sich in einem kleinen, karg eingerichteten, aber keineswegs unbehaglichen Wohnraum wieder, von dem aus eine steile, schmale Treppe direkt zum oberen Flur führte, und am Fuße dieser Treppe stand Mr. Torrens und sah hinauf. Nicht erwartungsvoll, wie Mumsie es sich gewünscht hätte. Keinerlei Begierde war an Mr. Torrens zu bemerken. In Gedanken versunken, die alle sorgenvoll und unglücklich waren, sah er lediglich hinauf.

Das war am Samstag, und seit Montag war er nun sorgenvoll und unglücklich, seit dem Moment, als Cilly Jones ins Unterhaus kam und Terry fortholte, die mit ihm geluncht hatte und sich danach eine Debatte anhörte, von der sie glaubte, sie würde Wunder bewirken, er jedoch die Gewißheit hatte, sie war nichts weiter als leeres Geschwätz.

Er saß neben ihr, als sie die Botschaft erhielt. Zusammen waren sie hinunter gegangen und hörten von Cilly, die aufgeregt und mit einem rätselhaften Ausdruck im Gesicht in der Halle wartete, daß Daisy krank sei und Terry sofort nach Hause kommen solle.

Zu dem Zeitpunkt war Mr. Torrens weniger unglücklich als besorgt gewesen, und seine Sorge wuchs noch, als er am Abend Gerüchte über sonderbare Vorkommnisse am Grosvenor Square aufschnappte – einer großen Lunchgesellschaft, die in letzter Minute abgesagt wurde; dem morgendlichen Besuch einer unbekannten Dame namens Mrs. De Lacy, die hinter allem stecke.

Natürlich hatte er Terry, sobald sie daheim war, vom Unterhaus angerufen, um sich zu erkundigen, wie es ihrer Mutter gehe; später hatte er dann noch zweimal telefoniert; aber nur einmal war Terry selbst an den Apparat gekommen, und da sagte sie nur, der Arzt sei dagewesen, ihre Mutter sei übermüdet und brauche Ruhe.

»Und *dir* – fehlt dir auch nichts, Liebes?« fragte er, alarmiert durch den Klang ihrer Stimme.

»Nein, bestimmt nicht, lieber George«, antwortete sie.

»Ich komme gern vorbei, wenn dir daran liegt.«

»Mir liegt immer an dir, aber ich weiß, wie beschäftigt du bist, und du darfst nicht im Traum daran denken herzukommen«, antwortete sie.

Aber er ließ sich nicht abhalten. Nach dem Dinner schlüpfte er aus dem Unterhaus, bekam aber nur Parker zu Gesicht, der ihm mitteilte, ihre Ladyschaft läge im Bett und Lady Terence empfange niemanden.

»Auch mich nicht, Parker?«

Parker meinte respektvoll nein.

Einige Zeit später, in seinem Club, geschah es dann, daß Mr. Torrens plötzlich genauso unglücklich wie besorgt war, ein Zustand, der sich in den folgenden Tagen dermaßen verschlimmerte, daß er sich nicht erinnern konnte, je eine entsetzlichere Woche verbracht zu haben. Am Grosvenor Square anzurufen war sinnlos, das stellte er bald fest, und hinzugehen hatte ebensowenig Sinn. Am nächsten Tag war Daisy abgereist, wohin, wußte er nicht, bis er die Notiz in der Abendzeitung las. Terry war nie daheim, wenn er vorbeischaute, und bei Miss Simpsons Anblick, die ihn einmal empfing, bekam er einen solchen Schrecken, daß er sich fürchtete, ihr noch einmal in die Nähe zu kommen; und die ganze Zeit kursierten die Geschichten, die schon vor einigen Wochen durch London geschwirrt waren, wieder in der Stadt herum, aber diesmal nicht mehr als Gerüchte, sondern detaillierte, gräßliche Tatsachen – verbürgt, wie man sich erzählte, von Mrs. De Lacy selbst.

»Und wer, um Gottes willen, ist Mrs. De Lacy?« hatte Mr. Torrens, als er den Namen zum erstenmal hörte, verächtlich und wutschnaubend gefragt.

Mrs. De Lacy war Leighs Schwiegermutter, die Mutter der Kleinen, mit deren Ehemann Terry Chilgrove durchgebrannt war . . .

Durchgebrannt! Mr. Torrens schäumte vor Wut über die niederträchtige Ungenauigkeit. Inmitten all dessen, was, er wollte es immer noch nicht glauben, zu stimmen schien, immerhin etwas, das nicht stimmte. Daran klammerte er sich und fiel über jeden her, der solch unerhörtes Zeug verbreitete, beispielsweise das mondgesichtige Kalb von jungem Mann, der, was er aufgeschnappt hatte, so leichtfertig wiederholte. Terence Chilgrove, widerlegte Mr. Torrens ihn mit jener volltönenden Stimme, die seine Äußerungen in der Öffentlichkeit viel bedeutender klingen ließ, als sie in Wirklichkeit waren, halte sich im Londoner Haus ihrer Mutter auf und werde dieser in den nächsten Tagen in den Süden folgen. Gerade heute noch habe er mit ihr gesprochen. Und jeder anständige Mann, donnerte Mr. Torrens, würde solch infamen Lügen widersprechen, statt sie zu verbreiten. Er stürmte aus dem Club und eilte unverzüglich zum Grosvenor Square, in der Hoffnung, daß es ihm endlich gelänge, mit Terry zu sprechen, wenn auch nur, um das soeben Behauptete Wahrheit werden zu lassen.

Aber da war nur Parker, mit der üblichen »Sie ist nicht daheim«-Floskel auf den Lippen – Parkers Lippen verzogen sich dieser Tage übrigens zu sonderbaren Formen, so als müsse er dauernd eine Medizin schlucken, die ihm nicht behage.

»Dann spreche ich eben mit Miss Simpson«, sagte Mr. Torrens, dessen eigene Lippen sich nun auch verzogen, vor Grauen vor einer zweiten Dosis dieser Person, die einen so mit ihrer Panik ansteckte.

»Miss Simpson ist abgereist, Sir«, sagte Parker.

»Abgereist?«

»Ja, Sir. Heute morgen, Sir. Zu ihrer Schwester in Ealing, glaube ich. Ein Krankheitsfall in der Familie, wenn ich Miss Simpson recht verstanden habe.«

»Aber dann, wer . . .«

»Wir geben uns alle Mühe, Sir, bis ihre Ladyschaft zurückkehrt.«

An diesem Punkt wurde Mr. Torrens selbst von Panik ergriffen, eilte heim und instruierte seine Privatsekretärin, ihm für den nächsten Tag einen Schlafwagen nach Cannes zu reservieren. Diese Terry. Dieses närrische Mädchen. Was hatte sie nur angestellt, sich und alle andern in einen solchen Schlamassel zu reiten! Das Schlimmste an diesen tugendsamen Wesen war, daß sie nie einen Gedanken daran verschwendeten, wie die Nichttugendhaften ihr freies und furchtloses Verhalten interpretierten – denn Mr. Torrens gehörte zu der kleiner und täglich kleiner werdenden Gruppe, die sich strikt weigerte zu glauben, Terry sei irgend etwas anderes als gut. Bei Gott, deswegen haderte er ja ständig mit ihr, weil sie so gut war, so tugendhaft, beinahe gar keine Frau. Und selbst wenn man es für möglich halten wollte, daß sie vielleicht doch nicht so sittsam war, wie sie aussah, so hatte sie ihre Tugendhaftigkeit gewiß nicht wegen eines älteren, unangenehmen Burschen wie Leigh über Bord geworfen! Derlei Garn erzähle man Seemännern, empfahl Mr. Torrens standhaft; und doch, ganz hinten in den geheimsten Winkeln seiner Seele, da, wo er sich gewisse Gedanken erlaubte, fühlte er sich keineswegs so standhaft.

»Morgen. Cannes. Schlafwagen«, instruierte er seine Sekretärin.

»Aber Sie fahren doch am Wochenende auf den Landsitz des Premierministers«, widersprach die Sekretärin.

Der Landsitz des Premierministers interessierte Mr. Torrens nicht.

»Und Montag früh um zehn kommt diese Delegation.«

Die Delegation interessierte Mr. Torrens nicht.

Und am nächsten Tag, in dem Gefühl, das einzige, was auf der Welt noch zähle, sei zu seiner verzweifelten Daisy zu kommen und ihr zu helfen oder ihr zumindest seine tiefe, echte Liebe zu versichern, war der impulsive und liebevolle Mann unterwegs; und am übernächsten Tag kam er an, nicht so frisch wie er abgereist war; und statt seiner verzagten Freundin sah er sich einer üppigen Dame mit sehr wenig an gegenüber, die ihm sagte, das beste, was er tun könne, sei, umzukehren und wieder zu gehen.

Nicht sofort war dieses bittere Stadium erreicht. Die Begegnung begann mit *badinage*; aus schierer Gewohnheit und ganz mechanisch reagierte Mr. Torrens auf Mumsies entgegenkommende Art, während er sich gleichzeitig mühte, seine fünf Sinne wieder zu sammeln. Denn die Dame überraschte ihn sehr, und er versuchte zu erraten, wer sie sein könnte. Sie hatte ihn schon überrascht, als er nur den vom Fenster umrahmten Ausschnitt von ihr sah; aber sie überraschte ihn vollends, als er sie ganz erblickte.

Die Treppe hinunter, die er hinaufsah, stieg sie, den Korper seitlich gedreht, langsam herab, und er war so erschlagen von der nach und nach vor ihm auftauchenden Weiblichkeit, daß er einen Moment ganz vergaß, wie bekümmert er war. Zuerst kamen Sandalen in Sicht, mit nackten Füßen darin, die sich behutsam die Stufen hinuntertasteten. Dann Hosen. Dann nur notdürftig durch einen winzigen Seidenfetzen zusammengehaltene Üppigkeit; und zum Schluß ein immer noch hübsches Gesicht, das ihm irgendwie bekannt vorkam.

An wen erinnerte es ihn? Er hatte keine Ahnung. Aber es tröstete ihn ein wenig, daß es das Gesicht einer heiteren, ja vor guter Laune übersprühenden Person war. Demnach konnte Daisy nicht so krank sein, wie Miss Simpson angedeutet hatte. Das war zumindest eine Sorge weniger.

»Sie sind also George«, sagte die Dame und griff herzhaft nach der ausgestreckten Hand, die ihr die beiden letzten Stufen hinunterhalf. »Willkommen im Wurmstich-Winkel.«

»Vielen Dank«, sagte Mr. Torrens, der im Laufe unzähliger Kabinettssitzungen die Gewohnheit angenommen hatte, nie mit der Wimper zu zucken.

»Ja. Ich bin George. Und wer Sind Sie, wenn ich fragen darf.«

»Nun, George, für George bin ich Belle.«

»Natürlich mit *très* davor«, sagte der von berufswegen schlagfertige Mann, dem solch kleine Nettigkeiten so automatisch von den Lippen tropften, daß es ihn in keiner Weise bei dem störte, was ihn sonst gerade beschäftigte, in diesem Fall der weiterhin angestrengte Versuch, seine fünf Sinne zu sammeln.

»Aber mein Kosename ist Mumsie!« fuhr sie fort, da ihr französisch nicht ausreichte, sein Kompliment zu verstehen.

»Was, obwohl man es kaum für möglich hält, darauf hinweist, daß sie jemandes Mutter sind«, wich Mr. Torrens geschickt diesem Angebot zur Vertraulichkeit aus.

»Natürlich bin ich jemandes Mutter. Glauben Sie etwa, man hätte mich übersehen?«

»Nicht, solange es auch nur einen Mann auf der Welt gibt«, versicherte er ihr, worüber Mumsie sehr erfreut war.

Dies war die erste Phase – in der alles glatt und angenehm verlief. Die zweite begann, als er sein Zigarettenetui herausholte und es ihr einladend hinhielt, weil er Zeit gewinnen wollte. Die Dame verwirrte ihn immer mehr. Sehr freundlich, kein Zweifel. So weit so gut. Aber . . .

»Möchten Sie rauchen?« fragte er und hielt ihr das geöffnete Etui hin, wobei er sie neugierig musterte.

»Das ist das einzige Vergnügen, das ich mir nicht erlaube«, sagte sie – wie er zu bemerken glaubte – mit einem Augenzwinkern.

Er wurde vorsichtiger. Wegen Augengezwinkern und was daraus folgen konnte war er nicht hierher gereist. Er schloß das Etui, steckte es sich wieder in die Tasche und sah mit dem Gesicht eines vielbeschäftigten Mannes auf seine Uhr.

»Ich möchte Lady Midhurst sprechen«, sagte er.

»Das glaub ich Ihnen gern«, antwortete Mumsie fröhlich.

»Hätten Sie dann bitte die Freundlichkeit, es ihr zu sagen?«

»Nein.«

»Nein?«

»Ich bin zu jeder Freundlichkeit bereit, nur der nicht.«

»Aber es ist sehr wichtig«, sagte Mr. Torrens, inzwischen völlig verblüfft.

»Oh, bestimmt ist es das. Alles, was Männer wollen, ist wichtig – das heißt, solange ihnen der Sinn nicht plötzlich nach was anderm steht. Setzen Sie sich doch. Machen wir es uns bequem. Einen Drink kann ich Ihnen leider nicht anbieten. Denn von einer guten Vorratswirtschaft kann in dieser Hütte keine Rede sein.«

»Danke sehr, aber ich möchte keinen Drink. Allerdings möchte ich gern mit Lady Midhurst sprechen«, beharrte Mr. Torrens.

»Nun, das ist nicht möglich, also können Sie sich ebensogut setzen.«

»Aber warum kann ich sie nicht sprechen? Ich bin eigens aus England hergekommen, und es ist sehr ...«

»Dann hätten Sie bleiben sollen, wo Sie waren. Was nicht heißen soll, ich würde mich nicht freuen, daß Sie da sind. Langweilig hier, wissen Sie. Nicht viel los, soweit ich sehen kann. Aber jetzt setzen Sie sich doch, dann können wir ein Weilchen gemütlich miteinander plaudern«, sagte Mumsie und klopfte einladend auf die Sitzfläche des Stuhls neben ihr. »Eine Frau ist so gut wie die andre, meinen Sie nicht?«

Mr. Torrens vermied es, näher darauf einzugehen, indem er wieder auf seine Uhr sah.

»Ach, vergessen Sie doch Ihre alte Uhr«, sagte Mumsie und faßte ihn, auf die freundlichste Art, am Ellbogen. »Bitte, setzen Sie sich und fühlen Sie sich ganz wie zu Hause.«

Mr. Torrens wollte sich jedoch nicht setzen, und ihre Hand an seinem Ellbogen bestärkte ihn nur in seiner Entschlossenheit, festen Boden unter den Füßen zu behalten. Statt sich also zu setzen, begann er zu reden und verfiel dabei in genau jene Redeweise, die Mumsie von Herzen verabscheute, jene nämlich, derer sich Andrew bei den seltenen Gelegenheiten bediente, zu denen er überhaupt sprach.

»So entzückt ich auch wäre«, begann Mr. Torrens also mit jener ausgeklügelten Höflichkeit, die auf der Rednertribüne nie ihre Wirkung verfehlt, den hartnäckigsten Gegner auf seinen Platz zu verweisen, »so entzückt ich auch wäre, mich hier, wie Sie so überaus freundlich vorschlagen, zu Hause . . .«

Aber Mumsie war nicht gewillt, dergleichen hinzunehmen. »Seien Sie nicht so sarki«, fiel sie ihm ins Wort.

»Sarki?« war alles, was Mr. Torrens, mitten im Redefluß unterbrochen, hervorbrachte.

»Sarkastisch! Bilden sich wohl ein, daß Sie mir haushoch überlegen sind! Dabei ist's vielleicht genau umgekehrt!«

»Meine liebe Dame . . .«

»Auch die liebe Dame können Sie sich sparen! Ihr Hut war sehr vielversprechend, George, aber Sie werden ihm nicht gerecht.«

»Mein Hut?«

»Nun setzen Sie sich doch endlich und lassen Sie uns nicht streiten«, sagte sie und umklammerte seinen Ellbogen jetzt so fest, als wolle sie Mr. Torrens förmlich auf den Stuhl zwingen. »Dann muß ich nicht Angst haben, Sie laufen gleich wieder weg.«

»Ich laufe ganz bestimmt nicht weg, ehe ich mit Dai – mit Lady Midhurst gesprochen habe«, sagte Mr. Torrens mit strenger Miene.

»Um so besser. Dann müssen Sie nämlich ein ganzes Weilchen warten«, nickte Mumsie, immer noch munter, obwohl sich allmählich der Verdacht in ihr regte, daß ihre Bemerkung, er erfülle nicht, was sein Hut versprochen hatte, zutreffender war, als sie glaubte. Dort auf dem Tisch lag er nun, der Hut, und sah so *débonnaire* und unternehmungslustig aus, wie man es sich nur wünschen konnte, während George selbst – nun, wenn man ihre Meinung hören wollte, George selbst wirkte eher wie ein Fisch, und es hätte nicht viel gefehlt, so hätte sie es ihm auch gesagt. Inzwischen hatte sie auch ihre Zweifel, ob er unter den Sternen zu irgendwas taugte.

»Sie können es mir getrost glauben«, sagte sie und ließ seinen Ellbogen los – denn was wollte sie mit dem Ellbogen eines Fischs? –, »daß sie nicht herunterkommen wird, solange Sie hier sind. Außerdem, selbst wenn sie wollte, sie könnte gar nicht, denn in einem der Löcher da draußen, das längst hätte repariert werden müssen, aber nicht wurde, hat sie sich gestern den Fuß verknackst, und sie liegt im Bett. Oh, nichts Ernstes. Sie muß nur ihren Fuß ein paar Tage hochlegen. Aber so etwas verdirbt einem die Lust, seinen Liebsten zu sehen – und läßt ihm so die Möglichkeit«, fügte sie hinzu, womit sie Mr. Torrens seine letzte gab, »der von jemand anderem zu werden.«

Mr. Torrens nutzte seine Chance nicht. Im Gegenteil, er guckte auf seine Uhr.

›Fisch‹, dachte Mumsie.

»Ich kann nur kurz bleiben«, sagte er mit stirnrunzelndem Blick auf die Uhr und so, als sei ihre letzte Bemerkung nie gefallen, »wenn Sie also die Güte hätten, das Lady Midhurst mitzuteilen, dann wird sie mich gewiß empfangen.«

»Da täuschen Sie sich aber in ihr«, sagte Mumsie schniefend, und sie schniefte aus wachsender Verachtung für George.

»Dauernd behaupten Sie, sie will nicht, und ich kann nicht«, rief Mr. Torrens aus, der jetzt am Rande eines Zornesausbruchs war. »Warum kann ich nicht, und warum will sie nicht?«

»Ich sag's Ihnen doch, sie liegt im Bett – obwohl das ja

eigentlich keine Rolle spielen dürfte«, sagte Mumsie, der die gelben Pyjamas wieder einfielen. »Aber für sie spielt es offenbar eine. Sie will Sie nicht sehen, und das ist die Wahrheit. Sie hätten ihr Gesicht sehen sollen, als sie Ihre Stimme erkannte und ausrief ›Das ist George!‹ Sie sollten sowieso mal ihr Gesicht sehen«, fügte sie bedeutungsvoll hinzu. »Dann wären Sie wahrscheinlich nicht mehr so erpicht darauf, daß sie Sie empfängt.«

Und hier, so darf man wohl sagen, begann die dritte Phase der Begegnung, denn Mr. Torrens, den diese letzten Worte verständlicherweise sehr verstörten, sagte schroff: »Was meinen Sie damit, ich hätte ihr Gesicht sehen sollen?«, und da Mumsies Antwort »Ach, fragen Sie mich doch nicht, was ich meine. Ich bin ihre Freundin, und Freundinnen sagen nicht, was sie meinen, sonst wäre schnell Schluß mit der Freundschaft«, ihn noch mehr beunruhigte, drückte er sich sein Monokel so fest ins Auge, als müsse er die Frau noch einmal genauestens in Augenschein nehmen, und fragte: »Kennen Sie Lady Midhurst schon lange?«; mit so unverhohlenem Mißtrauen, so empörender Geringschätzung stellte er die Frage, daß in Mumsie der gerechte Zorn aufstieg, zumal ihr nicht entging, daß der Monokelblick ein kritischer und kein bewundernder war. »Als ob das eine Rolle spielte!« rief sie aus. »*Was* man weiß, das macht die Musik!«

Woraufhin Mr. Torrens ein hochunangenehmes Gefühl beschlich, so als wäre es plötzlich eiskalt geworden im Raum.

Eine Weile schwiegen beide. Sie standen sich gegenüber und starrten einander an. Mumsie war auf sich selbst so wütend wie auf ihn. Um ein Haar hätte sie mehr gesagt, als sie durfte, wenn sie mit Lady M. zu einem Einvernehmen kommen und mit ihr gemeinsam das brisante Geheimnis hüten wollte. Und Mr. Torrens wandte, was der gutmütigen Mumsie zum erstenmal in ihrem Leben geschah, das Wort unheimlich auf sie an.

Ja, unheimlich. Kein Zweifel, sie hatte etwas Unheimliches an sich, zu dem Schluß kam er und wollte schon nicht mehr glauben, warum ihm dieser Zug an ihr nicht gleich aufgefallen war. Der Pferdefuß, jetzt schien er hindurch durch die Maske widerwärtiger Munterkeit.

»Würden Sie mir bitte sagen, wie Sie heißen? Mit Nachnamen meine ich?« fragte er, bemüht um einen höflichen Ton, bemüht, sich die Empörung, die in ihm tobte, nicht anmerken zu lassen.

»Na, dann zücken Sie am besten gleich Ihr Notizbuch und schreiben sich Adresse und Telefon auf!« war ihre gereizte Antwort.

»Meiner«, sagte er, dies ignorierend, »ist Torrens«.

»Was?« rief sie aus. »Sie sind der, den Rosie Mr. Tortur nennt?«

Er konnte nur wiederholen, »Der, den Rosie Mr. Tortur nennt?«

»Aus Spaß natürlich. Nicht als Beleidigung gemeint. Das tut sie immer – nimmt die Namen von ihrer komischen Seite. Und ich kann Ihnen versichern, ich bin froh, daß das arme Kind in diesen Tagen überhaupt noch an irgendwas seinen Spaß hat – in diesen *hundsföttischen* Tagen«, fügte Mumsie mit Nachdruck hinzu, denn plötzlich fielen ihr wieder die vielen Enttäuschungen der letzten Tage ein, zu denen jetzt auch noch die hinzukam, daß Mr. Torrens sich als Fisch erwies.

Aber er scherte sich nicht um Rosies Spaß, obwohl er später, als er die Muße dazu hatte, noch daran denken sollte und ihn sich sehr zu Herzen nahm. (Mr. Tortur! Nach jener letzten Nacht im Küchengarten, wo sie doch so . . .) »Dann sind Sie – sollte es wirklich die Möglichkeit sein, daß Sie Mrs. De Lacy sind?« fragte er, so vom Donner gerührt, sie hier anzutreffen, daß für kein anderes Gefühl mehr Raum war, jedenfalls vorläufig nicht.

»Na, sehr charmant! Warum sollte es denn nicht möglich sein? Wollen Sie erst meine Heiratsurkunde sehen?« sagte Mumsie und warf den Kopf zurück.

Dieser Punkt war es, an dem die bitteren Gefühle endgültig an die Oberfläche schwemmten. Ein Mann muß schon sehr geschickt sein, wenn es ihm gelingen soll, seine Unfähigkeit, eine Frau zu ertragen, vor der in Frage stehenden zu verbergen. Mr. Torrens gelang es nicht. Seine Feindseligkeit stand ihm in jeden Gesichtszug geschrieben. Und seine Stimme hatte den dazu passenden Klang.

»Meine Überraschung«, sagte er, und es hätte eines langsameren Geistes als Mumsies bedurft, nicht zu bemerken, wie abgestoßen er von ihr war, »geht auf die Tatsache Ihrer Anwesenheit hier zurück.«

»Nun, *Sie* sind ja auch hier, oder etwa nicht?« gab sie schnippisch zurück.

»Ich bin Lady Midhursts ältester Freund.«

»Ja, das glaube ich gern«, sagte sie und heftete ihre Augen auf seinen kahlen Kopf.

»Das«, sagte Mr. Torrens wutentbrannt, »ist primitiv.«

»Verkehrsunfall oder ein Feuer, werden Sie mir wahrscheinlich weismachen wollen«, fuhr die abscheuliche, die unmögliche Frau fort. »Na, gewisse Dinge in meinem Leben habe ich auch schon auf Verkehrsunfälle oder Feuersbrünste geschoben. Bei so etwas läßt man halt Haare, was, George?« bemerkte sie und musterte das, was in der Tat haarlos war.

Mr. Torrens traute seinen Ohren nicht. Unter den Gebildeten aufgewachsen und in einer Sphäre erzogen, in der Gespräche ihre Grenzen hatten, war ihm noch nie das Schicksal zuteil geworden, daß man ihn auf eine solche Weise ansprach. Selbst im Unterhaus, an Tagen, wenn sich die Labour-Mitglieder noch so ereiferten, hatte sich noch nie jemand zu einer Bemerkung über die Beschaffenheit seines Kopfes verstiegen.

Instinktiv griff er nach seinem Hut.

»Ja, den sollten Sie lieber aufsetzen«, ermutigte Mumsie ihn.

Instinktiv ging er zur Tür.

»Ja, durch die sollten Sie lieber verschwinden«, ermutigte sie ihn.

Mit aller Würde, die er noch aufbringen konnte, ging er also auf die Tür zu. »Ich werde draußen warten«, sagte er – als ob das irgend jemand interessierte, dachte Mumsie.

»Ich an Ihrer Stelle würde es nicht riskieren, meinen Zug zu verpassen«, lautete ihr Ratschlag.

»Das«, sagte er steif und setzte den Hut auf, »ist meine Angelegenheit.«

»Gleich zwanzig Jahre jünger«, sagte sie anerkennend, als der Hut auf seinem Kopfe saß. Wirklich, es war außerordentlich schwer, nicht die Fassung zu verlieren.

Mr. Torrens hatte nur noch den einen Wunsch, außer Hörweite dieser Frau zu gelangen. Das war das einzige, was ihn, im Moment, interessierte. Noch nie in seinem ganzen Leben hatte jemand so zu ihm gesprochen, und daß es nun durch eine Frau geschah, eine Angehörige des Geschlechts, dem er stets mit Freuden zu Füßen gelegen hatte, machte es doppelt schmerzlich. So aufgewühlt war er, so schnell wollte er von dieser Person fort, daß er völlig vergaß, warum er hergekommen war, und erst als die Xanthippe hinter ihm herrief: »Gar keinen Sinn, sich einzubilden, daß Sie Ihre Daisy zu Gesicht kriegen, denn das werden Sie nicht«, erst da fiel es ihm mit einem Schrecken wieder ein.

Aber das bremste nicht seinen schnellen Schritt auf die Steintreppe zu. Nichts hätte ihn aufhalten können. Abstand zwischen sich und die Frau zu legen, ihrer Stimme zu entrinnen, das war sein einziges Ziel. Zuerst das, und nachher konnte er überlegen ...

»Ich habe Anweisung«, verfolgte die gräßliche Stimme ihn, »Sie fernzuhalten, und das werde ich auch tun.«

An diesem Punkt ließ Mr. Torrens alle Würde fahren. Das war zwar beklagenswert, das wußte er selbst, aber eine große Erleichterung. Er tat noch einen Schritt auf die Steintreppe zu und rief dann wie ein frecher, ungezogener Junge über die Schulter zurück: »Vor Ihnen nimmt jeder Reißaus!«

»Als Abgangszeile, George, war das jämmerlich«, lautete die letzte und, wie er widerwillig zugeben mußte, nicht ganz unzutreffende Bemerkung, die ihm durch die Stille des Sommermittags hinterher hallte.

XII

Sie sah ihm nach, bis er die Treppe hinunter verschwunden war. Als sie kurz darauf das Geräusch eines fortfahrenden Autos hörte, drehte sie um, trat wieder ins Haus und zog sich an dem herabhängenden Seil die Stufen hinauf, ging in Daisys Zimmer, und noch ganz erhitzt von dem Zusammenstoß, verkündete sie: »Ich habe George den Garaus gemacht und ihm die Flausen ausgetrieben.«

Das mochte, zum Teil zumindest, stimmen, aber falls sie mit dieser Redewendung meinte, sie hätte den ganzen George vertrieben, so irrte sie. Gedemütigt war er, gewiß, und wütend in einem Maße, dessen er sich selbst schämte, denn er hatte sich immer eingebildet, er sei nicht eitel und völlig unempfindlich gegenüber den Verunglimpfungen, die irgendein zanksüchtiges Weib zu äußern beliebte. Deshalb beschämte es ihn, wie sehr er sich, und von Minute zu Minute mehr, die gerade über ihn ausgehäuften Unfreundlichkeiten zu Herzen nahm. Aber vertreiben ließ er sich davon nicht. Er fuhr nicht fort, er tat lediglich so.

Denn Mr. Torrens war nicht nur ein zäher Freund und nicht geneigt, sich durch irgend etwas, das irgend jemand sagen oder tun konnte, auch nur im geringsten von der geplanten Rettungsaktion seiner bedrängten Freundin abhalten zu lassen, oder, was vielleicht mit weniger Risiken verbunden war, ihr seinen Trost und Rat anzubieten, sondern in seiner Karriere als Politiker hatte er auch gelernt, sich gewisser Schliche zu bedienen, um ans Ziel zu kommen, und noch ehe er das Ende der Terrasse erreicht hatte, verhalf ihm diese Schulung dazu, seinen Zorn zu besiegen und seine Aufmerksamkeit der Frage zu widmen, welche Schliche geeignet waren, ihn seinem gegenwärtigen Ziele näherzubringen.

Kein Staatsmann, das wußte er, konnte es sich leisten, den Verbitterten oder Beleidigten zu spielen; nüchternen und klaren Kopfes Schwierigkeiten zu meistern, das wurde von ihm verlangt, und wenn eine Situation sich nicht durch geradliniges Vorgehen bewältigen ließ, was einem, natürlich, am liebsten wäre, dann mußte man eben zu Listen Zuflucht nehmen. Im Kabinett nannte man das Taktieren, und der einhelligen Meinung seiner Kollegen nach war Mr.

Torrens darin so geübt wie sie alle. Was jedoch seine Geschicklichkeit betraf, sich aus Schwierigkeiten herauszuwinden, die war geradezu sprichwörtlich. Und auch aus dieser Schwierigkeit, sagte sich Mr. Torrens, würde er, ja mußte er einen Weg finden.

Daher unterdrückte er seinen persönlichen Groll, diesen ihm selbst unerklärlichen Zorn über das empörende Benehmen dieser Frau, und begann auf der Stelle mit seinen taktischen Überlegungen, verbrachte einige nutzbringende Momente unten auf der Straße damit, den Taxifahrer zu instruieren loszufahren, irgendwo zu Mittag zu essen und nicht eher wieder aufzutauchen, bis es Zeit war, zum Bahnhof aufzubrechen, sah dann zu, wie der Mann mit dem höchst überzeugenden Geräusch endgültiger Abreise zurückstieß, wendete und losfuhr, während er selbst beschloß, hier auf der Straße abzuwarten und das Jasminfeld unterhalb zu betrachten, bis Mrs. de Lacy genug Zeit hatte, wieder hoch zu Daisy zu gehen, was sie seiner Einschätzung nach mit Sicherheit tat, und er sich gefahrlos zurückwagen konnte.

Nur sehr vorsichtig wagte er sich zurück, blieb mehrmals stehen und lauschte, während er die Treppe hinaufstieg, und sowie er oben angelangt war, sah er sich nach einem geeigneten Versteck um. Dieses fand er unter einem Feigenbaum, dessen Zweige tief über einen Brunnen hingen, und dort, verborgen hinter den dichten breiten Blättern, vom Haus aus durch kein Fenster zu erspähen und auch von der Terrasse aus nicht, denn zu dieser Seite hin schützte ihn ein enormer, mit rosa Blütenpracht und dunkelroten Knospen bedeckter Oleanderbusch – Mr. Torrens war ein großer Gärtner und gestattete sich einen Moment, die Schönheit des Busches zu würdigen –, setzte er sich auf eine niedrige Mauer, nahm seinen Hut ab und wischte sich mit dem Taschentuch über jene Kahlheit, die diese groteske Frau zu verspotten beliebte.

›Bären wären hier vonnöten‹, murmelte er vor sich hin und dachte voller Neid an Elias. Ach, wie dornenlos wäre sein Weg, erschienen zufällig ein paar dieser gewaltigen Biblischen auf der Terrasse und hefteten sich an Mrs. De Lacys Fersen! Wie herrlich unkompliziert in biblischen Zeiten die Dinge doch zu regeln waren.

Aber kein Staatsmann kann es sich leisten, neidisch zu sein. Er steckte sein Taschentuch wieder ein, legte seinen Hut neben sich auf die Mauer, zog sich die Jacke aus, weil ihm inzwischen wirklich heiß war, faltete sie zusammen und setzte sich darauf, denn die Mauer war uneben und steinig, und dann, ihm war schon etwas kühler, nur im Hemd, und auch darunter war ihm nicht mehr ganz so beklommen, versank er in angestrengtes Nachdenken.

Aber es ist nicht leicht nachzudenken, schon gar nicht angestrengt, wenn man die ganze Nacht im Zug verbracht und keine Auge zugetan hat und auch die Nächte davor, seit Montag, vor Sorge kaum Schlaf fand. Und wenn man noch dazu nichts im Magen hatte.

Mr. Torrens' Magen war es gewohnt, regelmäßig und gut genährt zu werden. Und heute war ihm noch nichts zugeführt worden, außer einer Tasse Kaffee, vor Stunden, ehe der Zug Marseille erreichte. Das alles war angestrengtem Nachdenken nicht förderlich, möglicherweise ebensowenig wie die Tatsache, daß Mr. Torrens dreiundsechzig war, woran Mrs. De Lacy ihn zweifellos erinnert hätte, wäre es ihr bekannt gewesen. Vielleicht wußte sie es oder schätzte ihn gar, ging ihm durch den Sinn, wobei er einen Moment wieder von Bitterkeit übermannt wurde, für noch älter, auf dreiundsiebzig beispielsweise, verflucht sei die Frau.

Aber kein Staatsmann kann es sich leisten, seine Zeit mit dem Verfluchen von Frauen zu verschwenden, und Mr. Torrens ließ es schnell sein, seine Energie auf diese Art zu vergeuden. Er war hergekommen, um Daisy zu helfen und nicht, um sich über irgendwelche Xanthippen aufzuregen. Und er würde Daisy helfen! Nicht von der Stelle würde er weichen, ehe er sie gesehen, mit ihr gesprochen und sie ihm alles erklärt hatte. Und jetzt gab es noch viel mehr zu erklären, als er ursprünglich geglaubt hatte – die verblüffende Anwesenheit dieser Kreatur hier, zum Beispiel – nun, er würde schon herausfinden, was das alles zu bedeuten hatte, selbst wenn es hieß, daß er seinen Zug verpaßte, selbst wenn er einen Monat lang Tag um Tag Züge verpaßte und seine Arbeit daheim zum Teufel ging.

Meg – sie war seine Frau – hatte, als er sie zum Abschied küßte, gesagt, mit dieser überstürzten Reise setze er seine Karriere aufs Spiel. Jeder weiteren Auseinandersetzung war er mit einer scherzhaften Bemerkung ausgewichen. »Welch große Worte für eine so kleine Frau«, hatte er leichthin erwidert und war hinaus zu seinem Wagen geeilt. Aber angenommen, sie hatte recht und sein Ausflug gefährdete wirklich seine Karriere, würde es ihn kümmern? Später vielleicht, ja, aber im Moment scherte es ihn keinen Pfifferling, dachte er und reckte stolz den Kopf. Wo Daisy doch in höchster Not war und nur zu offenkundig den Kopf verloren hatte – da sollte er ihr nicht sofort zu Hilfe eilen? Und wo er schon hier war – sollte er sie etwa ihrem Schicksal überlassen und ohne ein Wort mit ihr geredet zu haben wieder heimfahren? Lieber würde er fünfzig Züge verpassen und fünfzig Karrieren aufs Spiel setzen; denn so zäh war Mr. Torrens' Freundschaft.

Er sah jedoch nicht, was er für seine bedrängte Freundin tun konnte, wenn er hier unten im Garten saß und sie oben in ihrem Zimmer war. Auch noch umzingelt von Mrs. De Lacy. Er hörte Laute durch das geöffnete Fenster dringen und wußte, es war Mrs. De Lacy, die Daisy einkesselte.

So saß er zu Untätigkeit verurteilt da, und ihm fiel beim besten Willen kein direkter Weg ein, zu Daisy zu gelangen. Außerdem war es ganz unvernünftig heiß, und wenn er noch viel länger in dieser Ecke ausharrte, in der kein Lüftchen ging, würde er trotz aller Entschlossenheit, Mrs. De Lacy zu überlisten, womöglich einschlafen.

Nun, wenn er schlief, konnte er nichts unternehmen, das lag auf der Hand, und deshalb kämpfte Mr. Torrens gegen seine Müdigkeit an, aber die Luft war erfüllt von einem betäubenden, süßen Duft, der wie eine schwere Decke über dem ganzen Hofe lag. Er kam von einer Fülle weißer Lilien wenige Meter von ihm entfernt entlang des Pfads vor dem Haus, die blühten, wie sie für ihn daheim nie blühten, und während er sich sein Monokel ans Auge hielt, um sie zu betrachten – denn, wie gesagt, er war ein großer Gärtner –, rüttelte ihn der Anblick solcher Schönheit einen Moment auf.

Aber nur einen Moment. Zu einlullend war das monotone Stimmengesumm, das aus Daisys Fenster kam, und das monotone Wassergemurmel irgendwo hinter ihm. Seine Hände sackten ihm schlaff zwischen den Knien herab. Sein Kopf sank ihm auf die Brust, ebenso schlaff. Keine Frage, dieser Jasminhof der armen Daisy war ein Ort des Friedens und der Ruhe – und hätte man seinen Seelenfrieden, wäre es bestimmt hübsch, sich hier eine lange Erholungspause zu gönnen. Er selbst konnte sich vorstellen, wie er – unter sorgenfreien Umständen – gern an diesen friedlichen Ort käme und es eine Weile sein ließe, sich um all die Dinge zu sorgen, die man für so wichtig hielt, die es aber im nachhinein, wenn man in der Lage war, sie aus der Vogelperspektive zu betrachten, gar nicht waren.

Die Vogelperspektive: ja, die sollte man öfter einnehmen, dachte Mr. Torrens, und sein Kopf sackte ihm noch tiefer auf die Brust. Wenn man lange genug hier war, dann wurden vielleicht alle Blickwinkel zu Vogelperspektiven – fern, weitumfassend und dementsprechend gelassen. Wirklich, es war ein Jammer, wenn man bedachte, wie kurz das Leben war – dreiundsechzig Jahre wie im Flug vergangen! –, daß man die meiste Zeit damit verbrachte, nicht gelassen zu sein ...

Aber hier, gerade als der Schlaf ihn endgültig übermannen wollte, schreckte er hoch. Etwas drang um die Ecke des Hauses, schwach zuerst, dann immer stärker, bis es zum Schluß den ganzen Garten erfüllte und es gerade so war, als seien die weißen Lilien gar nicht da, so wenig war plötzlich von ihrem Duft zu spüren.

Ein Geruch. Ein sehr würziger Geruch. Und da er, der Sohn reicher Eltern und sein Leben lang Bewohner der Sorte Häuser, in denen Küchen weit entfernt von den Wohnräumen liegen, nicht wußte, daß auf dem Herde brodelndes Essen oft besser riecht als es hinterher schmeckt, und da er außerdem, wie ihm jetzt bewußt wurde, sehr hungrig war, vergaß Mr. Torrens seine anderen Sorgen, seine Erschöpfung und vereitelten Pläne, setzte sich aufrecht hin und war plötzlich hellwach.

Irgend jemand – er fürchtete, nicht er selbst – würde ganz offenkundig bald eine Mahlzeit zu sich nehmen. Er sah auf seine Uhr. Natürlich. Das Mittagessen wurde vorbereitet. *Déjeuner*. Nicht für Daisy, die im Bett lag, sondern für diese gefräßige Kreatur Mrs. De Lacy. Er zweifelte nicht daran, daß sie gefräßig war. Sie hatte ja schließlich auch alle anderen Eigenschaften, die einer Frau nicht bekömmlich waren, warum also nicht auch die? Außerdem, ab einem gewissen Alter, wenn sie den Liebesfreuden abschworen, wurden, soweit er wußte, alle Frauen gefräßig.

Ungeduldig sah er auf seine Uhr. Wäre er nicht so unklug gewesen, sich zu einem Streit hinreißen zu lassen, dann würde man ihn jetzt zu den wie immer gearteten französischen Köstlichkeiten laden, auf die diese Gerüche jede Minute hinauslaufen mußten. Liebesgeplänkel wäre wahrscheinlich der richtige Kurs gewesen. Liebesgeplänkel! Er schüttelte sich. Trotzdem, man hätte sich ja strikt aufs rein Verbale beschränken können – Komplimente und Schmeicheleien. Außerdem hätte ihn das auch bestimmt am schnellsten zu Daisy geführt. Denn am Anfang, als diese Frau die Treppe herunterkam, war sie weich wie Wachs gewesen. Da hätte er noch mit ihr machen können, was er wollte, vorausgesetzt, es hätte etwas gegeben, das er wollte. Zugegeben, sie wirkte genau wie die Sorte Person, die einem bei der kleinsten Ermutigung gleich auf den Pelz rückte, aber so unangenehm ihm die Vorstellung von Mrs. De Lacy am eigenen Pelze auch war, dazu noch bei dieser Hitze, er hätte es auf einen Versuch ankommen lassen sollen.

Mr. Torrens kam zu der Überzeugung, daß er ein Narr gewesen war. Und je stärker ihm die Essensdüfte in die Nase stiegen, desto fester war er davon überzeugt. Wie konnte sich nur ein erfahrener Mann benehmen wie ein dummer Schuljunge! Wie konnte ein Mann durch halb Europa hetzen, um einer Freundin in Not beizustehen, und sich durch einen Zornesausbruch selbst aus eben dem Hause katapultieren, das er nach solchen Mühen endlich erreicht hatte!

Er verschränkte die Arme und starrte stur geradeaus, versuchte die Duftwolke zu ignorieren, die jetzt über dem ganzen Garten hing. Aber in seinem hungrigen Zustand war es schwieriger, stellte er fest – und die Feststellung beschämte ihn, aber so war es nun einmal –, diesen Duft zu ignorieren als den Gedanken an die verpaßte Gelegenheit, Daisy zu sehen. Zweifellos eine *cuisine forte*, aber deshalb bestimmt nicht schlecht. Provenzalisch. Erfüllt vom warmen Süden. Passend zu den sonnengebräunten Söhnen von Öl und Wein. Ah, apropos Wein, welcher Wein, fragte er sich, und fuhr sich mit der trockenen Zunge über die Lippen, würde der Kreatur wohl zu ihrem üppigen Mahle gereicht?

Mr. Torrens schluckte mehrmals. An diesem drückend heißen Tag und nachdem er zweimal die steile Treppe hinaufgestiegen war, wen wollte es da wundern, daß er sehnsuchtsvoll an Wein dachte. Die Frau hatte gesagt, sie könne ihm keinen Drink anbieten, aber sie meinte Cocktails. Frauen ihrer Sorte meinten immer entweder Cocktails oder Champagner, wenn sie von Drinks sprachen, so völlig unfähig wie sie waren, die unendlich vielen feinen Abstufungen, die dazwischen lagen, zu würdigen. Gewiß würde eine *carafe* jenes milden und so leicht und köstlich in den Kopf steigenden *Rosé*, der die Mittagessen Frankreichs so angenehm begleitete, auf dem Tische stehen – welch herrlicher Tropfen, um, im Sommer, damit das *pièce de résistance* hinunterzuspülen, den frischen Salat, der darauf folgt, und zum Schluß die Scheibe *Brie*.

›Gott, ich muß wirklich sehr hungrig sein‹, dachte er und starrte durch die Blätter zum Fenster hin, aus dem weiterhin unentwegtes Stimmengesumm kam.

Plötzlich fiel ihm etwas auf, das ihn aufhorchen ließ. Er vergaß seinen Hunger und Durst und lauschte mit angespanntem Gesicht, das Ohr, mit dem er am besten hörte, in Richtung Fenster gereckt. Er konnte die Worte nicht verstehen, aber hörte es sich nicht ganz so an, als sei das Gerede, das die ganze Zeit zu ihm drang, während er dasaß und seine eigene körperliche Befindlichkeit so unerhört wichtig nahm, überhaupt kein Gespräch, sondern ein Monolog? Wäre er nicht so mit sich selbst beschäftigt gewesen, hätte er es sofort gemerkt. Nur eine Stimme war es, die sprach, die unentwegt auf jemanden einredete, der nicht antwortete. Es war Mrs. De Lacys Stimme, und daher war es Daisy, die schwieg.

Kaum zu glauben, daß es diese winzige Tatsache war, die bewirkte, daß Mr. Torrens die Schuppen von den Augen fielen, aber so war es. Sie mußten sehr locker gesessen haben, daß sie so leicht herunterfielen. Wahrscheinlich war es nur seine eigene wild entschlossene Blindheit gewesen, die sie überhaupt festhielt. Nun, jetzt fielen sie herunter, und zwar endgültig und ein für allemal, und Mr. Torrens blieb nichts anderes übrig, als der Wahrheit entsetzt ins Gesicht zu sehen.

Erpressung. Das war es, wozu Mrs. De Lacy hier war. Dann stimmte sie also, die Sache mit Terry und Leigh. Und Daisy wußte es.

Wenige Dinge erregen einen aufrechten Mann mehr als alles, das auch nur im geringsten nach Erpressung aussieht, und bei dem Gedanken, daß Daisy, zu dem gräßlichen Kummer, den sie schon hatte, obendrein auch noch erpreßt wurde, sah Mr. Torrens rot.

Sein erster Impuls war, ins Haus zu stürmen, hoch in ihr Zimmer zu laufen und die niederträchtige Person hinauszuwerfen. Daisy wurde erpreßt! Daisy in den Klauen der Unterwelt. Daisy einer Verbrecherbande – so nannte er Mumsie in seiner Aufgewühltheit – in die Hände gefallen!

Er trat aus seinem Versteck, hutlos und kurzärmelig, um der ungeheuerlichen Zwangsherrschaft, die dort oben offenkundig ausgeübt wurde, eine Ende zu setzen. Aber er hatte sein schattiges Versteck gerade zwei Schritt hinter sich gelassen, als er sich sagte, er bekäme zweifellos einen Sonnenstich, wenn er nicht seinen Hut holte; also kehrte er um, ihn zu holen, und diese kleine Verzögerung reichte aus, daß wieder der Politiker in ihm erwachte.

Nein, dachte Mr. Torrens, und setzte sich wieder auf die niedrige Steinmauer. Nein. Nichts überstürzen, nichts Unüberlegtes tun. Abwarten. Zuerst nachdenken. Er mußte seinen Zorn im Zaume halten. Für einen Tag hatte er ihm schon genug freien Lauf gelassen und gehandelt, ohne vorher nachzudenken. Erst denken, dann handeln! Und alles Handeln, das machte sich sein Kabinett in Krisenzeiten stets zur Pflicht, mußte so lange wie möglich aufgeschoben werden, damit es die Chance bekam, sich ganz von selbst zu erübrigen. Die Zeit für sich arbeiten lassen, war die Devise seines Kabinetts; Interessen verschieben sich, und in Aktion zu treten, kann man sich meist ersparen, wenn man nur lang genug wartet. Zugegeben, in diesem Fall war nicht viel Zeit vorhanden, und die Interessenverteilung war so eindeutig, daß es da wenig zu verschieben gab; aber wie richtig nichtsdestoweniger die Maxime seines Kabinetts war, dafür erhielt Mr. Torrens schon im nächsten Moment den Beweis, denn kaum war er wieder im Schatten, als irgendwo im Haus eine Glocke ertönte; der summende Monolog verstummte sofort, eine Tür wurde geöffnet und geschlossen, was nur bedeuten konnte, daß Mrs. De Lacy gierig hinunter zum Mittagessen hastete. Und Daisy allein ließ. Daisy war allein in ihrem Zimmer und das Fenster weit geöffnet.

Wie dankbar war Mr. Torrens jetzt, daß er sich zu keiner überstürzten Handlung hatte hinreißen lassen. Er brauchte nur hier zu sitzen und abzuwarten, und schon fiel ihm die günstige Gelegenheit in den Schoß. Mit fiebriger Hast durchwühlte er seine Taschen nach Stift und Zettel. Er wollte Daisy eine Notiz schreiben, sich über den Rasen stehlen und sie ihr durchs Fenster werfen. Zu ihr hinaufrufen konnte er ja nicht, weil diese Frau, die jetzt in dem Raum direkt darunter war, ihn bestimmt hören und herauskommen würde. Er mußte sich beeilen, denn wie alle unzivilisierten Wesen – beispielsweise Hunde, die Zeit für diese rachsüchtige gedankliche Randnotiz nahm er sich – würde sie ihr Essen bestimmt hinunterschlingen und, ehe er sich's versah, wieder oben bei Daisy sein.

Ach, wäre er doch nur vierzig Jahre jünger, dachte er und wühlte so hektisch in seiner Tasche herum, daß er nicht fand, was er suchte, obwohl es da war, dann würde er die Hausmauer hinaufklettern; aber mit sechzig kann ein Mann nicht mehr viel mit Hausmauern anstellen; und selbst wenn er es schaffte, oben anzulangen, welches Bild gäbe sein kahler, durchs Schlafzimmerfenster einer Frau gesteckte Kopf wohl ab? Kahle Köpfe – sonderbar, wie das immer noch an ihm nagte – nahmen sich am besten an Konferenztischen und in den Polstersesseln von Clubs aus – ah, da war ja ein Bleistift und hier ein Zettel – glücklicherweise war das Haus niedrig, und er konnte immer noch, das hoffte er doch, gut zielen . . .

Ich muß dich sehen, kritzelte er auf seine Visitenkarte, als die sich der Zettel herausgestellt hatte. *Es ist verzweifelt wichtig. Mein Zug geht um sechs. Laß mich hinaufkommen. Sag ihr, sie soll mich hochlassen. Um Himmels willen, Daisy!* – und, schon kurz vor dem Fenster, den Arm erhoben, um die Botschaft hineinzuwerfen – hielt er inne. Unten auf der Straße war das Geräusch eines heranfahrenden Autos zu hören.

Mitten im Akt des Werfens sank ihm der Arm herab. Ein Auto. Auf dieser verlassenen Nebenstraße. Verlangsamte jetzt auch noch das Tempo. Und hielt am Fuße der Treppe.

»Nicht zu fassen, so ein *Vollidiot!*« dachte Mr. Torrens wütend, der keinen Zweifel hatte, daß es sein Taxi war, das zurückkam, trotz seiner Anweisung, erst wieder aufzutauchen, wenn es Zeit war, nach Cannes aufzubrechen. Idiot, Idiot. Jetzt würde diese infernalische Frau natürlich glauben, er selbst sei zurückgekommen, und entweder zu Daisy hochlaufen oder aus dem Haus gestürzt kommen und ihn entdecken.

Verzweiflung übermannte Mr. Torrens. Jetzt würde es doch noch zu einer zweiten Konfrontation mit dieser Mrs. De Lacy kommen, einer unendlich schlimmeren, denn wenn sie nicht gewillt war, diesen Ort still wieder zu verlassen, was er für höchst unwahrscheinlich hielt, dann müßte er, unumwunden und ohne Aufschub, der Notwendigkeit ins Auge sehen, sie bei den Schultern zu packen und hinauszuwerfen.

Eine Vorstellung, die ihn mit Abscheu erfüllte. Er hatte schon viele Frauen in seinem Leben an den Schultern gefaßt, aber nie, um sie hinauszuwerfen. Sein ganzes Wesen schreckte vor dieser Feuerprobe zurück. Der Taxifahrer würde ihm helfen müssen. Er allein schaffte es nicht – so dürftig bekleidet wie sie war und dazu noch so üppig – vielleicht konnte der Taxifahrer ja handeln, während er die Anweisungen gab?

Aber jetzt hörte er den Mann die Treppen hinaufkommen. Was hatte er denn überhaupt hier oben zu suchen, fragte sich Mr. Torrens ärgerlich. Er mußte ihn aufhalten.

Wenn er nah genug herangekommen war, wollte er ihm von seiner Deckung hinter dem Oleanderbusch aus stumme Zeichen machen. Wie es schien, hatte Mrs. De Lacy noch nichts bemerkt – zu beschäftigt damit, ihr Essen hinunterzuschlingen! Sollte sie weiter schlingen, und möglichst geräuschvoll! Dann konnte er dem Mann in aller Ruhe erklären, was von ihm verlangt war, ehe sie ins Haus gingen, um sie gemeinsam . . .

Der Taxifahrer kam sehr langsam die Treppe hinauf. Außerdem schnaufte er, als fiele ihm der Aufstieg sehr schwer, was Mr. Torrens wunderte, denn wie er sich erinnerte, war er ein drahtiger junger Mann, der flink wie ein Wiesel in sein Taxi gehüpft war und wieder hinaus.

Mr. Torrens schraubte sich sein Monokel ins Auge, teilte die Zweige des Oleanderbuschs und lugte vorsichtig hindurch – zog aber seinen Kopf gleich wieder erschrocken zurück und stand reglos vor Staunen da.

»Was in Gottes Namen«, fragte sich Mr. Torrens verdutzt, »will *der* denn hier?«

Denn es war keineswegs der Taxifahrer, sondern dieser deutsche Graf, den er zuletzt auf Shillerton gesehen hatte – anläßlich jener Wochenendgesellschaft, auf der ihrer aller Sorgen ihren Anfang nahmen.

Was der Graf wollte, machte ihm seiner Meinung nach alle Ehre. Er wollte bei Lady Midhurst um die Hand ihrer Tochter anhalten.

Nicht viele Männer, so fand er, wären in einem solchen Moment dazu bereit; und in seiner deutschen Heimat, wo man großen Wert auf die Tugend der Frauen legte, fände sich wohl keiner. Dabei erwartete er nicht einmal eine Gegenleistung für all die Segnungen, die er vergeben hatte –

einen mit siegreichem Blute über die Seiten der preußischen Geschichte geschriebenen Namen, ein Schloß, das, wenn auch in einem Sumpfe gelegen und verfallen, lediglich Geld für Trockenlegung und Restauration brauchte, um wieder so gut wie neu zu sein, und nicht zu vergessen er selbst – ein Mann in der Blüte seines Lebens. Vierzig. Ja, in seiner vollsten Lebensblüte, im Zenit seiner Manneskraft, ein Mann, der sich, was seine Zupackenskraft betraf, Referenzen ausstellen konnte, die jede junge Frau befriedigen mußten.

Welch große Vorteile dies waren, konnte wohl niemand verkennen, und von seiner Gattin erwartete er dafür, abgesehen natürlich von der gebührenden Dankbarkeit für seine Großzügigkeit, nicht mehr, als daß sie sich in Zukunft streng an die Gesetze von Sitte und Anstand hielt. Und Geld natürlich. Aber das verstand sich von selbst. Ein jeder Mann hatte schließlich Anspruch darauf, daß seine Frau Geld mit in die Ehe brachte, und im vorliegenden Falle bestand ein um so größerer, ja ganz beachtlicher darauf.

Nun, da sah er auch keine Schwierigkeiten voraus. Diese Midhursts schwammen im Geld, das konnte ein jeder sehen, und seine insgeheim angestellten Nachforschungen hatten ihn beruhigt, daß unter dem, was sichtbar war, eine geradezu ungeahnte Substanz verborgen war. Er bezweifelte nicht, daß seine zukünftige Schwiegermutter aus Dankbarkeit für die Errettung aus Scham und Schande, in die die Familie gefallen war, dafür sorgen würde, daß er sofort den größeren Teil davon bekam, vielleicht sogar das Ganze, was ihm, nach ihrem Tod, ja ohnehin gehören würde.

Ja, warum eigentlich nicht gleich das Ganze? Der alten Dame würde eine angemessene Apanage ausgesetzt. Oder sie konnte auf seinem Schlosse wohnen, und dann würde sie gar keine brauchen. Auf seinem Schloß war reichlich Platz, so daß er sie selbst bei den seltenen Gelegenheiten, wenn er dort seinen Urlaub verbrachte, kaum zu Gesicht bekäme. Genau besehen, würde es sich ganz vermeiden lassen. Er hatte es übrigens schon immer als große Ungerechtigkeit empfunden, daß die Nachfolger auf den Tod warten mußten, ehe sie in den Besitz dessen kamen, was ihnen im Grunde längst gehörte.

Und so hatte er sich nicht von den Unannehmlichkeiten der weiten Reise abschrecken lassen, sondern sich unverzüglich auf den Weg in Frankreichs Süden gemacht. In seiner Brusttasche steckte ein Brief, in dem er die obigen Überlegungen schriftlich fixiert hatte, für den Fall, daß Lady Midhurst tatsächlich so krank war – er glaubte allerdings keine Sekunde an ihre Krankheit –, daß sie ihn nicht empfangen konnte. Es hatte keinen Versuch seinerseits gegeben, mit Terry zu sprechen. In diesem Falle, hatte er das Gefühl, hieß es vor allem, Form und Anstand wahren. Er machte ein ernsthaftes Angebot zu ihrer Rehabilitation, und da waren die Grimassen vorgespiegelter Liebe fehl am Platz. Viel wichtiger war, die Dinge in Angriff zu nehmen, die es zu regeln gab – natürlich unter Wahrung aller Form, aber eine Regelung war dringend geraten, denn auf der einen Seite gab es eine junge Frau mit viel Geld und wenig Tugend und auf der anderen einen Bewerber mit viel Tugend und ohne Geld, und es war fraglos von Vorteil für beide Parteien, wenn sie sich verbanden und einander aus ihrer mißlichen Lage befreiten.

Die Frage, was angesichts seines Mangels an Geld und des Überflusses an Schulden zu tun sei, hatte ihm in letzter Zeit in der Tat beträchtliches Kopfzerbrechen bereitet, und erst an dem Tag, als der Midhurst-Skandal ganz London aufrüttelte, hatte er plötzlich einen Ausweg gesehen. Ausnahmsweise würde großzügiges Handeln einmal unverzüglich belohnt. Gott und Mammon, wenn es einem Mann gelang, beide zu verbinden, ergaben eine herrliche Mischung. Und wie erfreulich, wie passend, wie gerecht, jene englischen Millionen für sein Vaterland zu sichern.

Also holte er sich seine Fahrkarte im Reisebüro, wich dem typisch unfähigen englischen Politiker Torrens aus, den er zufällig auf der Straße erblickte und der aussah, als sei er auf dem Weg zum Bahnhof, und als die Stunde gekommen war, stand der Graf auf der obersten Treppenstufe.

Dort nahm er seinen Hut ab und strich sich das verschwitzte Haar aus der Stirn – er war ein gut genährter Mann und kam beinahe noch erhitzter als die anderen Beteiligten oben an –, und nachdem er sich einen Moment verwundert umgeblickt und eine offene Tür entdeckt hatte, ging er auf sie zu, in der Hoffnung, jemanden zu finden, der ihm sagen konnte, ob dies wirklich der Ort sei, an dem Lady Midhurst sich aufhielt.

Er fand Mumsie.

Das freute Mr. Torrens, der durch die Blätter spähte und sich schon ganz klein fühlte nach all den Niederlagen und Enttäuschungen. Es freute ihn zu wissen, daß der Graf Mumsie dort drinnen vorfinden würde.

Sie saß vor einem Teller Suppe, die schon halb kalt geworden war und auf die sie, weit davon entfernt, sie hinunterzuschlingen, wie Mr. Torrens glaubte, halbherzig hinunterblickte. So konnte der Graf sie mit Muße betrachten, denn dank des Geklappers, das Adolphe und Thérèse in der angrenzenden Küche machten, beide waren unerfahren im Essenservieren, hatte sie auch nichts gehört, weder das Auto noch die sich nähernden Schritte.

Was er sah, gefiel ihm. Er schätzte Üppigkeit. Er schätzte es, wenn eine Frau unverkennbar eine Frau war. Man setze diese Frau auf ein Pferd, dachte er, und sie wäre immer noch unverkennbar eine Frau. Man setze seine zukünftige Gemahlin Terry auf ein Pferd, und es gäbe nichts, was sie von einem flachbrüstigen, schmalhüftigen Jungen unterschiede. Er hatte sie im Hyde Park ausreiten sehen und wußte also, wovon er sprach. Aber diese reife Frau, nun...

Der Graf schätzte Reife. Was Frauen betraf, so war er mit Shakespeare, den er, da er eine gute Bildung genossen hatte, in- und auswendig kannte, einer Meinung, daß Reife über alles geht. Reife. Üppigkeit. Die Verheißung umhüllender Wärme. In kalten Winternächten konnte er sich die Dame dort als wahres Göttergeschenk vorstellen.

Daher betrachtete er Mumsie, die in Mißmut versunken vor ihrer Suppe saß, mit Wohlgefallen. Und da die Art, wie sie ihren Teller betrachtete, ihm verriet, daß sie den Unterschied zwischen gutem und schlechtem Essen kannte – eine weitere wichtige Eigenschaft bei einer Frau –, fühlte er sich immer stärker zu ihr hingezogen und fragte sich – nun, um diese Uhrzeit war die so hübsch und gesund aussehende Frau bestimmt genauso hungrig wie er –, ob es nicht vielleicht ein hübsches kleines französisches Restaurant in der Nähe gab, wo er und sie gemeinsam zu Mittag essen konnten, ehe er zum geschäftlichen Teil seines Aufenthalts kam. Er war wirklich sehr hungrig, denn seit dem Frühstück im Zug hatte er nichts mehr gegessen. Außerdem würde es ihm gewiß erheblich leichter fallen, bei seiner Bewerbung um dieser mageren Terrys Hand genau den richtigen Ton zu treffen, wenn er etwas im Magen hatte.

Zu diesem Schluß gekommen, trat er forsch in den Raum,

wedelte mit seinem Hut in Richtung Suppe und verkündete:

»Das da ist Schweinefraß!«

Verständlich, daß Mumsie erschreckt hochfuhr. Aber zufälligerweise trafen die Worte genau das, was sie selbst gerade dachte, und als sie auf ihrem Stuhl herumwirbelte und ihre Vorstellung von männlicher Herrlichkeit im Türrahmen stehen sah, diesen breiten, blonden, wunderbaren Mann, der ihre Gedanken so treffend in Worte kleidete, vergaß sie vor Überraschung und Entzücken ganz, wie es sie jedesmal ärgerte, wenn man sie erschreckte.

Sie starrte die Vision an, ihre immer noch hübschen Lippen leicht geöffnet. Das war ein Besuch, der sich sehen lassen konnte – ein völlig andres Paar Schuhe als der arme Tortur. Und auch noch tiptop herausgeputzt mit der weißen Nelke im Knopfloch und den weißen Handschuhen aus Sämischleder, die er lässig in derselben Hand hielt wie den Spazierstock. Und erst seine weißen Gamaschen! Mumsie schwärmte für weiße Gamaschen. Noch mehr als für Monokel schwärmte sie dafür. Monokel, das wußte sie inzwischen, konnten sich zum Schluß gegen einen wenden, aber weiße Gamaschen blieben, was sie von Anfang an waren – das Wahrzeichen eines Gentleman.

»*Haben* Sie mich erschreckt!« rief sie aus, stand auf, strahlte ihm ein Willkommen entgegen und vergaß vor Aufregung ganz ihren eigenen Lehrsatz, bei der Begegnung mit dem anderen Geschlecht nicht gleich am Anfang zu viel Überschwang an den Tag zu legen. »Schrittchen für Schrittchen, mein Süßes, wenn's um Männer geht«, belehrte sie Rosie, die die Lektion eigentlich nicht nötig hatte, denn es war ihr noch nie in den Sinn gekommen, über das erste kleine Schrittchen hinauszugehen.

Ehe er weitersprach, fuhr sich der Graf mit seinem Taschentuch – mit eingesticktem Wappen, wie Mumsie entzückt feststellte – am Innenrand seines Kragens entlang und dann über sein volles, feuchtes Haar.

Welch ein Haarwald, dachte Mumsie und betrachtete die Fülle anerkennend; genug auf dem Kopf, ein Dutzend Mr. Torturs damit auszustatten. »Na, das wird Sie aber ein Weilchen kosten, bis Sie sich *da* durchgekämpft haben«, bemerkte sie voll Bewunderung.

Er jedoch, dem der gedankliche Hintergrund dieser Bemerkung ja nicht klar war, wußte nicht, wovon die Dame sprach. Da er aber der Meinung war, daß es nie eine Rolle spielte, wovon eine Frau redete, denn es kam auf ihre Taten an, nicht auf ihre Worte, störte er sich nicht daran und ging ohne nachzufragen über zum nächsten Schritt.

»Darf ich mich vorstellen – von Vosch«, sagte er, steckte sein Taschentuch wieder ein, beugte sich über ihre Hand und küßte sie.

Wieder war Mumsie hoch erfreut. Solch ein Kavalier. Außerdem, wer mit den Händen begann, arbeitete sich bald weiter vor. Visionen von sich selbst und diesem famosen Burschen unter den Sternen stiegen vor ihren Augen auf, und nach den unzähligen Enttäuschungen der letzten Tage wollte sie kaum glauben an dieses unverhoffte Glück.

Vorhin, oben in ihrem Zimmer, war Lady M. wieder schrecklich unzugänglich gewesen – kein Wort des Dankes, daß Mumsie ihr, schließlich auf ihren eigenen Wunsch hin, George vom Hals geschafft hatte – im Gegenteil, zum zweitenmal bekam sie den Katzenjammer, und diesmal, wollte man's für möglich halten, wegen George. Sie hoffe nur, sagte sie, ihr alter Freund sei nicht in seinen Gefühlen verletzt. In seinen Gefühlen verletzt! Und was war mit Belle De Lacys Gefühlen, die von diesem Fisch eine gestandene halbe Stunde lang mit Beleidigungen traktiert worden war? Diese Frage hatte sie Lady M. gestellt, und sowie sie die Stimme dabei ein wenig hob, war Lady M. wieder in ihr Grübeln versunken und hatte ein so jämmerliches Bild abgegeben, wie sie da kleinmütig auf ihren Kissen lag, das wohl jeden zur Verzweiflung getrieben hätte.

Mumsie hatte es also dringend nötig, daß ihr etwas Nettes passierte, denn vorhin, als sie dasaß, auf ihre Suppe starrte und an Lady M.'s Unberechenbarkeit und Undankbarkeit schier verzweifelte, hatte sie sich zum erstenmal die Frage gestellt, ob es wirklich so erstrebenswert war, die Freundschaft eines Wesens mit einem so sonderbaren Charakter zu suchen. Besonders, wenn es bei der Dame öfter solche Mahlzeiten gab wie diese hier.

Und dann war das Wunder geschehen, die männliche Stimme – oh, wie Mumsie kräftige, männliche Stimmen liebte – war mitten in ihre düsteren Gedanken geplatzt, und als sie aufsah, erblickte sie die strahlende Erscheinung, die sich ihr jetzt vorstellte.

»Graf von Vosch«, fügte der herrliche Mann erläuternd hinzu und schlug die Hacken leicht zusammen.

Ein Adelstitel. Es wurde immer besser. »Und gibt's auch eine Gräfin?« fragte Mumsie, denn gleich, wie sein Glanz sie auch blendete, sie war sehr dafür, zu wissen, woran sie war.

»Noch nicht«, antwortete er lächelnd und zeigte eine Reihe sehr schöner, gleichmäßiger Zähne.

Auch darüber war sie entzückt. *Noch nicht*; und die Art, wie er einen ansah. ›Wie für einander geschaffen sind wir‹, schoß es ihr durch den Kopf.

»Setzen Sie sich«, forderte sie ihn überschwenglich auf

und zog einen zweiten Stuhl an den Tisch. »Ausländer, nicht wahr?«

»Ich bin Deutscher«, antwortete er und warf sich in die Brust.

»Nun, machen Sie sich nichts draus, mich stört es nicht«, versicherte sie ihm, und ehe er Zeit hatte, zu versteinern und sich beleidigt zu fühlen, verblüffte sie ihn durch ihre Bemerkung: »Ich bin Mrs. De Lacy. Belle De Lacy, wenn Sie den vollen Namen wissen wollen, oder einfach Mumsie, falls Ihnen die Koseform lieber ist. Und da wir jetzt wissen«, fuhr sie fort und klopfte auf das Stuhlkissen, »woran wir miteinander sind, können Sie sich setzen und sich's gemütlich machen.«

Der Graf schien jedoch genauso wenig gewillt, sich zu setzen, wie Mr. Torrens es gewesen war; und statt ihrer Einladung zu folgen blieb er stehen, wo er war, und starrte sie an.

Mit so starrem Blick sah er sie an, daß sie nach einer Weile fürchtete, irgend etwas an ihr stimme nicht, und die Hand hob, um zu prüfen, ob sich vielleicht eine ihrer Schläfenlocken gelöst hatte.

Nein; sie waren an ihrem Platze; und wenn sie am Aussehen ihres neuen Freundes etwas zu bemängeln hätte finden sollen, wäre ihr das schwer gefallen, höchstens vielleicht seine Augen, die hätten ihm nicht ganz so weit aus dem Kopfe zu quellen brauchen, daß man den Eindruck hatte, er starre einen entgeistert an, was womöglich gar nicht stimmte.

»Ist Ihnen eine Laus über die Leber gelaufen, Graf?« sagte sie in scherzendem Ton.

»Sind Sie *die* Mrs. De Lacy?« war seine Antwort.

Die Mrs. De Lacy. Wie hübsch das klang. So bedeutend. Nähme sich herrlich aus in Großbuchstaben auf einem Plakat!

»Nun, *die* Mrs. De Lacy, ich weiß nicht recht«, sagte Mumsie bescheiden.

»Nun, Sie wissen doch bestimmt, daß Ihr Name in London in aller Munde ist.«

»Wirklich?« sagte sie sehr überrascht.

»Ganz London spricht von Ihnen.«

»Ach, wirklich?« sagte sie, nun noch überraschter und ein wenig unsicher. Sehr erfreulich natürlich – zu jeder anderen Zeit, und wie hätte es ihr gefallen, als sie noch auf der Bühne stand; aber gerade jetzt, da doch Verschwiegenheit so wichtig war...

»Dann sind Sie also die Schwiegermutter von Mr. Andrew Leigh?«

»Gott steh mir bei – ja«, antwortete sie und schnitt dabei das gleiche Gesicht wie vorhin über der Suppe.

»Und wieso sind Sie dann hier?«

»Nun, das könnte ich *Sie* wohl ebenso fragen!« gab Mumsie couragiert zurück. So herrlich er war und Wappen hin, Wappen her – aufzuspielen brauchte er sich ihr gegenüber nicht.

Er starrte sie weiter an, während es in seinem Kopfe fieberhaft arbeitete. Zu welchem Zwecke sie auch hier war, dem, zu dem er hier war, konnte es keinesfalls förderlich sein. Freundin oder Feindin der Midhursts – und wie konnte sie eine Freundin sein? –, sie würde ihm zweifellos bloß, wie die Engländer es nannten, ins Handwerk pfuschen, es sei denn, es gelänge ihm irgendwie...

»Ich bin hier«, erklärte er, wobei er sie sehr aufmerksam musterte und offenbar einzuschätzen versuchte, welche Taktik ihr gegenüber die geeignete war, »um Lady Midhurst aufzusuchen. Mir wurde gesagt, sie halte sich in diesem Hause auf.«

»So ist es. Aber zu ihr können Sie nicht.«

»Wie – ich kann nicht?«

»Weil sie im Bett liegt.«

»Bett! Aber ich muß sie sprechen. Nachdem ich die lange Reise hierher ...«

»Ja, wirklich. So ein Pech!«

»Machen Sie sich über mich lustig, schöne Dame?« rief er aus und faßte sie am Arm – und bei dieser Berührung wurde ihm auf der Stelle klar, wie er mit Mumsie umzugehen hatte.

»Sagen Sie mir«, fuhr er fort, während ihm seine Manneskraft in den Augen aufleuchtete und seine Hand das Fleisch, das so angenehm kühl war, noch fester umschloß, »bei einer Frau in ihrem Alter, welche Rolle spielt da ein Bett?«

»Na, das gefällt mir«, rief Mumsie empört, obwohl sich seine Hand so gut anfühlte. In ihrem Alter – also wirklich! Was glaubte dieser Wichtigtuer denn, zu welcher Alterskategorie sie alle gehörten?

»Bei Ihnen wäre es natürlich etwas völlig anderes«, sagte er schnell, als er seinen Fehler einsah.

»Na, das will ich wohl meinen«, sagte sie immer noch nicht versöhnt.

»Sind Sie ärgerlich? Aber warum? Was ärgert Sie?« fragte er und begann jetzt, ihren Arm zu streicheln.

Das war angenehm, keine Frage. Gegen derlei hatte Mumsie nichts. Im Gegenteil, ihrer Meinung nach, die sie Rosie gegenüber oft wiederholte, die schweigend zuhörte, sollten die Leute viel mehr streicheln und weniger reden, denn dann gäbe es längst nicht so viel Streit auf der Welt.

»Sie und ich, wir müssen Freunde werden«, sagte der Graf, streichelte weiter und beobachtete die Wirkung mit einem Auge, das jetzt förmlich blitzte vor Manneskraft.

»Nun, das war auch *mein* Gedanke«, sagte Mumsie besänftigt. Denn gab es eine Frau auf der Welt, die sich nicht von einer streichelnden Männerhand besänftigen ließ? Nun, Mumsie jedenfalls war keine solche.

»Verbündete«, erklärte er.

»Verbündete?« wiederholte sie.

»Soll ich Ihnen verraten, was wir tun?« sagte er. »Unten auf der Straße wartet mein Wagen. In den setzen wir uns und fahren in ein Restaurant, wo die Mahlzeiten kein Schweinefraß sind, und während wir dort gemütlich essen, erzählen Sie mir genau, warum Sie hier sind, und ich sage Ihnen alles darüber, wozu ich hier bin, und dann sind wir Verbündete.«

»Ach, wirklich?« sagte Mumsie skeptisch trotz des Gestreichels.

Nun, es gibt nur einen Weg, die Zweifel einer Frau zu zerstreuen, wenn ihr erst einmal welche gekommen sind, und ohne ein weiteres Wort zu verschwenden, beschritt der Graf ihn.

Vorher legte er jedoch noch Hut und Handschuhe auf den Tisch, wobei er sorgfältig darauf achtete, daß sie dem Suppenteller nicht zu nahe kamen, um sie vor Schaden zu bewahren, aber als das getan war, vergeudete er keine Zeit mehr, schloß Mumsie in seine kräftigen Arme und erstickte jeglichen Aufschrei, den sie eventuell ausstoßen wollte, durch einen sehr langen wagnerianischen Kuß.

Das letzte jedoch, wonach Mumsie unter solchen Umständen der Sinn stand, war aufzuschreien. Das hatte sie noch nie getan und würde es auch jetzt nicht. Solch ein Unsinn, sagte sie manchmal zu Rosie, die ihr schweigend zuhörte, zu glauben, nur weil eine Frau nicht mehr in ihren zwanzigern oder dreißigern oder sogar vierzigern war, hätte sie keinen Spaß mehr an der Liebe. Natürlich hatte sie den. Sie aß ja auch ihr Abendessen noch jeden Tag mit Appetit, oder etwa nicht? Also!

Auch der Graf hatte seinen Spaß daran, obwohl er, in diesem Fall, gleichzeitig Hintergedanken hatte, von denen Mumsie völlig frei war. Vollkommene Harmonie herrschte folglich eine Weile lang in dem kleinen Raum, während Daisy in dem Zimmer darüber von den quälendsten Gefühlen heimgesucht wurde. Entgeistert hatte sie der Stimme, sie erkannte sie sofort, des Neuankömmlings gelauscht – ständig diese Neuankömmlinge, einer nach dem anderen. Nie, nie würde sie Miss Simpson das verzeihen! – und nun, als die Stimme plötzlich verstummte und Stille eintrat, lauschte sie noch beklommener.

Wo waren sie? Das fragte sich Daisy besorgt, als die Sekunden verstrichen und die Stille noch tiefer zu werden schien. Waren sie in den Garten gegangen? Oder hatte Mrs. De Lacy, die inzwischen Übung hatte, dem Grafen noch schneller den Garaus gemacht als dem armen George und er war bereits wieder fort? Aber wenn dem so war, warum kam sie nicht hoch zu ihr?

Welcher Art ihre Gefühle gewesen wären, hätte sie durch die Dielen sehen können, kann man sich denken. Und es ist ein Segen, daß es so vieles gibt, durch das man nicht hindurchsehen kann. Wie die Dinge lagen, war Daisy schon verstört genug. Verstört war auch Thérèse, als sie das *pièce de résistance*, das endlich gewillt gewesen war, sich in eine Schüssel befördern zu lassen – während sie und Adolphe sich damit abkämpften, bezweifelten sie keinen Moment, woher es seinen Namen hatte –, ins Wohnzimmer trug und dort einen Herren vorfand, der diejenige der beiden Madames umarmte, von der sie und Adolphe stets als *l'autre* sprachen.

»*Tiens*«, sagte Thérèse und blieb stehen.

Hastig ließen sie voneinander ab. Hätten sie das nicht getan, wäre Thérèse davon ausgegangen, es sei eine legitime Umarmung – eines Ehemannes oder Bruders. Aber so wußte sie, dem konnte nicht so sein, und stand verwirrt da.

»Herein. *Entrez*. Treten Sie doch ein«, rief der Graf in seiner Verwirrung, obwohl sie längst eingetreten war.

»Ich hab schon immer gesagt«, sagte Mumsie und machte laut und hastig Konversation, »Diener sollten *Glocken* tragen!«

»Glocken! Exzellent. Wie Schlitten«, sagte der Graf, der ebenso laut und hastig Konversation machte – sogar sehr laut war seine, denn er hatte von Natur aus ein lautes Organ.

Und in dem Moment erklang wirklich eine Glocke – Lady M.'s natürlich, denn es gab ja sonst keine im Haus.

»Jetzt hören Sie sich bloß das an«, sagte Mumsie, die jetzt noch verstörter als die beiden anderen war, denn wenn Thérèse nach oben ging, würde sie bestimmt alles ausplappern.

»Wovon sprechen Sie denn?« antwortete er, da er zwar ihr Entsetzen wahrnahm, die Glocke aber nicht, denn er war an Glocken gewöhnt. »Was soll ich mir anhören?«

»Lady Midhurst klingelt nach der Dienstmagd. Und die wird ihr erzählen, was sie gesehen hat, da können Sie Gift drauf nehmen«, sagte Mumsie; sie war wirklich tief besorgt.

»Ah, aber das darf sie nicht, und das wird sie auch nicht«, rief der Graf, dem sofort klar wurde, daß nichts seinem Vorhaben unzuträglicher sein konnte als das, was Thérèse zu erzählen hatte. »Sie soll hier bleiben, und Sie gehen an ihrer Stelle hinauf«, befahl er, als die Glocke wieder ertönte – wirklich, warum konnte Lady M. keine *Ruhe* geben? Es tat ihr doch niemand etwas zuleide, dachte Mumsie zerstreut – »und während Sie dort oben sind, sorge ich dafür, daß die Frau hier schweigt. Wollen Sie bitte«, er griff in seine Brusttasche und holte den mitgebrachten Brief heraus – »wollen Sie Lady M. diesen Brief bitte geben und sie fragen, ob sie mich empfängt, wenn sie ihn gelesen hat? Versichern Sie ihr, daß es mich nicht im geringsten stört, daß sie im Bette liegt. Sie soll den Brief in aller Ruhe lesen, während Sie und ich uns ins nächste Restaurant begeben. Ich falle gleich in Ohnmacht, ich sterbe vor Hunger. Und wie ich vermute, schöne neue Freundin, ergeht es Ihnen nicht anders. Also nehmen Sie den Brief, laufen Sie schnell hinauf, kommen schnell wieder herunter, und mittlerweile kümmere ich mich darum, daß die Frau hier nicht plaudert, und dann brechen wir auf und vertreiben uns die Zeit bei einem köstlichen Essen.«

›Das‹, dachte Mumsie, während sie gehorsam die Stufen hinaufstieg, mit glühenden Wangen, ganz Ergebenheit und Willigkeit, alles was an wahrer Weiblichkeit in ihr schlummerte, plötzlich erwacht, ›ist wirklich ein Mann.‹ Und sobald er hörte, wie sich die Schlafzimmertür hinter ihr schloß, ging er voller Tatkraft daran, sich Thérèses anzunehmen.

Sie stand immer noch da und hielt die Schüssel in der Hand, auf die sie aus Ratlosigkeit, was sie als nächstes tun sollte, hinunterstierte, während der Graf sie mit feindseligem Blick musterte.

Geld würde er ihr keinesfalls anbieten, dieser dummen Magd. Was? Gutes deutsches Geld einer hinterlistigen französischen Bäuerin zugute kommen lassen? »*Je n'ai pas vu ma femme depuis longtemps*«, informierte er sie daher in gutturalem, aber verständlichem Französisch.

Was völlig der Wahrheit entsprach – das hatte er nicht. Es existierte keine, die er hätte sehen können. Nun, es war nicht sein Problem, wenn die Frau seinen Worten eine Bedeutung gab, die sie nicht hatten.

»*Tiens*, sagte Thérèse, die Augen immer noch auf die Schüssel geheftet.

»*Quand on n'a pas vu sa femme depuis longtemps, on l'embrasse*«, informierte er sie weiter, sehr laut jetzt, denn er war sich nicht sicher, welches Maß an Skepsis sich womöglich hinter diesem Einsilber und jenen gesenkten Lidern verbarg.

Aber mehr war aus Thérèse nicht herauszubekommen. Sie sagte nur wieder *Tiens* und stellte die Schüssel so unbeholfen auf den Tisch, daß der flüssige Teil ihres Inhalts überschwappte; und wäre der Graf nicht nach vorn geschossen und hätte hastig nach seinem Hut und seinen Handschuhen geschnappt, dann wären sie ruiniert gewesen.

»Schmuddelfink!« schrie er wütend.

»Hübsch, nicht wahr«, sagte Mumsie, die sich mit vor Glück strahlendem Gesicht in dem unterbrach, was sie gerade zu Daisy sagte, und selig die Ohren spitzte, »einen Mann im Haus zu haben.«

Während all das innen im Hause vonstatten ging, wartete Mr. Torrens in seinem blätterreichen Versteck darauf, daß der Graf wieder aus dem Hause kam. Daß er schon bald wieder zur Tür heraustrâte, und zwar als niedergeschmetterter Mann, daran zweifelte Mr. Torrens nicht. Also ließ er sich auf der Mauer nieder, um geduldig auf diesen Moment zu warten. Ihm blieb in der Tat nichts anderes übrig, als dazusitzen und sich nicht vom Fleck zu ruhren, denn sich Daisys

Fenster zu nähern durfte er nicht wagen, solange dieser Bursche dort drinnen war und jeden Moment wieder herauskommen konnte. Aber welch ein Alptraum, auf diesen Fleck gebannt zu sein, während die Minuten wie im Fluge vergingen. Sein einziger Trost war die Überzeugung, daß nicht mehr viel Zeit verstreichen konnte, ehe diesem Überraschungsbesuch die Tür gewiesen wurde.

Aber in diesem Punkt irrte Mr. Torrens. Als der Graf schließlich auf die Terrasse trat, erkannte Mr. Torrens seinen Irrtum auch sofort. Der Herr dort sah viel zu munter und zufrieden aus. Sein Hut saß ihm in einem Winkel auf dem Kopf, zu dem sich ein entmutigter Mann nie versteigen würde, und so wie er über die Steinplatten schritt und dabei seinen Spazierstock schwang, war er offenkundig bester Laune. Man hätte meinen können, er sei ein Bräutigam, so beschwingt war er aus dem Haus getreten und so munter spazierte er nun über die Terrasse. Wirklich, haargenau wie ein Bräutigam sah er aus, fand Mr. Torrens, der ihn jetzt von vorne sah, mit seiner weißen Blume, den weißen Handschuhen und weißen Gamaschen. Was um Himmels willen dachte der sich bloß dabei – was hatte der Mann vor, fragte sich Mr. Torrens, sich so auszustaffieren? Fehlte bloß noch der Zylinderhut!

Inzwischen völlig verdutzt – daß der Mann offenbar gleich wieder fort wollte, wunderte ihn genauso wie die Tatsache, daß er hergereist war – beobachtete Mr. Torrens, wie er sich jetzt, am Ende der Terrasse und kurz vor dem Oleanderbusch angekommen, zum Haus umwandte und erwartungsvoll auf die Tür sah. Wirklich, wie ein Bräutigam, der vor dem Altar wartet, und auch noch mit der üblichen Ungeduld, denn inzwischen tippte er sich mit dem Spazierstock gegen den Schuh, und zum Schluß pfiff er sogar.

Pfiff! Hatte er etwa einen Hund dabei, fragte sich Mr. Torrens und lugte durch die Blätter. Nein, kein Hund. Aber dieses erpresserische zänkische Weib kam auf sein Pfeifsignal aus dem Haus getrippelt, mit einem enormen roten Strohhut auf dem Kopf, und sah plötzlich überhaupt nicht mehr streitsüchtig aus und noch weniger, das mußte Mr. Torrens widerwillig zugestehen, wie eine Erpresserin. Mit strahlendem Gesicht hakte sie sich bei dem Burschen ein und – Mr. Torrens wollte sich die Augen reiben – lächelte zu ihm auf. Eine hübsche Frau war sie, das mußte man ihr lassen. Hübsch und völlig harmlos sah sie jetzt aus und hatte jenen Ausdruck im Gesicht, der verrät, daß eine Frau zufrieden ist.

Nun, es lag auf der Hand, was geschehen war. Der Ausdruck auf Mrs. De Lacys Gesicht war unmißverständlich. Nicht selten im Laufe seines Lebens hatte Mr. Torrens selbst, wie er mit Stolz von sich behaupten konnte, einen solchen Ausdruck auf Frauengesichtern hervorgerufen. Dieser Kerl hatte ihr den Hof gemacht! In dem Raum dort drüben! Während er selbst, weil er seine Chance, das gleiche zu tun, nicht genutzt hatte, vor Hitze umkam in seinem Versteck, war dort drinnen das Wunder geschehen, daß sich ein zum Fürchten zänkisches Weib in ein anschmiegsames weibliches Wesen verwandelte. Mit Hilfe einer so einfachen Methode auch noch, die so alt wie die Hügel dort drüben war; und mit der gleichen Sanftmut, die über den Hügeln lag, hatte dieses Weib die Krallen eingezogen und zeigte nun seine Samtpfötchen.

Aber eine so vollkommene Verwandlung verwunderte Mr. Torrens doch, und während er durch die Blätter zu dem lächelnden Paar hinsah und sich mucksmäuschenstill verhielt, konnte er sich eine Weile vor Staunen nicht fassen.

Aber dann dämmerte ihm allmählich, daß gleich, welches Ziel der Graf auch im Auge gehabt haben mochte, als er diese zuträgliche und heilsame Methode anwandte, zu Daisy zu gelangen war nie sein Ziel. Denn guck einer – jetzt ging er die Treppe hinunter, fort von ihr; und horch – jetzt half er Mrs. De Lacy in den Wagen; und jetzt, jetzt fuhr er mit ihr davon, und Daisy blieb allein zurück.

Mr. Torrens sah, lauschte und hörte, und seine Erregung wuchs. Er wollte seinen Augen und Ohren nicht trauen. Was – man brachte Mrs. De Lacy tatsächlich fort von hier? War der Graf nur deshalb hergekommen – um sie abzuholen? Und er selbst, war er jetzt ein für allemal der gräßlichen Pflicht enthoben, sie eigenhändig hinauszuwerfen?

Das Motorengeräusch erstarb in der Ferne. Stille senkte sich wieder auf den Garten. Keine Frage, die Bahn war frei. Und Mr. Torrens, der aus seinem Versteck trat, begriff, daß er nichts weiter tun brauchte, als ins Haus zu gehen und geradewegs hoch in Daisys Zimmer.

XIII

Niemand war im Wohnzimmer. Es lag so still und verlassen da wie der Garten. Thérèse stürmte über die Felder, auf dem Weg zurück zu ihrem eigenen Hof, nachdem sie verkündet hatte, sie bliebe keinen Moment länger in einem Hause, in dem *des mœurs tapageuses* vor sich gingen, und Adolphe lief beschwörend hinter ihr her. Die Bahn war also völlig frei; und da die Stufen der Treppe aus Stein waren, gaben sie kein warnendes Knarren von sich, wenn man hinaufstieg.

Daisy – zumindest nahm Mr. Torrens an, daß es Daisy war – saß gegen ihre Kissen gestützt im Bett und las einen Brief.

Die Tür stand weit offen, und er sah sie, ehe sie ihn sah. Einen Moment überlegte er, ob er sich nicht lieber leise wieder davonschleichen sollte und ohne ein Wort mit ihr zu wechseln nach England zurückkehren, damit sie es nie erführe, daß er sie so erspäht hatte, so schutzlos und unverhüllt seinen Blicken preisgegeben in ihrer ganzen Zerstörung, aber im nächsten Moment wußte er, daß sie schon zu viel gelitten hatte, um sich um ihr Aussehen zu bekümmern; wahrscheinlich wußte sie gar nicht, wie entsetzlich sie aussah.

Außerstande zu sprechen oder sich zu rühren und mit einem Herzen, das sich zusammenkrampfte, daß es buchstäblich schmerzte, stand Mr. Torrens im Türrahmen und starrte wie vom Donner gerührt auf die Ruinen seiner Freundin. Sie war dahin, seine Schöne, ausgewischt, als hätte es sie nie gegeben. Diese Parodie dort auf dem Bett, die wie eine respektlose Erinnerung anmutete, das sollte von seiner Daisy übriggeblieben sein? Er weigerte sich einfach, es zu glauben, daß die arme Geisterfrau dort auf dem Bett Daisy war. Wie sollte er es nur bewerkstelligen, in wenigen Sekunden Abschied von dem Bild seiner Freundin zu nehmen, das ihn sein Leben lang begleitet hatte, und all seine Zuneigung auf eine Fremde zu übertragen? Und angenommen – allein bei dem Gedanken wurde ihm, dem vorher feucht und warm war, feucht und kalt – angenommen, es gelänge ihm nicht?

Dann sah sie von dem Brief auf, und ihre Blicke begegneten sich. »Lieber George«, sagte sie, und plötzlich waren alle Bedenken und Zweifel verflogen, denn ja, es war seine Daisy; ihr köstlicher Kern war es, der jetzt zum Vorschein kam, da ihr ihre äußere Schönheit, ihre exquisite Vornehmheit genommen war, jener Kern, von dem er schon immer geahnt hatte, daß er unter all ihrem Luxus verborgen lag – etwas Nobles, Einfaches und Mutiges, das ihr niemand nehmen konnte und das ihn schon immer, wenn er nicht gerade närrisch und verliebt war, in aufrichtiger brüderlicher Liebe zu ihr hingezogen hatte.

Er trat an ihr Bett, nahm ihre Hand und preßte sie an seine Wange. Er sah sie nicht an. Er konnte nicht.

»Ich habe es irgendwie gefühlt, daß du nicht wirklich fortgegangen bist«, sagte sie.

»Nein, das bin ich nicht«, antwortete er, sein Gesicht an ihrer Hand.

»Willst du etwas für mich tun?«

»Alles.«

»Telegraphiere Terry. Sie soll kommen«.

Zu diesem unerwarteten Ergebnis führte also der Brief des Grafen. Er war der Tropfen, der das Faß zum Überlaufen brachte, er war der bis zur bitteren Neige geleerte Becher, kurz, er war all das, was jenseits dessen liegt, was ein Mensch zu ertragen vermag. Durch den Schock, den er Daisy versetzte, verhalf er ihr zu einer ruhigen und klaren Sicht der Dinge. Nachdem sie den Brief gelesen hatte, gab es für sie nur noch einen Gedanken – Terry in die Arme zu schließen und sie für immer mit dem Mantel ihrer Liebe zu umhüllen.

Nichts zählte mehr für Daisy, nur noch dieses eine: das kostbare Kind zu lieben und davor zu schützen, daß es zur Zielscheibe von irgend jemandes Beleidigungen wurde. Was Terry auch getan haben mochte, das hatte sie nicht verdient. Und wer war sie, über sie zu richten, sie, in deren Leben es nie Leidenschaften oder Träume gab und die nicht wußte, in welche Höhen und Tiefen sie ein junges Geschöpf auf ihren glänzenden, ungestümen Flügeln tragen konnten?

Nein, sie wollte nicht mehr rechten und richten. Welch trauriges Leben hatte ihr das beschert – in Midhursts Fall hatte der Tod den Weg zur Versöhnung abgeschnitten; aber in diesem Fall, dank Gott, war der Weg noch frei. Auch um anderer Leute Sünden würde sie sich nicht mehr bekümmern. Lieber wollte sie sich ihre eigenen besehen. Und plötzlich sah sie sich selbst in ungeschminktem Licht: als eine Frau, die, weil sie nie etwas Ungestümes in ihrem Leben getan hatte, weder leidenschaftlich geliebt noch von ganzem Herzen verziehen, engherzig geworden war; ein geziertes Wesen mit so hohlen Ambitionen wie der schäbigste Emporkömmling. Und töricht außerdem, denn der Schein zählte mehr für sie als das Wesentliche. Wie grausam war sie gewesen, wie unverzeihlich grausam, ihren Liebling, das einzig wirklich Kostbare in ihrem Leben, in dem Moment allein zu lassen, wo sie am dringendsten gebraucht wurde.

»Würdest du das Telegramm sofort aufgeben?« sagte sie, jetzt nur noch besorgt, irgend etwas könne dazwischenkommen, ehe sie, nein, nicht sie Terry vergeben hatte, sondern Terry ihr.

Ohne ein Wort ging Mr. Torrens hinunter, um jemanden zu suchen, dem er das Telegramm mitgeben konnte. Er öffnete eine Tür rechts neben der Treppe und trat in eine leere Küche. Er öffnete eine Tür hinten in der Küche und trat in einen leeren Hof. Tauben waren dort, die zwischen den Kieselsteinen herumpickten und bei seinem Erscheinen mit hektischem Flügelsurren aufs Dach eines kleinen Außengebäudes oder Anbaus flogen, von wo sie ihn angurrten, aber ein menschliches Wesen war nirgends zu sehen; denn Adolphe und Thérèse liefen immer noch über die Felder, er sie laut und verzweifelt zur Rückkehr beschwörend, und sie, was *les moeurs* betraf, stur wie der Esel, mit dem er zur Erntezeit den Jasmin nach Grasse beförderte, stellte sich seinem Gebettel gegenüber taub.

So daß Mr. Torrens, dem das Gefühl inzwischen vertraut war, nicht wußte, was er tun sollte, und nur deshalb nicht ganz die Hoffnung verlor, daß das Haus nicht endgültig verlassen war, weil er auf dem Küchenherd Töpfe und Pfannen mit Essensresten sah und auf dem Wohnzimmertisch ein serviertes Mahl, das, wie er fand, dringend abgeräumt werden mußte, denn es sah sehr trostlos aus, wie es da stand.

In diesen Raum kehrte er zurück und wollte die Zeit, bis die Diener zu ihren Pflichten zurückkehrten, damit nutzen, das Telegramm aufzusetzen. Auf einem Schreibtisch entdeckte er ein paar Bögen Papier und daneben eine *Morning Post*, die er, während er wartete, aus reiner Gewohnheit durchblätterte. Und wäre er nicht in jenem aufgewühlten und erregten Zustand gewesen, in dem man seine Gedanken auf nichts konzentrieren kann, ja Gedanken nicht mehr von Gefühlen zu unterscheiden sind, hätte ihn diese Zeitung, auf deren Datum er nicht gesehen hatte, sehr überrascht; aber er konnte nicht mehr richtig denken, nur noch fühlen, und zwar mit solcher Intensität, daß es ihn schier zur Raserei brachte, daran gehindert zu sein, ein so lebenswichtiges Telegramm abzusenden, weil niemand da war, dem er es hätte in die Hand drücken können.

Er warf die Zeitung auf den Tisch und ging wieder in die Küche. Immer noch verlassen.

Er öffnete die Tür zum Hof. Wieder nur Tauben.

Er überquerte den Hof zu dem kleinen gegenüberliegenden Gebäude, in der Hoffnung, die Diener hielten dort vielleicht ihre Siesta, aber die Tür war verschlossen, und von drinnen drang kein Laut.

Mr. Torrens fürchtete allmählich, er selbst würde das Telegramm aufgeben und Hitze hin, Hitze her zu Fuß zum nächsten Dorf aufbrechen müssen, und diese Aussicht stürzte ihn in Bedrängnis. So erfüllt er auch war von dem leidenschaftlichen Wunsch, alles auf der Welt für Daisy zu tun, es wäre ihm doch lieb gewesen, ausgerechnet so etwas würde nicht von ihm verlangt. Er war keine längeren Fußmärsche mehr gewohnt, und an einem Juninachmittag durch die Provence zu wandern, auf der Suche nach einem wahrscheinlich weit entfernten und ganz gewiß erdrückend heißen Dorf, war nicht nach seinem Geschmack. Und doch, so groß war seine Hingabe und Selbstlosigkeit und so tief seine Überzeugtheit von der äußersten Dringlichkeit des Telegramms, daß er zu dem Schluß kam, es bliebe ihm keine andere Wahl. Daher ging er zurück ins Wohnzimmer, um vorher noch seinen Hut zu holen.

Zuerst mußte er seinen Hut holen. Er konnte nicht ohne gehen. Und während er überall nach ihm suchte, unter den Stühlen, hinter dem Schreibtisch, und ihn natürlich nicht fand, denn er war, wo er ihn gelassen hatte, draußen im Garten auf der Mauer unter dem Feigenbaum – während er also verzweifelt nach seinem Hute suchte, geschah es, daß er ein leises Geräusch hörte und sich umdrehte. Und dort, im Türrahmen, stand Terry.

Sie sah stumm zu ihm hin. Und sein erster Gedanke, solch schwache Geschöpfe sind wir, so wenig vermögens, auf Dauer jene erhabenen Gefühle aufzubringen, die wahre Tragödie uns abverlangt, war: ›Gott sei Dank, jetzt brauche ich nicht loszugehen und das Telegramm . . . ‹ und während er Terry anstarrte, war sein nächster Gedanke, daß das Mädchen, die Ursache des ruinierten Gesichts dort oben, dieses ungezogene und so verdorbene Mädchen, das sie alle jahrelang getäuscht hatte, unverschämt gut aussah. Sie hätte die heilige Johanna sein können oder sonst eine junge Heilige – oder vielmehr junger Heiliger, denn sie trug eine Motorradkluft – wie sie da barhäuptig in der Tür stand, den Helm in der Hand, während die Sonne auf ihr blondes, zerzaustes Haar schien und ihre ganze schmale Gestalt mit einem Saum von Licht umrahmte.

Dieser Lichtsaum erfüllte Mr. Torrens mit Groll, und auch die Art, wie die Sonne auf ihrem Haar glänzte, ärgerte ihn, denn beides trug, höchst unpassend, dazu bei, daß sie aussah, als umgebe sie ein Heiligenschein. Sie war ein abscheulich böses Mädchen, und keine Sekunde hatte sie es verdient, im Heiligenschein dazustehen. Er war ihr Pate; konnte er ihr in dieser Eigenschaft, fragte er sich, eine Ohrfeige geben? Sie beschimpfen, ihr gehörig die Meinung sagen, was er von ihr hielt, ginge nicht, weil Daisy es hören würde, aber eine Ohrfeige konnte er ihr geben. Diese Geste wäre von durchschlagender Wirkung, da sie von ihm kam, der so etwas, das mußte dem Mädchen klar sein, so etwas noch nie in seinem Leben getan hatte. Eine Ohrfeige würde sie wahrscheinlich am schnellsten dazu bringen, daß sie sich schämte. Denn so wie sie dastand, schien sie überhaupt kein Schamgefühl zu haben – völlig unbefangen, dachte offenkundig überhaupt nicht an ihre Schuld und guckte ihn ganz so an, als hätte sie nie eine begangen oder als hielte sie die Sache für so natürlich und selbstverständlich, daß man kein Wort darüber zu verlieren brauchte – so zumindest wirkte sie auf den empörten Mr. Torrens.

Rein, unbeschwert, sorglos und gelassen – wo hatte er diese

Zeile nur gelesen? Und war es nicht schockierend, daß sie ihm ausgerechnet beim Anblick dieses Mädchens einfiel? Wenn er sich recht erinnerte, stammte die Zeile aus einem Gedicht, in dem jemand nach den in der Dichtkunst üblichen dramatischen Verwicklungen knapp dem Tode entrinnt und dann aus einem, zweifellos des Reimes wegen so genannten, tiefen trüben Pfuhle ans Sonnenlicht strebt, vom Leben wieder freudig willkommen geheißen wird und fortan in Frieden seine Tage genießt.

Daß Terry in Frieden ihre Tage genießen würde, daran glaubte Mr. Torrens nicht. Was jedoch das freudige Willkommenheißen betraf, hatte er die schlimmsten Befürchtungen. Auch das hatte sie keine Sekunde verdient. Aber das liebende Herz dort oben wartete nur darauf, sie in die Arme zu schließen. Und während er in das ernste junge Gesicht dort in der Tür sah, fand Mr. Torrens es fast noch empörender als alles andere, daß das über so viele Jahre geführte Doppelleben und die unvermeidlich damit verbundenen Lügen und Heucheleien an Daisys Tochter offenbar völlig spurlos vorübergegangen waren.

Nein, nicht völlig spurlos, meinte er zu bemerken, als er sie genauer betrachtete. Etwas hatte sich verändert an ihr seit ihrer letzten Begegnung. Und während er ihr in die Augen sah, die ruhig in seine blickten, wußte er, was es war: Sie hatte Kummer und Leid kennengelernt.

›Er hat sie im Stich gelassen!‹ Mr. Torrens war sich plötzlich ganz sicher, und auf der Stelle stieg ein völlig unlogischer, aber nichtsdestoweniger gewaltiger Zorn auf Andrew in ihm auf, dem er blutige Rache schwor, sobald er wieder in England war.

Sie, die die Worte eher mit den Lippen formte, als sie

aussprach, denn kaum ein Laut kam über sie, hauchte: »Mutter?«

»Ja ja, deine Mutter«, fiel er über sie her, und obwohl er nur zu flüstern wagte, war er fest entschlossen, ihr gehörig den Kopf zu waschen, ehe Daisy, der arme liebende Engel, ihr mit überquellendem Herzen verzieh. »Nachdem du sie halb umgebracht hast, kommst du zurückgekrochen zu dem Wrack, das von ihr noch übrig ist.«

Aber wie albern, das Wort kriechen auf die aufrechte, stolze Gestalt dort im Türrahmen anzuwenden! Sowie er das Wort ausgesprochen hatte, sah Mr. Torrens ein, wie dumm es war. Man sollte seine Worte so wählen, daß sie ihren Gegenstand gerecht beschrieben, wenigstens ein Mindestmaß an Paßform mußten sie haben.

»Ist denn noch etwas übrig? Für mich, meine ich?« fragte sie ernst.

»Oh, ihr ganzes Herz, nehme ich an«, sagte er grollend und fühlte sich verpflichtet, das Telegramm, das er aufgesetzt hatte, aus der Schreibtischschublade zu holen und es ihr zu geben.

Sie las es, und sehr leise, denn sie dachte sich, daß das Zimmer ihrer Mutter in diesem kleinen Haus nicht weit entfernt sein konnte, sagte sie: »Dann darf ich also zu ihr?«

»So ist es wohl, obwohl ich es skandalös finde, daß du es darfst«, antwortete er; und sie, die ihn gedankenvoll ansah, sagte, »Armer George – so zornig, weil du noch nicht verstehst.«

»Verstehen!« wiederholte er. »Also wirklich, Terry!«

Sie trat über die niedrige Holzschwelle, kam zu ihm und legte ihm die Hand auf die Schulter.

»Jetzt beginnt unser wirkliches Glück«, sagte sie, ihre

Stimme nur ein Hauch. »Für Mutter und mich. Wir beide« – sie schien nach den richtigen Worten zu suchen – »wir haben uns beide die Augen klar geweint.«

Und Mr. Torrens, der sich sehr steif und kalt gab, während er gegen den ganz unlogischen Wunsch ankämpfte, die Hand auf seiner Schulter in seine zu nehmen, oder, noch schlimmer und noch unpassender, ihr beide Hände auf den Kopf zu legen und ihr seinen Segen zu geben, ehe sie zu Daisy hochging, sagte: »Ich sehe mich wirklich außerstande, zu verstehen ...«

»Du wirst!« Mit dieser Versicherung unterbrach sie ihn. »Eines Tages.«

Und sie behielt recht. Eines Tages verstand er.

»Wirklich, zu komisch das Ganze«, sollte Mumsie oft Rosie gegenüber bemerken, und immer mit nahezu den gleichen Worten, wenn sie, was ihr einige Monate später zur Gewohnheit wurde, an Winternachmittagen vor dem Kamin in Erinnerungen schwelgte. »Daß alles so ganz anders gekommen ist, als man erwartet hätte!«

Zu diesem Zeitpunkt waren beide in schwarz, Mumsies abgemildert durch einige Tupfer von Rot, nicht auf dem Kleid natürlich, die Leuchtfarbe beschränkte sich auf die Blumen, die sie sich an die Brust steckte, Rosie ganz in schwarz, und das Feuer im Kamin war ein prasselndes, die Wohnung in der Jermyn Street gelegen und überall darin Zeichen von Unbeschwertheit.

»Zum Glück, kann ich nur sagen«, fuhr Mumsie dann fort, nachdem sie sich noch eine Likörpraline in den Mund gesteckt hatte, »obwohl ich es damals natürlich nicht so sah. Weißt du, ich glaube nicht, daß uns der Verkehr mit Lady M.'s Freunden auf Dauer Spaß gemacht hätte.«

»Gräßliche Vorstellung«, sagte Rosie dann und schüttelte sich, denn sie dachte an Shillerton.

»Dieser Tortur zum Beispiel. Der war doch das Paradebeispiel für den Rest der ganzen Gesellschaft.«

»Gräßlich«, sagte Rosie dann und schüttelte sich, denn sie dachte an den Küchengarten.

»Und von Verkehr hätte ja *sowieso* keine Rede sein können, weil Lady M. gar nicht hier ist. Die hockt ja immer noch in diesem französischen Wurmstich-Winkel. Ich frage mich bloß, wie sie und das Mädchen es dort aushalten. Wie's einem da gefallen kann, das ist mir einfach ein Rätsel. Ich hab ihnen 'ne Woche gegeben, bis sie es satt haben, aber offenbar sind sie immer noch dort. Wenigstens steht jetzt kein Wort mehr über die Midhursts in den Zeitungen, wahrscheinlich, weil's nichts mehr über sie zu berichten gibt.«

»Ich nehme an, die sind voll und ganz damit beschäftigt, Besserungsanstalten für die Franzosen zu bauen«, spekulierte Rosie dann und nahm sich ihrerseits eine Likörpraline. »Solche Sachen liegen denen im Blut...« Woraufhin Mumsie bemerkte, allerhand so was, denn was sei mit den gelben Pyjamas, von denen sie Rosie erzählt hatte, und erst dem Benehmen des Mädchens, von dem schließlich alle Welt wußte? So was konnte sie nur unverfroren nennen; und wenn sie dann einander zugestimmt hatten, daß es eine Unverfrorenheit wie die der Midhurst keine zweite gab, schwelgte Mumsie wieder in ihren Erinnerungen an jenen letzten Nachmittag – denn der Nachmittag, als der Graf die Szene betrat, war in der Tat ihr letzter auf dem Jasminhof gewesen. Als Mumsie, nachdem sie von ihrem kleinen Ausflug mit dem Grafen zurückgekehrt war, zu Daisy hinaufging, fand sie das Mädchen halb kniend, halb sitzend auf dem Bette vor. Mutter und Tochter hielten sich eng umschlungen, und keine von beiden sagte ein Wort.

Einen kurzen Moment hatte Mumsie geglaubt, die Gestalt auf dem Bett mit den langen Beinen, Gamaschen und dem kurzen Haar sei ein junger Mann, und war sehr schokkiert gewesen, aber es dauerte nicht lange, bis bei ihr der Groschen fiel, zumal sie unten auf der Straße einen wirklichen jungen Mann gesehen hatte, der genauso gekleidet war, nur daß er einen Helm auf dem Kopf hatte und eine auf die Stirn geschobene Motorradbrille. Er saß auf der Steintreppe, zusammen mit Tortur, und die beiden stellten sich dem Grafen in den Weg, als er an ihnen vorbeigehen wollte. So eng und fest hielten sie sich umschlungen – das Mädchen und ihre Mutter, meinte Mumsie, nicht Tortur und den schlaksigen jungen Mann . . .

»Das muß Geoffrey gewesen sein«, rief Rosie beim ersten Mal aus, als sie das Wort schlaksig hörte. »Ganz verrückt nach dieser Terry war der. Obwohl, warum . . .«

. . . daß sie es kaum hatte mitansehen können, fuhr Mumsie fort. So intim war es ihr vorgekommen, daß sie schnell wieder aus dem Zimmer geschlüpft war, ohne daß die beiden sie bemerkt hatten . . . »Du hast mir gar nicht erzählt, daß das Mädchen wie ein Junge aussieht«, schloß sie dann. »Wirklich, genau wie ein junger Mann in dieser Motorradkluft, dem kurzen Haar und allem. Und auch noch wie ein netter junger Mann! Komisch, daß sie nicht wie ein schlimmer aussah.«

»Da sieht man's mal wieder«, bemerkte Rosie dann.

»Genau, was *ich* immer sage«, antwortete Mumsie.

Und dann würde Mumsie noch einmal die ganze erfreuliche Kette von Ereignissen durchgehen, die ihrer Initiative und ihrem Einfallsreichtum zu verdanken war, ein Bericht, den Rosie nie müde wurde sich anzuhören, denn wirklich, es war herrlich, was ihre Mumsie erreicht hatte, und sie schäme sich ja so, versicherte sie ihrer Mumsie immer wieder und rieb reuig ihre Wange an deren Arm, daß sie eine so dumme, bockige und uneinsichtige Tochter gewesen war.

Die Dinge hatten sich in der Tat sehr erfreulich entwikkelt. Nicht so, wie man es im Sinn gehabt hatte, aber in Wirklichkeit viel besser. Der einzige Teil, bei dem Mumsies Bericht nicht ins Detail ging, war der mit dem Grafen. Da übersprang sie vieles. Es täte Rosie nicht gut, wenn sie zu viel über den Grafen hörte; sonst dachte sie sich womöglich noch sonst was, und es widersprach Mumsies Vorstellung von einem geordneten Familienleben, wenn sich die Kinder sonst was dachten. Außerdem, welchen Sinn hatte es, eine Sache ins Spiel zu bringen, die vorüber war?

»Eins darfst du nie vergessen, mein Süßes«, sagte sie manchmal laut.

»Was denn, mein Liebes?«

»Daß alles irgendwann, früher oder eben später, vorüber ist ...«, zum Glück, fügte sie dann insgeheim hinzu, wobei sie sich an das Tempo erinnerte, das der Graf vorgelegt hatte, und wie schwer es ihr nach einer Weile gefallen war, damit Schritt zu halten. Mein Gott, ob alle Deutschen so waren? Nun wenn, hatte sie oft gedacht, dann konnte sie dazu nur eins sagen, daß ihr ein solcher Herr lieber hätte begegnen sollen, als sie jünger und kräftiger war. Zum Schluß war er ziemlich grob geworden, schrecklich geradezu, aber wenn man's genau bedachte, wann gab es schon ein Ende ohne Schrecken? Aber sie trug ihm nichts nach. Das Leben war viel zu kurz, dachte sie dann laut, um nachtragend zu sein.

»Vergiß das nicht, mein Süßes.«

»Was denn, meine Liebe?«

»Das mit dem nachtragend sein.«

»Ach, jetzt trage ich niemandem auf der ganzen Welt mehr was nach«, sagte Rosie dann mit glücklichem Gesicht und rekelte sich genüßlich auf der weißen Felldecke, ihr ganzes Leben hatte Mumsie sich eine weiße Felldecke gewünscht, und nun hatte sie eine.

»Du meinst jetzt, wo unser armer Andrew von uns gegangen ist. Nun, Gottes Wille geschehe! Der arme Andrew, ein Gentleman bis zum Schluß. Starb anständig in seinem Bett und blies sich nicht das Hirn weg mit all seinen Kleidern an, wie ein anderer, den ich erwähnen könnte, aber laß dir eins sagen, auf eine Witwe lauern tausend Gefahren ...«

Denn Rosie, der die zu großzügigster Wiedergutmachung bereiten Midhursts eine jährliche Rente von zweitausend Pfund ausgesetzt hatten, war eine Tochter, die man sich erhalten mußte und die unter keinen Umständen einem Mitgiftjäger in die Hände fallen durfte, der womöglich etwas dagegen hatte, daß die Mutter mit im Hause wohnte.

»Ich sehe überhaupt keine Gefahren – solange man Witwe *bleibt*!« lautete Rosies oft wiederholte Beteuerung.

»Genau das ist der springende Punkt«, antwortete Mumsie dann, Besorgnis in der Stimme.

»Ach, ich bin ja so gern Witwe«, schnurrte Rosie dann, kuschelte sich an das vom Feuer erwärmte Knie ihrer Mutter, wärmte ihre eigenen hübschen, kleinen, behaglich ausgestreckten Glieder an dem prasselnden Feuer und ihr kleines Inneres mit einer weiteren Likörpraline und blickte in ihre strahlende Zukunft, die sie, sobald die Trauerzeit vorüber war, mit neuen Kleidern und ungetrübt von einem Ehemann vor sich aufleuchten sah. »Ach ich bin einfach *zu* gern Witwe. Nie, niemals möchte ich irgend etwas anderes sein.«

»Es ist das beste, was das Leben zu bieten hat«, versicherte Mumsie ihr dann feierlich.

Zu dieser Ausgabe

insel taschenbuch 1677: Elizabeth von Arnim, Jasminhof. Titel der englischen Originalausgabe: The Jasmine Farm. Erstveröffentlichung: London 1934. Die deutsche Übersetzung von Helga Herborth erscheint erstmals in der vorliegenden Ausgabe.
Umschlagabbildung: Jules Joets, La Tasse de Thé. Detail. Öl auf Leinwand. © SPADEM, Paris/VG Bild-Kunst, Bonn, 1994

Elizabeth von Arnim
im Insel Verlag

Alle meine Hunde. Aus dem Englischen von Karin von Schab. it 1502

Einsamer Sommer. Roman. Aus dem Englischen von Leonore Schwartz. Leinen

Elizabeth auf Rügen. Roman. Aus dem Englischen von Anna Marie von Welck. Leinen

Elizabeth und ihr Garten. Roman. Aus dem Englischen von Adelheid Dormagen. Leinen, it 1293 und Großdruck: it 2338

Liebe. Roman. Aus dem Englischen von Angelika Beck. it 1591

Die Reisegesellschaft. Roman. Aus dem Englischen von Angelika Beck. Leinen

Vater. Roman. Aus dem Englischen von Anna Marie von Welck. it 1544

Verzauberter April. Roman. Aus dem Englischen von Adelheid Dormagen. Leinen; mit Fotos aus dem gleichnamigen Film. it 1538

86/1/5.94

Englische und amerikanische Literatur im insel taschenbuch

Elizabeth von Arnim: Alle meine Hunde. Aus dem Englischen von Karin von Schab. it 1502
– Elizabeth und ihr Garten. Aus dem Englischen von Adelheid Dormagen. it 1293 und Großdruck. it 2338
– Liebe. Roman. Aus dem Englischen von Angelika Beck. it 1591
– Vater. Roman. Aus dem Englischen von Anna Marie von Welck. Neuübersetzung. it 1544
– Verzauberter April. Roman. Aus dem Englischen von Adelheid Dormagen. Mit Fotos aus dem gleichnamigen Film. it 1538
Jane Austen: Die Abtei von Northanger. Aus dem Englischen von Margarete Rauchenberger. Mit Illustrationen von Hugh Thomson. it 931
– Anne Elliot. Aus dem Englischen von Margarete Rauchenberger. Mit Illustrationen von Hugh Thomson. it 1062
– Emma. Aus dem Englischen von Charlotte Gräfin von Klinckowstroem. Mit Illustrationen von Hugh Thomson. it 511
– Lady Susan. Ein Roman in Briefen. Aus dem Englischen von Angelika Beck. Mit zwei Romanfragmenten: Die Watsons. Sanditon. Aus dem Englischen von Elizabeth Gilbert. it 1192
– Lady Susan. Ein Roman in Briefen. Aus dem Englischen von Angelika Beck. Großdruck. it 2331
– Mansfield Park. Aus dem Englischen von Angelika Beck. Mit Illustrationen von Hugh Thomson. it 1503
– Stolz und Vorurteil. Aus dem Englischen von Margarete Rauchenberger. Mit Illustrationen von Hugh Thomson und mit einem Essay von Norbert Kohl. it 787
Francis Bacon: Essays. Herausgegeben und mit einem Nachwort versehen von Helmut Winter. it 1514
Harriet Beecher-Stowe: Onkel Toms Hütte. In der Bearbeitung einer alten Übersetzung. Herausgegeben und mit einem Nachwort versehen von Wieland Herzfelde. Mit 27 Holzschnitten von George Cruiksh-
ank aus der englischen Ausgabe von 1852. it 272
Ambrose Bierce: Aus dem Wörterbuch des Teufels. Auswahl, Übersetzung und Nachwort von Dieter E. Zimmer. it 440
– Mein Lieblingsmord. Erzählungen. Mit einem Nachwort von Edouard Roditi. Aus dem Amerikanischen von Gisela Günther. it 39
– Das Spukhaus und andere Gespenstergeschichten. Deutsch von Gisela Günther, Anneliese Strauß und K. B. Leder. it 1411
Anne Brontë: Agnes Grey. Aus dem Englischen von Elisabeth von Arx. it 1093

153/1/11.93

Englische und amerikanische Literatur im insel taschenbuch

Anne Brontë: Die Herrin von Wildfell Hall. Roman. Aus dem Englischen von Angelika Beck. it 1547

Charlotte Brontë: Erzählungen aus Angria. Aus dem Englischen von Michael Walter und Jörg Drews. it 1285

– Jane Eyre. Eine Autobiographie. Aus dem Englischen von Helmut Kossodo. Mit einem Essay und einer Bibliographie herausgegeben von Norbert Kohl. it 813

– Der Professor. Aus dem Englischen von Gottfried Röckelein. it 1354

– Shirley. Aus dem Englischen von Johannes Reiher und Horst Wolf. it 1145

– Über die Liebe. Herausgegeben von Elsemarie Maletzke. Übertragen von Eva Groepler und Hans J. Schütz. it 1249

– Villette. Roman. Aus dem Englischen von Christiane Agricola. it 1447

Emily Brontë: Die Sturmhöhe. Aus dem Englischen von Grete Rambach. it 141

Edward George Bulwer-Lytton: Die letzten Tage von Pompeji. Aus dem Englischen von Friedrich Notter. it 801

Lewis Carroll: Alice hinter den Spiegeln. Mit einundfünfzig Illustrationen von John Tenniel. Übersetzt von Christian Enzensberger. it 97

– Alice im Wunderland. Mit zweiundvierzig Illustrationen von John Tenniel. Übersetzt und mit einem Nachwort von Christian Enzensberger. it 42

– Briefe an kleine Mädchen. Aus dem Englischen übersetzt und herausgegeben von Klaus Reichert. Mit Fotografien des Autors. it 1554

– Geschichten mit Knoten. Eine Sammlung mathematischer Rätsel. Herausgegeben und übersetzt von Walter E. Richartz. Mit Illustrationen von Arthur B. Frost. it 302

Geoffrey Chaucer: Die Canterbury-Erzählungen. Vollständige Ausgabe. Aus dem Englischen übertragen und herausgegeben von Martin Lehnert. Mit Illustrationen von Edward Burne-Jones. it 1006

Gilbert Keith Chesterton: Alle Pater-Brown-Geschichten. 2 Bände in Kassette. it 1263/1149

– Pater-Brown- Geschichten. 24 Detektivgeschichten. Mit einem Nachwort von Norbert Miller. it 1149

– Die schönsten Pater-Brown-Geschichten. Großdruck. it 2332

Daniel Defoe: Glück und Unglück der berühmten Moll Flanders, die, im Zuchthaus Newgate geboren, nach vollendeter Kindheit noch sechzig wertvolle Jahre durchlebte, zwölf Jahre Dirne war, fünfmal heiratete, darunter ihren Bruder, zwölf Jahre lang stahl, acht Jahre deportierte Verbrecherin in Virginien war, schließlich reich wurde,

153/2/11.93

Englische und amerikanische Literatur im insel taschenbuch

ehrbar lebte und reuig verstarb. Beschrieben nach ihren eigenen Erinnerungen. Deutsch von Martha Erler. Mit Illustrationen von William Hogarth und einem Essay von Norbert Kohl. it 707
– Robinson Crusoe. Mit Illustrationen von Ludwig Richter. In der Übersetzung von Hannelore Novak. it 41
Charles Dickens: Bleak House. Aus dem Englischen von Richard Zoozmann. Mit Illustrationen von Phiz. it 1110
– David Copperfield. Mit Illustrationen von Phiz. it 468
– Detektivgeschichten. Aus dem Englischen von Franz Franzius. it 821
– Eine Geschichte aus zwei Städten. Mit Illustrationen von Phiz. it 1033
– Große Erwartungen. Aus dem Englischen von Margit Meyer. Mit Illustrationen von F. W. Pailthorpe. it 667
– Harte Zeiten. Aus dem Englischen von Paul Heichen. Mit Illustrationen von F. Walker und Maurice Greiffenhagen. it 955
– Nikolaus Nickleby. Mit Illustrationen von Phiz. it 1304
– Oliver Twist. Aus dem Englischen von Reinhard Kilbel. Mit einem Nachwort von Rudolf Marx und 24 Illustrationen von George Cruikshank. it 242
– Die Pickwickier. Mit Illustrationen von Robert Seymour, Robert William Buss und Phiz. it 896
– Der Raritätenladen. Aus dem Englischen von Leo Feld. Mit Holzschnitten von George Cattermole, H. K. Browne, George Cruikshank und Daniel Maclise. it 716
– Weihnachtserzählungen. Mit Illustrationen von Leech, Stanfiels, Stone u.a. it 358
Charles A. Eastman: Indianergeschichten aus alter Zeit. Deutsch von Elisabeth Friederichs. Mit einem Nachwort herausgegeben von Dietrich Leube. Illustrationen und Anmerkungen von Frederick Weygold. it 861
Henry Fielding: Tom Jones. Die Geschichte eines Findelkindes. 2 Bde. Mit Illustrationen von Gravelot und Moreau le jeune. Herausgegeben und mit einem Nachwort von Norbert Kohl. it 504
Ben Hecht: Tausendundein Nachmittage in New York. Aus dem Amerikanischen von Helga Herborth. Mit Illustrationen von George Grosz. it 1323
Rudyard Kipling: Mit der Nachtpost. Unheimliche Geschichten. Aus dem Englischen von Friedrich Polakovics. it 1368
– Unheimliche Geschichten. Aus dem Englischen von Friedrich Polakovics. it 1286
D.H. Lawrence: Erotische Geschichten. Aus dem Englischen von Heide Steiner. it 1385

153/3/11.93

Englische und amerikanische Literatur im insel taschenbuch

Matthew Gregory Lewis: Der Mönch. Aus dem Englischen von Friedrich Polakovics. Mit einem Essay und einer Bibliographie von Norbert Kohl. it 907

Jane Lidderdale / Mary Nicholson: Liebe Miss Weaver. Ein Leben für Joyce. Aus dem Englischen von Angela Praesent und Anneliese Strauss. it 1436

Lord Byron. Ein Lesebuch mit Texten, Bildern und Dokumenten. Herausgegeben von Gert Ueding. it 1051

Katherine Mansfield: Der Mann ohne Temperament und andere Erzählungen. Aus dem Englischen von Heide Steiner. Großdruck. it 2325

– Seligkeit und andere Erzählungen. Aus dem Englischen von Heide Steiner. it 1334

Charles Robert Maturin: Melmoth der Wanderer. Roman. Aus dem Englischen von Friedrich Polakovics. Mit einem Nachwort von Dieter Sturm. it 1279

Herman Melville: Israel Potter. Seine fünfzig Jahre im Exil. Aus dem Amerikanischen von Uwe Johnson. it 1315

– Moby Dick. 2 Bde. Aus dem Amerikanischen von Alice und Hans Seiffert. Mit Zeichnungen von Rockwell Kent und einem Nachwort von Rudolf Sühnel. it 233

Samuel Pepys: Das geheime Tagebuch. Herausgegeben von Anselm Schlösser und übertragen von Jutta Schlösser. Mit Abbildungen. it 637

Sylvia Plath: Das Bett-Buch. Aus dem Englischen von Eva Demski. Mit farbigen Illustrationen von Rotraud Susanne Berner. it 1474

Edgar Allan Poe: Der Bericht des A. Gordon Pym. Erzählungen. Übertragen von Barbara Cramer-Nauhaus, Erika Gröger und Heide Steiner. it 1449

– Der entwendete Brief und andere Erzählungen. Ausgewählt von Franz-Heinrich Hackel. Aus dem Amerikanischen von Werner Beyer u.a. Mit Holzschnitten von Fritz Eichenberg. Großdruck. it 2309

– Das Geheimnis der Marie Rogêt und andere Erzählungen. Aus dem Amerikanischen von Werner Beyer, Felix Friedrich und anderen. it 783

– Grube und Pendel. Und andere Erzählungen. Mit einem Nachwort von Franz Rottensteiner und Illustrationen von Harry Clarke. Aus dem Amerikanischen von Günther Steinig. ›Grube und Pendel‹ wurde von Elisabeth Seidel übersetzt. it 362

– Die Maske des roten Todes und andere Erzählungen. Aus dem Amerikanischen von Heide Steiner. it 1530

153/4/11.93

Englische und amerikanische Literatur
im insel taschenbuch

Edgar Allan Poe: Die Morde in der Rue Morgue und andere Erzählungen. Aus dem Amerikanischen von Barbara Cramer-Nauhaus. it 1529
– Sämtliche Erzählungen. Vier Bände in Kassette. Herausgegeben von Günter Gensch.
– Das Tagebuch des Julius Rodman und andere Erzählungen. Aus dem Amerikanischen von Erika Gröger, Ruprecht Willnow und Andrea Sachs. it 1531
– Der Teufel im Glockenturm und andere Erzählungen. Aus dem Amerikanischen von Barbara Cramer-Nauhaus. it 1528
– Der Untergang des Hauses Usher. Meistererzählungen. Aus dem Amerikanischen von Barbara Cramer-Nauhaus, Erika Gröger und Heide Steiner. it 1373

Reynolds Price: Ein ganzer Mann. Roman. Aus dem Amerikanischen von Maria Carlsson. it 1378

Walter Scott: Ivanhoe. Roman. Deutsch von Leonhard Tafel. Textrevision und Nachwort von Paul Ernst. it 751

Charles Sealsfield: Das Kajütenbuch oder Nationale Charakteristiken. Herausgegeben von Alexander Ritter. it 1163

William Shakespeare: Hamlet. Prinz von Dänemark. Aus dem Englischen von August Wilhelm von Schlegel. Durchgesehen von Levin L. Schücking. Mit Illustrationen von Eugène Delacroix. Herausgegeben und mit einem Essay versehen von Norbert Kohl. it 364
– Richard III. Aus dem Englischen von Thomas Brasch. it 1109
– Romeo und Julia. Deutsch von Thomas Brasch. it 1383
– Die Tragödie des Macbeth. Aus dem Englischen von Thomas Brasch. it 1440
– Was ihr wollt. Aus dem Englischen von Thomas Brasch. it 1205
– Wie es euch gefällt. Übersetzt und bearbeitet von Thomas Brasch. it 1509

Mary W. Shelley: Frankenstein oder Der moderne Prometheus. Mit einem Essay von Norbert Kohl. it 1030

Muriel Spark: Mary Shelley. Eine Biographie. Deutsch von Angelika Beck. Mit zahlreichen Abbildungen. it 1258

Laurence Sterne: Leben und Meinungen von Tristram Shandy Gentleman. In der Übersetzung von Adolf Friedrich Seubert. Durchgesehen und revidiert von Hans J. Schütz. Mit einem Essay und einer Bibliographie von Norbert Kohl. Illustrationen von George Cruikshank. it 621

Robert Louis Stevenson: Die Schatzinsel. Aus dem Englischen von Karl Lerbs. Mit Illustrationen von Georges Roux. it 65

153/5/11.93

Englische und amerikanische Literatur im insel taschenbuch

Bram Stoker: Dracula. Aus dem Englischen von Karl Bruno Leder. it 1086

– Im Haus de Grafen Dracula. Erzählungen. Aus dem Englischen von Burkhart Kroeber, Michael Krüger, Norbert Miller, Friedrich Polakovics und Wilfried Sczepan. it 1522

Jonathan Swift: Gullivers Reisen. Mit Illustrationen von Grandville und einem Vorwort von Hermann Hesse. Aus dem Englischen übersetzt von Franz Kottenkamp. Vervollständigt und bearbeitet von Roland Arnold. it 58

William Makepeace Thackeray: Jahrmarkt der Eitelkeit. Ein Roman ohne Held. 2 Bde. Mit Illustrationen von Thackeray. Herausgegeben und mit einem Nachwort von Norbert Kohl. Dem deutschen Text wurde eine Übertragung aus dem Nachlaß von H. Röhl zugrunde gelegt. it 485

Mark Twain: Gesammelte Werke in 10 Bänden. Ausgewählt und zusammengestellt von Norbert Kohl. it 831-840

Band 2: Tom Sawyers Abenteuer. Bearbeitet von Karl Heinz Berger. Mit Illustrationen von True W. Williams. it 832

Band 4: Bummel durch Europa. Deutsch von Gustav Adolf Himmel. Mit Illustrationen der Erstausgabe von W. Fr. Brown, True W. Williams, B. Day u.a. it 834

Band 6: Leben auf dem Mississippi. Deutsch von Helene Ritzerfeld. Mit Illustrationen von Klaus Ensikat. it 836

Band 7: Huckleberry Finns Abenteuer. Deutsch von Barbara Cramer-Nauhaus. Mit Illustrationen von Edward W. Kemble. it 837

Band 8: Ein Yankee am Hofe des Königs Artus. Deutsch von Maja Ueberle. Mit Illustrationen der Erstausgabe von Daniel C. Beard. it 838

– Der gestohlene weiße Elefant und andere Erzählungen. Ausgewählt von Franz-Heinrich Hackel und Norbert Kohl. Mit zahlreichen Abbildungen. Großdruck. it 2308

Oscar Wilde: Gesammelte Werke in zehn Bänden. Herausgegeben von Norbert Kohl. it 582

Band 1: Das Bildnis des Dorian Gray

Band 2: Märchen und Erzählungen

Band 3: Theaterstücke I

Band 4: Theaterstücke II

Band 5: Gedichte

Band 6: Essays I

153/6/11.93

Englische und amerikanische Literatur
im insel taschenbuch

Oscar Wilde: Gesammelte Werke in zehn Bänden. Herausgegeben von Norbert Kohl. it 582

Band 7: Essays II
Band 8: Briefe I
Band 9: Briefe II
Band 10: Briefe III

– Aphorismen. Herausgegeben von Frank Thissen. it 1020
– Das Bildnis des Dorian Gray. Deutsch von Hedwig Lachmann und Gustav Landauer. Mit einem Essay, einer Auswahlbibliographie und einer Zeittafel herausgegeben von Norbert Kohl. it 843
– Die Erzählungen und Märchen. Mit Illustrationen von Heinrich Vogeler. Aus dem Englischen übersetzt von Felix Paul Greve und Franz Blei. it 5
– Gedichte. Herausgegeben von Norbert Kohl. it 1455
– Das Gespenst von Canterville. Erzählung. Mit Illustrationen von Oski. Aus dem Englischen von Franz Blei. it 344
– Der glückliche Prinz und andere Märchen. Aus dem Englischen von Franz Blei. Mit Illustrationen von Michael Schroeder und einem Nachwort von Norbert Kohl. it 1256
– Lord Arthur Saviles Verbrechen und andere Geschichten. Mit Illustrationen von Michael Schroeder. Aus dem Englischen von Christine Hoeppner. it 1151
– Salome. Dramen, Schriften, Aphorismen und ›Die Ballade vom Zuchthaus zu Reading‹. Mit Illustrationen von Marcus Behmer. it 107

153/7/11.93

Französische Literatur
im insel taschenbuch

Alain: Sich beobachten heißt sich verändern. Betrachtungen. Auswahl, Übersetzung und Nachwort von Franz Josef Krebs. Neuübersetzung. it 1559

Honoré de Balzac: Eugénie Grandet. Aus dem Französischen von Gisela Etzel. Herausgegeben von Eberhard Wesemann. it 1127

– Die Frau von dreißig Jahren. Aus dem Französischen übertragen von Werner Blochwitz. it 460

– Glanz und Elend der Kurtisanen. Aus dem Französischen von Felix Paul Greve. it 1232

– Tolldreiste Geschichten. Aus dem Französischen von Benno Rüttenauer. Mit Illustrationen von Gustave Doré. it 911

– Vater Goriot. Aus dem Französischen von Franz Hessel. Herausgegeben von Erika Wesemann. it 1167

Charles Baudelaire: Die Blumen des Bösen. Übertragen von Carlo Schmid. it 120

Pierre Augustin Caron de Beaumarchais: Die Figaro-Trilogie. Der Barbier von Sevilla oder Die nutzlose Vorsicht. Der tolle Tag oder Figaros Hochzeit. Die Schuld der Mutter oder Ein zweiter Tartuffe. Deutsch von Gerda Scheffel. Nachwort von Norbert Miller. Mit zeitgenössischen Illustrationen. it 228

Jacques Cazotte: Der verliebte Teufel. Aus dem Französischen von Franz Kaltenbeck. it 2337

George Clémenceau: Claude Monet. Betrachtungen und Erinnerungen eines Freundes. Mit farbigen Abbildungen und einem Nachwort von Gottfried Boehm. it 1152

Alphonse Daudet: Briefe aus meiner Mühle. Aus dem Französischen von Alice Seiffert. it 446

– Tartarin von Tarascon. Die wunderbaren Abenteuer des Tartarin von Tarascon. Mit 45 Zeichnungen von Emil Preetorius. it 84

Denis Diderot: Die Nonne. Mit einem Nachwort von Robert Mauzi, die Übersetzung des Nachworts besorgte Margaret Carroux. it 31

– Die Verräter. Herausgegeben von Horst Günther. Aus dem Französischen von Friedrich Ludwig Wilhelm Meyer. Mit zeitgenössischen Illustrationen. it 1379

Alexandre Dumas père: Die drei Musketiere. Aus dem Französischen von Herbert Bräuning. it 1131

– Der Graf von Monte Christo. 2 Bde. Bearbeitung einer alten Übersetzung von Meinhard Hasenbein. Mit Illustrationen von Pavel Brom und Dagmar Bromova. it 266

Alexandre Dumas fils: Die Kameliendame. Aus dem Französischen von Walter Hoyer. Mit Illustrationen von Paul Gavarni. it 546

152/1/11.93

Französische Literatur
im insel taschenbuch

Marguerite Duras: Der Vize-Konsul. Roman. Deutsch von W. M. Guggenheimer. Großdruck. it 2312

Dominique Fernandez: Süditalienische Reise. Aus dem Französischen von Julia Kirchner. Mit farbigen Fotografien von Martin Thomas. it 1076

Gustave Flaubert: Bouvard und Pécuchet. Aus dem Französischen übersetzt von Georg Goyert. Mit Illustrationen von András Karakas. Mit einem Vorwort von Victor Brombert und einem Nachwort von Uwe Japp. it 373

– Drei Erzählungen. Trois contes. Übersetzt und herausgegeben von Cora van Kleffens und André Stoll. it 571

– Lehrjahre des Gefühls. Geschichte eines jungen Mannes. Übertragen von Paul Wiegler. Mit einem Essay und einer Bibliographie von Erich Köhler. it 276

– Madame Bovary. Revidierte Übersetzung aus dem Französischen von Arthur Schurig. it 167

– Reise in den Orient. Ägypten. Nubien. Palästina. Syrien. Libanon. Aus dem Französischen von Reinhold Werner und André Stoll. Mit Photographien von Maxime Du Camp, einem Register und einem Nachwort. Herausgegeben von André Stoll. it 619

– Salammbô. Herausgegeben und mit einem Nachwort versehen von Monika Bosse und André Stoll. Aus dem Französischen übersetzt von Georg Brustgi. it 342

– Ein schlichtes Herz und andere Erzählungen. Aus dem Französischen von Cora van Kleffens und André Stoll. Großdruck. it 2314

– Wörterbuch der Gemeinplätze. Die Albumblätter der Marquise. Katalog der schicken Ideen. Aus dem Französischen von Monika Petzenhauser. Mit einem Vorwort von J. Rudolfo Wilcock. it 1303

Edmond und Jules de Goncourt: Tagebücher. Aufzeichnungen aus den Jahren 1851-1870. Nach der ersten Gesamtausgabe der Académie Goncourt ausgewählt, übertragen und herausgegeben von Justus Franz Wittkop. it 692

Choderlos de Laclos: Schlimme Liebschaften. Mit 14 Kupferstichen. Übertragen und eingeleitet von Heinrich Mann. it 12

Jean de La Fontaine: Die schönsten Fabeln. Aus dem Französischen von Thomas Keck. Mit farbigen Illustrationen von Rolf Köhler und einem Nachwort von Jürgen von Stackelberg. it 1451

Gaston Leroux: Die blutbefleckte Puppe. Aus dem Französischen von Annegret Sellier. it 1567

Guy de Maupassant: Bel-Ami. Aus dem Französischen von Josef Halperin. Mit zeitgenössischen Illustrationen. it 280

152/2/11.93

Französische Literatur
im insel taschenbuch

Guy de Maupassant: Die Brüder. Novelle. Deutsch von Ernst Weiß. Mit Illustrationen von Géo Dupuis. it 712

Prosper Mérimée: Carmen. Mit Zeichnungen von Pablo Picasso. Aus dem Französischen übersetzt von Franz Schnabel. it 361

Honoré-Gabriel Mirabeau: Der gelüftete Vorhang oder Lauras Erziehung. Aus dem Französischen von Eva Moldenhauer. Nachbemerkung von Norbert Miller. it 32

Molière: Der eingebildete Kranke. Aus dem Französischen von Johanna Walser und Martin Walser. it 1014

– Der Menschenfeind. Nach dem Französischen des Molière von Hans Magnus Enzensberger. it 401

Michel de Montaigne: Essais. Herausgegeben und mit einem Nachwort versehen von Ralph- Rainer Wuthenow. Revidierte Fassung der Übertragung von Johann Joachim Bode. it 220

– Tagebuch einer Reise durch Italien. Aus dem Französischen von Otto Flake. it 1074

Blaise Pascal: Größe und Elend des Menschen. Aus den »Pensées«. Auswahl, Übersetzung und Nachwort von Wilhelm Weischedel. it 441

– Über die Religion und über einige andere Gegenstände. Aus dem Französischen übertragen und mit einem Nachwort herausgegeben von Ewald Wasmuth. it 1008

Marthe Princesse Bibesco: Begegnung mit Marcel Proust. Aus dem Französischen von Eva Rechel-Mertens. it 1349

Renate Wiggershaus: Marcel Proust. Leben und Werk in Texten und Bildern. it 1348

François Rabelais: Gargantua und Pantagruel. Mit Illustrationen von Gustave Doré. Herausgegeben von Horst und Edith Heintze. Erläutert von Horst Heintze und Rolf Müller. 2 Bände. Übersetzung auf Grund der maßgebenden französischen Ausgabe, unter Benutzung der deutschen Fassung von Ferdinand Adolf Gelbcke. it 77

Arthur Rimbaud: Sämtliche Werke. Französisch und deutsch. Übertragen von Sigmar Löffler und Dieter Tauchmann. Mit Erläuterungen zum Werk und einer Chronologie zum Leben Arthur Rimbauds, neu durchgesehen von Thomas Keck. it 1398

Jean-Jacques Rousseau: Bekenntnisse. Aus dem Französischen von Ernst Hardt. Mit einer Einführung von Werner Krauss. it 823

Marquis de Sade: Justine oder Die Leiden der Tugend. Mit einem Essay von Albert Camus. Aus dem Französischen von Raoul Haller. it 1257

– Verbrechen der Liebe. Heroische und tragische Novellen. Aus dem Französischen von Christian Barth. it 1448

152/3/11.93

Französische Literatur
im insel taschenbuch

George Sand: Geschichte meines Lebens. Aus ihrem autobiographischen Werk ausgewählt und mit einer Einleitung versehen von Renate Wiggershaus. it 313

– Indiana. Aus dem Französischen von A. Seubert. Mit einem Essay von Annegret Stopczyk. it 711

– Lélia. Aus dem Französischen von Anna Wheill. Mit einem Essay von Nike Wagner. it 737

– Lucrezia Floriani. Roman. Aus dem Französischen von Anna Wheill. it 858

– Das Teufelsmoor. Aus dem Französischen von Helene und Herbert Kühn. Mit Illustrationen von Tony Johannot. it 943

Eugène Scribe: Die erste Liebe oder Erinnerungen an die Kindheit. Aus dem Französischen von Reinhard Palm. Mit einem Essay von Sören Kierkegaard. it 1396

Misia Sert: Pariser Erinnerungen. Aus dem Französischen von Hedwig Andertann. Mit einem Bildteil. it 1180

Madame de Sévigné: Briefe. Herausgegeben und übersetzt von Theodora von der Mühl. Mit zeitgenössischen Kupferstichen. it 395

Anne Germaine Madame de Staël: Über Deutschland. Vollständige und neu durchgesehene Fassung der deutschen Erstausgabe von 1814 in der Gemeinschaftsübersetzung von Friedrich Buchholz, Samuel Heinrich Catel und Julius Eduard Hitzig. Herausgegeben und mit einem Nachwort versehen von Monika Bosse. Mit einem Register, Anmerkungen und einer Bilddokumentation. it 623

Stendhal: Die Kartause von Parma. Vollständige Ausgabe. Aus dem Französischen von Arthur Schurig. it 1222

– Lucien Leuwen. Aus dem Französischen übersetzt und mit einem Nachwort versehen von Otto von Taube. it 758

– Rot und Schwarz. Vollständige Ausgabe. Aus dem Französischen von Arthur Schurig. Mit einem Nachwort von Uwe Japp. it 1210

– Über die Liebe. Vollständige Ausgabe. Aus dem Französischen und mit einer Einführung von Walter Hoyer. it 124

Paul Verlaine: Poetische Werke. Französisch und deutsch. Übertragen von Sigmar Löffler. it 1556

François Villon: Sämtliche Dichtungen. Zweisprachige Ausgabe. Aus dem Französischen von Walther Küchler. it 1039

Voltaire: Candide oder der Optimismus. Mit Zeichnungen von Paul Klee. it 11

– Sämtliche Romane und Erzählungen. Mit einer Einleitung von Victor Klemperer und Stichen von Moreau le jeune. Aus dem Französischen übersetzt von Ilse Lehmann. it 209

152/4/11.93

Französische Literatur im insel taschenbuch

Emile Zola: Germinal. Aus dem Französischen von Armin Schwarz. Mit Illustrationen von Renate Sendler-Peters. it 720

– Nana. Aus dem Französischen und mit einem Nachwort versehen von Erich Marx. Illustrationen von Renate Sendler-Peters. it 398

– Thérèse Raquin. Aus dem Französischen von Ernst Hardt. it 1146

152/5/11.93